셜록 홈즈
걸작선
3

셜록 홈즈 걸작선 3

초판 1쇄   2010년 12월 14일

지은이   아서 코난 도일
옮긴이   정태원
펴낸이   최석두

펴낸곳   시간과공간사
등 록   1988년 11월 16일(제1-835호)
주 소   서울시 마포구 서교동 480-9 에이스빌딩 3층 우) 121-210
전 화   02)3272-4546~8
팩 스   02)3272-4549
이메일   pyongdan@hanmail.net

ISBN   978-89-7142-235-9 04840
        978-89-7142-231-1 (세트)

잘못 만들어진 책은 구입하신 곳에서 바꾸어드립니다.

셜록 홈즈
걸작선 3

아서 코난 도일 지음 | 정태원 옮김

시간과공간사

목차

독신 귀족 · · · · · · · · · · · · · · · 7
The Noble Bachelor

너도밤나무 숲 · · · · · · · · · · · · · 51
The Copper Beeches

증권 중개인 · · · · · · · · · · · · · 105
The Stockbroker's Clerk

해군 조약 · · · · · · · · · · · · · · 143
The Naval Treaty

찰스 오거스터스 밀버튼 · · · · · · · · 209
Charles Augustus Milverton

애비 농장 · · · · · · · · · · · · · · 245
The Abbey Grange

위스테리아 로지 · · · · · · · · · · · 291
Wisteria Lodge

마자린 보석 · · · · · · · · · · · · · 359
The Mazarin Stone

소어 다리 · · · · · · · · · · · · · · 395
The Problem of Thor Bridge

수수께끼의 하숙인 · · · · · · · · · · 445
The Veiled Lodger

독신 귀족

1886년 10월 8일(목)

The Noble Bachelor

　세인트 사이먼 경의 결혼과 뜻밖의 파국을 맞은 이야기는 예전에도 불행한 신랑이 속한 상류사회에서조차 화제에 오르지 않았다. 새로운 스캔들이 잇달아 사람들의 흥미를 끌어 이야깃거리가 되었기 때문에 4년 전의 낡은 드라마 따위는 다시 입에 올리지 않게 된 것이다. 그러나 내 생각으로는 세상 사람들은 아직 이 사건의 진상을 모르는 것이 분명하며, 사건 해결에 내 친구 셜록 홈즈의 활약이 컸기 때문에, 그 회상록을 완성하기 위해서는 간략하게나마 이 특별한 에피소드를 언급할 수밖에 없다.

　내가 결혼식을 올리기 몇 주일 전, 홈즈와 함께 베이커 가의 하숙집에 살던 때였다. 오후 산책을 마치고 돌아온 홈즈는 책상 위에 있는 편지를 발견했다. 그날은 갑자기 날씨가 흐려지고 강한 가을바람까지 불어 나는 온종일 집 안에만 틀어박혀 있었다. 아프가니스탄 전쟁에서 제자일 총탄(Jezail Bullet)에 맞아 생긴 어깨의 상처가 욱신욱신 쑤시기 시작했기 때문이기도 했다.

나는 안락의자에 앉아 맞은편 의자에 두 다리를 얹고 신문 더미에 묻혀 있었다. 기사도 다 읽은 터였으므로 신문을 옆으로 밀치고, 책상 위에 놓인 봉투에 있는 커다란 문장과 머리글자로 보낸 이의 이름을 상상하면서 대체 어디 사는 귀족이 보낸 편지일까, 하고 나와는 관계없는 일을 떠올렸다.

"아주 귀한 분이 보낸 편지 같은데? 아침에 온 것은 분명 생선 가게와 세관 감시원이 보낸 거지?" 내가 홈즈에게 말했다.

"맞아. 내게 보낸 편지는 보잘것없는 것일수록 재미있지. 편지는 보나마나 달갑지 않은 초대장일걸. 사람한테 거짓말과 하품을 하게 해 놓고 좋아하는 그 사교 모임 말이야."

그는 이렇게 말하며 봉투를 뜯어 편지 내용을 대충 훑어보았다.

"이건 의외로 재미있는 일 같군."

"초대장이 아니야?"

"그래, 분명히 의뢰서야."

"의뢰인은 귀족이군."

"영국의 일류 명문 집안이야."

"오, 그렇다면 축하해."

"아니야, 왓슨. 잘난 체하려는 것은 아니지만, 내게는 의뢰인의 신분보다는 재미있는 일인지 여부가 더 중요해. 그런데 이번 조사에는 재미있는 부분도 있을 듯해. 요즘 자네는 신문을 꼼꼼히 읽지?"

"보다시피." 나는 한쪽에 밀쳐놓은 신문 더미를 가리키며 가라앉은 목소리로 대답했다. "할 일이 없으니까."

"그거 잘됐군. 나에게 정보를 알려 줘. 나는 범죄 기사와 사

람 찾는 광고만 읽어. 특히 안내란은 도움이 될 때가 많지. 요즘 신문을 꼼꼼히 읽었다면, 세인트 사이먼 경의 결혼식 기사도 읽었겠군."

"물론. 아주 흥미로웠어."

"좋아. 바로 그 사이먼 경이 이 편지를 보냈어. 지금 읽을 테니, 자네는 신문을 뒤져 사건과 관련된 기사를 모두 찾아 줘.

셜록 홈즈 씨께

백워터 경의 말을 들으니, 귀하의 판단력이라면 확실히 믿을 수 있을 것 같습니다. 본인의 결혼식과 관련해서 일어난 불행한 사건에 대해, 귀하를 방문해 의논하려고 합니다. 이 사건에 대해서는 이미 스코틀랜드 야드[1]의 레스트레이드 씨의 도움을 받고 있습니다만, 그분도 귀하의 원조를 받는 것에 반대하지 않았고, 많은 도움을 받을 수 있을 것이라고 했습니다. 오후 4시에 방문할 예정인데 만일 그 시간에 선약이 있으시면, 매우 중요한 사건을 의뢰하러 가는 제 형편을 헤아려 선약은 나중으로 미뤄 주셨으면 감사하겠습니다.

---

1) 영국 런던경찰국의 별칭.

그로스브너 맨션에서 보냈어. 거위 깃펜으로 썼고, 사이먼 경의 오른손 새끼손가락 바깥쪽에는 잉크가 묻어 있군." 홈즈는 말하며 편지를 접었다.

"4시라고? 지금이 3시니까 한 시간 뒤에 오겠군."

"그동안 사건의 경과를 조사해 둘 필요가 있으니, 나를 도와줘. 우선 사건에 대한 기사가 실린 신문을 날짜순으로 간추려 줘. 나는 의뢰인의 신원을 알아볼 테니까." 홈즈는 벽난로 옆에 있는 참고 자료 책장에서 표지가 빨간 책을 한 권 뽑았다. "여기 있군."

그는 의자에 앉아 책을 무릎 위에 펼쳤다. "로버트 월싱햄 드 비어 세인트 사이먼. 발모럴 공작의 둘째 아들. 문장은 하늘색, 가운데 검은색 띠 위쪽에 마름쇠 세 개를 배열. 1846년 생. 그렇다면 올해 마흔한 살이니까 결혼하기에는 부족함이 없는 나이야. 플랜태지닛 왕가의 직계로, 어머니 쪽은 튜더 왕가의 피가 섞여 있는 것 같아. 흠, 이 정도로는 별 도움이 되지 않는군. 왓슨, 구체적인 자료는 역시 자네 쪽에서 나올 듯싶어."

"필요한 자료는 곧 찾아낼 거야. 모두 최근 것인 데다 나도 매우 흥미를 갖고 읽었으니까. 다만 자네가 다른 사건에 신경 쓰고 있어, 쓸데없는 이야기를 해서 집중하는 데 방해가 될까 봐 지금까지 이야기하지 않았을 뿐이지."

"아, 그로스브너 광장의 가구 운반 차 사건? 그건 벌써 해결했어. 자, 찾았으면 가르쳐 줘."

"내가 알기로는 이 보도가 가장 최근 거야. 모닝 포스트의 소식란 기사인데, 날짜는 몇 주 전이야. '발모럴 공작의 둘째 아들 로버트 세인트 사이먼 경은, 미국 캘리포니아 주 샌프란시스코의 앨로이시어스 도런 씨의 무남독녀 해티 도런과 약혼. 측근의 말에 의하면, 가까운 시일 내에 결혼식을 올린다고 함.' 이것뿐이야."

"간단명료하군그래." 홈즈는 마르고 긴 다리를 불 쪽으로 뻗었다.

"같은 주의 신문 사교란에 더 자세히 나왔는데, 아, 이거야. '현재의 자유무역 같은 결혼 제도는, 국산품에 대해 심히 부당한 결과를 낳는 현상으로 보아, 곧 보호 정책을 쓸 필요가 있다는 주장이 나올 것이다. 대영제국 명문가의 지배권은 현재 대서양 저쪽에서 건너오는 아름다운 아가씨들의 손에 잇달아 넘어가고 있다. 지난주에도 한 아름다운 침입자가 멋지게 승리해, 최근의 이 경향에 확실한 예를 추가했다. 즉, 20년 남짓 큐피드의 화살을 받아들이지 않던 세인트 사이먼 경이, 이번에 캘리포니아 주에 거주하는 한 부호의 아름다운 딸 해티 도런과 곧 결혼한다는 사실을 발표한 것이다. 웨스트버리 저택에서 벌어진 성대한 연회에서 품위 있는 자태와 미모로 뭇 사람들의 시선을 끈 도런은 외동딸이며, 지참금은 자그마치 여섯 자릿수에 달할 뿐 아니라, 앞으로 더욱 막대한 유산을 상속받게 될 것으로 알려져 있다. 한편 발모럴 공작이 지난 몇 년 동안 간직해 온 비장의 그림을 팔기 위해 내놓은 것은 공공연한 비밀이며, 세인트 사이먼 경도 버치무어에 약간의 영지만을 소유하고 있으므로, 이 결혼이 캘리포니아 주의 여상속인을 일반인에서 일약 영국 귀족의 대열에 오르게 했다 하더라도 그녀만 이익을 얻었다고 말할 수 없는 것은 분명하다."

"그 밖에 또 있나?" 홈즈가 하품을 하면서 물었다.

"많아. 모닝 포스트 기사에는 결혼식은 하노버 광장의 세인트 조지 성당에서 간소하게 올리는데, 참석자는 가까운 친지로 한정된다고 나와 있어. 또 식이 끝난 후에는 앨로이시어스 도런 씨가 가구까지 함께 인수한 랭커스터 게이트의 저택에 입주할 예정이라는군. 그리고 이틀 후…… 즉, 이번 수요일 신문에는 결혼식이 거행되었다는 것과 신혼여행은 피터스필드 옆의 백워터 경 영지로 떠날 것이란 기사가 간단히 나와 있어. 이것들이 신부가 사라지기 전까지 실린 기사야."

"언제까지라고?" 홈즈가 놀라서 물었다.

"신부가 사라지기 전까지."

"언제 사라졌는데?"

"피로연 때."

"예상했던 것보다 훨씬 재미있군. 정말 극적인 이야기야."

"그래. 나도 특별하다고 생각했어."

"결혼식 전이나 신혼여행 중에 사라진 경우는 더러 있어. 그러나 피로연 때 감쪽같이 사라졌다는 얘기는 처음 들어. 그 당시의 상황을 자세히 알려 줘."

"기사가 불충분해."

"우리가 함께 생각하면 보충이 되겠지."

"충분치는 않지만, 어제 조간에 나온 기사가 있어. '결혼식에서 괴사건 발생'이란 제목이야."

로버트 세인트 사이먼 경 일가는, 경의 결혼식에서 일어난 기괴하고 가슴 아픈 사건으로 극도로 혼란스러워하고 있다. 어제 여러 신문에 보도된 바와 같이, 결혼식은 그저께 아침에 거행되었다. 그동안 이 일과 관련한 이상한 소문이 떠돌았는데, 그것이 현실이 된 것이다. 경의 친구들이 쉬쉬하며 수습하려고 애를 썼는데도, 이 사건은 이미 사회적 관심의 대상이 되어 이제는 헛소문이 아닌 것으로 알려졌다. 하노버 광장의 세인트 조지 성당에서 거행된 결혼식은 가까운 친지만 참석한 조촐한 예식이었는데, 참석자는 신부의 부친 앨로이시어스 도런, 발모럴 공작부인, 백워터 경, 신랑의 동생 유스터스 경, 누나 클라라 세인트 사이먼과 앨리시아 휘팅턴뿐이었다. 결혼식이 끝난 후, 일행은 랭커스터 게이트에 있는 앨로이시어스 도런 저택에 마련된 피로연에 참석했다. 이때 세인트 사이먼 경에게 정당하게 요구할 권리가 있다는 이름을 알 수 없는 한 여자가 일행을 따라 저택 안으로 들어가려 해서 한바탕 소란이 일었다고 한다. 한동안 달갑지 않은 소란이 벌어진 뒤 집사와 늙은 하인은 그 여자를 가까스로 집 밖으로 쫓아냈다. 신부는 다행히 먼저 집 안으로 들어와 있어 이 불쾌한 사건을 목격하지 않았는데, 참석자와 함께 피로연 자리에 앉아 있다가 잠시 후 기분이 언짢다고 하면서 자기 방으로 들어갔다.

그런데 그 후 모습을 보이지 않아 궁금해하던 차에, 신부의 부친이 하녀에게 물었다. 그랬더니 하녀 말이, 신부가 방에 들어온 것은 잠깐뿐이고 곧 외투와 모자를 들고 나갔다는 것이었다. 또 다른 하인 한 명이, 그런 복장을 한 여자가 집에서 나가는 것을 봤지만, 신부는 피로연에 참석하고 있는 줄 알고 있었기 때문에 그 여자가 신부일 줄은 몰랐다고 진술했다. 이렇게 해서 앨로이시어스 도런은 딸이 실종되었음을 알고 신랑과 함께 즉시 경찰에 신고했고, 경찰은 현재 전력을 다해 수사하고 있으므로 이 기괴한 사건도 오래지 않아 해결될 것으로 보인다. 그러나 어젯밤까지 신부의 행방을 파악하지 못했다. 일부에서는 이 사건이 범죄와 관련되었다고 하는데, 경찰에서는 그날 말썽을 일으킨 여자가 질투나 그 밖의 동기로 신부에게 해코지를 한 것으로 보고 그 여자를 수배했다고 한다.

"그게 전부야?"

"또 하나. 다른 신문에 짧게 나와 있는데, 이것은 아주 암시적이야."

"뭔데?"

"도런 저택에서 소동을 일으킨 플로라 밀러가 체포되었다는 기사야. 원래는 알레그로 극장의 무용단원인데, 신랑과 몇 년 전부터 가깝게 지냈다는군. 그 이상의 언급은 없어. 어쨌든 이로써 사건의 전모가 자네의 손에 들어간 셈이야. 적어도 신문을 통해 알 수 있는 범위에서는."

"재미있는 사건인 듯해. 이런 사건은 어떤 일이 있어도 해결하고 싶어. 아, 벨이 울리는군. 왓슨, 벌써 4시가 지났으니 틀림없이 편지를 보낸 그 고귀한 손님일 거야. 왓슨, 그대로 있어. 제삼자가 입회하면 나중에 기억을 확인하는 데 많은 도움이 돼."

"로버트 세인트 사이먼 경이십니다." 심부름하는 소년이 문을 힘차게 열면서 말했다. 문 안으로 들어선 사람은 유쾌해 보이고 기품 있는 용모의 신사였다. 코는 높고 안색은 창백하며 입 언저리는 약간 성깔이 있어 보이지만, 또렷한 눈에 사람에게 명령을 내려 복종케 하는 높은 신분으로 태어난 사람에게서 볼 수 있는 침착함이 깃들어 있었다. 태도는 절도가 있으나 몸이 조금 앞으로 굽어 있고 무릎을 약간 굽히고 걸어서, 나이보다 약간 늙어 보였다. 챙 달린 모자를 벗자 정수리는 벗어져 있고, 머리칼에는 흰머리가 섞여 있었다. 복장은 높은 칼라, 검정 프록코트에 흰 조끼, 노란 장갑, 검정 에나멜 구두에 연한 색 각반 차림으로, 멋을 너무 부려 오히려 품위가 없었다. 얼굴을 왼쪽에서 오른쪽으로 돌리고, 금테 코안경 끈을 오른손으로 흔들면서 유유히 방으로 들어왔다.

"안녕하십니까, 세인트 사이먼 경." 홈즈가 일어나 고개 숙여 인사했다. "거기 등의자에 앉으세요. 이쪽은 협력자 왓슨 의사입니다. 좀 더 불 가까이 앉으세요. 천천히 의논하지요."

"홈즈 씨, 짐작하시겠지만 정말 난처하게

되었습니다. 정말 곤경에 빠졌습니다. 당신은 이런 종류의 어려운 문제를 많이 다루어 보셨다고 하더군요. 하기는 나 같은 신분인 사람의 문제를 다루는 것은 처음이겠지만."

"아닙니다. 그 점에서는 당신이 오히려 격이 떨어집니다."

"무슨 말인지?"

"이런 종류의 사건으로 최근에 일을 의뢰한 사람은 어느 나라의 국왕이었습니다."

"아! 그런 일이 있었군. 어느 나라 왕이었습니까?"

"스칸디나비아의 왕입니다."

"음, 그분의 부인도 실종되었습니까?"

"의뢰받은 사건의 내용은 발설하지 않는다는 원칙을 세워 놓고 있으니, 양해해 주시기 바랍니다. 이는 당신에게도 비밀을 약속하는 것과 같습니다." 홈즈는 정중하게 말했다.

"정말 당연하오. 내가 실례했소. 그런데 내 사건 말인데, 참고가 될 만한 것은 무엇이든지 말하겠소."

"고맙습니다. 신문에 나온 것은 다 알고 있지만, 그 밖에는 아무것도 모릅니다. 신문에 난 기사가 정확하다고 믿어도 좋습니까? ……이를테면, 신부가 실종되었다느니 하는 기사 말입니다."

세인트 사이먼 경은 기사를 읽어 보았다. "여기에 실린 내용은 모두 사실입니다."

"그러나 더 많은 것을 알기 전에는 판단하기가 어렵습니다. 질문을 해서 사실을 파악하고 싶습니다만."

"어서 물어보시오."

"해티 도런 양을 처음 만난 것은 언제입니까?"

"일 년 전에 샌프란시스코에서 만났소."

"미국 여행을 하셨군요."

"그렇소."

"그때 약혼하셨습니까?"

"아니요."

"그러나 친하게 사귀기는 했겠군요."

"해티와 교제하는 것은 유쾌한 일입니다. 해티도 내가 좋아하는 것을 알았을 겁니다."

"도런 양의 아버지는 대단한 부자라고요?"

"태평양 연안에서는 제일가는 부자라고 했습니다."

"어떻게 그렇게 많은 재산을 모았나요?"

"광산이죠. 몇 해 전까지만 해도 가진 것이 아무것도 없었어요. 그런데 광산을 발견하고 그것에 투자하고부터 돈이 눈덩이처럼 불어났소."

"그런데 그 딸…… 즉, 당신 부인의 성격을 어떻게 생각합니까?"

경은 코안경을 조금 빨리 흔들며 불길을 지그시 바라보았다.

"바로 그 점이오, 홈즈 씨. 장인이 부자가 되었을 때 해티는 이미 스무 살이 넘었소. 해티는 그때까지 광산의 합숙소를 자유롭게 뛰어다니기도 하고, 숲이며 산을 쏘다니기도 해서 학교보다 오히려 자연에서 더 많은 교육을 받았소. 영국식으로 말한다면 말괄량이라고 할까. 어쨌든 자유분방하고 강한 성격이라서, 어떤 종류의 전통에도 얽매이기를 싫어했어요. 충동적…… 아니, 화산 같다고 할까요. 결단이 빠르고 한번 결정한 일은 대담하게 실행하지요. 사실 그런 결단력이 없었다면 나도 명예 있는 가문을 이어받을 수 없었을 테지만……." 경은 점잔을 빼고 헛기침을 했다. "근본적으로 품격이 높은 여성입니다. 자신을 희생하는 영웅적인 면도 있고, 비열한 행위를 몹시 부끄럽게 여기는 여성이라고 믿고 있소."

"사진을 갖고 있습니까?"

"이걸 가지고 왔소." 그는 로켓을 열어 아름다운 여성의 정면 얼굴을 보여 주었다. 그것은 사진이 아니라 상아에 조각한 세밀화로, 윤기 흐르는 검은 머리와 커다란 눈, 우아하고 아름다운 입술이 잘 표현되어 있었다. 홈즈는 오랫동안 그 세밀화를 열심히 살펴보았다. 그런 다음 뚜껑을 닫고 세인트 사이먼 경에게 돌려주었다.

"그 후 아가씨가 런던에 와서 계속 교제를 했군요?"

"그렇소. 지난 사교 시즌에 부친이 데리고 왔더군요. 몇 번 만나는 동안 약혼하게 되었고 마침내 결혼까지 했소."

"엄청난 지참금을 가지고 오셨다는 소문이 있던데요."

"꽤 많은 액수였소. 우리 가문의 입장에서 보면 보통 이상이라고 할 수는 없지만."

"이 재산은 말할 것도 없이 당신 손에 들어오겠군요. 결혼은 기정사실이니까요."

"글쎄요, 그 문제는 아직 알아보지 않았습니다."

"당연한 말씀입니다. 결혼식 전날, 도런 양을 만났습니까?"

"만났지요."

"건강에 이상은 없었나요?"

"아주 건강해 보였소. 앞으로 펼쳐질 생활에 대해 많은 말을 하더군요."

"알겠습니다. 흥미롭군요. 결혼식 날 아침은 어땠습니까?"

"더할 나위 없이 쾌활했지요. 적어도 식이 끝날 때까지는."

"그렇다면 식이 끝난 뒤 달라진 점이 있었습니까?"

"그렇소. 사실대로 말하면 나는 그때 비로소 해티가 조금 과민한 데가 있다는 것을 깨달았소. 그러나 이야깃거리도 안 되는 하찮은 일이라 사건과 관계가 있다고는 생각되지 않는군요."

"그렇게 단정짓지 마시고 구체적으로 말해 주세요."

"별것 아닌 일이었소. 함께 대기실로 들어가는 도중에 해티가 부케를 떨어뜨렸지요. 그때 마침 앞좌석 쪽을 지나가고 있었는데, 꽃다발이 그 좌석에 떨어졌어요. 잠시 행렬이 멈추었고, 그 좌석에 앉은 신사가 곧 꽃다발을 주워 해티에게 건네주었기 때문에 그것으로 끝날 줄 알았지요. 그런데 나중에 내가 그 이야기를 했더니 해티는 퉁명스럽게 대답했어요. 그리고 돌아가는 마차 안에서도 그런 대수롭지 않은 일을 가지고 어처구니없을 정도로 흥분했지요."

"앞좌석에 앉은 신사라고 하셨지요? 그러면 결혼식에는 일반인도 참석했나요?"

"그렇소. 성당이 열려 있는 이상, 들어오는 사람을 내보낼 수는 없지요."

"그 신사는 부인의 친구가 아니었나요?"

"천만에요. 예의상 신사라고 불렀을 뿐이지 평범한 남자였소. 옷차림조차 기억이 나지 않을 정도요. 이야기가 옆길로 흐른 듯싶소."

"부인은 돌아왔을 때는 식전만큼 쾌활하지 못한 상태였군

요. 아버지 댁에 도착한 뒤 부인의 태도는 어땠습니까?"

"하녀와 이야기를 하고 있었소."

"하녀는 누구입니까?"

"앨리스라는 미국 여자인데 아내와 캘리포니아에서 함께 왔지요."

"부인과 가까웠습니까?"

"약간 지나칠 정도였소. 내가 보기에 너무 버릇이 없더군요. 하긴 이런 점에서 미국인은 우리들과 사고방식이 다르니까요."

"앨리스라는 하녀와 얼마나 이야기하던가요?"

"2, 3분 정도? 나는 다른 일을 생각하고 있어서……."

"두 사람의 대화를 듣지 못했군요?"

"해티는 점핑 어 클레임[2]이라는 말을 했어요. 해티는 곧잘 그런 속어를 쓰지요. 하지만 나는 그 말이 어떤 의미였는지는 모르오."

"미국의 속어 중에는 꽤 깊은 의미가 담긴 것이 있답니다. 하녀와 대화가 끝나고 부인은 어떻게 했습니까?"

"피로연에 참석했소."

---

2) '채굴권을 횡령하다'라는 뜻.

"당신 팔을 끼고?"

"아니오, 혼자 갔소. 해티는 그런 사소한 일에는 지나칠 정도로 자기 위주입니다. 그리고 우리가 자리에 앉고 10분쯤 지났을 때, 갑자기 일어나 작은 목소리로 뭐라고 변명하고는 방을 나갔소. 그리고 지금까지 돌아오지 않은 거요."

"앨리스의 증언에 따르면, 방으로 돌아와 신부 의상 위에 긴 외투를 입고 챙 없는 모자를 쓰고 나갔다고 했는데요?"

"그렇소. 그 뒤 플로라 밀러와 함께 하이드 파크에 들어가는 것을 본 사람이 있는데, 이 여자는 그날 아침 도런 가에서 한바탕 소란을 피운 장본인으로 지금 구류 중이오."

"알고 있습니다. 참고로 그 젊은 여성과 당신의 관계를 알고 싶군요."

세인트 사이먼 경은 어깨를 으쓱하고는 미간을 찌푸렸다. "지난 5, 6년 동안 사귀었소. 아주 친밀한 사이였소. 전에 알레그로 극장에 있던 여자요. 나는 할 도리는 다 했소. 이제 와서 불평할 일은 없다고 봅니다. 하지만 홈즈 씨, 아시다시피 여자란 다 그렇지 않습니까. 플로라는 귀엽지만 다혈질이라서 그런지 나에게 열을 올렸소. 내가 결혼한다는 말을 듣고는 무시무시한 내용의 편지를 여러 통 보냈지요. 결혼식을 그렇게 가까운 친지만 모여 조촐하게 올린 것도, 솔직히 말해 성당에서 소란이 일어날까 염려스러웠기 때문이오. 우리가 식을 마치고 돌아오자 플로라는 도런 가의 현관 앞에 나타나 아내를 욕하고 저주하더니 협박 비슷한 말을 뱉으면서 밀고 들어오려 했소. 이런 일이 일어날지도 모른다는 생각에 사복 경관 두 명을 대기시켜 놓았는데, 플로라는 대기하고 있던 경관이 곧바로 쫓아냈소. 플로라는 떠들어 봤자 소용이 없다는 것을 알고 순순히 돌아간 것 같소."

"부인도 이 사건에 대해 알고 있습니까?"

"아뇨, 다행히 듣지 못했소."

"그래서 나중에 부인이 그 여자와 함께 걸을 수 있었다, 그거군요."

"그렇소. 스코틀랜드 야드의 레스트레이드 씨도 그 점을 주목하고 있어요. 플로라가 아내를 유인해 함정에 빠뜨린 것이 아닌가 생각하고 있지요."

"그렇군요. 그런 추리도 할 수 있겠군요."

"당신도 그렇게 생각하시오?"

"그렇다고는 말하지 않았습니다. 당신은 그것이 있을 수 없는 일이라고 생각합니까?"

"플로라는 파리 한 마리도 죽이지 못하는 여자요."

"그러나 질투는 사람의 성격을 바꾸어 놓기도 합니다. 그런데 당신은 이 문제를 어떻게 생각합니까?"

"나는 의견을 들으러 왔을 뿐, 내 생각을 말하러 온 것이 아니오. 하지만 물어보니까 말합니다만, 이번 결혼식이 가져다준 흥분, 즉 하루아침에 신분이 상승했다는 생각 말이오. 그것 때문에 아내가 신경을 곤두세웠으리라 생각하오."

"다시 말해, 갑자기 정신이 이상해졌다는 말입니까?"

"그렇소. 결혼식장에서 도망갔기 때문에 이런 말을 하는 것은 아니지만, 많은 사람이 원해도 얻지 못하는 것을 버리고 간 걸 보면 그 밖에는 달리 생각할 길이 없군요."

"알겠습니다. 그런 가정도 근거가 없다고 할 수는 없겠군요." 홈즈는 미소 지으면서 말했다. "세인트 사이먼 경, 이제 들을 만한 이야기는 거의 들은 것 같습니다. 하나 더 묻겠습니다. 피로연 자리에서 당신은 창밖이 보이는 곳에 앉아 있었습니까?"

"우리가 앉았던 곳에서는 길 건너편과 공원이 보였소."

"그럴 테지요. 그럼 이제 돌아가셔도 좋습니다. 나중에 연락하겠습니다."

"어쨌든 이 문제를 만족하게 해결해 주신다면……." 손님은 일어서면서 말했다.

"벌써 해결했습니다."

30

"네, 뭐라고요?"

"이미 해결했다고 말했습니다."

"그럼 아내는 어디에 있습니까?"

"그 문제도 곧 해결해 드리겠습니다."

세인트 사이먼 경은 고개를 저었다. 그러고는 "그러려면 당신과 내 머리보다 더 현명한 두뇌가 필요하지 않을까요?"라고 말한 뒤 정중한 옛날식 절을 하고 돌아갔다.

"세인트 사이먼 경은 황송하게도 내 두뇌를 자신의 그것과 같은 수준에 놓았어." 셜록 홈즈는 웃으면서 말했다. "젠장. 까다로운 심문이 끝났으니 위스키소다와 시가가 필요하겠군. 나는 의뢰인이 들어오기 전에 이미 결론을 내렸어."

"설마!"

"이것과 비슷한 사건 기록을 여러 개 가지고 있어. 하긴 아까도 말했듯이 이렇게 훌륭한 솜씨를 보인 경우는 처음이지만. 자세히 질문한 결과 추측이 확신으로 변했지. 상황 증거도 때로는 대단한 의미를 가져. 헨리 소로[3]의 말을 흉내 내는 게 아

---

3) 1817~1863. 미국의 시인이자 사상가. 자연 생활을 예찬하고 시민의 자유를 주장했다.

니라, 우유에서 송어가 나온 것과 같은 경우지."

"자네가 들은 이야기는 나도 다 들었어."

"그렇지만 나는 자네와는 달리 모든 전례를 알고 있거든. 몇 년 전 스코틀랜드의 애버딘에서 이와 비슷한 사건이 있었고, 프랑코-프러시안 전쟁이 일어난 다음해에 뮌헨에서도 비슷한 사건이 있었어. 이번 사건도 같은 케이스야. 아, 레스트레이드가 왔군. 안녕하시오, 레스트레이드. 찬장에 손님용 잔이 있고 시가는 그 상자에 있어요."

레스트레이드 형사는 두꺼운 재킷에 목도리를 한, 어디로 보나 선원 복장 차림이었는데, 손에는 검은 캔버스 가방을 들고 있었다. 무뚝뚝하게 인사를 하고 자리에 앉더니, 권하는 담배에 불을 붙였다.

"왜 그래요? 불만스러운 표정이군요." 홈즈는 눈을 빛내며 물었다.

"이런 표정을 짓지 않을 수 없죠. 세인트 사이먼 경의 신부 실종 사건이 정말 애를 먹입니다. 전혀 감을 잡을 수 없으니."

"저런! 보기 드문 일이군요."

"이렇게 까다로운 사건은 처음입니다. 단서마다 손가락 사이로 빠져나가니, 오늘도 온종일 허탕만 쳤습니다."

"게다가 물에 빠진 생쥐가 되었군요." 홈즈는 레스트레이드의 재킷 소매를 만지면서 말했다.

"그렇습니다. 하이드 파크의 서펜타인 연못 밑바닥을 훑었으니까요."

"그건 또 왜요?"

"세인트 사이먼 경 부인의 시체를 찾으려고요."

셜록 홈즈는 의자의 등받이에 몸을 기대고 웃음을 터뜨렸다.

"트래팔가 광장 분수도 조사했습니까?"

"거긴 왜요?"

"시체가 발견될 가능성은 어디에나 있으니까요."

레스트레이드는 화난 얼굴로 친구를 노려보았다 "당신은 마치 모든 걸 다 알고 있다는 듯이 말하는군요."

"알긴요. 나는 조금 전에야 자세한 이야기를 들었어요. 짐작은 하지만."

"흥! 그럼 서펜타인 연못은 이 사건과 관계가 없다는 거군요."

"그렇다고 생각해요."

"그렇다면 연못에서 이런 물건들이 나왔는데, 어떻게 된 것인지 한번 설명이나 들어 봅시다." 레스트레이드는 가방을 열고 물이 뚝뚝 떨어지는 실크 웨딩드레스와 하얀 새틴 구두, 꽃다발, 면사포 등, 모두 물에 젖어 색이 변한 물건을 바닥에 쏟아 놓았다. 그러고는 "보시오" 하고 마지막으로 새 결혼반지를 옷 위에 올려놓으면서 말했다. "어떻습니까, 홈즈 씨, 이걸 보고도 아무 생각이 안 납니까?"

"과연! 이걸 모두 서펜타인 연못에서 건졌단 말입니까?" 친구는 시가 연기를 뿜어내면서 말했다.

"직접 건진 건 아니고, 연못가에 떠 있는 것을 공원 관리인이 발견했소. 부인의 의상이라는 사실을 확인했으니, 시체도 부근

에 있다고 생각한 거요."

"그 훌륭한 논법대로라면, 인간의 몸은 모두 옷장 옆에 있다는 결론이 나오겠군요. 그래서 당신은 이 물건에서 어떤 결론을 내렸나요?"

"부인이 실종된 것에 플로라 밀러가 관계되어 있다는 증거를 찾을 수 있으리라 생각했소."

"그건 좀 어렵지 않을까요?"

"정말 그렇게 생각하시오?" 레스트레이드는 불쾌한 듯이 소리쳤다. "홈즈 씨, 당신의 연역이나 추리는 실제적이라고 말하기는 어려워요. 지금 두 가지 큰 실수를 저지르고 있어요. 누가 뭐라고 해도, 이 옷은 플로라 밀러가 사건에 관계되어 있음을 증명합니다."

"왜죠?"

"이 옷에는 주머니가 있소. 주머니에는 명함 지갑이 들어 있고, 명함 지갑에는 편지가 있소. 보시오. 이것이 그 편지요." 레스트레이드는 눈앞의 테이블에 그것을 내동댕이치듯 놓았다.

"들어 보시오. '준비되는 즉시 만나겠어요. 곧 오세요. F. H. M.' 자, 봐요. 나는 처음부터 플로라 밀러가 공범과 짜고 세인트 사이먼 경 부인을 유괴했다고 추리했습니다. 바로 이 F. H. M.은 그 여자의 이니셜이고, 문 앞에서 부인에게 이 편지를 건네주어 자기들 손안으로 유인했을 거요."

"훌륭합니다, 레스트레이드." 홈즈는 웃으면서 말했다. "정말 멋지군요. 어디 좀 볼까요." 그는 별로 관심 없어 보이는 태도로 편지를 집어 들었는데, 곧 관심을 보이면서 만족스럽다는 듯 신음 소리를 냈다. "이건 대단하군요."

"어때요, 당신도 그렇게 생각하지요?"

"그렇고말고요. 크게 축하할 일입니다."

레스트레이드는 우쭐해하는 얼굴로 의자에서 일어나 고개를 숙이고 편지를 들여다보았다. "어!" 그가 외쳤다. "앞면을 보고 있군요."

"그렇습니다." 홈즈가 말했다.

"왜죠? 편지는 뒤에 쓰여 있소."

"이건 호텔 계산서인데, 나는 이쪽 부분에 흥미가 있거든요."

"그따위 것에서는 아무것도 나올 게 없어요. 나도 아까 보았지만." 레스트레이드가 말했다. "10월 4일, 방값 8실링, 아침 식사 2실링 6펜스, 칵테일 1실링, 점심 식사 2실링 6펜스, 셰리 한 잔 8펜스. 보시다시피 아무것도 없어요."

"그렇게 보이겠지요. 하지만 이것이 중요하다는 사실만은 변함이 없소. 그러나 편지도 이니셜은 중요하므로 새삼스럽게 축하한다고 말하겠소."

"젠장, 시간만 낭비했군." 레스트레이드는 일어섰다. "나는 난로 앞에 앉아 훌륭한 이론을 늘어놓는 것보다는 근면한 노력을 더 존중합니다. 잘 있어요, 홈즈 씨. 누가 먼저 사건의 진상을 규명하는지 곧 알게 될 거요." 그는 젖은 옷들을 가방에 구겨 넣고 돌아가려 했다.

"레스트레이드, 힌트를 하나 드리지요." 홈즈는 라이벌이 사라지기 전에 느긋한 목소리로 불러 세웠다. "문제의 해답을 가르쳐 드리지요. 세인트 사이먼 경 부인 실종 사건은 꾸며진 이야기입니다. 그런 인물은 전에도 없었고 지금도 없어요."

레스트레이드는 딱하다는 듯한 얼굴로 홈즈를 보았다. 그리고 나에게 시선을 옮겨 이마를 세 번 가볍게 두드리고, 연기라도 하듯 심하게 고개를 젓더니 휙 나가 버렸다.

그가 문을 닫자마자 홈즈는 일어나 코트를 입었다. "레스트레이드는 난로 앞에서 늘어놓는 이론 따위는 가치가 없다고 했는데, 확실히 맞는 말이야. 왓슨, 자네는 잠시 신문이나 읽고 있어. 나는 나갔다 올게."

셜록 홈즈가 나를 남겨 두고 나간 것은 5시가 지나서였는데, 나는 그 후 한가한 시간을 보낼 겨를이 없었다. 한 시간도 지나지 않아서 식료품 가게의 심부름꾼이 크고 납작한 상자를 가지고 왔기 때문이다. 그는 함께 온 소년에게 거들게 해서 상자를 열었다. 놀란 눈으로 바라보는 내 앞에서, 그들은 하숙집의 허술한 식탁 위에 간단하지만 호화스러운 야식을 늘어놓았다. 차가운 도요새 두 마리에 꿩 한 마리, 거위 간 파이, 그리고 거미줄이 붙은 해묵은 술이 몇 병이나 있었다. 요리를 모두 늘어놓은 두 심부름꾼은 품삯은 선불로 다 받았고, 이 집에 배달하라는 지시를 받고 가져왔다는 말만 하고 마치 요술 램프의 지니처럼 사라졌다.

9시 조금 전에 셜록 홈즈가 자신만만한 태도로 들어왔다. 표정은 근엄했지만, 반짝이는 눈을 보고 그의 추리가 빗나가지 않았다는 사실을 알 수 있었다.

"흠, 야식을 준비했군." 그는 손바닥을 비비면서 말했다.

"누가 올 모양이지. 5인분을 차려 놓고 간 걸 보면."

"응, 손님이 몇 사람 올지 몰라. 세인트 사이먼 경은 벌써 와 있을 줄 알았는데. 계단에서 발소리가 들리는 걸 보니 이제 오나 보군."

수선스럽게 들어온 사람은 분명히 낮에 본 그 손님으로, 코안경을 더욱 분주하게 흔들고 있었다. 귀족적인 얼굴에는 몹시 당혹해하는 표정이 떠올라 있었다.

"내가 보낸 사람을 만났나요?" 홈즈가 물었다.

"네. 사실은 편지를 보고 몹시 놀랐소. 그 이야기에는 충분한 증거가 있습니까?"

"의심의 여지가 없는 증거가 있지요."

세인트 사이먼 경은 의자에 깊숙이 몸을 파묻고 이마에 손을 얹었다. "우리 가문 사람이 굴욕을 겪었다는 사실을 알면 공작은 뭐라고 할까?"

"뜻밖의 일이긴 합니다만, 굴욕은 아니지요."

"그건 당신 생각이오."

"누가 나쁘다고 할 수는 없습니다. 부인이 당돌한 행동을 한 것은 유감이지만, 이럴 때는 다른 방법이 없었겠지요. 어머니가 없으니 이런 절박한 상황에서 의논할 사람이 없었던 겁니다."

"아니, 이건 모욕이오. 공공연한 모욕입니다." 세인트 사이먼 경은 손가락으로 테이블을 두드리면서 말했다.

"젊은 사람이 견디기 어려운 부끄러운 상황에 놓였던 것이니 그 심정을 이해해야 합니다."

"이해하라고? 난 못합니다. 나는 정말 화가 났소. 나야말로 지독한 창피를 당한 거요."

"벨이 울린 것 같습니다. 계단에서 발소리가 납니다. 세인트 사이먼 경, 내가 용서를 구해도 별 소용이 없을 것 같으니, 내가 부른 변호인을 만나는 게 좋을 듯싶군요." 홈즈는 문을 열고 부인과 신사를 맞아들였다.

"세인트 사이먼 경, 프랜시스 헤이 몰튼 부부를 소개합니다. 부인에 대해서는 이미 알고 계시리라 믿습니다."

방금 들어온 두 사람을 본 우리의 의뢰인은 의자에서 벌떡 일어나 눈을 내리깔고 한 손을 프록코트의 가슴에 찔러 넣은 채 잠시 우뚝 서 있었다. 그 모습은 상처받은 위엄, 바로 그것이었다. 부인은 재빨리 한 걸음 걸어 나와 손을 내밀었으나, 사이먼 경은 도무지 눈을 들려 하지 않았다. 그의 결심을 관철하기 위해서는 그래야 했을 것이다. 애원하는 여자의 표정을 도저히 외면할 수 없었을 테니 말이다.

"화를 내는군요, 로버트. 그러는 게 당연하다고 생각해요."

"변명 따윈 하지 마시오." 사이먼 경이 내뱉듯이 말했다.

"당신에게 미안하기 짝이 없는 짓을 저질렀다는 것도, 나가기 전에 말씀드려야 옳았다는 것도 알고 있어요. 하지만 나는 제정신이 아니었고, 프랭크를 만난 뒤 내가 무슨 말을 하고 있는지조차 모를 정도였어요. 제단 앞에서 졸도하지 않은 것이 이상할 지경이에요."

"몰튼 부인, 사정 이야기를 하는 동안 나와 친구는 자리를 비워 드리는 것이 좋겠지요."

"실례입니다만, 이번 일에서 우리가 지나치게 비밀스러운 행동을 한 것 같습니다. 나는 유럽과 미국의 모든 사람들에게 진상을 알려 주었으면 하는 심정입니다." 처음 만난 신사가 말했다. 체격은 크지 않지만 다부지고, 피부는 햇볕에 그을렸는지 까무잡잡하고, 깨끗이 면도를 했으며, 인상이 날카로웠다. 그리고 태도는 활기에 넘쳤다.

"그럼 내가 모든 걸 다 이야기하겠어요. 여기 있는 프랭크와 나는 84년에 로키 산맥에서 가까운 매콰이어라는 곳에서 만났어요. 그곳은 아버지 광구가 있던 곳이지요. 우리는 약혼을 했어요. 그런데 어느 날 아버지가 큰 광맥을 발견해 우리는 순식간에 부자가 되었지만, 프랭크의 광구는 날이 갈수록 나빠질 뿐이어서 결국 망했지요. 아버지는 날로 부자가 되는데 프랭크는 날마다 위축되어 갔어요. 그러자 아버지는 마침내 약혼을 취소하라고 강요하시면서 나를 샌프란시스코로 데리고 갔지요. 그러나 프랭크는 체념하지 않았어요. 아버지가 알면 크게 화를 낼 것이 뻔했기에 우리는 모든 것을 우리 둘이서 결정했지요. 프랭크는 다시 한 번 나가서 돈을 벌어 오겠다, 아버지 같은 부자가 되기 전에는 나와 결혼하지 않겠다고 말했어요. 그래서 나는 언제까지라도 기다리겠다고 약속했고, 프랭크가 살아 있는 동안은 다른 사람과 절대로 결혼하지 않겠다고 맹세했어요. 그러자 그가 '그렇다면 지금 결혼해도 되지 않소? 그렇게 하면 당신을 믿을 수 있을 것 같소. 그리고 내가 다시 돌아오기 전까지는 절대로 당신의 남편이라고 밝히지 않겠소'라고 말했어요. 그래서 나는 그의 말에 따라, 그가 주선한 신부님 앞에서 식을 올렸어요. 그런 다음 프랭크는 돈을 벌기 위해 떠났고, 나는 아버지에게 돌아갔어요.

그 후 프랭크가 몬태나에 있다는 말을 들었고, 얼마 후엔 애리조나로 광산을 채굴하러 떠났어요. 그런 다음에는 뉴멕시코에 있다는 소식을 들었지요. 그런데 얼마 후, 아파치족 인디언이 광산 마을을 습격했다는 신문 기사가 났는데, 피살된 사람 가운데에 프랭크의 이름도 있었어요. 나는 눈앞이 캄캄해져서 쓰러졌고, 그 후 몇 달 동안 누워서 지냈어요. 아버지는 폐병인 줄 알고, 샌프란시스코에 있는 의사란 의사는 거의 다 불러서 진찰하게 했지요.

일 년이 넘도록 소식이 없자, 나는 프랭크가 정말 죽었다고 생각했어요. 그때 세인트 사이먼 경이 샌프란시스코에 오셨고, 아버지와 제가 런던으로 와서 약혼하게 되었어요. 아버지는 크게 기뻐하셨지만, 나는 항상 프랭크에게 바친 마음에 다른 남자가 들어올 수는 없다고 생각했지요.

그러나 사이먼 세인트 경과 결혼하게 되었으니, 아내로서의 의무는 다할 각오였어요. 애정은 어쩔 수 없지만 행동만은 의지대로 하려고 생각했어요. 경과 함께 제단 앞에 나아갔을 때, 나는 힘이 닿는 한 좋은 아내가 되려고 생각했어요. 제단의 난간 앞까지 와서 문득 뒤를 돌아보았는데, 맨 앞줄에 프랭크가 서서 나를 지그시 바라보고 있었어요. 처음엔 유령인 줄 알았어요. 그래서 다시 한 번 돌아보았더니, 그는 역시 같은 장소에서 자신을 만나 기쁘냐고 묻는 듯한 눈으로 지켜보았어요. 그때의 내 심정은 아무도 상상할 수 없을 거예요. 내가 거기서 쓰러지지 않은 것이 이상할 정도였어요. 눈앞의 물체들이 빙글빙글 돌고, 신부님 말씀이 마치 벌이 윙윙거리는 소리처럼 귓속에서 울렸지요. 어떻게 해야 좋을지 몰랐어요. 결혼식을 중지해 달라고 요청해 성당에서 소란을 일으켜서는 안 되겠다고 생각했어요. 다시 프랭크를 보았는데, 그는 내 생각을 모두 알고 있는 듯 입에 손가락을 대고 조용히 하라고 신호를 보냈어요. 그 후 종이에 무엇인가를 쓰는 것을 보고 나에게 줄 편지라고 짐작했지요. 퇴장하면서 프랭크 앞을 지나갈 때, 그의 앞에 일부러 꽃다발을 떨어뜨렸어요. 그는 꽃다발을 집어 주면서 내 손에 종이쪽지를 몰래 쥐여 주었지요. 신호를 하면 오라고 한 줄 간단히 쓰여 있었어요. 나는 이렇게 된 바에야 누구보다도 프랭크에게 의무를 다해야 한다고 믿어 의심치 않았기에 뭐든지 그가 하자는 대로 따르겠다고 결심했어요.

돌아와서 앨리스에게 이 이야기를 했어요. 앨리스도 캘리포니아에 있을 때부터 그를 알았기에 언제나 그를 동정했지요. 나는 앨리스에게 절대로 말하지 말라고 당부한 뒤 일용품을 꾸리고 긴 외투를 꺼내 두라고 했지요. 세인트 사이먼 경에게 미리 이야기하고 가야 옳다는 것을 알고 있었지만, 경의 어머니나 지체 높은 분들 앞에서 그 이야기를 한다는 것은 생각만 해도 무서웠어요. 지금 이대로 도망치고 나중에 설명하려고 했지요. 피로연 자리에 앉은 지 10분도 지나지 않아 창문 너머로 길 건너편에 있는 프랭크가 보였어요. 그는 나에게 신호를 하고 공원으로 들어갔지요. 나는 살며시 빠져나가 준비해 둔 것들을 갖고 따라갔어요.

그런데 처음 보는 여자가 다가와, 세인트 사이먼 경에 대해 이러쿵저러쿵 말을 걸어왔어요. 별로 귀담아 듣지는 않았지만, 경에게도 결혼 전에 비밀이 있었다는 이야기였어요. 하지만 그 자리를 떠나 곧 프랭크를 만났어요.

우리는 역마차를 타고 프랭크가 하숙하고 있는 고든 광장으로 갔어요. 이것이야말로 지난 몇 년 동안 기다리고 기다리던 진짜 결혼이었지요. 프랭크는 아파치족의 포로가 되었다가 탈출해 샌프란시스코로 갔고, 거기서 내가 체념하고 영국으로 건

너갔다는 말을 듣고는 나를 찾아 이곳까지 온 거예요. 그리고 결혼식 날 아침에 드디어 나를 만났어요."

"신문에서 봤어요. 신부와 성당 이름은 나와 있었지만 주소를 몰랐으니까요." 미국인이 설명했다.

"그 후 함께 앞으로의 일을 의논했어요. 프랭크는 모든 것을 털어놓는 것이 좋다고 했지만, 나는 내 행동이 부끄러워서 이대로 자취를 감추고 다시는 그 사람들 앞에 나타나지 않으려고 했어요. 아버지에게만 간단하게 편지를 써서 무사하다는 사실을 알리고 싶었지만, 피로연 장에서 내가 돌아오기를 기다릴 지체 높은 어른들과 부인들을 생각하면 너무나 무서웠어요. 프랭크가 신부 의상과 그 밖의 물건을 챙겨 눈에 띄지 않는 곳에 버리러 갔지요. 홈즈 씨가 어떻게 우리가 있는 곳을 알았는지 모르지만, 오늘 밤에 찾아왔어요. 그리고 내 생각은 잘

못이고 프랭크의 생각이 옳다는 것, 언제까지나 비밀로 하면 우리들이 나쁜 일을 하고 있음을 자인하는 것과 같다고 분명하고도 친절하게 일깨워 주시지 않았더라면, 우리는 그 길로 파리로 떠났을 거예요. 게다가 사이먼 경을 만날 수 있게 해 주시겠다고 해서 즉시 이곳으로 왔어요. 로버트, 이제 모든 걸 다 털어놓았어요. 마음에 큰 상처를 드려 정말 죄송하지만, 제발 나를 경멸하지는 마세요."

세인트 사이먼 경은 엄격한 태도를 조금도 흐트리지 않은 채, 미간을 찌푸리고 입을 굳게 다물고는 긴 이야기를 들었다.

"실례지만, 나는 은밀하고 개인적인 일을 이렇게 다른 사람이 있는 자리에서 이야기해 본 적은 한 번도 없소."

"그렇다면 용서하지 않은 거군요. 이별의 악수도 하지 않겠어요?"

"당신이 원한다면 하지요." 그는 손을 내밀어 차갑게 여자의 손을 잡았다.

"이 친목을 도모하는 야식에 당신들을 초대하려고 합니다만." 홈즈가 말했다.

"그것은 지나친 요청이오. 나는 잠자코 물러나는 수밖에 없지만, 자진해서 축제에 참가할 마음은 없소. 그러니 이만 물러가겠소." 그는 방에 있는 사람 모두에게 한 번 고개를 숙이고는

어깨를 으쓱하며 방에서 나갔다.

"두 분은 합석하시겠죠? 몰튼 씨, 미국 사람을 만나는 일은 아주 유쾌합니다. 왜냐하면 나는 과거 어떤 왕의 바보 같은 행동과 신하의 실수가 우리의 자손이 언젠가는 전 세계에 걸친 국가를 만들고, 유니온 잭과 성조기를 결합한 국기를 게양하는 것을 방해하지 않으리라 믿기 때문입니다."

"이 사건에서 재미있는 점은, 겉으로는 거의 해결할 수 없는 것처럼 보이는 사건도 사실은 어렵지 않게 풀 수 있다는 것을 확실하게 보여 주었다는 거야. 그 부인의 설명을 들어보면 상황이 아주 자연스럽게 진행되었고 결과도 그렇게 되었지만, 한편으로 스코틀랜드 야드의 레스트레이드처럼 결말만 본다면 이만큼 불가사의한 사건도 없지." 손님이 돌아간 뒤에 홈즈가 말했다.

"그렇다면 자네는 조금도 고심하지 않았어?"

"처음부터 두 가지 사실을 분명히 알았어. 그 여자가 결혼식을 올리게 된 것을 진심으로 기뻐했다는 사실과, 식장에서 돌아가는 아주 짧은 시간에 결혼을 후회했다는 사실이야. 아침에 여자의 마음을 바꾸어 놓을 만한 일이 일어난 거지. 그 일은 무엇일까? 집에서 나간 후 계속 신랑과 함께 있었으니 다른 사람과 대화를 나누었다고는 생각되지 않아. 그렇다면 누구를 봤을까? 만일 그렇다면 그 사람은 미국에서 만난 사람이어야 해. 여자는 영국에 온 지 얼마 안 되니까. 그러니까 영국에는 모습을 보이기만 해도 여자의 마음을 완전히 바꾸어 놓을 만큼 영향력이 큰 남자가 있을 리 없어. 이렇게 소거법으로 생각해 보면, 여자는 그날 아침 미국인과 만났다는 결론을 어렵잖게 얻을 수 있지. 그렇다면 그 미국인은 누구이며, 여자에게 그토록 강한 영향력을 행사하는 까닭은 무엇일까. 애인일까, 남편일까? 여자는 거칠고 비정상적인 환경에서 젊은 시절을 보냈다고 했어.

나는 여기까지 추정한 다음 세인트 사이먼 경의 이야기를 들었지. 경의 이야기를 통해 앞줄에 어떤 남자가 앉아 있었다는 사실, 신부의 태도가 달라졌다는 것, 꽃다발을 떨어뜨린 것, 그리고 마지막으로 여자가 클레임 점핑─이것은 광부의 말인데, 다른 사람이 먼저 갖고 있는 채굴권을 횡령한다는 의미야─이런 말을 했다는 사실을 알게 되었어. 여기까지 듣고 나니 사건의 전모가 훤히 드러났지. 여자는 남자와 함께 도망갔고, 그 남자는 여자의 연인이거나 전남편일 거라고 추리했어."

"두 사람을 어떻게 찾았지?"

"어려운 문제인데, 우리의 친구 레스트레이드가 자신은 그 가치를 모른 채 갖고 있던 자료가 있었어. 이니셜이 매우 중요한 포인트가 되었다는 것은 말할 필요도 없지만, 그보다 더 중요한 것은 남자가 지난 일주일 동안 런던의 일류 호텔에 머물다 요금을 지불했다는 사실이지."

"무엇으로 일류 호텔이라는 사실을 알았지?"

"호텔 요금으로 알았어. 방값 8실링, 셰리 한 잔 8펜스. 이런 것이 모두 최고급 호텔임을 말해 주고 있어. 이런 요금을 받는 호텔은 런던에도 별로 없어. 노섬버랜드 애버뉴에서 두 번째로 꼽히는 호텔 숙박부를 조사해 보고, 프랜시스 H. 몰튼이란 미국 남자가 전날까지 숙박했다는 사실을 알았어. 그곳의 계산서와 영수증을 대조해 내용이 완전히 일치한다는 사실도 확인했지. 그리고 그 남자 앞으로 온 편지는 고든 광장 226으로 보내 달라고 되어 있었어. 그곳에 가 보니, 다행히 사이좋은 두 사람이 있더군. 그래서 부모와 같은 마음에서 충고를 했지. 대중에게, 특히 세인트 사이먼 경에게 모든 사연을 밝히는 것이 여러 모로 유리하다고 말이야. 그러고 나서 나는 이곳에 와서 경을 만나라고 권했고, 경에게도 이리 오라고 연락했어."

"그러나 바람직한 결과는 아니었어. 경이 관대한 태도를 보이지 않았으니까."

"왓슨, 청혼과 결혼의 까다로운 수순을 거친 끝에 눈 깜짝할 사이에 아내와 재산을 날리고 말았으니, 자네라도 관대할 수만은 없을걸. 세인트 사이먼 경을 비판하기에 앞서 이해하고, 절대 그런 상황에 놓일 일이 없는 자네와 나의 운명에 감사하자고. 왓슨, 의자를 당기고 바이올린을 줘. 지금 우리에게는 딱 하나 남은 문제가 있어. 이 쓸쓸한 가을밤을 어떻게 보내야 할까?"

너도밤나무 숲

1889년 4월 5일(금)~4월 20일(토)

The Copper Beeches

"예술 자체를 사랑하는 사람은 조금도 중요하지 않고 보잘것없는 표현에도 큰 기쁨을 느낄 때가 있어. 왓슨, 자네는 이 진리를 확실히 이해하는 것 같군. 자네는 내가 취급한 사건을 친절하게 기록하고 때로는 미화하지만, 세상에 널리 알려지고 나의 명성에 크게 도움이 된 유명한 사건이나 재판보다는 사건은 작지만 내 특기인 추리나 재능을 종합적으로 발휘한 사건을 더 중시해서 무척 만족스러워." 셜록 홈즈는 광고란이 펼쳐진 데일리 텔레그래프를 밀어내면서 말했다.

"그렇지만 내 글이 선정적이라고 말하는 사람도 있어. 그런 말을 들어도 어쩔 수 없는 면도 있지." 나는 미소를 지으며 대답했다.

"그래. 자네의 결점은 아마도……." 그는 이글거리는 숯 덩

어리를 부젓가락으로 집어 벚나무 나무로 만든 긴 파이프에 불을 붙이면서 내 글에 대해 비평하기 시작했다. 그는 명상에서 빠져나와 토론을 하고 싶을 때는 사기 파이프 대신 언제나 이 벚나무 파이프를 사용했다.

"자네의 결점이라고 한다면 이야기에 활력을 불어넣으려고 하는 거야. 원인에서 결과를 빈틈없이 추리해 가는 과정만 가치가 있으니, 그것만 쓰면 좋겠어."

"자네에 대한 이야기를 왜곡한 기억은 없어." 나는 친구의 강한 자의식에 두 손을 들면서 냉정하게 대답했다. 나는 이 자부심이 그의 남다른 성격을 형성하는 데 큰 영향을 미친다는 사실을 새삼스럽게 깨달았다.

"아니, 자만심이나 자기중심적인 사고방식에서 하는 말이 아냐. 내 일을 엄정하게 취급해 달라고 요구하는 것은, 그것이 개인적인 일이 아니기 때문이네. 나를 초월한 문제야. 범죄는 어디에서나 일어나. 하지만 논리적인 추리는 흔하지 않지. 그러니 자네도 사건이 아니라 추리를 기록해야 하는 거야. 자네는 강의라고 할 수 있는 것을 이야깃거리로 전락시키고 있어." 그는 나의 감정까지 꿰뚫어 보고 있었다.

이른 봄의 추운 아침, 우리는 아침 식사를 마친 뒤 베이커 가의 정든 방에서 활활 타오르는 난롯불을 쬐고 있었다. 큰길에는 짙은 안개가 끼어 집들은 검게 보였고, 건너편 집의 창문은 소용돌이치는 노란 안개 때문에 몽롱한 검은 얼룩처럼 보였다. 우리 방에 켜져 있는 밝은 가스등의 불빛을 받아 아직 치우지 않은 식탁의 하얀 테이블보와 접시, 포크가 반짝였다. 셜록 홈즈는 아침부터 아무 말도 하지 않고 여러 신문의 광고란을 열심히 살펴보더니, 마침내 체념한 듯 시무룩한 태도로 내 작품의 결점을 들추기 시작했다.

"그렇지만……." 그는 긴 파이프를 빨아 대면서 지그시 난롯불을 보더니 잠시 후 다시 말을 이었다. "자네의 글이 선정적이라고 비난하는 것은 옳지 않아. 왜냐하면 자네가 흥미를 보인 사건은 법률적으로는 범죄가 성립되지 않는 것이 대부분이기 때문이지. 예를 들면, 보헤미아 왕을 도우려고 한 장난 같은 일도 그렇고, 메리 서덜랜드의 특이한 경험도 그렇고, 또 입술이 비뚤어진 남자나 독신 귀족의 경우도 그렇고, 어쨌든 모두 법을 적용할 수 없는 것들이야. 그렇지만 자네는 선정적으로 표현하지 않으려고 너무 신경 쓴 나머지 평범한 글을 쓰게 되었는지도 몰라."

"결과는 그렇게 되었는지 모르지. 하지만 내가 쓰려고 한 해결 방법은, 진기하고 재미있는 것들뿐이었어."

"흥! 이(齒)를 보고 방직공이라는 것을 알아채지 못하고, 왼손 엄지를 보고 식자공이라는 것을 알아채지 못할 정도로 부주의한 독자가 분석이나 추리의 아름다움을 알 수 있을까. 그러나 자네의 글이 평범하다고 해서 자네만 책망할 수는 없어. 큰 사건이라 할 만한 것은 이미 과거의 일이 되었어. 이렇게 말하면 지나친 표현일지 모르지만, 적어도 범죄자는 모험심과 독창성을 잃었어. 내 이 작은 일만 하더라도 잃어버린 연필을 찾거나, 기숙학교를 갓 나온 아가씨들에게 충고하는 정도까지 몰락했어. 그러나 이젠 내려갈 데까지 내려간 듯해. 이 편지는 오늘 아침에 받은 편지인데, 이것이 아마 맨 밑바닥일걸." 그는 구겨진 편지를 내밀었다.

편지는 어젯밤 몬태규 플레이스에서 부친 것인데, 내용은 다음과 같다.

셜록 홈즈 님

저는 지금 가정교사 자리를 권유받고 있는데, 수락해야 할지 거절해야 할지 알 수 없어 의견을 꼭 듣고 싶습니다. 내일 아침 10시 30분에 방문하겠습니다. 부디 잘 부탁드립니다.

– 바이올렛 헌터

"이 아가씨를 알고 있나?" 내가 물었다.
"아니."
"벌써 10시 30분이군."
"응, 지금 벨을 울리는 사람일 거야."
"블루 카번클 사건만 하더라도 처음에는 단순한 장난이라고 생각했어. 그러다가 큰 사건으로 발전하지 않았나. 이번 일도 그렇게 되지 않으리라고 단정할 수 없어."

"응, 그러면 좋겠지. 벌써 손님이 온 것 같군. 곧 알게 되겠지."

그의 말이 끝나기도 전에 문이 열리고 젊은 여자가 들어왔다. 옷차림은 검소하지만 단정했고, 물떼새의 알처럼 주근깨가 많은 얼굴은 생기 있고 현명해 보였다. 그리고 시원한 태도는 세상을 혼자 힘으로 살아온 여자라는 인상을 주었다.

"갑자기 폐를 끼쳐 드리게 돼서 죄송합니다." 여자는 홈즈의 안내를 받으면서 인사했다. "실은 저는 아주 이상한 경험을 했습니다. 그런데 의논할 만한 부모도 친척도 없어 이렇게 당신을 찾아뵙기로 한 것입니다."

"헌터 양, 어서 앉아요. 도움이 된다면 뭐든지 하겠습니다."

나는 홈즈가 새 의뢰인의 태도나 말씨에 호감을 느끼고 있다는 것을 알 수 있었다. 그는 특유의 예리한 감각으로 여자를 관찰하고 나서 눈을 감고 두 손의 손가락 끝을 서로 맞댄 채 이야기를 듣기 위해 조용히 귀를 기울였다.

"저는 5년 동안 가정교사 일을 해 왔습니다." 여자는 자신의 이야기를 들려주기 시작했다. "스펜스 먼로 대령 댁에서 말입니다. 그런데 두 달쯤 전에 대령이 노바 스코티아*)의 할리팩스로 자리를 옮기게 되어 아이들과 함께 그곳으로 갔지요. 그래서 저는 일자리를 잃었어요. 저는 신문에 광고를 내기도 하고, 광고에 응하기도 했는데 신통한 일자리가 없었습니다. 그러다 보니 저축해 둔 약간의 돈도 모두 떨어져, 어떡해야 좋을지 막막했습니다.

웨스트엔드에 여성을 대상으로 하는 웨스터웨이라는 유명한 가정교사 소개소가 있습니다. 저는 적당한 자리가 있을까 하고 일주일에 한 번 정도 그곳을 찾아갔습니다. 웨스트웨이는 소개소를 시작한 사람의 이름인데, 지금은 미스 스토퍼가 혼자 사무를 맡아 일을 처리하고 있습니다. 미스 스토퍼는 좁은 사무실에 앉아 있고, 일자리를 구하러 온 사람은 대기실에서 기다립니다. 차례가 되어 들어가면 스토퍼는 장부를 뒤적거려 적당한 자리가 있는지 알아보지요.

지난주에도 평소처럼 그 좁은 사무실을 찾아갔는데, 그날은 스토퍼뿐만 아니라 어떤 남자도 있었어요. 아주 뚱뚱하고 턱과 목 부분의 살이 축 처진 인상 좋은 신사였는데, 스토퍼 옆에 앉아 코안경을 쓴 눈으로 들어오는 구직자를 열심히 지켜보고 있

---

4) 캐나다 남동부의 반도.

었습니다. 제가 들어가니까 의자에서 벌떡 일어날 정도로 좋아하면서 스토퍼를 바라보았습니다.

'이 아가씨가 좋아요! 이분보다 더 적당한 사람은 찾기 힘들겁니다. 아주 좋아요.' 그는 기뻐 어쩔 줄 모르는 듯 싱글벙글 웃으면서 손바닥을 마주 비벼 대고 있었습니다. 편안해 보이는 분으로, 보고 있으면 저절로 미더운 마음이 들 정도였습니다.

그는 '아가씨는 일자리를 찾고 있나요?' 하고 저에게 물었습니다.

'네, 그렇습니다.'

'가정교사입니까?'

'그렇습니다.'

'급여는 얼마를 원합니까?'

'전에 있던 스펜스 먼로 대령 댁에서는 한 달에 4파운드 받았습니다.'

'뭐라고요? 그건 너무했군요. 지독한 착취야!' 그분은 몹시 분개한 듯 살찐 두 손을 내밀며 외쳤습니다. '이렇게 아름답고 교양 있는 아가씨에게 그것밖에 주지 않았다니, 정말 너무했군!'

'하지만 그렇게 깊은 학식은 갖추지 못했습니다. 프랑스어와 독일어를 약간 할 줄 알고, 음악과 그림을 조금······.' 제가 대답했습니다.

'쯧쯧!' 그분은 혀를 차며 말했습니다. '그런 것은 문제가 되지 않소. 중요한 것은 숙녀로서의 태도와 몸가짐을 갖추고 있느냐 하는 겁니다. 이건 새삼스럽게 말하지 않아도 알고 있을 거라 생각합니다. 만일 당신에게 그것이 없다면, 장래 이 나라 역사의 중요한 역군이 될지도 모르는 어린이를 키우는 데 부적

합합니다. 하지만 당신에게 그만한 자격이 있다면, 적어도 세 자리 수의 보수는 지불해야 마땅합니다. 아가씨, 우리 집에 와 주신다면 처음 일 년은 100파운드를 드리겠다고 약속하겠소.'

홈즈 씨, 알고 계시리라 생각합니다만 제가 아무리 궁색해도 이 일자리만은 조건이 너무 좋아 믿어지지 않았어요. 그런데 그 신사는 저의 얼굴에 떠오른 표정을 보고 제가 미더워하지 않는다는 사실을 눈치챈 듯 지갑에서 지폐 한 장을 꺼냈습니다.

'이것도 나의 습관입니다' 라고 하면서, 살 속에 묻히다시피 한 눈을 가늘게 뜨고 싱글싱글 웃으며 말했습니다. '나는 일하기로 결정되면 급료의 반을 먼저 줍니다. 여비나 경비로 쓰시오.'

저는 이렇게 동정심이 많은 훌륭한 사람이 또 있을까 하는 생각이 들었습니다. 저는 이미 여러 가게에 빚을 지고 있는 신세여서 선불을 받는다면 요긴한 거야 말할 것도 없죠. 하지만 왠시 꺼림식한 느낌이 들어 약속하기 전에 조금 더 자세히 알고 싶었지요.

'실례지만 댁은 어디인가요?' 제가 물었습니다.

'햄프셔 주의 아름다운 시골이에요. 윈체스터에서 5마일 떨어진 곳으로 저택도 옛 분위기가 그대로 살아 있습니다.'

'그런데 제가 할 일은 무엇인가요? 그걸 미리 알아 두면 참

고가 될 것 같습니다.'

'어린애가 하나 있지요. 올해 여섯 살 된 개구쟁이요. 슬리퍼로 바퀴벌레를 잡는 장면을 보여 주고 싶군요. 찰싹, 찰싹, 찰싹, 한 대에 한 마리씩 세 마리를 잡는 건 순식간이거든요.' 그분은 의자에서 몸을 뒤로 한껏 젖히고는 또 실눈을 뜨며 웃었습니다.

저는 어린아이가 그렇게 잔인한 놀이를 한다는 사실에 약간 놀랐지만 아버지가 그것을 유쾌한 말투로 이야기해 그저 농담일 거라고 생각했습니다.

'그 아이만 돌보면 되는 겁니까?' 제가 물었습니다.

'아닙니다, 아가씨. 그 일 말고 또 있습니다.' 그는 넉살 좋게 말했습니다. '머리가 좋은 아가씨니까 이미 짐작하겠지만, 아내가 부탁하는 일을 해야 합니다. 뭐, 대단한 일은 아니오. 간단한 일이죠. 어떻습니까? 괜찮죠?'

'도움이 된다면 기꺼이 가겠습니다.'

'걱정할 것은 없습니다만 우리가 복장에 대해 좀 변덕스러운 편이라서……. 하지만 마음만은 착합니다. 옷을 주면서 그걸 입어 달라고 한다면 우리의 부탁을 들어주시겠소?'

저는 좋다고 대답했지만 사실은 어이가 없었습니다.

'그리고 또 어딘가에 앉아 달라고 부탁해도 그리 기분 나빠

하지는 않겠지요?'

'네, 절대로.'

'또 우리 집에 오기 전에 머리를 잘라야 한다고 요청한다면?'

순간, 저는 잘못 들었나 귀를 의심했어요. 홈즈 씨, 보시다시피 제 머리는 숱도 많고 아주 독특한 갈색입니다. 예술적이란 말까지 듣죠. 이런 머리를 별것도 아닌 일 때문에 자르고 싶지는 않았습니다.

'죄송하지만, 그 부탁만은 들어 드릴 수 없군요.' 제가 말했습니다. 실눈을 뜨고 저를 뚫어지게 바라보던 신사는 그 대답을 듣자 금세 얼굴빛이 흐려졌습니다.

'사실은 머리가 가장 큰 문제거든요. 아내의 취향입니다. 아시겠지만 아가씨, 여성의 취향이란 만족시켜 주지 않으면 귀찮아지거든요. 아가씨는 머리를 자르는 게 싫습니까?'

'네, 머리만은 자르고 싶지 않아요.' 저는 분명하게 거절했습니다.

'그렇다면 할 수 없죠. 이제 이야기는 끝났소. 유감이군요, 다른 점에서는 당신은 더할 나위 없이 적합한 분인데. 그럼 미스 스토퍼, 다른 분을 부탁합니다.'

그러자 그동안 우리의 대화엔 조금도 끼어들지 않고 서류만 정리하고 있던 스토퍼는 무척 난처한 표정으로 저를 쳐다보았습니다. 저는 적잖은 수수료를 날리게 된 것이 아닌가 하고 은근히 마음이 쓰였습니다.

'아가씨는 구직자 명단에 계속 이름을 올리고 싶나요?' 스토퍼가 물었습니다.

'네, 소장님, 부탁합니다.'

'그래요? 이상하군요. 이 좋은 자리를 그렇게 쉽게 거절하다니.' 그녀는 가시 돋친 목소리로 말했습니다. '지금처럼 좋은 자리를 또 소개해 줄 수 있을지 확신할 수 없네요. 그럼, 헌터 양, 나가 보세요.' 스토퍼는 책상 위의 종을 울려 사환을 불렀고, 저는 밖으로 나갔습니다.

저는 그 길로 하숙집에 돌아왔습니다만, 찬장에는 먹을 것도 얼마 남지 않았고 책상에는 청구서가 몇 장씩 쌓여 있는 형편이었기에 바보짓을 한 게 아닌가 하는 생각을 떨쳐 버릴 수 없었어요. 생각해 보면, 그 사람들은 유별나게 남다른 데가 있어 가정교사에게 자기들의 기묘한 취미를 강요하는지는 몰라도, 그에 상응하는 보수를 주겠다는 이치에 닿는 조건을 내걸고 있으니까요. 영국에서 급료를 일 년에 100파운드 받는 여자 가정교사는 거의 없습니다. 그리고 머리를 자르지 않고 그대로 둔다고 해서 도움이 되는 건 아니죠. 머리를 잘라 오히려 아름다워졌다는 말을 듣는 사람도 많습니다. 저도 그럴지 모른다는 생각이 들었습니다. 다음 날에는 너무 경솔했던 건 아닌가 하는 의심이 들었고, 그다음 날에는 확실히 제가 잘못 판단했다고 생각하게 되었습니다. 부끄러움을 무릅쓰고 다시 소개소에 가서 그 자리가 아직 남아 있는지 물어볼까 하는 마음이 거의 굳어 가고 있을 때, 그 신사에게서 편지가 왔습니다. 여기 가지고 왔으니 읽어 보겠습니다.

윈체스터 교외 너도밤나무 저택에서
친애하는 헌터 양에게-스토퍼 씨가 당신의 주소를 가르쳐 주어, 다시 한 번 생각해 볼 수 있는지 편지로 문의합니다. 집에 돌아와 아가씨 이야기를 했더니 아내가 아주 좋아하면서 아가씨를 꼭 불렀으면 좋겠다고 합니다. 우리의 유별난 요구에 난처해할 만도 하겠기에 그것을 보상하는 의미에서 세 달에 30파운드, 일 년에 120파운드를 드리고자 합니다. 사실 우리의 요구가 유별나긴 해도 그렇게 어려운 것은 아니라고 생각합니다. 아내는 좀 괴팍한 데가 있어, 오전 중에는 집 안에서 파란색 옷을 입어 달라고 할지도 모릅니다. 하지만 그렇다고 아가씨가 따로 돈을 들여 옷을 준비할 필요는 없습니다. 지금 필라델피아에 있는 딸 앨리스의 옷이 있으니 그것을 입으면 잘 맞을 것이라 생각합니다. 그리고 우리가 요구하는 장소에 앉아 있거나 어떤 놀이를 요구할 때도 있을 텐데, 그것들은 별로 어렵지 않으리라 생각합니다. 머리에 대해서는 전날 소개소에 잠깐 만났을 때 아가씨의 아름다운 머리가 첫눈에 마음에 들었을 정도니 정말 안타깝게 생각합니다. 그러나 이 점은 우리의 양보할 수 없는 요구이며, 그 때문에 급료를 올리는 것이므로 그것으로 보충이 되지 않을까요. 아이를 돌보는 일은 사실 별것 아닙니다. 부디 승낙하시길 바랍니다. 기차 시간을 알려 주시면 내가 직접 윈체스터까지 마차로 마중 나가겠습니다.

— 제프로 루캐슬

저는 승낙하려고 합니다만, 저쪽과 확실히 계약을 맺기 전에 홈즈 씨의 의견을 들어 보려고 이렇게 찾아왔습니다.”

"알겠습니다. 그러나 헌터 양, 당신이 가겠다고 마음먹는다면 다른 문제는 없을 겁니다.” 홈즈는 웃으며 대답했다.

"하지만 거절하는 게 좋다고 생각하지 않나요?”

"솔직히 말해 만일 아가씨가 내 동생이거나 가족이라면 찬성하지 않겠습니다.”

"무슨 뜻이죠, 홈즈 씨?”

"판단할 수 있는 자료가 없어서 확실한 대답은 할 수 없습니다. 아가씨도 생각이 있을 줄 아는데요.”

"글쎄요, 저는 하나밖에 설명할 수 없어요. 루캐슬 씨는 아주 친절한 좋은 분이라고 생각됩니다. 어쩌면 그분의 부인이 정신병에 걸렸는데 그 사실이 세상에 알려지면 정신병원에 보내야 하니까 부인의 특별한 요구를 되도록 만족시켜 주어 발작을 억제하려는 게 아닐까요?"

"있을 수 있는 일입니다. 사실 지금 단계로서는 그런 해석이 가장 합당할 듯합니다. 그러나 어쨌든 젊은 아가씨가 가기에는 바람직한 집이 아닌 것 같군요."

"하지만 홈즈 씨, 돈 문제가 있어서요."

"그렇습니다. 급료는 너무 좋군요. 그래서 불안합니다. 일 년에 40파운드만 지불하면 충분히 고용할 수 있는데, 왜 120파운드나 주겠다는 것일까요. 뭔가 깊은 사정이 있을 겁니다."

"저는 홈즈 씨에게 미리 이야기해 두면, 나중에 도움을 청할 때 빨리 이해하시게 되어 좋을 거라고 생각했어요. 홈즈 씨가 뒤에 있다고 생각하면 정말 마음이 든든하니까요."

"네, 좋습니다. 그 점은 안심하시고, 처음 생각한 대로 가세요. 이 이야기는 내가 지난 몇 달 동안 취급한 사건 중 가장 흥미로운 사건이 될 듯싶습니다. 몇 가지 점에서 아주 색다른 점이 있습니다. 만일 수상한 일이 있거나, 위험하다고 느껴질 때는……."

"위험이라고요? 어떤 위험이 있다고 생각하나요?"

홈즈는 고개를 무겁게 저었다. "그것을 알 수 있다면 이미 위험이라고 할 수 없겠지요." 그리고 덧붙였다. "하지만 낮이고 밤이고 아가씨가 전보를 치면 즉시 도우러 가겠습니다."

"고맙습니다." 여자는 밝은 얼굴로 의자에서 힘차게 일어났다. "저는 이제 마음 푹 놓고 햄프셔로 가겠습니다. 곧 루캐슬 씨에게 편지를 쓰고, 오늘 밤 안으로 머리를 자르고 내일 원체스터로 떠나겠어요." 여자는 홈즈에게 간단히 사례하고 우리들 두 사람에게 인사를 한 다음 잰걸음으로 돌아갔다.

"적어도 저 아가씨는 나이는 많지 않지만 자신의 몸은 충분히 지킬 것 같군." 나는 그녀가 유쾌한 걸음걸이로 급히 계단을 내려가는 소리를 들으면서 홈즈에게 말했다.

"그런 각오를 할 필요가 있을 거야." 홈즈는 진지한 표정으로 대답했다. "내 판단이 옳다면 얼마 안 가서 틀림없이 소식이 올 걸세."

내 친구의 예언은 적중했다. 그로부터 2주 동안 나는 가끔 그녀를 떠올리며 그 고독한 여자가 정말 기묘한 인생의 미로에 빠져들었다는 생각을 했다. 상식을 넘어선 많은 보수, 기괴한 조건, 가정교사라는 일에 비해 그 책임은 가벼운 점, 이 모든 게 비정상적인 상황임을 증명하고 있다. 그런데 그것이 단순한 변덕인지 아니면 음모인지, 또는 루캐슬 씨가 자선가인가 악당인가 하는 문제에 대해서 내 능력으로는 도저히 판단을 내릴 수 없었다. 홈즈는 눈썹을 찌푸리고 30분쯤 멍하니 앉아 있곤 했다. 그리고 내가 이 이야기를 꺼내면 귀찮다는 듯이 손을 흔들고, "자료, 자료, 자료야. 찰흙이 없으면 벽돌을 못 만들어"라고 내 말을 잘라 버렸다. 그러면서도 말끝마다 자신의 동생이라면 그런 곳에 결코 보내지 않을 거라고 중얼거렸다.

마침내 어느 날 한밤중에 전보가 도착했는데, 나는 잠자리에 들려는 참이었고, 홈즈는 화학 실험에 몰두하려는 찰나였다. 이럴 때면 일반적으로 나는 증류기와 시험관을 들여다보고 있는 그에게 취침 인사를 하고, 다음 날 아침 식사를 하러 내려와 같은 자세로 앉아 있는 그를 발견하곤 한다. 그는 노란 봉투를 뜯어 내용을 훑어보더니 그것을 나에게 던졌다.

"브래드쇼 여행 안내서에서 기차 시간을 알아봐 주겠나?" 그는 한마디 하고 다시 실험에 몰두했다.

전문은 짧지만 긴급한 도움을 요청하는 내용이었다.

내일 낮 원체스터의 블랙스완 호텔로 오세요. 어찌할 바를 모르겠어요. 꼭 오시기 바라요.

― 헌터

"같이 가겠나?" 홈즈가 얼굴을 들고 말했다.

"가고 싶어."

"그럼 시간표를 알아봐."

"9시 30분 기차가 있어." 나는 시간표를 보면서 말했다. "윈체스터에는 11시 30분에 도착해."

"잘됐군. 그럼 아세톤 분석 실험은 다음 기회로 미루지. 되도록 힘을 많이 비축해야 하니까."

다음 날 11시, 우리는 지난날 잉글랜드의 수도였던 윈체스터에 가까이 다가가고 있었다. 홈즈는 그때까지 계속 조간에만 몰두하고 있었는데, 햄프셔 주에 들어서자 신문을 옆으로 밀어 놓고 바깥 풍경을 바라보기 시작했다. 화창한 봄날이었다. 파란 하늘에는 뜯어 놓은 흰 솜과 같은 구름이 서쪽에서 동쪽으로 조용히 흐르고 있었다. 태양은 눈부시게 빛났으나, 바람에는 상쾌한 냉기가 감돌아 사람의 정기를 북돋아 주었다. 멀리 앨더숏 마을을 에워싼 완만한 언덕이 보이고, 주위에는 신록 사이로 붉은색과 회색 농가 지붕들이 나타났다 숨었다 했다.

"상쾌하고 아름답군." 내가 소리쳤다. 베이커 가의 안개를 헤치고 나온 나에게는 더없이 상쾌한 공기였다.

그러나 홈즈는 근심스러운 듯이 고개를 저었다.

"왓슨, 자네는 모르겠지만, 나 같은 남자에게는 이상한 버릇이 있어. 즉, 어떤 것을 보든 자기의 전문 분야와 결부시켜 생각하는 거지. 자네는 군데군데 농가가 있는 풍경을 보고 아름답다고 감탄하지만, 나는 이런 풍경을 보면 집이 너무 고립되어 있다는 걱정이 들어. 이런 곳에서는 은밀히 범죄가 일어날 수 있거든."

"한심하군! 이렇게 아름다운 농가를 보고 범죄를 걱정하는 사람도 있다니." 내가 외치듯 말했다.

"여기저기 떨어져 있는 농가를 보면 어쩔 수 없이 그런 공포를 느끼지. 왓슨, 이것은 내 경험에서 나온 확신인데, 때로는 밝고 아름다운 전원이 런던의 그 어떤 혐오스러운 뒷골목보다도 더 무서운 범죄 소굴이 될 수 있어."

"겁주지 마."

"확실한 이유가 있어. 도시에는 여론이라는 것이 있어 법률의 손이 미치지 않는 곳은 그것이 보충해 주지. 지독하게 불량스러운 뒷골목 거리라도 아이들이 학대를 받아 울거나, 술주정뱅이에게 맞는 소리가 들리면 반드시 이웃 사람 중 그들을 동정해 가해자에 대해 분개하는 사람이 나타나기 마련이지. 게다가 경찰 조직이 보편화되어 일단 신고하면 즉시 활동을 개시해 용의자를 금세 색출해 내지. 그러나 저렇게 인적이 드문 농가를 봐. 모두 자기들의 밭에 둘러싸여 있고, 법률이라고는 거의 모르는 사람들이 살고 있어. 그러니 어떻게 알겠나. 이런 시골에서 매년 악랄한 범죄가 일어난다 해도 그것이 세상 사람들의 눈에 띄지 않고 그대로 넘어간다 해도 말이야. 우리에게 도움을 청하러 온 그 여자만 해도, 그것이 윈체스터에서 일어난 일이라면 나도 이렇게까지 걱정하지 않을 거야. 거리에서 4마일이나 떨어진 시골이기 때문에 위험한 거야. 그렇지만 다행히 그녀의 몸에 직접적으로 위험이 닥친 것은 아닌 것 같아."

"맞네. 우리들을 만나러 윈체스터까지 나올 수 있을 정도라면, 도망칠 수도 있을 테니까."

"그렇지. 그녀는 지금 행동에 제약이 있는 건 아냐."

"그렇다면 대체 무슨 사건일까? 자네는 어떻게 생각하나?"

"나는 일곱 가지 가능성을 생각했어. 그것이 모두 지금까지 알고 있는 사실에 모순되는 점이 없어. 하지만 그중 어느 것이 옳은지는 그곳에 도착해서 우리의 귀에 들어오는 새 정보를 얻은 뒤가 아니면 판단할 수 없어. 저기 유명한 성당의 탑이 보이네. 곧 헌터 양의 이야기를 듣게 되겠군."

블랙스완은 역에서 멀지 않은 메인 가에 있는 유명한 호텔인데, 헌터는 이미 그곳에 와 있었다. 그녀는 방 하나를 얻어 점심까지 준비해 놓고 있었다.

"어서 오세요. 고생 많이 하셨어요. 두 분에게 감사의 말씀을 드려요. 저는 정말 어떡해야 좋을지 모르겠어요. 아무쪼록 저를 위해서 좋은 말씀을 들려주세요." 그녀는 다급하게 말했다.

"어떤 일이 있었나요?"

"네. 루캐슬 씨에게는 3시까지 돌아오겠다고 약속했으니 서둘러 이야기하겠어요. 용건은 말하지 않고 잠깐 거리에 나갔다 오겠다고 말해 허락을 받았어요."

"처음부터 차근차근 이야기하세요." 홈즈는 여위고 긴 다리를 느긋하게 난로 쪽으로 뻗고 앉아 이야기에 귀를 기울였다.

"우선 말씀드릴 것은, 루캐슬 부부에게 제가 특별히 심한 대우를 받은 건 아니라는 사실이에요. 그분들을 오해할까 봐 우선 말씀드립니다. 하지만 저는 그들 부부를 이해할 수 없고 그래서 자꾸만 불안해지고 있어요."

"어떤 점이 이해되지 않습니까?"

"왜 그런 일을 하는지 모르겠어요. 처음부터 차례차례 이야기하지요. 제가 처음 이 거리에 도착하니 마중 나와 있던 루캐슬 씨가 이륜마차로 저를 너도밤나무 저택까지 데리고 갔어요. 저택은 전에 들은 대로 아름다운 곳에 있었지만 건물 자체는 그렇지 않았어요. 회반죽을 바른 크고 네모난 건물로, 손을 보지 않아 비바람에 몹시 낡아 있었어요. 집 주위는 다른 건물은 없고 그냥 넓게 펼쳐져 있는데, 세 방향은 숲이고 한쪽은 풀밭이에요. 그쪽은 사우샘프턴 가도를 향해 완만한 비탈을 이루고 있습니다. 가도는 현관에서 100야드 전방에서 굽어 있고요. 이

앞쪽의 땅만 루캐슬 씨의 소유이고, 세 방면의 숲은 사우더튼 경의 사냥터에서 이어진 땅이라 합니다. 정면 현관 바로 앞에는 너도밤나무가 많이 우거져 있는데, 그 나무들 때문에 너도밤나무 저택이라는 이름이 붙었다고 해요.

루캐슬 씨는 아주 유쾌하게 자기가 직접 마차를 몰았고, 그날 밤에는 부인과 아이를 소개했어요. 홈즈 씨, 제가 베이커 가의 댁에서 말씀드린 추측은 완전히 빗나갔지요. 부인은 미친 사람이 아니었어요. 다만, 말이 별로 없고 안색이 좋지 않을 뿐이었어요. 루캐슬 씨는 적어도 마흔대여섯으로 보이고, 부인은 그보다 훨씬 젊어 잘해야 서른 살쯤 되었을 듯싶어요. 말하는 것으로 보아 루캐슬 씨는 재혼이고, 그들이 결혼 생활을 한 것은 7년 정도 되는 것 같았어요. 전 부인이 낳은 딸은 지금 필라델피아에 있어요. 루캐슬 씨가 저에게 살짝 귀띔해 준 바에 의하면, 딸은 성격이 맞지 않아서인지 의붓어머니를 싫어해 미국으로 갔다는 거예요. 나이는 스물이라고 하는데, 이미 나이 든 뒤에 의붓어머니를 맞았으니 여러 가지로 맞지 않는 데가 있었을 테죠.

루캐슬 부인은 안색뿐 아니라 마음속까지도 차가운 것처럼 보였어요. 그저 공기 같다고 할까요. 저는 그런 부인에게 호감도 반감도 생기지 않았지요. 하지만 부인이 주인과 아이에게 깊은 애정을 갖고 있다는 것은 금세 알 수 있었어요. 연한 회색 눈동자가 늘 그들을 응시했고, 무언가 일이 있으면 말하기 전에 그것을 먼저 하려고 애썼지요. 또 루캐슬 씨도 타고난 성품이 소박해 부인을 대하는 태도에서 꾸밈이나 격식 같은 건 찾아볼 수 없었어요. 그러므로 일단은 사이가 좋은 부부라 생각해도 괜찮을 거예요.

하지만 부인에게는 무언가 숨기고 있는 근심이 있는 듯했어요. 몹시 슬픈 표정을 짓고는 이따금 멍하니 생각에 잠겨 있는 거예요. 눈물을 글썽이는 모습도 여러 번 봤어요. 부인이 근심하는 것이 아이의 성격 때문인지도 모른다는 생각이 들었지요. 왜냐하면 그렇게 성격이 고약한 아이는 처음 봤으니까요. 응석받이로 자라 성격은 고약하고, 나이에 비해 몸은 작고 어울리지 않게 머리만 커요. 온종일 화를 내어 가족을 달달 볶아 대거나, 심통을 부려 말 한마디 하지 않는 날도 있어요. 좋아하는 놀이 가운데 하나가 자기보다 약한 동물을 학대하는 것인 듯, 쥐나 작은 새, 곤충을 잡기 위해서는 어른도 하지 못하는 생각을 해내지 뭐예요. 그러나 홈즈 씨, 아이의 이야기는 이 정도로 하겠어요. 이야기가 옆길로 빠진 듯하군요."

"아뇨, 자세한 점까지 모두 다 듣고 싶습니다. 관계가 없다고 생각되는 것이라도 빼놓지 말고 이야기하세요." 내 친구가 말했다.

"중요한 것은 빠뜨리지 않으려고 합니다. 그 집에서 가장 먼저 눈에 거슬리는 불쾌한 것은 하인 부부의 태도였어요. 남편은 톨러라고 하는데, 머리도 턱수염도 반백이 된, 눈치 없고 거칠고 촌스러운 남자예요. 온종일 술 냄새를 풍기지요. 제가 도착한 후로도 술에 취한 적이 벌써 두 번이나 되지만 루캐슬 씨는 별로 나무라지도 않았어요. 그의 부인은 건장하고 키가 큰 여자인데, 늘 시무룩한 얼굴을 하고 있어요. 말이 없고 무뚝뚝한 점에서는 루캐슬 부인 이상이지요. 정말 정 떨어지는 부부예요. 그러나 다행히 저는 대개 아이의 방이나 제 방에 있어요. 그 두 방은 건물 가장자리에서 마주 보고 있어요.

너도밤나무 저택에서 살게 된 후, 처음 이틀은 조용히 지나갔어요. 사흘 째 되는 날 아침, 식사 후 부인이 내려와서 남편에게 뭐라고 속삭였어요.

루캐슬 씨는 '그래, 좋아' 하고는 저한테로 얼굴을 돌리고는 이렇게 말했지요. '헌터 양, 머리까지 잘라 우리의 별난 요구를 들어주어 참 고맙게 생각합니다. 짧은 머리도 아주 잘 어울리는군요. 그런데 그때 말한 파란색 옷이 당신에게 맞는지 한번 보고 싶군요. 옷을 당신 침대 위에 올려놓았으니, 귀찮더라도 입어 주면 좋겠소.'

방에 들어와 보니 루캐슬 씨 말대로 파란색 옷이 있었어요. 옷감은 모직물의 일종으로 고급이었지만 누군가 전에 입었던 것이 분명했어요. 사이즈는 제 몸에 맞춘 것처럼 꼭 맞았어요. 제가 그 옷을 입고 나타나니 루캐슬 부부는 호들갑스러울 정도로 좋아했어요. 두 사람은 응접실에서 기다리고 있었는데, 그 방은 집의 정면 전체에 걸칠 만큼 넓고 바닥까지 닿는 긴 창문이 세 개 있어요. 그 가운데의 창문 앞에는 창에 등을 돌린 의자 하나가 있었어요. 제가 시키는 대로 그 의자에 앉자 루캐슬 씨는 방의 반대편을 왔다 갔다 하면서, 제가 지금까지 들은 적이 없는 재미있는 이야기를 했어요. 그분은 성격이 정말 유쾌해서 저는 얼마나 웃었는지 나중에는 힘이 다 빠질 정도였죠. 그러나 부인은 유머는 전혀 모르는 분인 듯, 언제나 실낱 같은 웃음조차 띠지 않고 무릎에 두 손을 얹은 채 슬픈 듯 침울한 얼굴로 묵묵히 앉아 있기만 했어요. 한 시간쯤 지나자 루캐슬 씨가 갑자기 '이젠 공부할 시간이 되었으니 옷을 갈아입고 에드워드의 방으로 가세요'라고 했어요.

이틀 후에 다시 이와 똑같은 연극을 했어요. 저는 먼젓번처럼 옷을 갈아입은 다음 창가의 의자에 앉았고, 루캐슬 씨는 흉내도 낼 수 없을 만큼 능숙하게 끊이지 않고 재미있는 이야기를 해서 저로 하여금 배를 쥐고 웃게 만들었어요. 잠시 후에는 뒤표지가 노란 통속 소설을 주면서, 저의 그림자가 책에 드리워지지 않도록 의자를 약간 옆으로 당겨 앉아 읽어 달라는 거예요. 저는 중간쯤에서부터 읽었는데, 10분쯤 지나자 이제는 그만 읽고 옷을 갈아입으라고 했어요.

홈즈 씨, 당신은 이해하시겠지요. 도대체 왜 이런 기묘한 짓을 할까요? 주인 부부는 제가 창문 쪽으로 고개를 돌리지 않게 하려고 언제나 신경 쓰고 있어요. 그래서 저는 창문 저쪽에서 어떤 일이 일어나고 있는지 몹시 궁금했지요. 처음에는 도저히 알아낼 방법이 없을 것 같았는데, 이윽고 한 가지 방법이 생각났어요. 헌 손거울이 하나 있는데, 손수건 속에 그것을 감추면 되겠다는 멋진 아이디어가 떠오른 거예요. 그래서 그다음에는 우스워 죽겠다는 시늉을 하면서 손수건으로 싼 거울로 창밖을 비추어 보았어요. 그렇지만 아무것도 발견할 수 없어 실망했지요.

네, 적어도 처음엔 그렇게 생각했어요. 하지만 다시 자세히 보니 회색 옷을 입고 턱수염을 기른 몸집 작은 남자가 사우샘프턴 길에 서서 이쪽을 쳐다보고 있었어요. 그 길은 큰길이라서 항상 오가는 사람들이 많아요. 하지만 그 남자는 길 가던 사람이 아니었어요. 마당을 가로막고 있는 산울타리에 기대어 서서 이쪽을 열심히 쳐다보고 있었으니까요. 얼마 후 거울을 내리고 부인을 보니, 살피는 듯한 눈으로 말끄러미 저를 보고 있었어요. 아무 말도 하지 않았지만, 제가 거울을 손안에 감추어 들고 창밖을 보는 것을 분명히 눈치챈 것 같았어요. 조금 뒤 부인이 갑자기 일어나 말했어요.

'여보. 길에 서 있는 뻔뻔스러운 남자가 헌터를 자꾸 훔쳐보고 있어요.'

'헌터 양, 당신이 아는 사람은 아니겠지요?' 루캐슬 씨가 물었습니다.

'그럼요. 이 근처에 아는 사람은 없어요.'

'흥! 돼먹지 않은 놈이군. 그쪽으로 손을 흔들어 주시오.'

'모르는 체하는 것이 좋지 않을까요?'

'그냥 내버려 두면 뻔질나게 찾아올지도 몰라요. 이쪽을 보고 이렇게 손을 흔들어요.'

제가 하라는 대로 손을 흔들자 부인이 즉시 커튼을 내렸어요. 이 일이 일어난 것은 2주 전인데, 그 후로는 파란색 옷을 입고 창가에 앉는 일도 없었고, 길에 서 있는 남자를 다시 본 일도 없어요."

"그다음 이야기를 들려주세요. 아가씨의 이야기는 더없이 흥미진진해질 듯합니다."

"이제부터 말씀드릴 두세 가지 이야기는 약간 옆길로 빠지는 것인지도 모르고, 또 피차 관계가 없는 일인지도 모르지만 어쨌든 이야기하겠어요. 처음 너도밤나무 저택에 도착한 날 저는 루캐슬 씨의 안내로 샛문 바로 옆에 있는 작은 곳간으로 갔어요. 그곳에 다가가자 안에서 사슬이 흔들리는 소리가 요란하게 들렸는데, 큰 짐승이 날뛰고 있는 것 같았어요.

루캐슬 씨는 판자와 판자 사이의 좁은 틈새를 가리키며 '여길 들여다보시오. 어때요, 대단한 녀석이죠?' 하고 말했어요.

들여다보니까, 무언가가 눈 두 개를 이글이글 빛내며 어둠 속에 웅크리고 있었어요. 어두워서 잘 보이지 않았지만요.

'하하하, 겁낼 것 없어요.' 루캐슬 씨는 내가 움찔해서 물러서는 모습을 보고 웃었어요. '마스티프 종의 개인데 카를로라고 불러요. 이 개를 다룰 수 있는 사람은 마부 톨러 영감뿐이오. 식사는 하루에 한 번, 조금 부족하게 주어서 언제나 겨자처럼 잔뜩 독이 올라 있지요. 밤이 되면 톨러가 사슬을 풀어 놓는데, 저택 안으로 들어오는 사람이라도 있으면 인정사정없이 물어 버린답니다. 절대로 살아남지 못해요. 아가씨도 밤에는 어떤 일이 있어도 집 밖으로 나가지 마세요. 생명이 위험하니까.'

이것은 아주 중요한 정보였어요. 그리고 이틀 후 밤, 저는 새벽 두 시쯤에 별생각 없이 침실에서 바깥을 보았어요. 달이 밝은 밤이어서 집 앞 잔디가 은빛으로 빛나 낮처럼 밝았지요. 저는 잠시 이 조용하고 아름다운 경치에 넋을 잃었어요. 그러다가 너도밤나무 그늘에서 무엇인가가 움직이는 것을 보았어요. 곧 그것이 달빛 아래로 나왔기 때문에 정체를 알 수 있었죠. 송아지만 한 갈색 개였어요. 턱 살이 늘어졌고 코가 검으며 뼈대가 울퉁불퉁 솟아나 있었어요. 어슬렁어슬렁 잔디를 가로지르더니 이윽고 반대편 나무 그늘로 사라졌어요. 이 말 못하는 무시무시한 감시병을 본 저는 그만 등줄기가 오싹해졌는데, 어떤 강도라도 저를 그렇게 섬뜩하게 만들지는 못할 거예요.

그리고 또 이런 이상한 일도 있었어요. 아시다시피 저는 런던에서 머리를 자르고 왔는데, 그것을 크게 다발로 묶어 트렁크 속에 보관해 두었어요. 어느 날 밤, 아이가 잠든 뒤 시간을 내서 방의 가구를 살펴보고 짐을 정리했지요. 제 방에는 낡은 옷장이 하나 있는데, 세 개의 서랍 중 위쪽 두 개는 비어 있어서 금방 열렸지만, 맨 밑의 것은 자물쇠가 걸려 있었어요. 그래서 위쪽의 두 서랍에 속옷을 넣었는데, 그곳만으로 부족하고, 밑의 서랍은 잠겨 있어 참 난처했습니다. 그때 문득 이런 생각이 떠올랐어요. '맨 밑 서랍은 별로 필요도 없는데, 어떤 사정이 있어 잠겨 있는 게 아닐까.' 저는 즉시 열쇠 꾸러미를 꺼내 열리는지 실험해 보기로 했어요. 그런데 우연히도 맨 처음 열쇠가 들어맞아 서랍을 열 수 있었는데, 그 속에는 물건이 하나 있었어요. 그게 무엇인지 짐작이 가시나요? 바로 제 머리 다발이었어요.

저는 그것을 꺼내 살펴보았지요. 독특한 색깔하며 그 풍성함이며, 어김없이 제 머리였어요. 그러나 잠시 들여다보다가 그럴 리가 없다는 생각이 들었지요. 제 머리채가 이 서랍 속에 들어가 있을 리가 없었으니까요. 저는 떨리는 손으로 트렁크를 열고 위에 들어 있는 물건들을 들춘 다음 그 밑에서 제 머리채를 꺼냈어요. 그리고 두 개를 나란히 놓고 보았더니 아주 똑같았어요. 이상한 일이지요. 여러모로 생각해 보았지만, 두 머리채의 수수께끼를 도저히 풀 수 없었어요. 그래서 그 수상쩍은 머리채를 다시 서랍에 넣고 집안사람에게는 아무 말도 하지 않앉어요. 잠겨 있는 서랍을 멋대로 열었으니 얘기를 꺼낼 수 없었죠.

홈즈 씨도 조금은 느끼셨을 줄로 압니다만, 저는 선천적으로 관찰력이 뛰어난 편이어서 곧 집의 구조를 대강 이해하게 되었

어요. 이 집에는 평소엔 쓰지 않는 것 같은 빈 건물이 있어요. 톨러 부부가 살고 있는 집의 한 부분으로 통하는 문과 마주 보는 쪽에 그 건물로 가는 문이 있는데, 거기엔 언제나 자물쇠가 걸려 있지요. 어느 날, 제가 계단을 올라가니까 루캐슬 씨가 열쇠 꾸러미를 들고 그곳에서 나왔어요. 제가 알고 있는 루캐슬 씨는 원만하고 명랑한 분인데, 그때는 완전히 딴사람처럼 보였어요. 얼굴은 시뻘겋고 이마에는 깊은 주름이 잡혔으며 관자놀이에는 굵은 핏줄이 도드라져 있었어요. 그는 문을 걸어 잠그고 저에게 말을 걸기는커녕 거들떠보지도 않고 휙 지나쳐 가버렸어요.

저는 궁금해 견딜 수 없었지요. 그래서 아이를 데리고 정원에 산책을 나갔을 때, 그 건물의 창문이 보이는 곳까지 돌아가 보았어요. 창문 네 개가 한 줄로 나란히 나 있는데, 그중 세 개는 먼지가 수북하고 하나에만 덧문이 닫혀 있었어요. 창문은 모두 형편없이 낡아 있었지요. 가끔 창문을 올려다보면서 그 부근을 걷고 있는데, 루캐슬 씨가 평소처럼 기분 좋은 명랑한 얼굴로 이쪽으로 왔어요.

그리고 말을 걸더군요. '아까는 모르는 체해서 실례했소. 그만 다른 일에 정신이 팔려 있어서요.'

저는 조금도 언짢게 생각지 않았다고 대답한 다음 물었어요.

"저기에는 빈방이 많이 있군요. 그리고 창문 중 하나에만 덧문이 내려져 있고요."

"내 취미는 사진 찍는 것입니다. 그래서 저곳에 암실을 만들어 놓았지요. 당신은 눈치가 빠르군요. 이런 분이 내 집에 오게 될 줄이야. 정말 뜻밖입니다." 루캐슬 씨가 말했지요.

루캐슬 씨는 농담 비슷하게 말했는데 저를 바라보는 눈빛에는 농담의 기색이라고는 털끝만큼도 없었어요. 의심이 가득하고 당혹스러워하는 눈빛은 농담과는 거리가 멀었어요.

연결된 빈방 중 하나에 제가 알아서는 안 되는 것이 있다는 사실을 알게 된 후로는, 어떻게 해서든지 그것이 무엇인지 알아보고 싶은 강한 충동을 느꼈지요. 일종의 의무감이라고나 할까요. 제가 그곳을 조사하면 뭔가 중요한 사실을 알아낼 수 있을 거라는 생각이 들었어요. 사람들은 흔히 여자의 직감은 무섭다는 말을 하는데, 그것이 작용해 그런 생각이 들었는지도 모르겠어요. 어쨌든 그 직감은 무척 강렬해서, 어떻게 해서든지 금단의 문을 열고 들어가 볼 기회를 끊임없이 엿보고 있었어요.

그런데 어제 마침내 그 기회가 찾아왔어요. 참고로 말씀드리지만, 루캐슬 씨 외에 톨러 부부도 그 방에 용무가 있는 듯했어요. 언젠가 톨러가 커다란 아마 부대를 들고 그 안에 들어가는 것을 본 적이 있어요. 톨러는 요즘 와서 더욱 술을 많이 마시는 듯한데 어젯밤 역시 취해 있었어요. 제가 계단을 올라가서 보니까 그 문제의 문에 열쇠가 끼워져 있었어요. 그가 잊고 그냥 간 것이 틀림없었죠. 루캐슬 부부는 아들과 함께 아래층에 있으니 다시없는 기회였어요. 저는 조용히 열쇠를 돌려 문을 열고 살며시 안으로 들어갔지요.

문 안쪽은 벽지도 발려 있지 않고 카펫도 없는 짧은 복도인데, 그 끝은 직각으로 꺾여 있었어요. 거기서 돌아가면 문 세 개가 나란히 있는데, 맨 앞과 맨 끝의 것은 열려 있었어요. 방은 모두 비었는데, 퀴퀴하고 음산했지요. 그중 한 방은 창문이 하나, 또 다른 한 방은 창문이 두 개 있는데, 그곳으로 저녁 햇살이 희미하게 비쳐 들었어요. 쇠막대의 한쪽 끝은 벽의 고리에 맹꽁이자물쇠로 고정되어 있었고, 그 열쇠는 보이지 않았어요. 이 밀폐된 문이, 덧문이 닫힌 방으로 통하는 문일 거라고 짐작했어요. 그러나 문 사이로 빛이 새어나오는 것으로 보아, 내부는 캄캄하지 않고 천창이라도 있는 듯싶었어요. 저는 잠시 복도에 서서 이 으스스한 문을 바라보며 안에는 어떤 비밀이 숨겨져 있을까, 하고 생각했지요. 그런데 갑자기 방 안에서 사람의 발소리가 들리는가 싶더니, 문 사이로 새어나오는 희미한 빛 속에서 앞뒤로 움직이는 그림자가 보였어요. 홈즈 씨, 그것을 본 제가 얼마나 놀랐으며, 얼마나 공포에 떨었는지 짐작하시겠지요? 그때까지 팽팽하던 긴장의 끈이 가장 중요한 순간에 갑자기 탁 끊어져 저는 그만 도망쳐 버렸어요. 마치 무서운 손이 스커트 자락을 움켜잡기라도 한 것처럼 정신없이 달렸지요. 복도를 지나 문밖으로 뛰쳐나갔는데, 달리는 힘의 작용으로 거기서 기다리고 있던 루캐슬 씨의 품에 안기고 말았지요.

'역시, 당신이었군. 문이 열려 있어서 그렇게 생각했지요.' 루캐슬 씨는 싱글싱글 웃으며 말했어요.

'아, 무서워!' 저는 숨을 헐떡였어요.

'괜찮아, 괜찮아요.' 이렇게 위로해 주는 그분의 태도는 당신이 상상도 할 수 없을 정도로 다정하고 능숙했어요. '헌터 양, 뭐가 그렇게도 무섭지요?'

 그러나 그의 음성은 지나치게 다정했어요. 그는 연기를 한 거예요. 저는 갑자기 조심스러워졌어요.

 '바보같이, 어쩌다 빈방에 들어갔다가 무서워서 혼났어요. 너무 어둡고 썰렁해서 유령이라도 나올 것 같아 겁이 더럭 나서 도망쳐 나왔어요. 아, 정말 등골이 오싹하도록 조용했어요.' 제가 대답했어요.

 '정말로 그것뿐이오?' 그는 저를 날카롭게 쏘아보면서 말했어요.

 '어머, 무슨 뜻인가요?' 저는 시치미를 떼고 반문했지요.

 '내가 이곳을 잠가 두는 이유를 알고 있소?'

 '저는 아무것도 몰라요.'

 '쓸데없이 아무나 드나들지 못하게 하기 위해서요. 이제 알았소?' 그는 여전히 다정하게 미소를 지으면서 말했어요.

 '그런 줄은 몰랐어요. 알았으면 절대로 들어가지 않았을 텐데……'

 '좋아요. 이제 알았으면 됐소. 앞으로 또다시 이 안에 들어간다면…….' 그는 갑자기 웃음을 싹 지우더니 악마 같은 무서운

얼굴로 저를 노려보았어요. '그 개를 풀어 물게 할 거요.'

저는 너무 무서워서 그다음은 어떻게 되었는지 기억도 나지 않아요. 아마 그 자리에서 도망쳐 제 방으로 달려갔을 거예요. 문득 정신을 차렸을 때는 온몸을 떨면서 침대 위에 쓰러져 있었어요. 그래서 홈즈 씨가 생각났어요. 이제 의논할 상대가 없이는 하루도 이 집에 더 머무를 수 없어요. 집도, 루캐슬 씨도, 부인도, 심지어는 하인이나 아이까지도 무서워졌어요. 모든 것이 무서워요. 그러나 만일 홈즈 씨만 와 주신다면 이 공포는 사라질 것 같다는 생각이 들었어요. 물론 이 집에서 도망치겠다고 마음먹으면 못할 것도 없지만, 두려움과 마찬가지로 호기심도 뿌리칠 수 없거든요. 그래서 곧 결심했죠. 당신에게 전보를 치기로 말입니다. 곧바로 모자를 쓰고 상의를 걸친 뒤 집에서 반 마일 떨어진 곳에 있는 우체국으로 갔는데, 돌아올 때는 훨씬 마음이 안정되었어요. 문 앞까지 왔을 때, 개를 풀어놓지 않았을까 하는 걱정이 나서 고개를 들었어요. 다행히 톨러가 오후에 취해 있었다는 생각이 났어요. 그 사나운 개를 마음대로 다룰 수 있는 사람은 톨러밖에 없고, 다른 사람은 사슬도 풀지 못하니까요. 저는 무사히 집으로 돌아왔어요. 그 후로는 홈즈 씨와 만난다는 생각에 기뻐서 밤까지 잠을 이루지 못했어요. 오늘 아침, 잠깐 윈체스터에 다녀오겠다고 하니까 루캐슬 씨는 선선히 허락해 주더군요. 그러나 3시까지는 돌아가야 해요. 루캐슬 부부가 3시쯤에 누군가를 방문해 밤늦도록 돌아오지 않을 예정이라 그동안 아이를 봐야 해서요. 홈즈 씨, 이제 이야기는 끝났어요. 대체 이 알 수 없는 일은 무엇이며 저는 앞으로 어떻게 해야 좋을까요?"

홈즈와 나는 이 이상야릇한 이야기를 끝까지 경청했다. 이야기가 끝나자 나의 친구는 의자에서 일어나 주머니에 두 손을 찌르고는 아주 심각한 얼굴로 방 안을 서성거렸다.

"톨러는 아직도 취해 있습니까?" 그가 물었다.

"네, 그의 아내가 자기 힘으론 추스르기 어렵다고 부인에게 하소연하는 말을 들었습니다."

"마침 잘되었군. 루캐슬 부부는 오늘 밤 늦게 돌아온다고요?"

"네."

"밖에서 단단히 걸어 잠글 지하실이 있습니까?"

"네, 술 창고가 있어요."

"헌터 양, 아가씨는 용감하기도 하고 두뇌도 아주 명석합니다. 어때요. 다시 한 번 큰 모험을 해 보고 싶지 않습니까? 아가씨가 그저 평범한 여성이라면 이런 부탁은 하지 않을 겁니다만."

"해 보겠어요. 어떤 일인데요?"

"나는 오늘 밤 7시에 왓슨과 함께 저택에 갈 겁니다. 그때쯤이면 부부가 돌아올 시간은 아니고, 톨러도 술이 깨려면 한참 걸릴 테죠. 그러나 톨러의 부인이 떠들어 댈지도 몰라요. 그러므로 적당한 구실을 만들어 톨러 부인을 지하실에 들어가게 하고 자물쇠를 채워 감금해 두면 일을 하기가 쉬울 겁니다."

"그렇게 하겠어요."

"고맙습니다. 그럼 이제부터 사건을 자세히 연구해 봅시다. 물론 상황에 맞는 설명은 단 하나밖에 없어요. 누군가의 대역을 시키기 위해 아가씨를 이곳에 데려왔고, 아가씨를 닮은 사람은 지금 밀실에 감금되어 있어요. 이건 틀림없습니다. 그렇다면 그곳에 감금당한 사람이 누구냐 하는 문젠데, 미국에 있다는 딸일 겁니다. 앨리스 루캐슬이라고 했나요? 아가씨는 딸과 키와 몸매와 머리 색깔이 닮았기 때문에 고용된 겁니다. 앨리스는 모르긴 해도 병을 앓았을 때 머리를 잘랐기 때문에 아가씨에게 머리를 자르라고 했을 거예요. 그런데 아가씨는 우연한 기회에 앨리스의 머리를 보게 되었지요. 길에 서 있었다는 남자는 앨리스의 친구, 아니 약혼자일 겁니다. 앨리스와 똑같이 생긴 아가씨가 앨리스의 옷을 입고 항상 유쾌한 듯이 웃고 있으니 남자는 앨리스가 행복하게 살고 있다고 믿었겠지요. 그리고 아가씨가 쌀쌀맞게 손을 흔드는 것을 보고 그는 앨리스가 자기를 싫어하게 되었다고 생각했을 겁니다. 밤이면 개를 풀어 놓는 것은, 남자가 앨리스와 연락하는 것을 막기 위해서일 거예요. 여기까지는 거의 확실합니다. 그리고 이 사건에서 가장 주목할 만한 점은 아이의 성격입니다."

"뭐? 대체 그런 것이 무슨 관계가 있지?" 내가 큰 소리로 말했다.

"왓슨, 자네는 의사로서 이렇게 말하지 않았나? 아이의 성격을 알려면 먼저 그 부모의 성격을 알아야 한다고. 그렇다면 그 반대의 이론도 성립한다고 생각지 않나? 아이의 성격을 통해 부모의 성격을 알 수 있다는 사실은 나도 많이 경험해 봤어. 이 아이의 성격은 병적일 정도로 잔인해. 잔학한 행동을 좋아하기 때문에 그렇게 하지 않고는 못 견디는 거야. 이 성격은 내가 보는 바로는 애교 있는 아버지 쪽에서 물려받은 것 같지만 반대로 어머니 쪽일지도 몰라. 어쨌든 그런 점을 생각하면 그들의 손안에 있는 딸이 매우 위험할 수 있어."

"정말 그래요. 저에게도 집히는 점이 많아요. 자, 빨리 딸을 구하러 가요." 이 사건의 의뢰인이 말했다.

"아니요, 신중해야 합니다. 상대는 상당히 교활한 남자예요. 7시 전까지는 행동할 수 없어. 7시가 되면 아가씨에게 갈 테니까, 곧 결론이 나겠지요."

우리가 길가의 술집에 이륜마차를 맡겨 놓고 너도밤나무 저택에 도착한 것은 약속대로 7시가 되어서였다. 헌터가 웃으며 돌계단까지 마중 나왔는데, 헌터가 아니더라도 공들여 닦은 금속처럼 석양빛을 받아 짙푸른 잎을 반짝이는 너도밤나무 숲을 보고 그곳이 루캐슬 씨의 저택임을 한눈에 알 수 있었다.

"부탁한 대로 했습니까?" 홈즈가 물었다.

그때 우당탕거리는 시끄러운 소리가 땅 밑 어딘가에서 들려왔다.

"톨러 부인은 저렇게 술 창고에서 야단법석을 떨고 있어요. 톨러는 주방 깔개 위에서 코를 드렁드렁 골고 있고요. 이것이 톨러가 갖고 있는 열쇠인데, 루캐슬 씨의 것과 똑같아요." 헌터가 말했다.

"아주 잘했어요. 그럼 안내해요. 사악한 음모는 곧 폭로될 겁니다."

우리는 계단을 올라가 문제의 문을 열고 복도로 들어서 이윽고 헌터가 말한, 쇠막대를 가로지른 문 앞에 섰다. 홈즈는 밧줄을 자르고 빗장을 벗겼다. 그런 다음 자물쇠에 많은 열쇠를 꽂아 보았으나 어떤 것도 맞지 않았다. 안은 쥐 죽은 듯 고요해 아무 소리도 들리지 않았다. 홈즈의 얼굴이 흐려졌다.

"아직 시간은 있어. 헌터 양, 당신은 들어가지 않는 게 좋아요. 왓슨, 함께 문을 부술 수 있는지 한번 해 볼까."

낡고 흔들거리는 문이라 둘이서 힘을 합쳐 부딪치자 한 번에 열렸다. 우리는 우르르 방으로 뛰어들었다. 그러나 사람은 보이지 않았다. 허름한 짚 이불과 작은 테이블이 하나, 그리고 속옷을 넣어 둔 바구니가 하나 있을 뿐, 이렇다 할 가구도 없었다. 위에 난 천창은 열려 있는데, 정작 있으리라고 생각했던 사람은 없었다.

"이곳에서 악행이 저질러진 거야. 그 작자는 헌터 양의 의도를 재빨리 알아차리고 불쌍한 사람을 어딘가로 빼돌렸어."

"그러나 어떤 방법으로?"

"저 천창이지. 어떻게 데리고 나갔는지 한번 살펴봐야지."

홈즈는 날렵하게 천창에서 지붕으로 뛰어 올라갔다. 그러더니 "아, 이거야!" 하고 외쳤다. "조그만 긴 사다리가 처마에 세워져 있어. 이것을 사용한 거야."

"하지만 이상하군요. 루캐슬 씨 부부가 나갈 때는 사다리가 없었는데요."

"도중에 돌아온 겁니다. 내가 말한 대로 교활하고 빈틈없는 놈입니다. 앗, 계단에서 발소리가……. 틀림없이 그놈이다. 왓슨, 권총을 준비하는 게 좋겠어."

홈즈의 말이 미처 끝나기도 전에 뚱뚱한 남자가 손에 굵은 곤봉을 들고 문 앞에 나타났다. 헌터 양은 그를 보고 비명을 지르고 벽에 달라붙었는데, 홈즈는 달려가 남자 앞에 당당히 버티고 섰다.

"이 악당! 딸을 어디다 감추었지?"

뚱뚱한 남자는 방 안으로 들어와 열려 있는 천창에 시선을 돌렸다.

"그걸 알고 싶은 것은 나다! 이 도둑놈, 강도! 더는 도망치지 못한다. 암, 도망치지 못하고말고. 앙갚음을 해 줄 테니 두고 봐라!" 그는 몸을 돌리더니 소란스럽게 계단을 달려 내려갔다.

"앗, 개를 데리러 갔어요." 헌터가 소리쳤다.

"나에게 권총이 있어." 내가 말했다.

"현관문을 닫는 게 좋겠어!" 홈즈의 외침에 우리는 일제히 계단을 달려 내려갔다. 세 사람이 가까스로 현관까지 갔을 때 으르렁거리는 개 소리가 들리고, 이어서 고통에 짓눌리는 듯한 비명이 울렸다. 그 무시무시한 단말마적 비명은 듣는 것만으로도 소름이 돋을 정도였다. 그때 옆방에서 얼굴이 붉은 쉰 안팎의 남자가 비틀걸음으로 나왔다.

"큰일 났어요! 누군가 개를 풀어 놨어. 이틀이나 굶긴 개야. 빨리빨리, 그렇지 않으면 죽고 말아요!"

홈즈와 나는 뛰쳐나가 건물 뒤로 돌아갔다. 톨러도 우리들 뒤를 쫓아왔다. 가서 보니, 굶주린 맹견이 루캐슬의 목덜미를 물고 늘어졌고, 그는 고함을 지르며 땅바닥을 뒹굴고 있었다. 나는 재빨리 달려가 개의 머리에 권총을 쏘았다. 그러나 개의 희고 날카로운 이빨은 여전히 주인의 살찐 목덜미에 박힌 채 떨어질 줄 몰랐다. 우리는 간신히 개를 떼어놓고, 상처를 깊이 입고 거의 숨이 넘어가는 루캐슬 씨를 집 안으로 옮겨 응접실

의 소파 위에 눕혔다.

그리고 술이 깬 톨러에게 어서 가서 부인에게 알리라고 했다. 이어서 나는 고통을 덜어 주기 위해 응급 처치를 했다. 우리가 모두 부상자 주위에 모여 있으니 문이 열리고 키가 큰 여윈 여자가 들어왔다.

"톨러 부인이에요!" 헌터 양이 소리쳤다.

"맞아요, 아가씨. 루캐슬 나리는 밖에서 돌아오시다 당신들한테 가기 전에 저를 꺼내 주셨어요. 아가씨, 이런 일을 계획하고 있었다면 왜 나에게 말하지 않았나요. 그렇게 했더라면 헛고생은 하지 않았을 것을."

"그렇군!" 홈즈가 그녀를 날카롭게 보면서 말했다. "이번 일은 부인이 누구보다도 잘 알겠군요."

"그럼요. 아는 것은 뭐든지 말하겠어요."

"그럼 거기 앉아서 이야기하세요. 사실은 나도 아직 모르는 부분이 몇 군데 있어요."

"곧 알려 드리죠. 술 창고에서 나올 수만 있었다면 더 빨리 말씀드렸을 텐데. 저는 당신들과 앨리스 아가씨 편이에요. 이 점은 경찰에서 조사하면 더 확실히 알 수 있을 거예요.

앨리스 아가씨는 의붓어머니가 들어온 후 하루도 마음 편한 날이 없었지요. 바보 취급을 당해 무슨 말을 해도 사람대접을 받지 못했거든요. 그래도 처음에는 그런대로 견뎌 나갔는데, 친구 집에서 파울러 씨를 만난 것이 문제의 시초가 되었습니다.

제가 들은 바로는 아가씨는 누군가의 유언으로 자기 재산을 갖고 있었지만, 얌전하고 참을성이 있는 성격이라 그런 것은 조금도 입 밖에 내지 않고 모든 걸 아버지에게 맡겼어요. 그래서 아버지도 아가씨에 대해서는 신경 쓰지 않았지만, 아가씨에게 남편이 생긴다면 이야기가 달라지지요. 사위가 법적인 요구를 하고 나설 테니까요.

그래서 아버지는 무언가 방법을 모색해야만 되었던 겁니다.

앨리스 아가씨가 결혼을 하든 하지 않든, 돈을 쓸 권리는 아버지에게 있다는 증서를 만들어 서명을 받으려 했던 거지요. 그런데 아가씨는 거절했어요. 그러자 매일같이 못살게 들볶는 바람에 아가씨는 마침내 정신이 이상해져 6주 동안이나 죽음의 문턱까지 다다를 정도로 큰 병을 앓았지요. 다행히 죽지 않고 살아나기는 했지만 피골이 상접할 정도로 말라서 고운 머리도 잘라 버렸답니다. 파울러 씨는 여전히 눈물겨울 정도로 아가씨를 생각했지요."

"아, 그 정도만 들어도 앞뒤 사정을 알겠어요. 그다음은 내가 이야기하지. 루캐슬 씨는 안 되겠다 싶어서 감금이라는 수단을 생각한 거야."

"그렇습니다."

"다음, 런던에서 헌터 양을 데려온 것은, 애정이 깊은 파울러가 마음에 들지 않아 쫓아 버리기 위해서고."

"맞아요."

"그러나 파울러는 훌륭한 뱃사람처럼 인내심이 강해 항상 집 주변을 엿보며 서성거리다가 부인을 알게 됐지. 파울러는 돈을 주든지 아니면 다른 방법을 쓰든지, 어쨌든 부인을 자기편으로 만드는 것이 유리하다고 생각해 설득했어."

"파울러는 인정도 많지만 기분파이기도 해요." 톨러 부인이 말했다.

"그래서 당신 남편이 늘 술에 취해 있도록 할 것과 루캐슬 씨가 집에 없을 때는 사다리를 준비해 놓으라는 부탁을 받았군요."

"잘도 아시네요."

"톨러 부인, 당신에게 사과해야겠어요. 덕분에 미심쩍었던 점을 다 확실히 알게 되었어요. 오래잖아 루캐슬 부인이 근처의 의사를 데리고 돌아올 것 같군. 왓슨, 법적인 조처를 취하기가 애매하니 헌터 양과 함께 윈체스터로 떠나는 게 좋겠어."

이로써 현관 앞에 황색 너도밤나무 숲이 있는 괴상한 저택의 수수께끼는 풀렸다. 루캐슬은 목숨은 건졌으나 완전히 폐인이 되다시피 했다. 그러나 부인의 헌신적인 시중으로 겨우 목숨을 유지하고 있다.

그들은 여전히 톨러 부부를 고용하고 있다는데, 루캐슬의 과거를 이 하인 부부가 너무 잘 알고 있으니 내쫓는다는 게 그렇게 쉽지는 않을 것이다. 파울러와 앨리스는 그 집에서 도망쳐 나왔다. 도망쳐 나온 다음 날, 사우샘프턴에서 특별 허가증을 얻어 결혼했다. 파울러 씨는 지금 인도양의 모리셔스 섬에서 관리 직을 맡고 있다.

바이올렛 헌터에 대해서는 그녀가 일단 사건의 중심인물이 아니라는 사실을 알자 친구 홈즈가 도무지 관심을 보이지 않아 나는 약간 실망했다. 그녀는 현재 스태포드셔의 월소울에서 사립학교 교장으로 일하고 있다. 틀림없이 큰 성공을 거두고 있을 것이다.

증권 중개인

1889년 6월 15일(토)

The Stockbroker's Clerk

The Stockbroker's Clerk

    나는 결혼하자마자 패딩턴 지구에 있는 진료소를 샀다. 나에게 권리를 양도한 늙은 파쿠어 씨는 한때는 뛰어난 개업의였다. 그러나 지금은 나이도 많은 데다가 성 비투스 무도병[5]도 앓고 있어 환자를 돌볼 수 없게 되었다. 사람들은 일반적으로 다른 이의 병을 고치는 사람은 우선 스스로가 건강해야 한다고 생각한다. 의사가 자신의 병을 스스로 고치지 못하면, 곧바로 그 능력을 의심받게 된다. 그 때문에 파쿠어 씨의 진료소를 찾는 환자가 점차 줄었고, 내가 권리를 살 무렵에 그의 연 수입은 1200파운드에서 300파운드쯤으로 줄어들었다. 그렇지만 나는

---

5) 신경성 병. 심하면 춤을 추듯이 발작성 경련을 일으킴.

젊었고, 잘 꾸려 갈 자신이 있었기 때문에 몇 년 뒤에는 환자 수를 원래대로 회복할 수 있다고 생각했다.

개업한 뒤 석 달 동안, 나는 일에 몰두하느라 셜록 홈즈와는 거의 만나지 못했다. 일부러 베이커 가를 찾아갈 틈이 없었고, 홈즈는 홈즈대로 일 때문에 어쩔 수 없는 경우를 제외하면 절대 외출하지 않았기 때문이다. 그러던 6월의 어느 날 아침이었다. 아침 식사를 끝내고 〈영국 의학 회보〉를 읽고 있는데 현관 벨이 울리고, 이어서 홈즈의 날카롭고 약간 쩨지는 듯한 목소리가 들렸을 때는 무척 놀랐다.

"왓슨." 홈즈는 안으로 바삐 들어오며 말했다.

"만나서 반갑군. 부인도 '네 개의 서명' 사건에서 받은 충격에서 완전히 벗어났겠지?"

"고마워, 우린 모두 건강해." 나는 악수하면서 말했다.

"그런데 의사 일에 열중하느라 추리에 흥미를 완전히 잃은 것은 아니겠지?" 홈즈는 흔들의자에 앉으며 말했다.

"천만의 말씀. 바로 어젯밤에도 옛 기록을 조사하며 지금까지 거둔 성과를 분류했지."

"그 기록을 거기에서 끝낼 생각이야?"

"무슨 소리야. 재미있는 사건을 더 경험하고 싶네."

"그럼 오늘은 어때?"

"좋아. 자네만 좋다면."

"버밍엄까지 가도 말인가?"

"자네가 원한다면 어디라도."

"환자들 진찰은 어떻게 하지?"

"이웃 의사가 외출할 때는 내가 대신 봐 주고 있으니까, 그쪽도 신세를 갚겠지. 언제라도 기분 좋게 맡아 줄 거야."

"하하, 참 편리하군!"

홈즈는 의자에 몸을 기댄 채 반쯤 감은 눈으로 날카롭게 나를 바라보았다. "그런데 자네는 요즘 건강이 별로 좋지 않았군. 여름 감기는 괴로운데 말이야."

"맞아. 지난주에 사흘 동안 심한 오한이 들어 집에 틀어박혀 있었어. 하지만 이제는 완전히 좋아졌어."

"그런 것 같군. 상당히 건강해 보여."

"그런데 어떻게 내가 감기에 걸린 걸 알았지?"

"이봐, 자네는 내 방식을 알잖아."

"그렇다면 추리로 알았단 말인가?"

"물론."

"어떤 점에서?"

"자네의 슬리퍼를 보고 알았지."

나는 내가 신고 있는 에나멜 슬리퍼를 내려다보았다.

"하지만 어떻게?"

내가 말을 꺼내기도 전에 홈즈가 대답했다.

"자네의 슬리퍼는 구입한 지 3주밖에 안 된 새것이야. 그런데 지금 내 쪽을 향하고 있는 밑바닥이 조금 그을렸어. 그래서 젖었기 때문에 말리다가 태웠구나, 하고 생각했지. 하지만 신발 등에 상인들이 가격을 암호로 쓴 조그맣고 동그란 봉함지가 붙어 있어. 만약 젖었다면 그것이 떨어졌을 거야. 그러므로 자네는 다리를 난로 쪽으로 뻗고 앉아 있는 사이에 태운 게 틀림없어. 하지만 비가 많이 오는 6월이라 해도 건강한 사람은 그런 짓은 하지 않아."

홈즈의 추리는 언제나 그렇지만, 이번에도 설명을 듣고 나니 간단하기 이를 데 없었다. 그는 내 얼굴 표정에서 내 마음을 읽은 듯이 씁쓸한 미소를 지었다.

"나는 지나치게 자세히 알려 주는 나쁜 버릇이 있잖아. 이유를 생략하고 결과만 보여 주는 편이 훨씬 감명을 주지. 그럼, 버밍엄에 같이 가겠단 말이지?"

"물론. 그런데 어떤 사건이야?"

"기차 안에서 말해 주지. 의뢰인이 밖의 사륜마차에서 기다리고 있어. 곧 갈 수 있겠나?"

"갈 수 있어."

나는 이웃 의사에게 보낼 편지를 쓰고, 2층으로 뛰어 올라가 아내에게 이유를 말한 뒤, 현관에서 기다리는 홈즈에게 갔다.

"옆집도 의사인가?" 홈즈는 놋쇠 간판을 보고 고갯짓으로 가리키며 말했다.

"응, 나처럼 진료소를 샀어."

"먼저 하던 의사는 오래전부터 운영했었나?"

"이곳에서 먼저 운영하던 의사와 거의 같은 시기에 시작했어. 양쪽 모두 건물을 지었을 때부터 시작했으니까."

"그렇다면 자네는 인기가 좋은 쪽을 샀군."

"그런 것 같은데, 어떻게 알지?"

"현관 돌계단을 보면 알 수 있어, 왓슨. 자네 쪽이 이웃보다 3인치쯤 더 닳았어. 아, 소개하지. 마차에 계신 이분이 사건 의뢰인 홀 파이크로프트 씨야. 마부, 빨리 가게. 기차 시간이 다 되었으니까."

마차에서 나와 마주 보고 앉은 남자는 체격이 늠름하고 혈색이 좋은 젊은이로, 솔직하고 성실한 인상에 곱슬곱슬하고 노란 콧수염을 기르고 있었다. 반짝반짝 빛나는 실크 모자를 쓰고 고상하고 수수한 검은 양복을 입은 차림은 그의 인품을 말해 주었다. 그는 런던 토박이가 분명했지만, 군에 입대하거나 운동선수가 되어도 뛰어난 기량을 발휘할 듯싶었다. 그의 둥글고 붉은 얼굴에서는 타고난 쾌활함이 엿보였지만, 양끝을 오므린 입가에는 약간 우습게 보일 정도로 곤혹스러운 표정이 보였다. 하지만 이 젊은이가 도대체 어떤 궁지에 빠져 셜록 홈즈를 찾아왔는지는 기차를 타고 버밍엄을 향해 무사히 출발할 때까지 알 수 없었다.

"여기서부터 정확히 70분 동안 흔들리면서 가야 합니다." 기차가 움직이자 홈즈가 말했다. "홀 파이크로프트 씨, 당신의 흥미로운 경험을 나에게 말했듯이, 아니 될 수 있으면 더 자세히 내 친구에게 들려주셨으면 합니다. 사건의 진행 상황을 다시 듣는 것은 나에게도 많은 도움이 됩니다. 왓슨, 이 사건에 수수께끼가 숨어 있는지 어떤지도 아직 모르지만, 이 사건이 색다르고 진기한 특징을 보이는 것은 분명해. 자네도 나와 마찬가지로 환영할 거야. 자, 파이크로프트 씨, 이제는 끼어들지 않을 테니 말하세요."

젊은이는 눈을 반짝이며 나를 보고 다음과 같이 말했다.

"이번 일로 가장 화가 난 것은 내가 바보 같은 짓을 하고 있다는 겁니다. 결국 모든 사건이 잘 해결될지도 모르지만, 어쨌든 나로서는 역시 다른 방법이 없다고 생각합니다. 하지만 만약 이대로 목이 잘린다고 해도, 이 정도로 바보 같은 일은 없습니다. 왓슨 씨, 저는 이야기는 잘 못하지만 있는 그대로 차근차근 이야기해 보겠습니다. 사정은 다음과 같습니다.

저는 드레이퍼즈 가든의 콕슨 앤드 우드하우스 회사에서 근무했습니다. 그런데 그 회사는 베네수엘라 공채 건으로 올봄에 많은 부채를 지고 부도가 났습니다. 5년이나 근무했기에 도산하자 콕슨 씨가 나를 위해 훌륭한 추천장을 써 주었습니다. 하지만 직장을 잃은 것은 나만이 아니고, 사원 27명 모두 마찬가지였습니다. 나는 여기저기 직장을 알아봤지만, 처지가 같은 동료들이 많았기 때문에 좀처럼 직장을 구할 수 없었지요. 콕슨에서는 주급 3파운드를 받았고, 그것을 저금한 돈이 70파운드쯤 있었습니다. 하지만 그것도 곧 다 써 버렸고, 마침내 구인 광고에 응모하는 우표나 봉투마저 사지 못하는 처지가 되었습니다. 이곳저곳 사무실 계단을 오르내리느라고 구두는 닳고, 직장을 찾을 가능성은 전혀 없어 보였지요.

그런데 마침 롬바드 가의 큰 증권거래소 모슨 앤드 윌리엄스에서 직원을 뽑는다는 것을 알았습니다. 두 분은 그 방면에 대해 잘 모르실 테지만, 어쨌든 그 회사는 런던에서도 자산이 가장 많은 회사지요. 응모는 우편으로만 받기 때문에 서둘러 추천장과 지원서를 보냈지만, 사실 별로 기대하지는 않았습니다. 그런데 놀랍게도 답장이 왔고, 다음 주 월요일에 치를 면접에서 아무 문제가 없다면 곧 채용하겠다는 내용이었습니다. 도대체 어떻게 그렇게 되었는지 전혀 모르겠습니다. 사장이 응모 편지 더미에 손을 넣고서 처음 잡은 서류를 낸 사람을 채용하는 것 같다는 소문도 돌았습니다. 어쨌든 이번에는 나에게 차례가 돌아온 셈이었는데, 나로서는 더 이상 기쁠 수 없었습니다. 급료는 콕슨보다도 1파운드 많았지만 하는 일은 같았습니다.

기묘한 이야기는 지금부터 시작입니다. 나는 햄스테트 교외에서 하숙을 하고 있습니다. 주소는 포터즈 테라스 17입니다. 그런데 채용이 내정된 날 밤 하숙집에서 담배를 피우고 있는데, 하숙집 아주머니가 명함을 한 장 가지고 들어왔습니다. 거기엔 '파이낸셜 에이전트, 아서 핀너'라고 인쇄되어 있었습니다. 그런 이름을 모르고 도대체 어떤 일인지도 짐작이 가지 않았지만, 어쨌든 방으로 들어오도록 했습니다. 들어온 남자는 몸집도 키도 중간 정도로, 머리와 눈과 턱수염이 모두 검었는데, 코 부분이 유대인처럼 보였습니다. 시간 낭비를 싫어하는 듯, 행동이 시원스럽고 말하는 것도 쾌활했습니다.

'홀 파이크로프트 씨죠?' 그가 말했습니다.

'그렇습니다.' 나는 대답하고 의자를 권했습니다.

'얼마 전까지 콕슨 앤드 우드하우스에 근무했지요?'

'네.'

'그리고, 이번에는 모슨에 나가게 되었다고요?'

'그렇습니다.'

'사실 나는 당신의 경리 능력이 아주 뛰어나다는 소문을 들었습니다. 콕슨의 지배인이었던 파커를 잊지는 않았겠죠? 파커가 당신을 칭찬하더군요.'

물론, 나는 그 말을 듣고 기분이 나쁘지는 않았습니다. 분명히 회사에서는 언제나 꽤나 눈치 빠르게 일했지만, 시티에서 이런 식으로 평판이 나 있을 줄은 꿈에도 생각하지 못했지요.

'기억력이 뛰어나다면서요.' 그가 말했습니다.

'뭐, 대단치는 않습니다.' 나는 겸손하게 대답했습니다.

'실직하고 있는 동안 주식 시장에는 계속 관심을 가졌습니까?'

'네, 매일 아침 증권 시세표를 꼭 보았습니다.'

'호, 그거야말로 근면한 사람의 특징이지요! 성공하는 길입니다! 그럼, 몇 가지 질문하고 싶은데 괜찮습니까? 이를테면 에어셔는 어느 정도입니까?'

'105파운드에서부터 105파운드 4분의 1입니다.'

'뉴질랜드의 정리 공채는?'

'104파운드입니다.'

'그럼, 브리티시 브로큰 힐스는?'

'7파운드에서 7파운드 6실링.'

'훌륭해!' 그 남자는 두 손을 들며 외쳤습니다. '역시 소문대로군요. 당신 같은 인물을 모슨의 직원으로 두는 것은 너무 아깝습니다!'

갑자기 그에게서 이런 칭찬을 들은 나는 깜짝 놀랄 수밖에 없었습니다.

'하지만 핀너 씨. 다른 사람들은 당신만큼 저를 높이 평가하지 않습니다. 저는 무척 고생해서 이번 직장을 얻었기 때문에 충분히 만족합니다.'

'아니, 당신은 그런 곳에 만족해서는 안 됩니다. 당신의 진가를 발휘할 수 있는 직장을 선택해야 합니다. 만약 우리 회사에 온다고 가정했을 때의 이야기입니다만, 우리가 제공할 수 있는 지위는 당신의 능력에 비하면 결코 충분하지는 않을 겁니다. 하지만 모슨과 비교하면 하늘과 땅 차이일 겁니다. 모슨에는 언제부터 출근합니까?'

'월요일부터입니다.'

'하하하! 내기해도 좋습니다. 당신은 결국 모슨에는 가지 않

게 될 겁니다!'

'모슨에 가지 않는다고요?'

'그렇소. 그 전에 당신은 프랑코 미드랜드 철물 주식회사의 영업지배인이 될 겁니다. 이 회사는 프랑스 각 도시와 마을에 전부 합쳐 134개의 지점을 갖고 있습니다. 그리고 브뤼셀과 산 레모에도 지점이 있는 큰 회사입니다.'

그 말을 듣는 순간 나는 숨이 막혔습니다. '하지만 처음 듣는 회사군요.'

'아마 못 들었을 겁니다. 아주 은밀하게 활동하고 있으니까요. 자본은 모두 비밀 출자이기 때문입니다. 아주 유망한 사업이기 때문에 일반인에게 공개하지 않습니다. 저의 형 해리 핀너가 발기인으로 출자액에 따라 전무이사로서 이사회에 참가하고 있습니다. 형은 내가 런던의 사정에 밝다는 것을 알고, 좋은 인재를 찾아 달라고 나에게 부탁했습니다. 활력이 넘치고 패기만만한 젊은이를 원합니다. 그래서 파커와 상담하다 당신 얘기가 나왔고, 오늘 밤 이렇게 여기에 온 겁니다. 급료는 처음에는 500파운드밖에 드릴 수 없습니다만.'

'연봉 500파운드라고요!' 나도 모르게 크게 소리쳤습니다.

'처음에는 그것뿐이지만, 당신이 담당한 대리점의 거래 금액 중 1퍼센트를 받을 수 있지요. 이것이 급료보다 많다는 것은

보증합니다.'

'하지만 나는 철물에 대해서는 전혀 모릅니다.'

'그 대신 당신은 숫자에 밝잖소.'

나는 머리가 멍해져서 의자에 가만히 앉아 있을 수 없을 정도였습니다. 그러나 갑자기 의혹에 사로잡혔습니다.

'솔직하게 말해 모슨의 급료는 200파운드밖에 안 되지만, 그곳이라면 믿을 수 있습니다. 그렇지만 당신 회사에 대해서는 전혀 모르기 때문에……'

'하하, 과연 날카로운 분이군!' 그는 감동하면서 외쳤습니다. '당신 같은 사람이야말로 반드시 우리 회사에서 일해야 합니다! 간단하게 승낙할 것 같지 않군요. 이것은 100파운드 수표입니다. 만약 우리 회사에서 일해 주시겠다면 급료를 미리 드리겠습니다.'

'고맙습니다. 그럼, 언제부터 일하면 됩니까?'

'내일 오후 1시까지 버밍엄으로 가세요. 형한테 가지고 갈 소개장은 여기 있습니다. 이것을 가지고 형에게 가면 됩니다. 코포레이션 가 126B에 회사의 임시 사무실이 있고, 형이 있습니다. 물론 채용에 대해서는 형이 다시 한 번 확인하겠지만, 채용은 이미 결정된 것과 같습니다.'

'정말 뭐라고 감사드려야 좋을지 모르겠습니다.'

'천만의 말씀입니다. 당신은 당연히 받아야 할 것을 받았을 뿐입니다. 그리고 몇 가지 자질구레한 수속이 남아 있는데, 아주 형식적인 겁니다. 당신 옆에 종이가 있군요. 거기에 이렇게 써 주세요. 나는 프랑코 미드랜드 철물 주식회사 영업지배인으로서 최저 연봉 500파운드의 조건으로 근무할 것을 승낙한다고 말입니다.'

말한 대로 쓰자 그는 그 종이를 주머니에 넣었습니다.

'또 하나, 이것도 작은 일이지만, 모슨 쪽은 어떻게 할 생각입니까?'

나는 기쁜 나머지 모슨 일은 완전히 잊고 있었습니다.

'편지로 거절할 생각입니다.'

'그 편지는 쓰지 않는 게 좋겠군요. 사실은 당신 건으로 모슨의 지배인과 싸웠거든요. 당신에 대해 알아보려고 그곳에 갔더니, 지배인이 몹시 화를 내며 당신을 속여 모슨에서 빼내려고 한다고 비난하더군요. 그래서 나도 화를 냈지요. 우수한 인재가 필요하면 대우를 잘하라고요. 그러자 모슨의 지배인은, 비록 당신 회사보다 보수가 적어도 그 젊은이는 우리 회사에 올 거라고 하더군요. 그래서 내가 그럼 5파운드를 걸고 내기해도 좋소, 만약 그 젊은이가 내 말을 받아들이면 당신 회사에는 두 번 다시 연락하지 않을 거요, 하고 말했지요. 그 남자는 좋소!

우리가 그를 시궁창에서 빼내 주었어. 그렇게 간단히 우리를 배반할 리가 없어, 라고 말하더군요.

'상당히 무례하군!' 내가 외쳤습니다. '아직 한 번도 만난 적이 없는데. 그런 사람의 일은 아무래도 좋아요. 쓰지 않는 게 좋다고 하면 쓰지 않겠습니다.'

'좋소. 약속했습니다!' 그는 의자에서 일어났습니다. '형에게 좋은 사람을 소개하게 되어서 정말 다행입니다. 이것이 선금 100파운드이고 이건 소개장입니다. 주소를 기억하세요. 코포레이션 가 126B. 약속 시간은 내일 1시입니다. 그럼, 편히 쉬십시오. 행운을 빕니다.'

자, 이상이 내가 기억하는, 그 남자와 나눈 대화입니다. 왓슨 씨, 갑자기 찾아온 엄청난 행운에 제가 얼마나 기뻐했는지 아시겠지요. 감격에 겨워 그날은 새벽까지 잠들지 못했습니다. 그리고 이튿날, 약속 시간에 도착할 수 있도록 기차로 버밍엄을 향해 출발했습니다. 도착해서 뉴 가의 호텔에 짐을 맡기고 가르쳐 준 장소로 향했습니다.

약속 시간까지는 15분쯤 남아 있었지만, 별로 상관없으리라고 생각했습니다. 126B는 두 개의 큰 회사 사이에 있었습니다. 돌로 만든 나선 계단을 지나 올라가면 회사나 의사 또는 변호사 같은 사람에게 사무실로 빌려 주는 방이 많습니다. 입주자의 이름이 벽 아래에 페인트로 쓰여 있는데 프랑코 미드랜드 철물 주식회사라는 이름은 없었습니다. 보기 좋게 속아 넘어간 건 아닌지 걱정하며 잠시 어물거리고 있으려니까 어떤 남자가 다가와서 제게 말을 걸었습니다. 전날 밤에 만난 사람과 목소리도 모습도 닮은 사람이었습니다. 그러나 그 사람은 수염을

깨끗이 밀었고 머리 색깔도 조금 밝았습니다.

'홀 파이크로프트 씨입니까?' 그 남자가 물었습니다.

'그렇습니다.' 내가 대답했습니다.

'기다리고 있었습니다. 약속 시간보다 조금 빨리 오셨군요. 아침에 동생에게서 편지를 받았지요. 당신에 대해 칭찬이 대단하더군요.'

'지금 사무실을 찾고 있던 참입니다.'

'아, 사무실은 아직 이름을 걸지 않았어요. 지난주에 이 임시 사무실을 구해서요. 자, 나를 따라오세요. 위로 올라가서 얘기합시다.'

그를 따라 높고 가파른 계단을 올라갔더니, 슬레이트 지붕 바로 밑에 카펫도 커튼도 없는 먼지투성이 빈방으로 저를 안내했습니다. 저는 반짝반짝 빛나는 책상과 줄지어 앉아 있는 사원들이 있는 큰 사무실의 광경을 머리에 그리고 있었습니다. 그런데 가구다운 것이라고 해야 나무 의자 두 개와 작은 테이블 하나밖에 없고, 그 밖에 보이는 것은 장부 한 권과 휴지통 하나뿐인 광경을 보자 정말 어이가 없었습니다.

'실망하지 마세요.' 방금 만난 남자는 내 표정을 보더니 말했지요. '로마는 하루아침에 이루어진 것이 아닙니다. 훌륭한 사무실을 갖추기 전에는 쓰러지면 안 됩니다. 하지만 자금은

충분히 준비되어 있습니다, 자, 소개장을 보여 주세요.'

소개장을 건네자 그는 매우 주의 깊게 읽었습니다.

'당신은 동생에게 무척 깊은 인상을 준 모양이군요. 동생은 사람을 아주 잘 보지요. 동생은 런던 출신을 선호하고, 나는 버밍엄 출신을 좋아하지만 이번만은 동생의 의견을 따르기로 하겠소. 그러니 이것으로 채용은 정식 결정된 걸로 생각하셔도 좋습니다.'

'제가 할 일은 무엇입니까?' 내가 물었습니다.

'파리의 창고를 관리하는 일입니다. 그곳은 잉글랜드의 도자기를 프랑스에 있는 134군데의 대리점에 보내는 거점입니다. 일주일 안에 물품 구입을 끝낼 예정인데, 그때까지는 버밍엄에 있으면서 일을 도와주시오.'

'어떤 일을 하는 겁니까?'

그는 대답 대신 책상 서랍을 열고는 붉고 큰 책 한 권을 꺼냈습니다.

'이것은 파리의 인명록입니다. 이름 뒤에 직업이 있소. 이것을 숙소에 가지고 가서 철물업자의 주소와 이름을 모두 써 주시오. 그것이 있으면 아주 편리하니까요.'

'하지만 분명히 직업별 인명록이 있을 텐데요?'

'그것은 그다지 신뢰할 만한 것이 못 됩니다. 작성 방법이 우

리와 다릅니다. 어쨌든 월요일 정오까지 작성한 리스트를 나에게 갖고 와요. 파이크로프트 씨, 만약 당신이 지혜와 열의를 갖고 일하면 회사도 그에 걸맞은 대우를 할 생각입니다. 그럼, 조심해 가시오.'

나는 커다란 책을 안고 찜찜한 기분으로 호텔로 돌아왔습니다. 분명히 나는 정식으로 채용되었고, 주머니에는 100파운드짜리 수표가 들어 있었습니다. 그러나 그 사무실의 허술한 광경과 건물 벽에 회사 이름이 없는 것, 그리고 사업가라면 누구라도 신경 쓰는 몇 가지 사항이 빠진 것 때문에 좋은 인상을 가질 수 없었습니다. 그렇지만 앞으로 일이 어떻게 되든 일단 돈은 받았으니 생각을 고쳐먹고 일을 하기 시작했습니다. 일요일은 하루 종일 쉬지 않고 일에 몰두했습니다. 그런데 월요일이 되었는데도 H항목까지밖에 완성하지 못했습니다. 어쨌든 고용주한테 갔더니 처음과 다름없이 아무것도 없는 방에 있더군요. 그는 수요일까지 완성해서 가져오라고 했습니다. 그런데 수요일이 되어도 아직 일을 끝내지 못했습니다. 그래서 금요일인 어제까지 쉬지 않고 일했지요. 가까스로 완성한 것을 갖고 해리 핀너 씨에게 갔습니다.

'정말, 수고가 많았소. 생각보다 어려운 일이었군. 하지만 이 리스트 덕에 상당한 도움을 받을 것이오.' 그가 말했습니다.

'시간이 오래 걸렸습니다.'

'그런데 이번에는 가구점 리스트를 만들어야겠소. 가구점에서도 도자기를 판매하니까.'

'알았습니다.'

'그러면 내일 저녁 7시에 와서 일이 얼마쯤 진행되고 있는지 알려 주시오. 결코 무리해서는 안 되오. 일을 끝내고 데이즈 뮤직홀에서 2시간쯤 시간을 보내는 것도 나쁘지 않을 거요.' 남자는 웃으면서 말했습니다. 그런데 그때 남자의 왼쪽 두 번째 이에 볼품사납게 금이 씌워진 것을 보고 나는 섬뜩했습니다."

이 대목에서 셜록 홈즈는 만족스럽다는 듯이 두 손을 비벼 댔지만, 나는 놀라서 의뢰인의 얼굴을 바라볼 뿐이었다.

"왓슨 씨, 깜짝 놀라는 것도 당연합니다만, 사실은 이렇습니다. 전에 내가 런던에서 핀너의 동생이라는 남자와 만났을 때 그 남자가 당신은 결국 모슨에는 못 간다고 웃으면서 말하는 순간 금니가 보였는데, 그것과 똑같다는 생각이 들었기 때문입니다. 두 번 다 금이 반짝이는 바람에 눈에 띄었던 거지요. 목소리도 모습도 같은데, 금니까지 똑같았죠. 형과 동생의 다른 점이라곤 면도라든가 가발을 이용하면 바꿀 수 있는 것뿐이라고 생각하니 의심이 들 수밖에 없었습니다. 형제가 아무리 닮아도 금니까지 똑같을 수는 없지 않겠습니까? 그의 배웅을 받으며 거리로 나왔는데, 마치 여우에 홀린 기분이었습니다. 나는 호텔로 돌아와 세면기에 물을 담아 머리를 식히고 지금까지의 일을 정리해 보았습니다. 왜 그 남자는 나를 런던에서 버밍엄으로 보냈을까? 왜 그는 나보다 먼저 버밍엄에 와 있었을까? 왜 그는 자신 앞으로 편지를 썼을까? 하지만 모두 저에게는 벅찬 문제라서 도무지 영문을 알 수 없습니다. 그런데 문득 도무지 짐작할 수 없는 일이라도 셜록 홈즈 씨라면 아주 간단히 풀 수 있을 거라는 생각이 떠올랐습니다. 그래서 야간기차를 타고 오늘 아침 런던에 돌아와 곧바로 홈즈 씨를 찾아뵙고, 이렇게 두 분과 버밍엄까지 가게 된 것입니다."

증권 중개인이 놀라운 경험을 이야기하고 나자, 잠시 말이 끊겼다. 이윽고 셜록 홈즈는 혜성이 나타난 해에 제조한 혜성년 와인의 첫 모금을 음미하는 와인 감정가처럼 만족한 듯하면서도 날카로운 표정으로 쿠션에 기대며 내 쪽을 흘끗 보았다.

"어때, 왓슨? 상당히 재미있는 사건이지? 이 얘기에는 흥미 있는 점이 몇 개 있어. 그런데 프랑코 미드랜드 철물 주식회사의 임시 사무실에서 아서 핀너, 아니 해리 핀너 씨와 만나는 것도 우리 두 사람에게는 재미있는 경험이 될 텐데, 어때?"

"그렇지만 어떻게 해야 만날 수 있지?"

"아, 그것은 간단합니다."

홀 파이크로프트는 힘차게 말했다. "두 분을 현재 일자리가 없는 친구라고 소개하겠습니다. 그렇게 하면 제가 당신들을 전무에게 데리고 가도 조금도 이상할 것이 없을 테니까요."

"그렇지, 그래! 어쨌든 직접 그 신사를 만나고 싶어. 그렇게 하면 그가 꾸민 장난에 대해 무언가 알 수 있을지도 몰라. 그렇게까지 해서 당신을 고용하려는 이유가 무엇일까요? 아니면 뭔가……." 홈즈는 이렇게 말하고 난 뒤 손톱을 깨물며 멍하니 창밖을 보기 시작했고, 뉴 가에 도착할 때까지 한마디도 하지 않았다.

그날 저녁 7시에 우리 세 사람은 회사 사무실로 가기 위해 코포레이션 가를 걸었다.

"시간 전에 가 봐야 헛일입니다. 그 남자는 나를 만나려고 오는 것 같아요. 그 남자가 지정한 시각 전에는 아무도 없었으니까요." 의뢰인이 말했다.

"무언가 꿍꿍이가 있는 듯싶은데." 홈즈가 말했다. "봐요, 말한 대로죠! 저기 걸어가는 남자예요!"

파이크로프트는 이렇게 소리치며 바쁜 걸음으로 도로 반대쪽을 걸어가는 금발에 몸집이 작고 옷차림이 훌륭한 남자를 가리켰다. 남자는 도로 맞은편에서 새로 나온 석간을 팔고 있는 소년을 보더니 뛰어서 영업마차와 합승마차 사이를 누비고 지나가 소년에게서 신문을 한 장 샀다. 그러고는 신문을 쥔 채 어떤 문 안으로 사라졌다.

"아, 저곳으로 들어갔군!" 홀 파이크로프트가 외쳤다. "저 안에 사무실이 있습니다. 저를 따라오세요. 잘 설득해 볼 테니."

그의 뒤를 따라 6층까지 올라가자, 반쯤 열린 문이 나타났다. 파이크로프트가 노크를 하자, 안에서 "들어오세요"라는 목소리가 들려왔다. 파이크로프트가 말한 대로, 사무실 안에는 가구다운 것이라곤 전혀 없이 황량하기 그지없었다. 방에 있는 단 하나의 테이블 앞에 아까 길에서 본 남자가 석간신문을 보며 앉아 있었다. 사무실로 들어선 우리들을 올려다본 남자의 얼굴에는 비통한, 아니 비통함을 초월한, 보통 사람은 좀처럼 경험할 수 없는 공포의 표정이 떠올랐다. 이마에는 땀이 번들거리고 있었고, 핏기 없는 뺨은 물고기 배처럼 창백했으며, 마치 미친 사람처럼 눈을 크게 뜨고 있었다. 남자는 누구인지 모른다는 듯한 표정으로 파이크로프트를 보았다. 파이크로프트가 깜짝 놀란 표정을 지어 우리는 그의 고용주의 모습이 평소와 다르다는 사실을 곧 알아차릴 수 있었다.

"핀너 씨, 기분이 좋지 않은 것 같군요." 파이크로프트가 소리쳤다.

 "아, 그다지 좋지 않군요." 핀너는 기운을 차리려고 노력하면서 마른 입술을 핥았다. "그런데 당신이 데려온 두 사람은 누구요?"

 "이쪽은 버먼지의 해리스 씨이고 이쪽은 버밍엄의 프라이스 씨입니다." 중개인은 막힘없이 말했다. "두 사람은 제 친구입니다. 두 분 모두 경험이 풍부한 신사입니다만, 잠시 실직 중이라서 회사에서 고용해 주셨으면 하고 이렇게 데려왔습니다."

 "그렇군! 좋아요!" 핀너 씨는 기분 나쁜 미소를 떠올리며 외쳤다. "아마, 힘써 줄 수 있을 겁니다. 해리스 씨, 당신은 어떤 일을 맡고 있나요?"

"회계입니다." 홈즈가 대답했다.

"그렇습니까? 아마 그 방면의 인재가 필요해질 겁니다. 그리고 프라이스 씨는?"

"사무입니다." 내가 대답했다.

"두 사람 모두 거의 틀림없이 채용되리라 생각합니다. 결정되는 대로 연락하겠소. 그럼, 오늘은 그만 돌아가 주시오. 부탁이니까 나를 혼자 있게 해 주시오!"

마지막 말은 지금까지 필사적으로 억눌러 온 것이 갑자기 터져 나온 듯이 그의 입에서 튀어나왔다. 홈즈와 나는 얼굴을 마주 보았다. 그러자 홀 파이크로프트가 테이블 쪽으로 한 걸음 다가섰다.

"잊었나요, 핀너 씨? 나는 오늘 당신의 지시를 받기 위해 이곳에 왔습니다."

"아, 그렇군요. 파이그로프트 씨." 핀너는 조금 전보다 침착한 어조로 말했다. "그러면 여기서 잠깐 기다려요. 친구 분들도 같이 기다리겠죠? 미안하지만 3분 정도 참아 주시오. 곧 돌아올 테니까." 그는 일어나서 우리에게 정중하게 인사하고 방 안쪽에 있는 문으로 나가 손을 뒤로 돌려 문을 닫았다.

"어찌 된 거지?" 홈즈가 작은 소리로 말했다. "우리들을 떼어 내고 달아날 속셈일까?"

"그것은 불가능해요."

"왜죠?"

"저 문은 안쪽 방으로만 통합니다."

"그럼 안에 출구는 없나요?"

"없어요."

"안쪽 방에 가구 같은 것은?"

"어제는 텅 비어 있었어요."

"그럼, 저 남자는 그런 곳에서 대체 뭘 하는 걸까? 이해할 수 없군. 공포 때문에 미친 사람이란 핀너를 두고 한 말일 거야. 그런데 왜 저렇게 떨고 있지?"

"우리를 형사라고 생각했을지도 몰라." 내가 말했다.

"그렇겠군요." 파이크로프트가 말했다.

홈즈는 고개를 저었다. "그는 우리를 보고 파랗게 질린 게 아니야. 우리가 방에 들어왔을 때 이미 창백해져 있었어. 그렇다면……."

홈즈의 말은 방에서 쿵쾅거리는 날카로운 소리 때문에 중단되었다.

"자기 방문을 왜 저렇게 두드릴까?" 파이크로프트가 외쳤다.

다시 두드리는 소리가 크게 들렸다. 세 사람은 마른침을 삼키고 닫힌 문을 지켜보았다. 홈즈는 긴장한 나머지 몸을 앞으로 내밀었다. 방에서는 갑자기 낮게 울리는 듯한 희미한 소리가 들리고, 계속 무엇인가 나무 부분을 북처럼 두드리는 소리가 울렸다. 홈즈는 문을 향해 미친 듯이 돌진해, 문에 몸을 부딪쳤다. 문은 안에서 잠겨 있었다. 우리도 홈즈를 따라 힘껏 몸을 부딪쳤다. 경첩이 하나 부러져 나갔고, 또 하나가 부러지며 문이 커다란 소리와 함께 쓰러졌다. 우리는 그것을 밟고서 안으로 뛰어들어갔다.

방은 비어 있었다. 그러나 우리는 아주 잠깐 망설였을 뿐이다. 우리가 아까까지 있던 방의 가장 가까운 구석에 다른 문이 하나 더 있었다. 홈즈는 거기로 뛰어가 그 문을 열었다. 상의와 조끼가 바닥에 떨어져 있었다. 그리고 문 뒤의 고리에 프랑코 미드랜드 철물 주식회사 전무가 바지 멜빵을 목에 감은 채 매달려 있었다. 무릎을 구부리고 목을 가슴에 늘어뜨리고, 구두 뒤꿈치를 문에 부딪친 까닭에 우리의 대화를 중단시킨 소리를 냈던 것이다. 나는 즉시 그의 허리를 안아서 그를 들어 올렸고, 그 사이에 홈즈와 파이크로프트는 흙빛이 된 피부에 파고든 멜빵을 벗겼다. 그런 다음 우리는 남자를 원래 방으로 옮겨 바닥에 눕혔다. 얼굴은 슬레이트 색으로 변해 있었고, 보라색 입술이 숨을 쉴 때마다 닫혔다 열렸다 했다. 그의 얼굴은 5분 전에 우리와 만난 남자라고는 생각할 수 없을 정도로 무참하게 변해 있었다.

"살릴 수 있겠나, 왓슨?" 홈즈가 물었다.

나는 남자의 몸 위에 몸을 숙이고 진찰했다. 맥박은 약하고 끊어졌다 이어졌다 했지만, 호흡은 차차 길어져서 눈꺼풀이 파르르 떨리더니 하얀 안구가 보였다.

"아슬아슬한 순간이었지만 목숨은 구한 것 같군. 창문을 열고 물 주전자에 물을 따라 줘."

나는 그의 칼라를 풀고 얼굴에 찬물을 뿌린 뒤, 길고 자연스러운 호흡을 할 수 있을 때까지 남자의 두 팔을 위아래로 움직였다.

"이제 시간문제야." 나는 남자에게서 떨어지며 말했다.

홈즈는 두 손을 바지 주머니에 깊숙이 찌르고 턱을 가슴에 붙인 채 테이블 옆에 서 있었다.

"이렇게 되었으니 경찰을 부르는 게 좋겠군. 하지만 솔직히 말해서, 그들이 달려오기 전에 완전히 해결하고 싶은데." 홈즈가 말했다.

"나는 전혀 모르겠어요. 도대체 무슨 목적으로 나를 여기까지 데려왔을까요? 게다가……." 파이크로프트는 머리칼을 쥐어뜯으며 외쳤다.

"하하, 그것은 벌써 알고 있습니다. 문제는 마지막에 보여 준 갑작스러운 행동입니다." 홈즈가 안타깝다는 듯이 말했다.

"그럼, 그 밖에는 전부 알고 계신 겁니까?"

"그렇다고 생각합니다. 왓슨, 자네는 어때?"

나는 어깨를 으쓱했다.

"솔직히 말해 내 머리로는 이해할 수 없어."

"하지만 지금까지 일어난 사건을 잘 생각해 보면, 결론은 하나밖에 없어."

"그럼 자네는 어떻게 생각하나?"

"음, 모든 것은 결국 다음 두 가지에 달려 있어. 하나는 파이크로프트 씨에게 그 엉터리 회사에 입사한다는 서약서를 쓰게 한 일이야. 거기에는 이유가 있을 것 같다고 생각하지 않나?"

"잘 모르겠는걸."

"그럼, 왜 그런 것을 쓰게 했을까? 실무적인 수속 같은 것은 아냐. 이러한 결정은 구두 약속이 보통이지. 파이크로프트 씨만 예외로 할 이유는 조금도 없네. 파이크로프트 씨, 아직 모르겠습니까? 그들은 당신의 필적을 손에 넣고 싶어 했어요. 그렇기에 그렇게 할 수밖에 없었습니다."

"하지만, 왜죠?"

"그렇죠. 이유가 뭘까요? 거기에 대답할 수 있다면 결론에 한 걸음 다가선 게 됩니다. 왜일까요? 추측 가능한 이유는 하나밖에 없어요. 누군가 당신의 필적을 흉내 내려고 한 것이지요. 그래서 우선 그 견본을 손에 넣을 필요가 있었습니다. 다음은 두 번째 이유인데, 첫 번째 이유와 서로 관련되어 있다는 사실을 알 수 있습니다. 두 번째는 피너 씨가 당신에게 모슨 회사에 채용을 거절하는 편지를 쓰지 못하게 한 겁니다. 그 회사의 지배인은 홀 파이크로프트라는 남자가 월요일 아침부터 출근하는 줄 알고 있는데, 그곳에 아무런 말도 하지 말고 회사에 가지 말라고 한 점입니다."

"그랬습니까? 나는 정말로 멍청했군요." 파이크로프트가 외쳤다.

"자, 이걸로 필적에 대한 것은 이해가 가겠지요. 누군가 당신으로 위장해 모슨 회사에 입사한다고 해도, 만약 모집에 응했을 때 서류에 쓴 당신의 필적과 전혀 다른 글씨를 쓴다면 곧 탄로가 나겠지요. 하지만 계속해서 당신의 필적을 흉내 낼 수 있으면 안심하고 근무할 수 있어요. 그 회사에서 당신의 얼굴을 아는 사람은 한 사람도 없을 테니까요."

"네, 한 명도 없어요." 홀 파이크로프트가 대답했다.

"그대로잖소. 물론 가장 중요한 점은, 당신이 그 일을 그다지 깊이 생각지 않도록 할 것과 당신의 가짜가 모슨에서 일하고 있다는 사실을 가르쳐 줄 만한 사람에게 당신을 접근시키지 않도록 하는 일입니다. 그래서 많은 급료를 미리 주고 당신을 중부 지방으로 보낸 뒤, 그곳에서 끊임없이 일거리를 주어 당신이 런던에는 얼씬도 하지 못하도록 했지요. 당신이 런던에 나타나면 그들의 계획이 모두 탄로 날 위험이 있기 때문입니다. 여기까지는 모두 확실합니다."

"하지만 왜 이 남자는 혼자서 두 형제를 연기했을까요?"

"아, 그것도 이유는 명백합니다. 이 사건에는 분명히 두 사람만 관계되어 있어요. 또 한 명은 모슨에서 당신 행세를 하는 남자입니다. 이 남자는 당신과 취직 계약을 맺는 역할을 했습니다. 그런데 아무래도 당신의 고용주를 연기할 사람이 필요했습니다. 제삼자를 새롭게 계획에 넣는 것은 아무래도 피하고 싶었겠죠. 그래서 교묘하게 변장하고, 의심을 덜 받도록 형제라고 거짓말을 한다면 당신을 속일 수 있다고 생각한 겁니다. 만약 운 좋게 금니가 당신 눈에 띄지 않았다면, 당신이 의혹을 품는 일은 결코 없었을 겁니다."

홀 파이크로프트는 굳게 움켜쥔 주먹을 휘두르며 소리쳤다.

"아! 내가 이렇게 바보 같은 짓을 하는 동안, 그 가짜 홀 파이크로프트는 모슨에서 무엇을 했을까? 홈즈 씨, 어떻게 하면 좋지요? 이제부터 어떻게 하지요? 어찌하면 좋은지 가르쳐 주세요."

"우선 모슨에 전보를 쳐야 합니다."

"하지만 토요일은 정오에 퇴근합니다."

"상관없소. 경비나 숙직 직원이 있을 테니까."

"그렇군요. 귀중한 유가증권이 있기 때문에 경비가 상주하죠. 시티에서 그 말을 들은 기억이 있어요."

"좋소. 그러면 빨리 전보를 쳐서 이상이 있는지, 그리고 당신 이름으로 일하는 직원이 있는지 확인합시다. 하지만 지금도 알 수 없는 것은 그 악당 중 한 사람이 우리들을 본 순간 당황해서 방에서 나가 목을 맨 이유입니다."

"신문!"

갑자기 뒤에서 쉰 목소리가 들렸다. 돌아보니 목을 맨 남자가 상반신을 일으키고 있었다. 얼굴은 죽은 사람처럼 여전히 창백했는데, 눈을 보니 정신이 돌아온 듯했고, 목 주위에 남아 있는 굵고 붉은 자국을 문지르고 있었다.

"신문! 그래! 나는 정말 바보였어! 남자와 만나는 것만 생각하느라 신문에 대해선 완전히 잊고 있었어. 확실히 비밀은 신문에 있어." 홈즈는 흥분한 나머지 크게 소리쳤다. 그러고는 테이블 위에 신문을 폈다. 그 순간 승리를 자랑하는 듯한 외침이 입에서 튀어나왔다.

"왓슨, 이걸 봐! 런던의 신문 이브닝 스탠더드 초판이야. 여기에 나와 있군. 헤드라인을 봐. '시티에서 일어난 범죄. 모슨 앤드 윌리엄스사의 살인. 대규모 강도 미수 사건. 범인 체포.' 이봐, 왓슨, 모두 궁금해하니 큰 소리로 읽어."

넓은 지면을 차지하고 있는 것으로 보아 런던의 중대 사건인 것은 분명했다. 기사는 다음과 같다.

오늘 오후, 런던 시티에서 대담한 강도 미수 사건이 발생해 한 명이 사망했지만 범인은 체포되었다. 유명한 증권 거래소 모슨 앤드 윌리엄스사는 전부터 총액 100만 파운드가 훨씬 넘는 유가증권을 보관하고 있고, 지배인은 유가증권 분실을 대비해 최신식 금고를 마련하고, 무장한 경비원에게 주야를 막론하고 건물 경비를 시켰다. 지난주

이 회사에 홀 파이크로프트라는 직원이 새로 입사했다. 그런데 이 남자는 최근 형과 함께 5년형을 마치고 출소한 악명 높은 위조와 금고털이 상습범 베딩턴이라고 추측된다. 어떤 방법을 사용했는지는 아직 밝혀지지 않았지만, 베딩턴은 가짜 이름을 사용해 회사에 입사하는 데 성공했으며, 그 지위를 이용해서 각종 열쇠의 형을 뜨고, 금고실과 금고의 위치를 완전히 파악했다.

모슨은 토요일에는 정오에 폐점하는 것이 관례다. 그런데 시티 경찰의 터슨 경사는 1시 20분쯤 한 남자가 여행 가방을 들고 계단을 내려오는 것을 보고 수상하게 생각했다. 의심을 한 터슨 경사는 남자를 미행했는데, 폴록 경관의 협력 아래 격렬한 격투 끝에 체포하는 데 성공했다. 그 결과 대담하기 이를 데 없는 강도 범죄가 감행되었음이 곧 판명되었다. 남자의 가방 안에서 10만 파운드 가까운 미국 철도 채권을 비롯해 상당한 액수에 이르는 광산과 그 밖의 회사의 많은 증권이 발견되었다. 회사 건물 내부를 조사한 결과 가장 큰 금고 안에서 상체를 잔뜩 구부린 채 죽어 있는 경비원의 시체가 발견되었다. 터슨 경사의 기민한 행동이 없었다면 월요일 아침까지 발견되지 않았을 것이다. 피해자의 두개골은 뒤에서 부젓가락에 맞아 부서져 있었다. 베딩턴은 물건을 찾는 척 가장하고 입구로 들어가 경비원을 살해한 다음, 재빨리 금고를 열고 안에 있는 증권서류들을 훔쳐 도망치려 한 것으로 추측된다. 범죄를 저지를 때 언제나 베딩턴과 행동을 같이하는 형이 이번 범죄에 가담한 증거는 없지만, 경찰에서는 현재 그 형의 행방을 필사적으로 추적하고 있다.

"그럼, 우리가 경찰의 수고를 덜어 줄 수 있겠군." 홈즈는 창가에 움츠리고 앉아 있는 초라한 남자의 모습을 보며 말했다.
"그렇지만 왓슨, 인간의 본성은 아주 이상한 혼합물이지. 아무리 지독한 악당이나 살인자라도 동생의 목숨이 위태롭다는 걸 알면 자살을 기도할 만큼 애정이 솟아나니까. 하지만 우리도 꾸물거릴 때가 아냐. 파이크로프트 씨, 왓슨과 여기를 지키고 있을 테니, 당신은 경찰을 불러 주시겠습니까?"

해군 조약

1889년 7월 30일(화)~8월 1일(목)

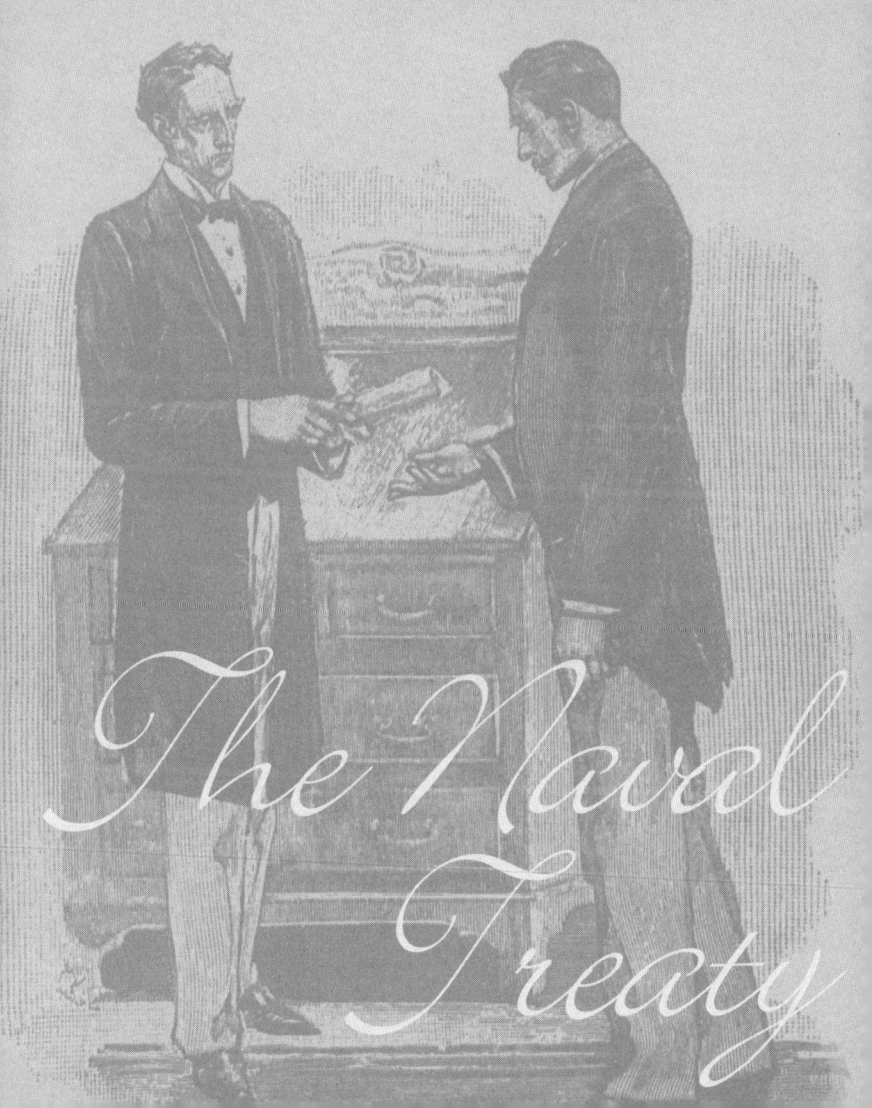

The Naval Treaty

　내가 결혼한[6] 직후 흥미로운 사건이 세 건이나 일어나 7월은 추억에 남는 달이 되었다. 나는 운 좋게 세 개의 사건 모두 홈즈와 함께 참여했고, 그의 추리를 충분히 연구할 수 있는 행운도 얻었다. 이들 사건은 각각 '두 번째 얼룩' '해군 조약' '피곤한 선장'이란 제목으로 내 노트에 기록해 두었다. 이 가운데 첫째 사건은 매우 중요한 이해 문제와 영국의 많은 상류층과 관계된 사건이기 때문에 몇 년 동안은 대중에게 알릴 수 없을 듯하다. 하지만 홈즈가 참여한 사건 가운데서도 그렇게 확실하게 그의 분석적 방법이 가치를 발휘하고 주위 사람에게 깊은

----

6) 왓슨의 부인은 메리 모스탄이다.

감명을 준 사건은 아직까지 없었다. 나는 홈즈가 파리 경찰 듀브크 씨나, 단치히의 유명한 탐정 프리츠 폰 발트바움을 만나 사건의 진상을 설명한 과정을 자세히 기록했다. 이 두 사람은 모두 결국은 지엽적인 문제에 지나지 않은 것에 쓸데없는 정력을 낭비한 것이다.[7] 그러나 이 이야기는 다음 세기에나 안심하고 발표할 수 있을 것이다. 그리고 두 번째 사건도 국가적으로 중요한 사건으로 아주 특이한 점이 있었다.

학생 시절, 나는 퍼시 펠프스와 친하게 지냈다. 나이는 비슷했지만 두 학년 위인 퍼시는 매우 똑똑했다. 그는 학교에서 주는 상이란 상은 다 휩쓸었다. 그리고 장학금을 받고 케임브리지 대학에 진학했다. 집안도 아주 훌륭해서, 철부지인 또래 친구들도 퍼시의 외삼촌이 유명한 보수적 정치가 홀드허스트 경이라는 사실을 잘 알고 있었다. 그러나 이런 유명한 친척은 퍼시의 학교생활에 별로 도움이 되지 못했다. 오히려 같은 반 학생들은 운동장에서 퍼시를 쫓아다니며 못살게 굴었고, 경기 중에는 정강이를 걷어차기도 했다. 그러나 퍼시가 학교를 졸업한 뒤 사회로 나오자 상황은 달라졌다. 나는 퍼시가 뛰어난 능력

---

7) 하지만 '두 번째 얼룩'을 보면 이런 장면은 나오지 않는다.

과 좋은 외삼촌을 둔 덕에 외교부에서 좋은 자리를 얻었다는 소식을 들었다. 그리고 퍼시에 대해 완전히 잊고 있었는데 갑자기 그에게서 편지가 왔다.

워킹[8]의 브라이어브레이 저택에서

왓슨, 올챙이 펠프스를 기억하겠나? 자네가 3학년일 때 나는 5학년이었지. 외교부에서 좋은 자리를 얻는 데 내 외삼촌의 도움이 컸다는 소식도 아마 들었을 거야. 그러나 갑자기 닥친 불운으로 나의 사회적·직업적 위치가 위기에 처했네.

끔찍한 사건에 대해 편지에 자세히 쓸 수는 없어. 그러나 자네가 내 제안을 들어준다면 내가 직접 말할 수 있을 거야. 뇌염에 걸려 9주 동안 앓다가 이제야 겨우 회복되었지만 아직도 완쾌된 것은 아니야. 부탁이 있는데 자네 친구 홈즈 씨와 함께 와 줄 수 있겠나? 경찰은 이미 늦었다고 말하지만, 나는 홈즈 씨의 의견을 들었으면 좋겠어. 꼭 모시고 오게. 그것도 가능한 한 빨리. 일 분이 마치 한 시간처럼 느껴지는 끔찍한 상황이야. 더 일찍 홈즈 씨의 자문을 구하지 않은 까닭은 그의 능력을 낮게 평가해서가 아니야. 사건의 충격이 너무

---

8) 서리 주의 마을로 올더숏에서 북동쪽으로 12마일, 길포드에서는 북쪽에 있다.

커서, 내 머리가 혼란에 빠져 정신이 없었다고 홈즈 씨에게 전해 줘. 하지만 지금은 정신이 온전해. 병이 다시 악화될까 걱정이라 사건에 대해 그다지 생각하고 싶지 않아. 아직 몸이 많이 안 좋아서 다른 사람이 편지를 대필하고 있네. 제발 홈즈 씨와 함께 오게나.

- 오랜 친구 퍼시 펠프스

편지에는 나를 감동시키는 무언가가 있었다. 홈즈를 데리고 와 달라는 간곡한 어조에 나는 동정심을 느꼈다. 그래서 해결해야 하는 까다로운 일이 있었지만, 홈즈를 찾기로 했다. 홈즈는 언제든지 의뢰인을 도와줄 준비가 되어 있다는 것을 알기에 홈즈에게 부탁하기로 마음먹은 것이다. 아내도 내 의견에 동의해 한시도 지체해서는 안 된다고 했다. 나는 아침을 먹자마자 베이커 가의 그리운 방을 찾아갔다.

홈즈는 드레싱 가운을 입은 채 사이드 테이블 앞에 앉아 화학 실험에 열중하고 있었다. 끝이 휜 큰 시험관 속 액체가 분젠 버너의 파란 불꽃 위에서 부글부글 끓고 있었다. 그리고 2리터짜리 용기로 증류된 액체가 방울방울 떨어지고 있었다. 내가 들어갔는데도 홈즈는 쳐다보지 않았다. 매우 중요한 실험임을 눈치챈 나는 의자에 앉아 기다렸다. 여러 병에 담긴 내용물을

저어 보거나 유리 막대로 몇 방울 떨어뜨리기도 하던 홈즈는 마침내 테이블 위에 액체를 담은 실험용 튜브를 올려놓았다. 오른손에는 리트머스 시험지를 들고 있었다.

"중요한 순간에 왔군, 왓슨. 파란색 그대로면 괜찮은 거고, 붉은색으로 변하면 한 사람의 목숨이 위태로워지는 거야." 홈즈가 말했다. 홈즈가 리트머스 시험지를 튜브에 넣었다 빼자 종이는 옅은 주홍색으로 변했다. "음! 생각한 대로군! 곧 끝날 테니 조금만 기다리게, 왓슨. 페르시아 슬리퍼에 담배가 들어 있네."

홈즈는 책상으로 가서 전보문을 써서는 심부름하는 소년을 불러 그것을 건네주었다. 그런 다음 맞은편에 있던 의자에 앉아 무릎을 턱 밑까지 끌어 올린 채 내 얼굴을 보았다.

"흔한 살인 사건이야. 왓슨, 자네가 갖고 온 사건은 더 흥미로워야 할 텐데. 매우 중대한 사건인가 보군. 뭐지?"

나는 홈즈에게 편지를 건네주었다. 홈즈는 집중해서 편지를 읽었다.

"사건 내용을 알 수 없는 편지야, 그렇지?" 홈즈가 내게 편지를 돌려주며 말했다.

"알 수 있는 내용이 없어."

"하지만 글씨가 꽤 흥미 있는걸."

"글씨는 내 친구가 쓴 게 아니야."

"맞아, 여자 글씨야."

"설마, 남자일 텐데."

"아니, 여자 글씨가 분명해. 게다가 아주 보기 드문 성격의 소유자야. 자네 친구가 좋든 나쁘든, 성격이 아주 특이한 누군가와 사귀고 있다는 것을 알 수 있어. 이 사건은 벌써부터 구미가 당기는군. 자네만 괜찮다면 워킹으로 당장 출발해 곤경에 빠진 이 외교관과 편지를 대신 쓴 여자를 만나고 싶어."

다행히 워털루 역에서 기차를 일찍 탄 덕분에 우리는 한 시간이 채 못 되어 숲과 히스 덤불이 우거진 워킹에 도착했다. 역에서 몇 분 떨어지지 않은 크고 넓은 땅에 브라이어브레이 저택이 있었다. 현관에서 명함을 보여 주자, 곧 우아한 응접실로 안내받았다. 몇 분 후, 상당히 뚱뚱한 남자가 나타나 우리를 반갑게 맞았다. 나이는 30대 후반으로 보였지만, 불그스름한 두 뺨과 기쁜 듯한 눈빛 때문에 장난꾸러기 소년처럼 느껴졌다.

"와 주셔서 감사합니다. 퍼시가 아침부터 계속 두 분을 기다렸어요. 불쌍한 사람 같으니. 지푸라기라도 잡고 싶은 심정일 겁니다. 부모님이 두 분을 만나 보라고 권유했지요. 이번 일은 부모님에게 말하기도 괴로울 지경이어서." 그가 힘차게 악수를 하며 말했다.

"아직 자세한 이야기는 하나도 듣지 못했지만, 당신은 이 집 식구가 아니군요." 홈즈가 말했다.

남자는 깜짝 놀랐지만 곧 자신의 가슴을 내려다보더니 웃음을 터뜨렸다.

"아, 내 로켓에 있는 J. H.라는 머리글자를 보셨군요. 순간,

마술이라도 부린 건가 하고 깜짝 놀랐습니다. 저는 조셉 해리슨입니다. 동생 애니가 퍼시와 결혼하기로 되어 있으니 적어도 인척이 되겠지요. 동생은 퍼시 방에 있을 겁니다. 두 달 동안 손발처럼 퍼시를 간호했어요. 지금 당장 들어가 보시지요. 퍼시가 당신들을 기다리고 있습니다." 남자가 말했다.

우리가 안내된 방은 응접실과 같은 층에 있었다. 한쪽 구석에 침실이 있고, 구석마다 꽃이 예쁘게 장식되어 있었다. 창백하고 지친 얼굴을 한 퍼시가 열린 창문 옆 의자에 기대어 앉아 있었다. 창문으로는 상쾌한 여름 공기가 정원의 싱그러운 향기와 함께 안으로 들어왔다. 우리가 들어가자 퍼시 옆에 앉아 있던 한 여자가 일어나 남자에게 물었다.

"퍼시, 나가 있을까요?"

퍼시는 여자의 손을 붙잡았다. "잘 지냈나? 왓슨? 수염도 못 깎은 모습으로 자넬 만나다니. 자네도 이런 일이 있을 줄은 전혀 몰랐겠지만 말이야. 옆에 계신 친구 분이 그 유명한 셜록 홈즈 씨겠지?" 퍼시가 친근한 어투로 말했다.

나는 퍼시에게 간단히 홈즈를 소개했다. 모두 자리에 앉자 조셉은 방을 나갔지만 여동생 애니는 여전히 퍼시의 손을 잡은 채 방에 남아 있었다. 인상이 매우 강한 여자였다. 키가 작고 통통한 편이었지만 피부는 아름다운 올리브빛이었고, 크고 검은 눈과 윤기 나는 머리카락이 조화를 이루고 있었다. 그 때문에 옆에 있는 퍼시가 상대적으로 더 아파 보였다.

"시간 낭비는 하지 않겠습니다." 소파에서 몸을 일으키며 퍼시가 말했다. "나는 성공한 외교관이었습니다. 결혼도 앞두고 있었지요. 그런데 갑자기 불행한 재난이 닥치면서 모든 것이 수포로 돌아갔습니다.

왓슨이 말했겠지만 저는 외교부에서 근무합니다. 외삼촌 홀드허스트 경 덕분에 금세 중요한 자리를 맡게 되었지요. 외삼

촌은 외교부 장관이 되자 몇몇 중요한 업무를 제게 맡겼습니다. 그리고 전 그 일을 성공적으로 마쳤고 신임을 얻게 되었습니다.

10주 전의 일입니다. 정확히 말하면 5월 23일입니다. 외삼촌이 저를 집무실로 부르더니 일을 잘하고 있다면서 몇 마디 칭찬을 했습니다. 그리고 제게 맡길 새로운 일이 있다고 하더군요. 외교부의 회색 서류 한 뭉치를 꺼내면서 영국과 이탈리아 사이의 비밀 조약 원본이라고 했습니다. 그리고 이렇게 말했습니다. '유감이지만 이미 신문사에 이에 대한 소문이 들어갔어. 매우 중요한 일이라 더 이상 기밀이 새어나가서는 안 돼. 프랑스나 러시아 대사관 측에서는 어떤 대가를 치르더라도 조약 내용을 알아내려고 할 거야. 내가 꼭 가지고 있어야 하는 자료지만 사정이 생겨서 복사본이 필요하게 되었어. 네 사무실에 책상이 있니?' 그래서 저는 있다고 대답했습니다. 그랬더니 외삼촌은 '그럼 이 문서를 그곳에 두고 잠가 둬. 다른 사람들이 퇴근할 때까지 자네는 사무실에 남아 있어. 아무도 없을 때 문서를 옮겨 쓰고 일이 끝나면 원본과 사본을 모두 책상에 넣고 내일 아침 직접 나에게 갖고 와'라고 하더군요. 그래서 저는 그 문서를 받아서……."

"잠깐. 그 얘기를 할 때 다른 사람은 없었습니까?" 홈즈가 물었다.

"아무도 없었습니다."

"큰 방이었습니까?"

"사방이 30피트 되는 방입니다."

"가로세로 각각 30피트요?"

"예, 그쯤 됩니다."

"조용한 목소리로 말했겠죠?"

"외삼촌의 목소리는 유난히 작은 편입니다. 저는 거의 말을

하지 않았습니다."

"알겠습니다. 계속하세요." 홈즈가 말했다.

"저는 외삼촌이 말한 대로 다른 직원들이 모두 퇴근할 때까지 기다렸습니다. 사무실에는 찰스 고로 한 사람만 남아 끝내지 못한 업무를 보고 있었지요. 그래서 저는 사무실을 나와 저녁을 먹으러 갔습니다. 돌아오자 찰스는 퇴근하고 없었습니다. 저는 서둘러 일을 했습니다. 아까 보신 조셉 해리슨이 11시 기차를 타고 워킹으로 같이 가자고 해서요. 11시 기차를 놓칠까 봐 마음이 급했지요.

조약 문서를 읽어 보니 외삼촌이 말한 대로 매우 중요한 내용이었습니다. 자세한 내용은 말하지 않겠습니다. 3국 해군 동맹에 관한 조약이었는데, 대영제국의 입장을 밝힌 문서였습니다. 지중해에서 프랑스 해군력이 우세해질 경우, 영국 해군은 이탈리아 편에 선다는 내용이었지요. 그리고 문서 마지막에는 각 나라 해군 고관들의 서명이 쓰여 있었습니다. 저는 사본을 만드는 일을 끝냈지요.

아주 긴 문서였습니다. 프랑스어로 쓰여 있었고 스물여섯 개 조항이었으니까요. 최대한 빨리 했는데도 9시까지 아홉 조항밖에 베끼지 못했습니다. 11시 기차를 타는 일은 불가능해 보였지요. 저녁 식사도 먹은 데다 하루 종일 일한 탓에 저는 졸리고 피곤했습니다. 커피를 마시면 머리가 맑아지겠다 싶었지요. 아래층에 있는 경비들은 늦게까지 일하는 직원들을 위해서 항상 커피를 준비해 두곤 합니다. 그래서 저는 벨을 울려 경비를 불렀습니다.

그런데 이상하게도 한 여자가 올라오더군요. 체격이 크고 교양 없어 보이는 나이 든 여자였는데, 앞치마를 두르고 있었습니다. 알고 보니, 그녀는 경비 부인인데 허드렛일을 한다고 하더군요. 저는 커피를 갖다 달라고 부탁했습니다.

두 조항을 더 쓰고 나니 졸음이 더 심하게 몰려왔습니다. 저는 자리에서 일어나 방 안을 서성거리다가 그때까지도 커피를 가져오지 않기에 어찌 된 일인가 궁금해서 문을 열고 복도로 나갔습니다. 사무실에서 나가는 문은 하나뿐이고, 복도는 죽 이어져 있는데 매우 어두웠습니다. 구부러진 계단에서 복도가 끝나는데, 그 계단 밑에는 경비실이 있지요. 계단 중간에는 다른 쪽으로 나가는 통로가 있습니다. 그곳으로 가면 건물 옆문으로 나가는 계단으로 이어집니다. 주로 하인들이 사용하고 찰스 가에서 오는 직원들이 지름길로도 사용하지요. 구조를 대충 그려 보면 이렇게 생겼습니다."

"어떤 구조인지 잘 알겠습니다." 홈즈가 말했다.

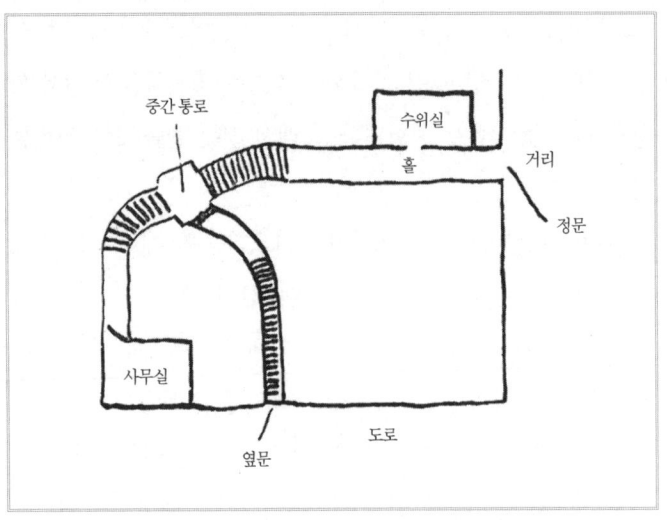

 "이 점을 꼭 알아야 합니다. 계단을 내려가 복도로 들어서자 경비는 잠이 들어 있었습니다. 알코올램프 위에 올려놓은 주전자에서는 물이 펄펄 끓고 있었지요. 우선 저는 물이 넘을 것 같아 주전자를 내려놓고 불을 껐습니다. 그런 다음 여전히 깊은 잠에 빠진 경비를 깨우려고 했지요. 그런데 그때 갑자기 머리 위에 달린 벨이 요란하게 울리더군요. 그 바람에 경비가 깜짝 놀라 잠에서 깼습니다.

 '펠프스 씨, 무슨 일입니까?' 경비가 저를 보고 놀라서 말했습니다.

 '커피가 다 되었는지 보러 왔네.'

'주전자를 올려놓고 깜박 잠이 들었습니다.' 경비는 아직도 흔들리는 벨의 줄을 보고 다시 한 번 깜짝 놀랐습니다.

'펠프스 씨가 여기 계신데 누가 벨을 울리는 거죠?' 그가 물었습니다.

'벨이라니! 도대체 무슨 벨이야?'

'펠프스 씨가 일하는 사무실에서 누군가 벨을 울리고 있어요.'

순간 심장이 얼어붙었습니다. 누군가 그 방에 들어갔다니! 책상에 기밀문서가 펼쳐져 있었기 때문에 전 서둘러 계단을 달려 올라갔습니다. 복도에서 마주친 사람은 아무도 없었습니다. 방에도 아무도 없었습니다. 책상에 놓여 있던 그 중요한 문서만 빼고 모든 것이 그대로였습니다. 오직 그 문서만 없어졌습니다. 베끼던 문서는 남아 있었지만 원본은 사라져 버린 것입니다."

홈즈가 똑바로 자세를 고쳐 앉더니 손바닥을 비볐다. 사건이 그의 마음을 완전히 사로잡았다는 것을 알 수 있었다.

"그다음에는 어떻게 했습니까?" 홈즈가 물었다.

"도둑은 옆문으로 통하는 계단으로 나간 게 확실합니다. 만약 다른 쪽으로 왔다면 분명히 저와 마주쳤을 겁니다."

"혹시 그동안 사무실에 계속 숨어 있었던 건 아닙니까? 복도 불빛이 어두웠다는데, 그곳에 숨어 있을 가능성은 없었나요?"

"홈즈 씨, 그건 절대로 불가능합니다. 사무실이나 복도에는 쥐새끼 한 마리 숨어 있을 수 없습니다. 숨을 곳은 단 한 곳도 없습니다."

"알겠습니다. 계속하세요."

"경비는 창백하게 질린 내 얼굴을 보고는 뭔가 나쁜 일이 생겼다고 생각했는지 저의 뒤를 따라왔습니다. 둘 다 복도를 달려갔고, 찰스 가로 이어지는 가파른 계단으로 내려갔습니다. 문은 닫혀 있었지만 잠겨 있지는 않았습니다. 우리는 문을 열고 밖으로 나갔지요. 가까운 교회의 종이 울렸습니다. 그때가 9시 45분이었습니다."

"중대한 문제군요." 홈즈는 셔츠의 커프스에 무언가 썼다.

"그날 밤은 아주 어두웠고 가는 비가 내렸습니다. 찰스 가에는 아무도 없었습니다. 하지만 항상 그렇듯이 화이트홀에는 사람들이 아주 많았습니다. 우산도 쓰지 않은 채 우리는 길로 뛰어나갔고 길 끝에 서 있는 경찰을 발견했습니다.

'도둑이 들었어! 아주 중요한 서류를 외교부 사무실에서 도둑맞았소. 여기를 지나간 사람 못 봤소?' 숨을 헐떡이면서 내가 말했습니다.

'여기 15분 동안 서 있었는데 지나간 사람은 키가 크고 나이든 여자밖에 없었습니다. 검은 숄을 두른 여자였습니다.' 경관이 말했지요.

'아, 그 여자는 제 집사람일 겁니다. 다른 사람은 없었나요?' 경비가 말했습니다.

'아무도 없었습니다.'

'그럼 도둑은 다른 길로 간 게 틀림없어요.' 경비가 내 옷소매를 잡아당기면서 말했지요. 하지만 나는 이해가 가지 않았습니다. 수위의 태도가 오히려 의심을 더 불러일으켰습니다.

'그 여자는 어디로 갔소?' 내가 물었습니다.

'모릅니다. 지나가는 건 봤지만 어디로 가는지는 보지 못했습니다. 무척 서두르는 것처럼 보였습니다.'

'지나간 지 얼마나 되었소?'

'글쎄요. 몇 분 안 되었습니다.'

'5분 정도 되었나요?'

'글쎄요. 그런 것 같습니다.'

이런 대화를 주고받는데 경비가 급히 말했습니다.

'이건 시간 낭비입니다. 펠프스 씨. 한시가 급합니다. 그 나이 든 여자는 제 아내입니다. 아무런 상관이 없어요. 길 반대편으로 갑시다. 선생님이 안 가신다면 제가 가 보겠습니다.' 그러더니 경비는 반대 방향으로 뛰어갔습니다.

하지만 전 곧 그를 따라가서 그의 소매를 잡았습니다.

'자네는 어디에 사나?' 내가 물었지요.

'브릭스턴 아이비 레인 16에 삽니다. 펠프스 씨, 제 아내는 의심하지 않아도 됩니다. 길 반대쪽 길로 가서 뭐가 있는지 살

펴보자니까요.'

 경비의 말을 들어서 손해 볼 건 없을 것 같더군요. 경비의 아내가 범인이라면 나중에 탄로가 날 테니까요. 경찰과 나, 그리고 경비 세 사람이 급히 가 보았지만 거리는 사람들로 가득 차서 매우 혼잡했습니다. 비가 내려서 더욱 그랬지요. 누가 지나갔는지 한가하게 말해 줄 사람은 아무도 없었습니다.

 우리는 사무실로 돌아와서 계단과 통로를 살펴봤지만 아무런 단서도 찾지 못했습니다. 방으로 이어지는 복도는 흰 리놀륨이 깔려 있어서 눈에 잘 띄기 때문에 혹시 발자국이 있는지 조사했습니다."

"그날 밤에 비가 계속 내렸나요?"

"7시 이후에 계속 왔습니다."

"그렇다면 9시쯤에 사무실에 들어온 여자 발자국은 안 찍혔던가요?"

"역시 그 점을 물어보시는군요. 그 여자는 항상 경비실에서 신발을 벗고 리스트 슬리퍼[9]로 갈아 신는 습관이 있다더군요."

"그랬군요. 비가 오는 밤이었는데 비에 젖은 흔적이 전혀 없

---

9) 직물의 일종인 리스트로 만든 슬리퍼.

었다? 굉장히 재미있는 사건이군요. 그래서 그다음에는 어떻게 했습니까?"

"방도 살펴보았지요. 비밀 문이 있는 것도 아니고 창문에서 땅까지는 30피트쯤 됩니다. 창문 두 개는 모두 안에서 잠겨 있었습니다. 카펫이 깔려 있으니 바닥에 뚜껑 문이 있을 리 없습니다. 천장은 평범한 흰색입니다. 범인은 방문으로 나간 게 확실합니다. 아니라면 제 목숨을 걸겠습니다."

"벽난로는 어떻습니까?"

"벽난로는 없습니다. 겨울에는 난로를 사용합니다. 책상 오른쪽에는 벨 끈이 철사에 연결되어 있습니다. 벨을 울리려면 책상 쪽으로 와야만 합니다. 하지만 왜 범인이 벨을 울리겠습니까? 정말 이상한 일입니다."

"매우 특별한 사건이군요. 그런 다음에는 뭘 했죠? 침입자가 흔적을 남기지는 않았을까 해서 분명히 방을 살펴보았겠군요. 담배꽁초나 장갑 한 짝 또는 머리핀이나 기타 사소한 물건들은 없었나요?"

"아무것도 없었습니다."

"냄새도 나지 않던가요?"

"글쎄요, 냄새가 난 기억은 없는데요."

"아, 잎담배 냄새 같은 건 아주 중요한 단서가 되거든요."

"저는 전혀 담배를 피우지 않기 때문에, 만약 담배 냄새가 났다면 금방 알아챘을 겁니다. 하지만 그런 흔적은 전혀 없었습니다. 의심이 가는 것은 경비의 부인이 급히 사무실을 나갔다는 사실입니다. 경비는 그 시간이 평소에 부인이 귀가하는 시간이라는 것 외에는 다른 설명을 하지 못하더군요. 경찰과 저는 그 여자가 문서를 가지고 있으리라고 추측하고 서류를 없애기 전에 체포하는 것이 최선이라는 결론을 내렸습니다.

그때쯤 스코틀랜드 야드에 연락이 갔는지 포브스 형사가 도착해 한 바퀴 둘러보고 사건을 면밀히 조사했습니다. 마차를 불러서 30분 만에 수위 집으로 갔지요. 젊은 여자가 문을 열어주더군요. 탠지 부인의 큰딸이라고 했어요. 어머니는 아직 안 돌아왔으니 현관에 앉아서 기다리라고 하더군요.

10분쯤 지나자 노크 소리가 났습니다. 여기서 제가 그만 실수를 저지르고 말았습니다. 우리가 문을 여는 대신 큰딸이 문을 열게 했거든요.

큰딸이 '어머니, 남자 두 분이 기다리고 계세요' 라고 말하자마자 금방 복도를 총총히 지나 안으로 도망가는 발소리가 들렸습니다. 포브스 형사가 황급히 문을 열고 뒷 주방으로 들어갔지만 여자는 이미 와 있더군요. 여자는 우리를 거만하게 쳐다보더니, 나를 알아보고는 매우 당황하는 듯한 기색을 보였습니다.

'아니, 사무실의 펠프스 선생님 아니세요?'

'왜 도망갔습니까?' 포브스 형사가 물었지요.

'전 당신들이 브로커[10]인 줄 알았지 뭐예요. 브로커하고 문제가 있었거든요.'

'별로 그럴듯한 해명은 아니군요. 중요한 외교 문서를 갖고 있는 게 확실합니다. 그걸 없애려고 여기에 온 것 아닙니까? 조

---

10) 돈을 갚지 않는 사람들의 가구 등을 차압해서 그것을 팔 자격이 있다.

사를 위해 같이 스코틀랜드 야드에 가야겠습니다.'

탠지 부인은 싫다면서 저항했지만 아무 소용이 없었지요. 사륜마차를 부르고 출발하기 전에 주방을 수색했습니다. 특히 우리가 주방에 들어가기 전에 화덕에 뭔가를 태운 흔적이 있는지 철저히 조사했어요. 하지만 종이를 태운 흔적이나 종이는 발견되지 않았습니다. 스코틀랜드 야드에 도착해 여자 경관이 탠지 부인의 몸을 수색했지만 서류를 갖고 있었다는 흔적은 발견되지 않았습니다. 저는 그동안 매우 초조하게 기다렸지요. 그러나 서류는 어디서도 발견되지 않았습니다.

제 인생에 처음으로 엄청난 위기가 찾아왔습니다. 아무 생각도, 아무 일도 할 수 없었습니다. 조약 문서를 찾을 수 있다고 확신했기 때문에 찾지 못하면 어떤 일이 닥칠지는 상상도 할 수 없었습니다. 더 이상 어쩔 도리가 없자, 제가 어떤 위기에 놓였는지 알겠더군요. 끔찍한 일이었습니다. 저는 항상 소심하고 겁 많은 학생이었습니다. 외교부장관인 외삼촌과 함께 일하는 동료들을 생각하자 내가 그들에게 무슨 짓을 저지른 것인지 어찌할 바를 모르겠더군요.

어떻게 이런 일이 생긴 걸까요? 한 나라의 외교적 이익이 위기에 처한 상황에서 무슨 변명이 통하겠습니까? 저는 처참하게 파멸했습니다. 저는 제가 뭘 했는지도 모르겠습니다. 나를 둘러싼 고위 관료들만 어렴풋이 생각날 뿐이었지요. 그들은 저를 진정시키려고 했습니다. 그리고 그중 한 명이 나를 워털루 역까지 데려다 주었지요. 그런 다음 워킹행 기차에 태워 주었는데 근처에 살고 있는 의사 페리에가 나와 동행해 주었습니다. 페리에는 최선을 다해 나를 돌봐 주었지요. 집에 도착하기 전에 나는 이미 온몸에서 심하게 열이 났다고 하더군요.

페리에 의사가 벨을 울리고 내가 그 지경에 빠진 것을 봤을 때 잠에서 막 깬 애니와 조셉이 얼마나 놀랐겠습니까. 애니와 어머니의 상심은 이루 말할 수 없었지요. 출발하기 전에 워털루 역에서 포브스 형사의 설명을 들은 페리에 의사가 무슨 일이 생겼는지 어머니와 애니에게 설명했지만 상황이 달라지지는 않았습니다. 내가 중태인 게 확실해지자 이 침실에 묵고 있던 조셉이 환자인 나를 위해 방을 내주었지요. 그래서 지금까지 9주가 넘게 병석에 누워 있었습니다. 나는 뇌염으로 고열에 들떠 계속 무의식 상태였다고 하더군요. 홈즈 씨, 애니와 의사의 도움이 없었으면 지금 이 이야기를 할 수도 없었을 겁니다. 뇌염 때문에 아무것도 하지 못하는 저를 애니가 밤낮으로 간호사와 함께 돌봐 주었습니다. 의식이 천천히 회복되면서 사흘 전에야 겨우 기억이 돌아온 겁니다. 차라리 기억이 돌아오지 않았으면 하고 바란 적도 있었습니다. 의식이 완전히 돌아오자

마자 저는 이 사건을 담당한 포브스 형사에게 전보를 쳤습니다.

그가 와서 사건이 마무리되긴 했지만 조약 문서는 발견되지 않았습니다. 수위와 그의 부인을 철저히 조사했지만, 역시 아무 성과도 없었습니다. 경찰은 그날 늦게까지 남아 있던 직원 찰스 고로를 수사했습니다. 고로라는 프랑스식 성 때문에 더욱 경찰의 의심을 샀지요. 그러나 사실 저는 고로가 퇴근한 후 사본을 만들었습니다. 또 고로란 이름을 통해 프랑스의 개신교도인 위그노를 조상으로 두었다는 것을 알 수 있었습니다. 그 사람 역시 홈즈 선생이나 저처럼 영국인이었지요. 찰스 고로에게서도 아무런 단서를 발견하지 못한 경찰은 결국 사건 조사를 종료했습니다. 그래서 홈즈 씨, 당신을 찾은 것입니다. 당신은 저의 마지막 희망입니다. 만약 이번에도 실패하면 저의 지위와 명예는 영원히 사라지고 말 겁니다."

퍼시는 침대에 다시 몸을 눕혔다. 오랫동안 이야기를 한 탓인지 기력이 다한 모습이었다. 애니가 물에 기운 차리는 약을 타서 건네주었다. 홈즈는 아무 말 없이 앉아 있었다. 모르는 사람이 홈즈가 눈을 감고 있는 모습을 봤다면 무관심하다고 느꼈을 테지만, 나는 그가 온 신경을 사건에 집중하고 있다는 것을 알았다.

"자세히 설명해 주셨군요. 중요한 질문을 몇 개 하겠습니다. 중요한 일을 맡았다고 누군가에게 말한 적이 있습니까?" 마침내 홈즈가 말했다.

"아니요, 없습니다."

"미스 해리슨에게도 말하지 않았습니까?"

"그렇소. 그 일을 맡아서 하는 동안 저는 워킹에 온 적이 없습니다."

"그 사이 아무도 만나지 않았나요?"

"아무도 만나지 않았습니다."

"사무실에 있는 직원들이 전혀 몰랐을까요?"

"전혀 모릅니다."

"아무에게도 그 조약에 대해 말하지 않았다면 이런 질문은 할 필요가 없겠군요."

"아무에게도 말하지 않았습니다."

"경비는 잘 아는 사람입니까?"

"군인이었다는 사실밖에 모릅니다."

"어디에서 근무했다고 하던가요?"

"제가 듣기로는 콜드스트림 부대에 있었다고 했습니다."

"감사합니다. 자세한 얘기는 포브스 형사에게 듣도록 하지요. 자세한 정보 수집은 경찰이 잘하니까요. 수집한 정보를 이용할 줄 몰라서 탈이지만. 장미가 참 아름답네요!"

홈즈는 의자를 지나 열린 창가로 가서 장미 봉오리를 손바닥으로 감싸 올렸다. 싱싱한 선홍빛과 녹색이 아름답게 어우러진 장미였다. 홈즈가 이런 모습을 보인 것은 처음이었다. 홈즈가 자연현상에 관심을 보이는 일은 거의 없었기 때문이다.

"종교만큼 추리를 필요로 하는 것은 없습니다. 뛰어난 추리가들에게 종교는 정밀과학 같은 것이지요. 그러나 자연의 섭리는 이런 꽃에서도 충분히 찾을 수 있습니다. 인간의 능력, 욕망, 음식 등은 모두 생존에 필요한 것이지만 장미꽃은 별개지요. 장미 향기와 그 아름다운 색은 인생의 필수품이 아니라 아름다운 장식품입니다. 자연의 선물이지요. 꽃 한 송이에서도 인간은 큰 희망을 찾을 수 있습니다." 홈즈가 벽에 등을 기대면서 말했다.

퍼시 펠프스와 애니는 홈즈의 말에 놀랐다. 홈즈의 엉뚱한 강의에 둘의 얼굴에는 실망의 빛이 떠올랐다. 홈즈는 손가락 사이에 장미 송이를 쥔 채 명상에 잠긴 듯했다. 몇 분 뒤 마침내 애니가 침묵을 깼다.

"문제를 해결할 수 있을 것 같나요? 홈즈 씨." 애니가 잔뜩 기대하는 듯한 어조로 물었다.

"아, 사건 말이군요!" 명상에서 현실로 갑자기 돌아온 듯 홈즈가 대꾸했다.

"글쎄요, 사건이 워낙 복잡하고 난해해요. 하지만 잘 살펴보고 단서가 잡히면 알려 드리겠습니다."

"어떤 실마리를 찾았나요?"

"일곱 명이 이 사건과 관련이 있는데, 물론 결론을 내리기 전에 조사를 해야겠지요."

"의심 가는 사람이 있습니까?"

"내가 의심이 가네요."

"네?"

"결론을 너무 빨리 내리는 것 같아서요."

"런던으로 가서 확인하지 그러세요?"

"좋은 생각입니다. 미스 해리슨." 홈즈가 몸을 일으키면서 대답했다. 그러고는 나를 보더니 말했다. "왓슨, 내 생각에는 더 이상 머무를 필요가 없어. 헛된 희망은 버려요. 펠프스 씨. 사건이 아주 복잡하군요."

"다시 뵐 때까지는 마음이 놓이지 않을 듯합니다, 홈즈 씨." 퍼시가 애가 타서 말했다.

"내일 이 시간에 다시 오지요. 좀 석연치 않은 결과를 가지고 올 수도 있지만요."

"다시 와 주신다니 뭐라고 감사의 말씀을 드려야 할지 모르겠습니다. 벌써 일이 해결된 것 같군요. 그건 그렇다 치고 외삼촌 홀드허스트 경이 제게 편지를 보냈습니다."

"아하, 그렇군요. 뭐라고 쓰셨던가요?"

"그분은 너무나 냉정하십니다. 제가 중환자인 탓에 심하게 말하지는 않았지만 아주 중요한 문제라는 점을 되풀이해서 강조하더니 앞으로 내 장래에 더 이상 발전이 없을 거라고 했습니다. 사건이 해결되기 전까지는 말입니다. 이건 두말할 필요도 없이 제가 해고되었다는 뜻입니다."

"음, 합리적이고 사려 깊은 분이군요. 이제 그만 가세, 왓슨. 돌아가서 할 일이 꽤 많아."

조셉 해리슨이 우리를 역까지 태워다 주었다. 우리는 출발 신호를 알리는 포츠머스행 기차에 탔는데, 홈즈는 깊은 생각에 잠겨 말을 거의 하지 않았다. 홈즈가 말을 건넨 것은 클래팜 정선에 도착했을 때였다.

"런던 시내가 내려다보이는 높은 철로 위를 달리는 기분이 썩 괜찮군."

나는 홈즈가 농담을 한다고 생각했다. 차창 밖으로 보이는 런던의 모습은 지저분했기 때문이다. 그러나 홈즈는 곧 이유를 설명했다.

"건물 지붕 위로 솟아오른 저 커다란 건물들을 봐. 검은 바다에 떠 있는, 벽돌로 이루어진 섬 같지 않은가."

"기숙학교야."

"등대지, 이 사람아. 미래를 밝혀 주는 횃불. 수백 개의 밝은 씨앗을 품고 있는 주머니지. 더 나은 영국의 미래를 짊어지고 갈 씨앗들이야. 그런데 펠프스는 술을 마시지 않는 것 같더군."

"맞아, 그는 술을 마시지 않아."

"나도 그렇게 생각하지만 일단 모든 가능성을 염두에 두어야 해. 세상에, 아주 난처한 문제더군. 물에서 끌어낼 수 있을지가 관건이야. 애니 해리슨에 대해 어떻게 생각하나?"

"성격이 강해 보이더군."

"그래, 하지만 좋은 쪽이야. 아니면 내가 속은 거겠지. 애니와 오빠 조셉은 노섬버랜드 근처에서 철공소를 운영하는 집의 남매라고 하더군. 작년 겨울에 여행하던 중 애니를 만났고 사랑에 빠진 거지. 가족들에게 소개를 시키려고 애니를 이곳에 데리고 올 때 오빠 조셉이 보호자 역할도 할 겸 동행한 모양이야. 애니는 사건이 터지자 퍼시를 간호하기 위해 남았고, 조셉도 겸사겸사 같이 머물고 있는 모양이야. 지금까지는 별로 중요하지 않은 질문만 했는데 이제부터는 중요한 조사를 하게 될 거야."

"내 진료소는……."

"아, 환자 보는 일이 내 사건보다 재미있다면 괜찮아." 홈즈가 무뚝뚝하게 말했다.

"일 년 중 가장 불황인 때라 하루 이틀은 짬을 낼 수 있다고 말하려던 참이었네."

"그거 참 잘됐군." 유머 감각을 되찾은 홈즈가 말했다. "그러면 이 사건을 같이 조사하지. 우선 포브스 형사부터 만나야 해. 우리가 알고 싶은 사건의 다른 자세한 사실을 들을 수 있을 거야."

"실마리를 잡았다고 하지 않았나?"

"글쎄, 몇 개 있긴 하지만 조사를 더 해 봐야 그 진가를 알 수 있어. 목적 없는 범죄가 가장 추리하기 어려운 법이지. 이 사건이 바로 그래. 이 일로 누가 이익을 얻지? 프랑스 대사관과 러시아 대사관도 이익을 얻을 수 있지. 그리고 프랑스나 러시아에 조약 문서를 팔 만한 사람은 바로 홀드허스트 경이야."

"홀드허스트 경이라고!"

"그는 조카가 문서를 잃어버렸다고 해서 곤란한 지경에 처할 만큼 위치가 낮지는 않잖나."

"홀드허스트 경처럼 존경할 만한 정치가가!"

"그런 일이 일어나지 않으리란 법도 없어. 오늘 홀드허스트 경을 만나서 그 추측이 맞는지 알아봐야지. 이미 질문들을 준비해 놨어."

"벌써?"

"그래. 워킹 역에서 전보를 보냈어. 런던의 모든 석간신문에 광고를 냈지."

홈즈는 메모장에서 뜯은 종이 한 장을 건넸다. 연필로 이렇게 적혀 있었다.

10파운드의 상금. 5월 23일 밤, 9시 45분 경 찰스 가 외교부 별관 입구 근처에서 손님을 내린 마차 번호를 아시는 분은 베이커 가 221B로 연락 바람.

"범인이 마차를 타고 온 게 확실해?"

"아니라도 해가 될 것은 없지. 그러나 펠프스의 말이 정확하다면, 방이나 복도에는 숨을 곳이 없었어. 그렇다면 범인은 외부에서 들어온 것이 확실해. 외부에서 왔다면 그날 내린 비 때문에 옷이 젖었을 텐데, 복도 리놀륨 바닥에는 물기가 하나도 없었으니 범인은 마차를 타고 온 것이 분명하지. 아마 마차 번호를 쉽게 알 수 있을 거야."

"그럴듯하군."

"이게 내가 잡은 실마리 중 하나야. 이것을 시작으로 뭔가 알아낼 수 있겠지. 그리고 그 벨도 있어. 이번 사건에서 가장 눈에 띄는 특징이야. 벨을 울린 사람은 누굴까? 허세를 부린 범인의 짓일까? 범인과 같이 있던 누군가가 다음 범죄를 막기 위해 울린 걸까? 실수였을까? 아니면……."

홈즈는 의자에 앉아 다시 깊은 생각에 빠졌다. 그러나 홈즈의 일거수일투족을 잘 알고 있는 나는 홈즈에게 어떤 새로운 생각이 떠올랐다는 것을 알아차렸다.

우리가 기차에서 내린 시각은 3시 20분이었다. 서둘러 점심을 먹은 후 스코틀랜드 야드로 향했다. 홈즈가 이미 포브스 형사에게 전보를 보냈기 때문에 포브스 형사는 우리를 기다리고 있었다. 몸집이 작고 교활하게 생긴 그는 상냥한 구석은 전혀 없고 매우 날카로워 보였다. 포브스 형사는 우리가 온 이유를 듣고는 쌀쌀한 태도로 대했다.

"당신의 수사 방식은 들은 바 있습니다. 홈즈 씨. 경찰이 모은 정보를 통해 사건을 해결한다고 하더군요. 하지만 그것은 경찰의 신용을 떨어뜨리는 일입니다."

"그 반대입니다. 53건의 사건을 수사했는데 그중 내 이름이 드러난 것은 네 건뿐입니다. 49개의 사건을 해결한 경찰이 신용을 얻었지요. 이 사실을 몰랐다고 해서 당신을 비난할 생각은 없습니다. 당신은 아직 젊고 경험이 없으니까요. 하지만 새로 맡은 이 사건을 해결하고 싶다면 저에게 협조하는 것이 좋을 겁니다." 홈즈가 대꾸했다.

"친절히 알려 주니 고맙습니다." 형사가 쌀쌀한 태도를 바꿔 공손히 대답했다. "지금까지 사건에는 아무런 진전이 없습니다."

"그래서 어떤 조치를 취했습니까?"

"경비인 탠지를 조사하고 있습니다. 근위대를 우수한 성적으로 제대했고, 달리 의심할 점은 없지만 그의 부인이 의심스럽습니다. 뭔가 알고 있는 게 있을 듯싶습니다."

"탠지 부인도 조사했습니까?"

"여자 경관이 탠지 부인의 뒤를 미행했지요. 술을 아주 잘 마신다는군요. 부인이 술에 취해 기분이 좋을 때 두 번 정도 이야기를 나누었지만 실마리가 될 만한 것은 없었답니다."

"집에 브로커가 온다고 하던데?"

"빚은 다 갚았다는군요."

"그 돈은 어디서 났습니까?"

"돈은 아무런 문제가 없습니다. 경비가 연금을 타게 되었거든요. 근거 없는 돈이 있다는 증거는 없었습니다."

"펠프스 씨가 벨을 울려 커피를 달라고 했을 때 왜 부인이 올라왔답니까?"

"남편이 매우 지쳐 대신 일을 도와주려고 했다더군요."

"흠, 그래서 경비가 의자에 앉아 깜박 잠이 들었던 모양이군. 부인 성격이 괴상한 것 외에 별다른 점은 없어. 그날 밤에 왜 그렇게 도망갔는지 이유는 물어봤나요? 허둥지둥 서두르는 모습이 경찰의 눈길을 끌었으니 말이오."

"평소보다 집에 돌아가는 시간이 늦어서 그랬답니다."

"당신과 펠프스 씨보다 부인이 20분 늦게 집에 도착한 이유도 물어보았소?"

"자기가 탄 합승마차보다 우리가 불러서 탄 사륜마차가 빠른 게 당연한 거 아니냐고 하더군요."

"그러면 집에 도착하자마자 왜 뒤에 있는 주방으로 뛰어갔는지도 설명했습니까?"

"그곳에 브로커에게 줄 돈을 두었다고 했습니다."

"최소한 모든 행동에 이유는 있었군요. 찰스 가를 지나갈 때 만나거나 본 사람이 있는지도 물었나요?"

"그 경관 외에는 아무도 보지 못했다고 하더군요."

"음, 경비 부인을 꽤 철저히 조사한 것 같군요. 그 밖에는?"

"고로도 9주 동안 조사했지만 아무것도 얻을 수 없었습니다. 알리바이가 확실했습니다."

"다른 것은?"

"글쎄요, 이렇다 할 단서나 증거를 전혀 확보하지 못했습니다."

"벨이 울린 이유를 생각해 봤나요?"

"예, 그걸 모르겠습니다. 벨을 울릴 정도면 아주 대담한 놈인 것 같습니다."

"아주 이상한 짓이지요. 많은 도움이 됐습니다. 범인을 잡으면 꼭 알려 드리지요. 왓슨, 이만 가지."

"이제 뭘 할 건가?"

"홀드허스트 경을 만나러 갈 거야. 외교부 장관이자 장래에 영국 총리가 될 사람이지."

다행히도 홀드허스트 경은 다우닝 가에 있는 그의 집무실에 있었다. 홈즈가 용건을 말하자 곧 방으로 안내되었다. 홀드허스트 경은 고지식한 태도로 우리를 환영했다. 그는 우리에게 벽난로 옆에 있는 편안한 의자에 앉으라고 권했다. 의자 두 개 가운데에 서 있는 홀드허스트 경은 마르고 키가 컸으며 날카로

운 인상의 소유자였다. 사려 깊은 표정과 희끗희끗한 흰머리는 귀족 신분임을 짐작케 했다.

"명성은 익히 들어 잘 알고 있습니다, 홈즈 씨. 물론 당신이 왜 방문했는지 이유도 잘 알고 있습니다. 이곳에 홈즈 씨의 관심을 끌 만한 일이라고는 단 한 가지밖에 없으니까요. 이 일을 누가 부탁했는지 물어도 되겠습니까?" 그가 웃으며 말했다.

"퍼시 펠프스 씨가 의뢰했습니다." 홈즈가 대답했다.

"아, 불쌍한 제 조카 말이군요. 아시겠지만 친척이라 오히려 그 아이의 잘못을 덮어 주기가 힘들었습니다. 이번 사고로 퍼시의 경력에 흠집이 가지 않을까 걱정입니다."

"만약 서류가 발견된다면?"

"아, 그러면 상황이 달라지겠지요."

"질문이 몇 개 있습니다. 홀드허스트 경."

"기꺼이 대답하지요."

"이 방이 펠프스 씨에게 문서 사본을 작성하라고 한 장소입니까?"

"그렇습니다."

"누군가 그 말을 엿들었을 리는 없지요?"

"그럴 리 없습니다."

"사본을 작성할 거라는 사실을 다른 사람에게 말한 적이 있습니까?"

"절대 없습니다."

"확실합니까?"

"확실합니다."

"장관님이 말씀하신 적도 없고, 펠프스 씨도 말한 적이 없다면 그 일을 아는 사람은 아무도 없으니 도둑이 그 방에 들어온 건 순전히 우연이네요. 우연히 그 문서를 훔친 거로군요."

홀드허스트 경은 미소 지었다. "그건 제가 추리할 수 있는 문제는 아니군요."

홈즈가 잠깐 생각하더니 말했다. "의논드리고 싶은 게 하나 더 있습니다. 문서의 상세한 내용이 알려지면 매우 심각한 결과를 부를까 봐 두려우시겠군요."

홀드허스트 경의 얼굴에 어두운 그림자가 스치고 지나갔다.

"아주 심각한 일이 발생합니다."

"아직 일어나지는 않았나요?"

"아직은."

"만약 그 조약 문서가 프랑스나 러시아의 손에 들어간다면 장관님이 알게 되겠지요?"

"그럴 겁니다." 얼굴을 찌푸리며 홀드허스트 경이 대답했다.

"10주가 지났는데 아무런 소식이 들리지 않았다면, 그 문서는 아직 프랑스나 러시아로 가지 않았다고 할 수 있습니다."

홀드허스트 경은 어깨를 으쓱했다.

"설마 범인이 그 문서를 액자에 넣어 벽에 걸어 놓진 않았겠지요, 홈즈 씨."

"아마 더 비싼 가격에 팔려고 시간을 끄는 것일 수도 있습니다."

"만약 더 기다리다가는 한 푼도 받지 못할 거요. 몇 달이 지나면 그 조약은 중지되오."

"바로 그 점이 중요합니다. 물론 범인이 갑자기 병이 들었을 수도 있겠지요." 홈즈가 말했다.

"갑자기 뇌염에라도 걸렸다는 말인가요?" 홀드허스트 경이 날카로운 눈으로 홈즈를 바라보았다.

"그렇다고는 말하지 않았습니다. 홀드허스트 경, 귀중한 시간을 너무 많이 빼앗은 것 같군요. 이만 물러나겠습니다." 홈즈가 침착하게 대답했다.

"조사에 진전이 있길 바랍니다. 그리고 범인이 누군지도 밝힐 수 있길 빌지요." 홀드허스트 경이 문까지 나와 우리를 배웅했다.

"좋은 분이군. 하지만 그 위치를 유지하기가 아주 힘든 모양이야. 부유한 것과는 거리가 멀어. 자네도 봤나? 구두 밑창을

갔았더군. 그런데 왓슨, 진료소 일을 해야 하는 거 아니야? 자네 시간을 너무 많이 빼앗았지? 그 마차 광고에 대한 대답만 오면 오늘 일은 끝이야. 그런데 자네가 어제 그 시간에 기차를 타고 내일 워킹으로 같이 가 준다면 더할 나위 없이 기쁘겠네."
홈즈가 화이트홀 가로 나오면서 말했다.

나는 다음 날 홈즈를 만나 워킹으로 갔다. 홈즈는 광고에 대한 대답은 없었으며, 새로운 단서도 잡지 못했다고 했다. 그리고 레드 인디언에 대한 얘기를 했는데, 나는 사건 해결이 만족스럽게 진행되고 있는지 짐작이 가지 않았다. 홈즈는 지문을 사용하는 베르티용식 범인 식별 방법에 대해 말하면서 프랑스 학자 베르티용에 대해 한참 동안 찬사를 늘어놓았다.

퍼시 펠프스는 여전히 애니의 정성 어린 간호를 받고 있었다. 그래서 그런지 전보다 훨씬 좋아진 듯 보였다. 펠프스는 소파에서 벌떡 일어나 우리를 반갑게 맞았다.

"새로운 소식이 있나요?" 그가 초조하게 물었다.

"생각했던 대로 부정적입니다. 포브스 형사와 홀드허스트 경을 만나 사실을 밝힐 수 있는 질문을 몇 개 했습니다." 홈즈가 대답했다.

"실망할 일은 없었나요?"

"없었습니다."

"다행이군요! 용기를 잃지 않고 기다리면 진실이 밝혀질 거예요." 애니 해리슨이 말했다.

"할 얘기가 있습니다." 펠프스가 의자에 앉으며 말했다.

"어젯밤에 도둑이 들었습니다. 아주 심각한 사건입니다." 펠프스의 얼굴에 점점 그늘이 드리워졌다. 두 눈에는 두려운 기색이 역력했다. "제가 어떤 무시무시한 음모에 걸려들었다는 생각이 들었습니다. 제 명예뿐만 아니라 목숨까지도 노리고 있습니다."

"그래요!" 홈즈가 말했다.

"제가 알기로 저는 누구에게 원한을 산 적이 없습니다. 그런데 어젯밤 사건이 일어났습니다."

"계속하세요."

"어제는 처음 혼자 잤습니다. 옆에 누가 없어도 괜찮을 정도로 몸이 회복되었으니까요. 하지만 야간용 등불은 켜 놓았습니다. 그런데 새벽 2시쯤 됐을까? 얕은 잠이 들었는데 무슨 소리가 들려서 깼습니다. 그래서 무슨 소리인가 계속 귀를 기울이고 있었지요. 쥐가 나무를 갉는 소리 같았습니다. 그런데 소리가 점점 커지더니 갑자기 창문 밑에서 날카로운 가위가 불쑥 튀어 나오더군요. 저는 깜짝 놀라 일어나 앉았습니다. 무언가를 갉는 소리는 그 가위 때문에 나는 것이었습니다. 누가 창틈으로 가위를 쑤셔 넣어 억지로 창문을 열려는 소리였습니다.

그런데 10분쯤 뒤에 소리가 멈추었어요. 마치 그 소리에 제가 잠이 깨지는 않았는지 확인하려는 것처럼 말이죠. 그리고 창문이 아주 천천히 열렸습니다. 신경이 곤두설 대로 곤두선 저는 더 이상 참을 수 없었습니다. 그래서 침대에서 뛰쳐나와 창문을 확 열어젖혔지요. 창문 밑에는 한 남자가 웅크리고 있었습니다. 하지만 어찌나 빨리 도망가는지 잘 보지도 못했습니다. 외투 같은 것을 입고 있었는데 얼굴이 반쯤 가려 있었습니다. 제가 확실하게 본 것은 손에 무기를 쥐고 있었다는 겁니다. 아주 긴 칼 같았습니다. 도망갈 때 빛이 번쩍했습니다."

"아주 흥미롭군요. 그래서 어떻게 했나요?" 홈즈가 말했다.

"기운만 있었어도 창문으로 그의 뒤를 쫓아갔을 겁니다. 하지만 어쩔 수 없이 벨을 울려서 사람들을 깨웠습니다. 조금 뒤에 위층에서 자고 있던 하인들이 내려왔습니다. 전 고함을 질렀고, 조셉이 와서 다른 사람들도 깨웠습니다. 조셉과 하인 한 명이 창문 밑 화단을 살펴보았지만 날씨가 건조해서 잔디에 찍힌 발자국은 없었습니다. 그런데 정원 울타리에 뭔가 있었습니다. 누가 울타리를 넘어간 흔적이 있다고 하더군요. 아직 지역 경찰에는 알리지 않았습니다. 홈즈 씨의 생각을 먼저 듣고 싶습니다."

펠프스의 이야기가 셜록 홈즈를 자극한 듯 보였다. 홈즈는 의자에서 일어나 흥분을 감추지 못하며 방 안을 돌아다녔다.

"불행은 겹치나 봅니다." 펠프스가 태연한 듯 웃으며 말했지만, 어젯밤 일어난 사건으로 충격이 큰 듯싶었다.

"이제 불행은 끝났겠지요. 저와 같이 집을 한 바퀴 둘러볼까요?" 홈즈가 말했다.

"아, 물론이죠. 햇빛을 쬐는 것도 좋지요. 조셉도 같이 갑시다."

"저도 가겠어요." 애니가 말했다.

"죄송하지만 안 됩니다. 여기에 그냥 계세요." 홈즈가 고개를 저었다.

애니 해리슨은 실망한 기색으로 자리로 돌아갔다. 조셉, 펠프스, 홈즈와 나는 함께 밖으로 나가 펠프스의 침실 밑에 있는 화단의 잔디밭을 살펴보았다. 그러나 펠프스가 말한 대로 아무 흔적도 없었다. 홈즈는 그 앞에 우뚝 서서는 모르겠다는 듯 어깨를 으쓱했다.

"대단한 건 없는 것 같군요. 한 바퀴 둘러보고 도둑이 왜 하필 퍼시의 침실을 골랐는지 알아봅시다. 응접실이나 식당의 창문이 몰래 들어가기에는 훨씬 컸을 텐데."

"길에서도 훨씬 잘 보이고." 조셉이 끼어들었다.

"아, 물론이죠. 그런데 이 문이 도둑의 눈길을 더 끈 모양이군요. 무엇에 쓰는 문인가요?"

"상인들이 드나드는 문입니다. 물론 밤에는 잠가 둡니다."

"집 안에 귀중품이 있나요? 또는 도둑이 흥미를 느낄 만한 것이 있습니까?"

"값나가는 물건은 전혀 없습니다." 펠프스가 대답했다.

홈즈는 주머니에 손을 넣고 무관심한 태도로 집 주위를 둘러보았다. 그런 태도는 홈즈답지 않은 행동이었다.

"그나저나, 울타리에서 무슨 흔적을 발견했다고 하던데요. 한번 봅시다." 홈즈가 조셉 해리슨에게 말했다.

뚱뚱한 조셉 해리슨이 앞장섰다. 나무 울타리 중 하나의 끝부분이 부서져, 부서진 나무 조각이 걸려 있었다. 홈즈는 그 조각을 자세히 살펴보았다.

"어젯밤에 부서진 게 맞나요? 좀 오래되어 보이는데요. 안 그렇습니까?"

"글쎄요, 그럴 수도 있습니다."

"건너편에는 누가 넘어간 흔적이 없습니다. 더 이상 살펴볼 만한 건 없을 것 같군요. 방으로 돌아갑시다."

퍼시 펠프스는 조셉의 팔에 의지해 천천히 걸었다. 홈즈는 재빨리 잔디밭을 지나 다른 사람들보다 먼저 펠프스 침실의 열린 창가로 다가갔다.

"미스 해리슨. 오늘 하루 종일 여기 있어야 합니다. 무슨 일이 있어도 여길 떠나서는 안 됩니다. 아주 중요한 일입니다." 홈즈가 정중하게 말했다.

"알겠습니다. 홈즈 씨가 그렇게 말하니 아무 데도 가지 않겠어요." 애니 해리슨이 깜짝 놀라며 대답했다.

"잘 때는 밖에서 방문을 잠그고 열쇠는 가지고 계십시오. 꼭 이렇게 한다고 약속하세요."

"하지만 퍼시는요?"

"퍼시는 오늘 우리와 함께 런던으로 갈 겁니다."

"전 여기 남아 있어야 하나요?"

"퍼시를 위한 일입니다. 어서 약속하세요."

애니는 동의의 뜻으로 고개를 끄덕였다. 얼마 후 퍼시 펠프스와 조셉이 다가왔다.

"왜 그렇게 얼굴을 찌푸리고 있니, 애니? 밖에 나와서 햇볕 좀 쬐라." 조셉이 말했다.

"괜찮아, 오빠. 머리가 조금 아파서 여기 그냥 있을래. 방 안이 더 시원해."

"이제 뭘 할 겁니까, 홈즈 씨?" 펠프스가 물었다.

"사소한 일에 집중하다가 큰일을 놓쳐서는 안 되지요. 저와 함께 런던에 가 주시면 큰 도움이 될 것 같습니다."

"지금 당장이오?"

"준비되는 대로 빨리요. 한 시간 안으로 출발합시다."

"몸도 꽤 회복되었으니 도움이 된다면 가야지요."

"아주 큰 도움이 됩니다."

"그럼 런던에서 하룻밤을 묵어야 하나요?"

"예, 막 말하려던 참이었습니다."

"그럼, 도둑이 집주인이 자리를 비웠다는 사실을 알게 될 텐데요. 홈즈 씨, 모두 당신 손에 달려 있습니다. 뭘 하려는 건지 말해 주세요. 조셉이 저를 돌보기 위해 함께 가는 게 좋겠지요?"

"아니요, 아닙니다. 여기 왓슨이 의사니까 펠프스 씨를 돌보는 데는 아무런 문제가 없을 겁니다. 괜찮다면 여기서 점심을 먹고 우리 세 명만 출발합시다."

에니 해리슨만 빼고 홈즈의 의견을 따르기로 했다. 홈즈의 의도가 무엇인지는 알 수 없었지만 애니를 퍼시 펠프스에게서 떼어놓으려는 것만은 확실했다. 펠프스는 건강이 회복되어 기쁜 데다가 앞으로 할 일이 생겨 기분이 좋은 듯 보였다. 그러나 홈즈는 우리를 한 번 더 놀라게 했다. 워털루 역으로 가는 마차 안에서 홈즈가 자신은 워킹에 계속 남아 있을 거라고 조용히 말한 것이다.

"더 조사해야 할 것이 한두 개 있습니다. 펠프스 씨가 집에 없는 게 제게 도움이 될 것입니다. 왓슨, 자네는 런던에 도착하면 베이커 가의 집으로 가서 내가 올 때까지 기다려. 둘이 학창시절 친구라 다행이군. 할 이야기도 많을 테니. 펠프스 씨에게 침실을 준비해 주게. 아침 식사 때까지 돌아가겠네. 내일 아침 8시에 워털루 역에서 런던으로 가는 기차가 있으니까."

"런던에서 한다던 조사는 안 하십니까?" 펠프스가 불안한 듯 물었다.

"내일 하면 됩니다. 지금 당장은 제가 여기에 남아야 할 듯싶습니다."

"그럼 사람들에게 내일 밤에 제가 돌아갈 거라고 전해 주세요." 펠프스가 기차에 올라타면서 홈즈에게 부탁했다.

"아니요, 전 브라이어브레이 저택으로 가지 않습니다." 홈즈가 손을 흔들며 대답했다.

펠프스와 나는 런던으로 가면서 홈즈가 무슨 생각을 하는지 궁금해했지만 만족스러운 대답은 얻지 못했다.

"어젯밤 도둑이 든 것에 대해 더 조사하려는 것 같아. 내 생각으로는 보통 도둑이 아니야."

"자네 생각은 어떤데?"

"자네는 신경이 예민한 탓이라고 할지 모르겠지만 내 주위에 정치적인 문제가 얽혀 있는 게 확실해. 그들이 내 목숨을 노리

는 일을 꾸몄을 거야. 황당한 소리로 들릴지도 모르겠지만 생각해 보게. 별다른 것도 없는 내 방에 칼을 든 도둑이 한밤중에 오지 않았나!"

"단순한 도둑이 아니라는 건가?"

"절대로 아냐. 분명히 칼이었어. 어둠 속에서 번쩍이는 칼날을 똑똑히 보았어."

"도대체 자네가 무슨 원한을 산 일이 있다는 건가?"

"그건 나도 몰라."

"글쎄, 홈즈가 같은 생각을 한다면 자네 설명도 일리는 있군. 그렇다면 어젯밤 자네 방에 침입한 도둑과 9주 전에 조약 문서를 훔친 사람을 찾으려면 시간이 꽤 많이 걸리겠는걸. 범인이 두 명이라는 뜻이니까. 하지만 자네의 적이 두 명이나 된다니, 그건 말도 안 돼. 한 사람은 도둑질을 하고 또 한 사람은 자네 목숨을 노린다는 게 있을 수 있나."

"그런데 홈즈는 브라이어브레이 저택으로 가지 않는다고 했지 않은가?"

"홈즈를 꽤 오래 알고 지내지만 이유 없는 행동을 한 적은 한 번도 없었어." 그 뒤 우리 대화는 다른 주제로 넘어갔다.

나에게는 피곤한 하루였다. 펠프스는 여전히 몸이 쇠약했고, 불행한 사건으로 신경이 예민해져 있었다. 아프가니스탄, 인도, 사회 문제 등 온갖 주제로 흥미를 끌어 보려 했지만 펠프스의 침울한 마음을 달랠 수 없었다. 결국에는 잃어버린 조약 문서에 대한 이야기로 돌아와 홈즈가 뭘 하고 있는지 추측해 보았다. 그리고 홀드허스트 경이 한 처사에 대해 불평하면서 아침에 좋은 소식을 들을 수 있으면 좋겠다며 걱정했다. 밤이 되자 펠프스의 초조함은 극에 달했다.

"홈즈를 믿나?" 펠프스가 물었다.

"홈즈의 뛰어난 능력을 몇 번이나 직접 확인했지."

"아, 그렇지만 이번 사건처럼 아무런 단서도 없었던 적은 없지?"

"그보다 더한 경우에도 사건을 해결했어."

"하지만 나라가 위기에 처한 일은 아니었지?"

"그건 모르겠어. 하지만 홈즈는 세 번이나 유럽 왕가에 관련된 중대한 사건을 해결했어."

"왓슨, 자네는 홈즈를 잘 알겠지. 하지만 나는 홈즈가 무슨 생각을 하는지 전혀 모르겠어. 과연 희망이 있을까? 사건이 해결될 것 같다고 말한 적이 있나?"

"아무 말도 안 했어."

"아, 나쁜 징조로군."

"그 반대야. 사건의 흐름을 놓치면 그렇게 말하지. 아무 말

없이 침묵을 지키는 것이 오히려 사건이 잘 풀린다는 증거야. 자, 이제 그만 얘기해. 이렇게 걱정해 봐야 사건 해결에는 아무런 도움이 안 돼. 이제 잠을 자고 내일 아침을 준비해야지."

간곡한 충고로 펠프스가 간신히 잠자리에 들긴 했지만, 잠을 푹 자지는 못할 거라는 사실을 잘 알고 있었다. 게다가 펠프스의 조급증이 내게도 전염되었는지, 사건에 대해 수천 가지 상상을 하면서 밤새도록 뒤척이며 잠을 이루지 못했다. 홈즈는 왜 워킹에 남은 걸까? 왜 애니 해리슨에게 하루 종일 병실을 떠나지 말라고 한 걸까? 왜 브라이어브레이 저택 사람들에게 자신이 워킹에 남아 있다는 사실을 알리지 않은 걸까? 나는 계속 이러저러한 의문에 휩싸인 채 잠이 들었다.

다음 날 아침 눈을 뜬 것은 7시였다. 펠프스가 자고 있는 방으로 가 보니 그의 얼굴에는 밤새 한숨도 못 잔 기색이 역력했다. 그는 나를 보자마자 홈즈가 도착했는지 물었다.

"약속한 시간에 올 거야. 그보다 늦게 오지도 빨리 오지도 않을 거야."

그리고 내 말이 옳다는 것을 증명이나 하듯이 8시가 지나자마자 마차 하나가 집 앞에 멈춰 섰다. 그리고 마차에서 홈즈가 내렸다. 창가에 서 있던 우리는 홈즈의 왼손에 붕대가 감겨 있는 것을 보았다. 홈즈의 얼굴은 피곤하고 지쳐 보였다. 홈즈는 현관에서 곧장 방으로 뛰어올라왔다.

"누구에게 맞았나 본데!" 펠프스가 안타깝게 외쳤다.

나는 펠프스의 말을 인정할 수밖에 없었다.

"어찌 된 사연인지 설명을 들을 수 있겠지."

펠프스가 신음 소리를 내며 말했다.

"나는 모르겠네. 홈즈가 돌아오기만 잔뜩 기대하고 있는데 손을 다쳤지 않은가! 무슨 일이 있었는지 뻔해."

"홈즈, 다친 건 아니겠지?"

"응, 부주의해서 좀 긁혔을 뿐이야." 아침 인사로 고개를 끄덕이며 홈즈가 대답했다. "이번 사건은 정말 종잡을 수 없군요, 펠프스 씨."

"해결하지 못하신 건 아닌지 걱정스럽군요."

"아주 특별한 경험이었습니다."

"그 붕대를 보니 알겠어. 무슨 일이 있었는지 어서 말해 봐." 내가 말했다.

"왓슨, 아침부터 먹고. 새벽부터 서리 주의 공기를 마시며 30마일이나 달려왔다는 점을 생각해 줘. 광고에 대한 답은 없었지? 내가 예상한 대로군. 뭐, 항상 점수를 딸 수야 없지."

식사 준비를 해 달라고 벨을 울리려는데, 허드슨 부인이 커피와 홍차를 가지고 올라왔다. 얼마 후 부인은 3인분의 아침 식

해군 조약

사를 가지고 왔다. 허기진 홈즈와 궁금증에 가득 찬 나, 그리고 절망감으로 의기소침해진 펠프스, 이렇게 세 명이 테이블에 둘러앉았다.

"허드슨 부인이 음식을 푸짐하게 차렸군." 홈즈가 닭고기 카레 접시를 보며 말했다. "스코틀랜드 여성다운 음식이군. 왓슨, 그것은 무슨 음식인가?"

"햄에그야." 내가 대답했다.

"좋은데! 펠프스 씨, 뭘 드시겠습니까? 닭고기 카레 아니면 계란? 드시고 싶은 대로 드시지요."

"괜찮습니다. 아무것도 못 먹겠습니다."

"그러지 말고 앞에 놓인 음식 좀 드시지요."

"아뇨, 사양하겠습니다. 정말 못 먹겠습니다."

"그럼 그쪽에 있는 요리를 제게 좀 나눠 주시겠습니까?" 홈즈가 눈을 반짝이며 말했다.

펠프스가 음식 뚜껑을 열었다. 그리고 갑자기 나지막이 비명을 질렀다. 깜짝 놀란 눈은 음식 접시에 고정되어 있었다. 접시 위에는 푸른빛이 감도는 종이 두루마리가 놓여 있었다. 펠프스는 서류를 집어 들어 뚫어져라 살펴보더니 미친 듯이 방 안을 뛰어다녔다. 손을 가슴에 올려놓고 기쁨으로 소리를 지르더니 다시 의자에 털썩 주저앉았다. 혹시 발작을 일으키지는 않을까

걱정한 나는 펠프스에게 브랜디 한 잔을 따라 주며 마시게 했다.

"자, 자." 홈즈가 펠프스의 등을 토닥거리면서 진정시켰다. "환자가 너무 흥분하면 좋지 않아요. 왓슨, 나도 굉장히 극적인 경험을 했지만."

펠프스는 홈즈의 손을 잡고 키스했다. "신의 가호가 있길! 제 명예를 지켜 주셨습니다."

"글쎄요, 제 명예가 위기에 빠졌었죠. 당신이 중요한 임무를 수행하지 못하는 것과 마찬가지로 사건을 해결하지 못하는 것만큼 제게 불미스러운 일도 없습니다."

펠프스는 소중한 조약 문서를 외투 안주머니에 깊숙이 넣어 두었다.

"아침 식사 시간을 방해하고 싶지는 않습니다만, 어디서 문서를 찾았는지 알고 싶군요."

홈즈는 커피를 한 모금 마셨다. 그리고 햄에그를 보더니 자리에서 일어나 파이프에 불을 붙이고 의자에 앉았다.

"순서대로 차근차근 설명하지요." 홈즈가 설명하기 시작했다. "역을 떠난 저는 아름다운 숲 속 길을 산책했습니다. 리플리 마을의 풍경이 아주 아름답더군요. 어떤 여관에 들어간 저는 차를 마신 뒤 물병을 채우고 샌드위치를 하나 포장해 달라고 했습니다. 저녁때까지 그곳에 있다가 해가 막 지고 난 뒤 워킹에 있는 브라이어브레이 저택에 도착했지요. 미리 말하지만 저는 이런 행동을 자주 하진 않습니다. 어쨌든 길에 사람이 보이지 않을 때까지 기다리다가 울타리를 넘어 정원으로 들어갔습니다."

"문이 열려 있었을 텐데요!" 퍼시가 말했다.

"그랬지요. 하지만 이번 사건은 좀 특별해서요. 지나가는 하인들이 절 보지 못하도록 나무 틈에 숨어 있었지요. 그리고 덤불 뒤에 숨어 조금씩 펠프스 씨의 병실 창문 쪽으로 기어갔습니다. 제 양복바지의 무릎을 보세요. 그곳에 쭈그리고 앉아 계속 숨어 있었지요.

블라인드가 열려 있어서 저는 방에서 책을 읽고 있는 미스 해리슨의 모습을 볼 수 있었습니다. 10시 15분이 되자 미스 해리슨은 책을 덮고 문을 닫은 뒤 방을 나가더군요. 그리고 문을 닫고 바깥에서 열쇠로 문을 잠그는 소리를 들었습니다."

"아, 열쇠가 있었죠." 펠프스가 말했다.

"예, 제가 미스 해리슨에게 밖에서 열쇠로 문을 잠그고 열쇠는 갖고 있으라고 말해 두었죠. 미스 해리슨은 제가 시킨 일을 하나도 빠짐없이 그대로 실행에 옮겼습니다. 그녀가 협조하지 않더라면 그 안주머니 속에 넣은 조약 문서는 절대 되찾지 못했을 겁니다. 미스 해리슨이 나가자 불이 꺼졌습니다. 저는 계속 창가 밑 꽃나무 덤불 속에 쭈그리고 앉아 있었지요.

밤공기는 상쾌했지만 그래도 매우 힘들더군요. 물론 시합 전에 경기를 기다리는 운동선수처럼 흥분되기도 했지만요. 아주 기나긴 시간이었습니다. 왓슨, '얼룩 끈' 사건 때 자네와 같이 방에서 기다리던 것과 비슷했네. 어쨌든 교회 시계가 15분마다 종을 쳤습니다. 그리고 마침내 새벽 2시쯤에 문 열쇠가 돌아가는 소리를 들었습니다. 조금 뒤에 하인들이 쓰는 옆문이 열리더니 달빛에 사람이 보였는데 조셉 해리슨이었죠."

"조셉이라고요!" 펠프스가 소리쳤다.

"머리에 아무것도 쓰지 않았고 어깨에는 검은 외투를 두르고 있더군요. 만일의 사태에 대비해 즉시 얼굴을 감추기 위해서였죠. 그는 살금살금 창가로 걸어와서는 숨겨 둔 칼을 꺼냈습니다. 그런 다음 틈 사이로 칼을 찔러 넣고 쑤시더니 창문의 고리를 벗기고 창문을 열었지요.

내가 있는 곳에서는 방 안이 훤히 보였기 때문에 조셉의 행동을 다 지켜볼 수 있었습니다. 그는 벽난로 위의 양초에 불을 붙이고 문 옆에 깔린 카펫 한쪽 모서리에서 멈춰 서더군요. 그리고 마룻바닥 널빤지 하나를 뜯어냈죠. 보통 집마다 가스관 연결을 살펴보려고 만든 바닥 뚜껑 문이 있지 않습니까. 그런데 그곳에서 조셉이 둘둘 말린 종이를 꺼내더군요. 그리고 마루 널빤지를 제자리에 밀어 넣고 카펫을 정돈한 다음 촛불을 끄고 창문을 넘었지요. 하지만 그 창문을 넘자마자 밑에서 기다리고 있던 저와 마주쳤어요.

조셉은 제가 생각했던 것보다 훨씬 나쁜 사람이더군요. 나이프를 들고 덤볐기 때문에 두 번 정도 땅에 쓰러졌다가 겨우 제압했는데 그때 저도 손가락에 상처를 입었습니다. 격투를 벌인 끝에 조셉을 잡아 이유를 설명하니, 조약 문서를 포기하더군요. 저는 문서도 찾고 해서 조셉을 놓아주었지요. 하지만 오늘

아침, 포브스 형사에게 전보를 쳤으니 재빨리 행동했다면 조셉을 잡을 수도 있을 겁니다. 만약 조셉을 잡지 못하더라도 정부로서는 잘된 일이지요. 홀드허스트 경도 그렇고 펠프스 씨도 마찬가지지요. 이번 사건이 재판까지 가지 않아서 다행입니다."

"세상에!" 펠프스가 한숨을 내쉬고 말했다. "그럼 저는 지난 10주 동안 문서가 있는 방에 살면서 그렇게 괴로워했단 말이네요."

"그런 셈이지요."

"조셉, 이 악당! 이 도둑놈!"

"흠, 글쎄요. 조셉은 외모보다 훨씬 음흉하고 위험했습니다. 오늘 아침에 조셉에게 들은 바로는 증권으로 큰돈을 잃어서 돈이 생기는 일이라면 뭐든지 해야 했다고 하더군요. 아주 이기적인 사람입니다. 기회를 잡자 여동생의 행복이나 처남 될 사람의 명예는 안중에도 없었던 겁니다."

퍼시 펠프스는 의자에 주저앉았다.

"손이 떨립니다. 홈즈 씨의 설명을 들으니 어지럽군요."

"이번 사건에서 어려웠던 점은……." 홈즈가 설명하듯 말했다. "증거가 너무 많았다는 겁니다. 중요한 문제는 드러나 있고 상관없는 것은 감추어져 있었지요. 드러난 사실 중 중요한 것만 골라서 순서대로 정리하면 사건이 모두 해결되는 것이었습니다. 펠프스 씨가 그날 저녁 조셉과 함께 워킹으로 갈 예정이었다고 얘기했을 때부터 사실 전 조셉을 의심했습니다. 분명히 펠프스 씨에게 가는 도중에 전화를 했겠지요. 누군가 병실에

침입했다는 얘길 듣고, 무언가 숨길 사람은 조셉밖에 없다고 생각했습니다. 게다가 펠프스 씨 병실이 사실은 조셉이 묵고 있던 방이라고 했으니까요. 짐작이 거의 사실로 굳은 거지요. 특히 간호사가 없는 밤에 그 방에 도둑이 들었다는 사실은 집안 사정을 잘 알고 있는 내부인의 소행이란 뜻입니다."

"난 왜 몰랐을까!"

"지금까지의 조사에 따르면 사건의 전말은 이렇습니다. 조셉 해리슨은 찰스 가로 통하는 문으로 외교부에 들어갔고, 펠프스 씨가 자리를 비우자마자 곧장 펠프스 씨의 사무실로 들어갔습니다. 아무도 없는 것을 알고 벨을 울리는 순간, 책상 위에 있던 서류에 눈길이 간 거지요. 한눈에 중요한 문서임을 안 그는 곧장 서류를 주머니에 넣고 나간 겁니다. 당신이 경비와 이야기하는 몇 분 동안 충분히 도망갈 시간을 벌 수 있었죠.

첫차로 워킹으로 내려간 조셉은 훔친 서류가 정말 중요하다는 사실을 깨닫고 아주 안전한 곳에 숨긴 다음, 하루 이틀 안으로 프랑스 대사관이나 돈을 많이 줄 만한 사람에게 팔 생각을 했습니다. 그런데 갑자기 펠프스 씨가 돌아온 겁니다. 서류를 챙길 사이도 없이 자기 방에서 쫓겨나고 말았지요. 하지만 밤낮으로 간호하는 사람이 방을 떠나지 않으니 문서를 꺼낼 수도 없고, 아마 미칠 지경이었을 겁니다. 호시탐탐 기회를 노리다가 밤에 몰래 숨어 들어가려 했지만 펠프스 씨가 잠에서 깨는 바람에 실패했지요. 그날 밤에는 평소 복용하던 수면제를 먹지 않았다고 했죠, 펠프스 씨?"

"먹지 않았습니다."

"조셉은 아마 당신이 평소처럼 수면제를 먹고 잠이 푹 들었으리라 생각했을 겁니다. 물론 저는 조셉이 안전해지면 다시 시도하리라는 걸 알고 있었습니다. 펠프스 씨가 집을 비우자 조셉이 노리던 기회가 온 것이지요. 저는 미스 해리슨에게 하루 종일 방 안에 있으라고 말해서, 낮에는 조셉이 그 방에 들어가지 못하게 했습니다. 그리고 밤이 되자 아까 말한 대로 저는 숨어 있었지요. 그 방에 조약 문서가 있으리라고 이미 짐작은 했습니다. 다만 그걸 찾기 위해서 방을 샅샅이 수색할 마음은 없었지요. 조셉이 비밀 장소에서 그 문서를 꺼낼 때까지 기다리면 직접 찾는 수고를 덜 수 있으니까요. 제가 또 설명해야 할 점이 있습니까?"

"조셉은 왜 처음부터 문으로 들어가지 않았지? 창문으로 들어간 이유가 뭘까?" 내가 물었다.

"문으로 들어오려면 방 일곱 개를 지나가야 해. 또 잔디밭으로 빠져나가는 게 훨씬 쉬우니까. 다른 질문은?"

"조셉이 살인을 저지를 생각은 아니었겠죠? 들고 있던 칼은

단순히 문을 열기 위한 도구였겠죠?" 펠프스가 물었다.

"그럴 수도 있지요." 홈즈는 어깨를 으쓱했다. "제가 확실히 말할 수 있는 건 조셉 해리슨은 믿을 만한 사람이 아니라는 겁니다. 저라면 절대로 그 사람을 믿지 않겠습니다."

찰스 오거스터스 밀버튼

1899년 1월 5일(목)~1월 14일(토)

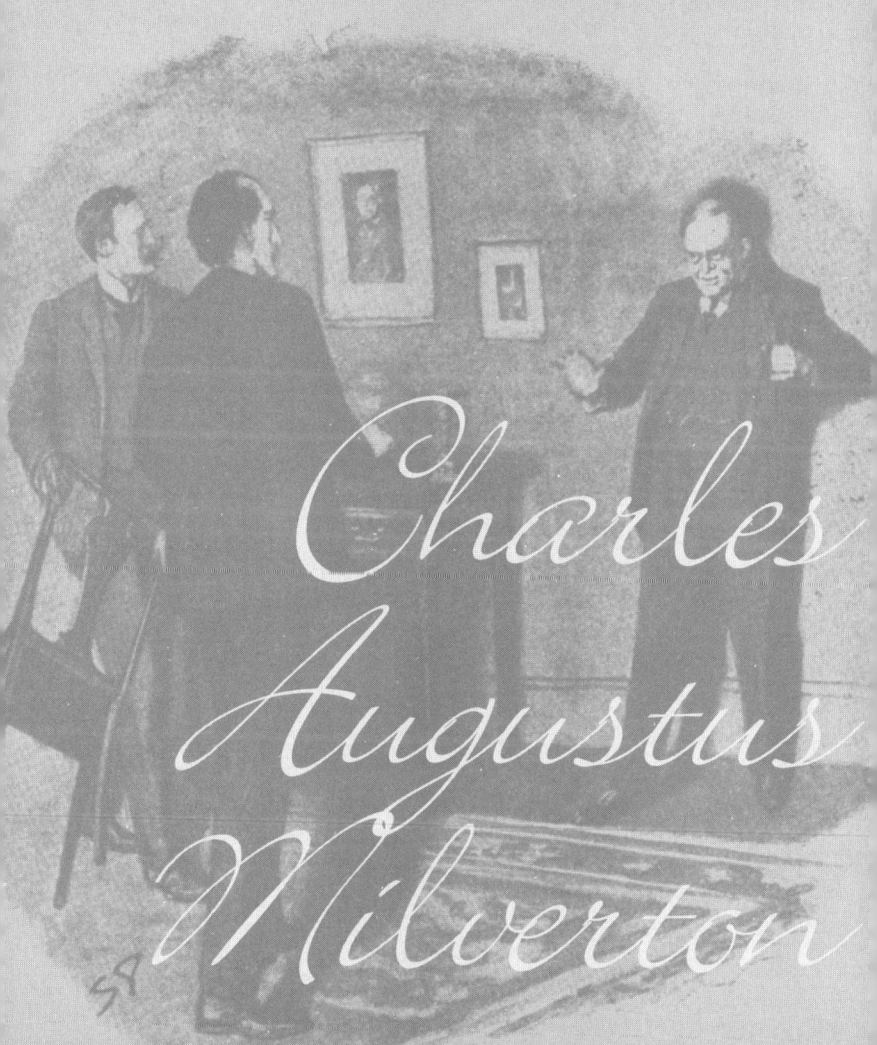

Charles Augustus Milverton

 벌써 여러 해 전의 일이지만, 아직도 이 사건을 언급하기가 망설여진다. 나는 오랫동안 이 사건이 대중에게 알려지지 않도록 신중을 기해 비밀을 지켜 왔다. 하지만 이제는 사건의 핵심 인물이 세상을 떠났기 때문에 이 글을 써도 해를 입을 사람은 아무도 없다. 이 사건은 홈즈와 내가 지금까지 맡은 사건 중 가장 독특하다.
 사건이 일어난 날짜나 사건을 추적하면서 실제로 일어난 몇 가지 사항을 밝히지 않는 것을 이해해 주기 바란다. 이제 그 사건에 대해 이야기하고자 한다.

 어느 추운 겨울날 저녁, 홈즈와 나는 저녁 산책을 마치고 6시쯤 하숙으로 돌아왔다. 홈즈가 불을 켜자 책상 위에 명함이

한 장 놓여 있었다. 그는 명함을 흘끗 쳐다보더니 마치 못 볼 걸 봤다는 표정을 지으며 휙 던졌다. 나는 바닥에 떨어진 명함을 집어서 읽었다.

찰스 오거스터스 밀버튼

햄스테드, 애플도어 타워

대행업

"누군데 그래?" 내가 물었다.

"런던에서 제일 흉악한 놈이지." 홈즈는 의자에 앉아 난로 앞으로 다리를 뻗었다. "명함 뒤에 뭐라고 쓰여 있는지 봐."

나는 명함을 뒤집어 거기에 쓰여 있는 내용을 소리 내어 읽었다.

"6시 30분에 방문하겠습니다. C. A. M."

"흠, 그렇다면 이제 올 시간이 됐군. 왓슨, 자네는 독사가 날카로운 눈을 빛내며 흉측하고 납작한 몸으로 슬금슬금 기어 다니는 것을 보며 등골이 오싹하고 몸이 움츠러드는 느낌을 받은 적이 있나? 나는 밀버튼을 볼 때마다 그런 느낌을 받아. 지금까지 쉰 명의 살인범을 상대했지만 이렇게 혐오스러운 사람은 없었어. 그런데도 이 사람을 만날 일이 생기는군. 내가 그에게 여기로 오라고 했어."

"뭐 하는 사람인데?"

"남을 협박해 돈을 빼앗는 데 도가 튼 사람이지. 운 좋게도 이번에는 명망 있는 집안 여자의 비밀을 알아내게 되었어. 밀버튼은 겉으로는 웃는 얼굴을 하고 있지만 아주 냉혹해. 상대의 돈을 모조리 빼낼 때까지 쥐어짜지. 그런 면에서는 머리가 매우 좋아서 무역 같은 걸 했다면 크게 성공했을 거야. 그의 수법은 이렇다네. 우선 이름 있고 지위 높은 사람의 명예를 더럽힐 수 있는 편지들을 아주 높은 가격으로 사들여. 주로 주인을 배반한 하인이나 하녀들에게서 그 편지들을 입수하지. 그뿐 아니라 지체 높은 여자들의 비밀과 애정이 담긴 편지를 손에 넣은 귀족들도 돈 때문에 밀버튼에게 편지를 팔아넘기곤 해. 어쨌든 밀버튼은 비밀 편지를 거래할 때 돈을 아끼지 않아. 한번은 어떤 하인이 가져온 두 줄짜리 편지를 700파운드나 주고 샀다더군. 그 편지와 관련된 귀족 집안은 결국 망했지. 밀버튼은 사들인 편지들을 전부 보관하고 있기 때문에 그의 이름을 듣고 하얗게 질릴 사람들이 런던에만도 수백 명이 넘을 거야. 그는 엄청난 부자인 데다가 매우 교활해서 편지를 단번에 공개하는 법이 없어. 언제 그의 손에 걸릴지 아무도 모르는 거야. 밀버튼은 몇 년이고 기회를 노리다가 가장 승산이 있다고 판단될 때

비로소 편지를 들고 나오지. 아까도 말했지만 그는 런던에서 제일가는 악당이야. 홧김에 친구를 몽둥이로 때린 사람도 그에 비할 바가 아니야. 밀버튼은 시간만 나면 이미 잔뜩 긁어모은 돈을 더 불리기 위해 아주 조직적으로 남을 괴롭혀서 미치기 직전까지 몰고 간다네."

나는 홈즈가 그렇게 격분하는 모습을 본 적이 거의 없었다.

"하지만 그도 법을 피해 갈 수는 없지 않은가?"

"물론 그렇지만, 법을 적용한다고 해서 실제로 효과를 얻을 수 있을지 의문이야. 예를 들어 밀버튼을 몇 달 동안 감옥에 집어넣는다고 해서 이미 파멸할 지경인 여자에게 어떤 이득이 있지? 사람들에게 편지 내용이 알려지면 엄청난 타격을 받으니 신고할 생각을 아예 못하는 거지. 밀버튼이 무고한 사람에게 돈을 뜯어내려 한다면 잡아들일 수도 있지만 그는 악마처럼 교활해서 절대 그런 일은 하지 않아. 그러니까 그를 체포하려면 다른 방법을 써야 해."

"그런데 여기에는 왜 온다는 거야?"

"밀버튼 때문에 안타까운 처지에 놓인 명망 있는 집안의 여자가 사건을 의뢰했어. 레이디 에바 블랙웰인데 작년에 사교계에 데뷔한 여성들 중에서 가장 아름답다고 하더군. 2주 후에 도버코트 백작과 결혼할 예정인데, 그녀가 시골의 가난한 젊은 지주에게 쓴 편지 몇 통이 밀버튼의 손에 들어갔어. 감정에 치우쳐서 분별없이 보낸 편지였지만 백작과의 결혼식을 망치기에 충분한 내용이 담겨 있지. 밀버튼은 그녀에게 엄청난 액수를 요구하면서 돈을 주지 않으면 백작에게 편지를 보내겠다고 협박했어. 그녀는 나에게 밀버튼을 만나 가능한 한 유리한 쪽으로 타협해 달라고 부탁했지."

그 순간 바깥에서 말발굽 소리와 마차가 덜컹거리는 소리가 들렸다. 창밖을 내다보니 말 두 마리가 끄는 고급스러운 마차가 집 앞에 멈추었다. 질 좋은 밤나무에 광택을 낸 마차 뒷부분에는 밝은 램프가 여러 개 달려 있었다. 마부가 문을 열자 털외투를 입은 키가 작고 다부진 남자가 마차에서 내렸다. 조금 뒤 그 남자가 방문을 두드렸다.

찰스 오거스틴 밀버튼은 50대로 크고 영리해 보이며, 둥글고 통통하며 매끈한 얼굴을 하고 있었다. 그는 차가운

미소를 머금은 채 큼직한 금테 안경 너머로 날카로운 회색 눈동자를 번뜩이고 있었다. 언뜻 보면 자비로운 듯하지만, 연출된 듯 변함없는 미소에서 풍기는 위선과 상대를 쉴 새 없이 꿰뚫어 보는 눈빛은 그가 어떤 사람이라는 것을 단번에 말해 주었다. 그는 통통한 손을 내밀어 악수를 청하면서 그의 생김새만큼이나 부드럽고 상냥하게 말했다.

"아까 찾아왔는데 안 계시더군요."

홈즈는 그가 내민 손을 무시한 채 굳은 표정으로 바라보았다. 밀버튼은 미소 지으며 어깨를 으쓱하고는 외투를 벗었다. 그는 매우 신중하게 외투를 접어 의자 등받이에 걸친 다음 자리에 앉았다.

"이 신사 분은 함께 있어도 됩니까?" 밀버튼이 나를 향해 손짓하며 물었다.

"왓슨은 내 친구이자 동료입니다."

"그렇다면 괜찮겠군요. 내가 편지를 입수한 건 당신 의뢰인의 이익을 위해서였소. 이것은 아주 말하기 어려운 문제라서……."

"왓슨도 이미 알고 있소."

"그러면 본격적으로 얘기해 봅시다. 홈즈 씨, 당신은 레이디 에바의 대리인 자격으로 나를 만나는 거라고 했지요? 그렇다면 내 조건을 받아들일 권한을 당신에게 부여했습니까?"

"조건이 뭐요?"

"7000파운드."

"돈을 지불하지 않으면 어쩔 작정이오?"

"나도 이런 말 하기는 괴롭지만 14일까지 돈을 지불하지 않으면 18일로 예정된 결혼식은 취소되겠지요." 그는 밉살스러운 미소를 지으며 말했다.

홈즈는 잠시 곰곰이 생각하더니 말을 꺼냈다.

"당연히 돈을 받을 권리가 있다고 생각하는 모양이군요. 물론 나도 편지 내용을 잘 알고 있습니다. 의뢰인은 내가 충고한 대로 행동할 겁니다. 나는 백작에게 모든 걸 털어놓고 용서를 빌라고 말할 작정이오."

그러자 밀버튼이 소리 내 웃으며 말했다.

"당신은 백작이 어떤 사람인지 전혀 모르는군요."

순간 홈즈의 얼굴에 당황한 기색이 떠오른 것을 보고, 나는 밀버튼의 말이 맞다는 사실을 알았다.

"편지에 문제가 될 만한 내용이 있다는 거요?"

"그건 아주 열렬한 연애편지였소. 그녀는 마음을 뺏길 만큼 편지를 잘 썼지요. 백작은 그런 편지를 가볍게 넘길 사람이 절대 아니오. 하지만 당신이 생각을 바꾼다면 우리는 이 문제를 잘 처리할 수 있을 거요. 이건 순전히 사업상의 문제요. 만일 백작의 손에 편지를 넘기는 것이 그녀에게 가장 유리하다면 그렇게 많은 돈을 주고 편지를 되찾는다는 건 어리석은 일이겠지요."

그는 일어서서 아스트라한[11] 코트를 집어 들었다.

홈즈의 얼굴은 분노와 모욕감으로 잿빛이 되었다.

"잠깐! 당신은 너무 성급한 듯싶군요. 이 비밀스러운 일이 사람들에게 알려지지 않도록 최선을 다하는 게 우리의 의무라고 생각하오."

밀버튼은 다시 자리에 앉았다.

"잘 생각하셨소." 그가 만족스러워하는 표정을 지었다.

"레이디 에바는 부자가 아닙니다. 가진 돈을 전부 긁어모아도 2000파운드밖에는 안 될 거요. 당신이 요구한 액수를 채우기에는 턱없이 부족하오. 그러니 금액을 조정해서 내가 요구한 액수에 편지를 넘겨주기 바라오. 그녀는 그 이상의 돈을 지불할 능력이 전혀 없소."

밀버튼은 미소 지으며 재미있다는 듯이 눈을 반짝였다. "당

---

11) 러시아 남동부 아스트라한 지방에서 나는 어린 양의 모피.

신 말이 사실이라는 건 알고 있소. 하지만 백작과의 결혼을 내세워 친구들이나 친척들에게 돈을 빌릴 수 있을 거요. 그들이 결혼 선물로 엄청난 돈을 빌려 주는 것을 망설인다면, 나는 이 한 묶음의 편지가 결혼식보다 훨씬 재미있다는 걸 알려 줄 수밖에 없겠지요."

"허튼소리 하지 마시오." 홈즈가 말했다.

"홈즈 씨. 정말 유감스럽군요." 밀버튼이 커다란 수첩을 꺼내며 말했다. "내 말을 무시하고 경솔하게 행동한 여자들이 생각나는군요. 이걸 보시오!" 그는 표지에 문장이 새겨진 작은 봉투를 집어 들었다. "아직은 이름을 밝힐 수 없지만 이 편지는 어떤 여자가 쓴 것이오. 나는 내일 아침 이 편지를 그녀의 남편에게 보낼 거요. 갖고 있는 다이아몬드를 팔아 돈을 마련할 수 있으면서도 그녀는 그렇게 하지 않았소. 정말 안된 일이지요. 홈즈 씨, 미스 마일즈와 도킹 대령의 약혼이 갑자기 깨진 일을 기억합니까? 결혼식을 불과 이틀 앞두고 모닝 포스트에 파혼 기사가 났지요. 믿기 어렵겠지만 겨우 1200파운드를 지불하지 않아서 그렇게 된 겁니다. 정말 안타까운 일 아니오? 한 여자의 장래와 명예가 걸린 일인데 겨우 이 정도 조건으로 놀라다니, 정말 뜻밖이군요. 나는 당신이 분별력 있는 사람인 줄 알았는데 말이오."

"내 말은 사실이오. 어디에서도 그만한 돈을 구할 수 없소. 이 편지를 공개해 여자의 일생을 망친다고 해서 득이 될 게 뭐 있겠소? 그 보다는 내가 제시한 금액을 받는 것이 당신에게 더 유리할 거요."

"홈즈 씨, 뭔가 잘못 알고 있는 모양이군요. 편지를 폭로하면 간접적이긴 하지만 상당한 이익이 된다는 걸 모르시오? 나는 이와 비슷한 편지를 여러 통 갖고 있소. 내가 레이디 에바의 편지를 폭로한 걸 그들이 알게 된다면 지금보다 훨씬 고분고분해 지겠지요. 내 말 알아듣겠소?"

홈즈가 자리에서 벌떡 일어났다.

"왓슨, 문을 막아. 이자를 밖으로 내보내면 안 돼! 밀버튼, 수첩을 이리 내!"

밀버튼은 생쥐처럼 재빠르게 방 한구석으로 몸을 피하더니 벽에 등을 대고 섰다.

"홈즈, 이걸 봐." 그는 코트 앞자락을 들추어 안주머니에 꽂힌 커다란 권총 한 자루를 꺼내 보였다. "난 당신이 이런 식으로 나올 거라고 생각했어. 자주 당하는 일이지. 하지만 이렇게 해서 좋을 건 하나도 없어. 나는 완전무장을 하고 있기 때문에 언제든지 무기를 꺼낼 수 있으니까. 당신이 먼저 날 위협했으니 내가 무기를 사용해도 법적으로 문제 될 게 없어. 그리고 내가 여기에 편지를 가져왔다고 생각하나? 천만의 말씀! 난 그렇게 어리석은 짓은 하지 않아. 그럼, 오늘 저녁에 만나야 할 사람도 있고 햄스테드까지 가려면 시간이 꽤 걸릴 테니 이만 실례하겠네."

그는 코트 자락을 열어 한 손을 권총 위에 올려 둔 채 앞으로 걸어 나와 문 쪽으로 향했다. 나는 의자를 집어 들었지만 홈즈가 고개를 저으며 안 된다는 신호를 보냈기 때문에 어쩔 수 없이 내려놓았다. 밀버튼은 고개를 숙여 인사하고는 미소 지으며 문밖으로 사라졌다. 잠시 후 마차 문이 닫히는 소리와 함께 덜컥거리며 마차가 떠나는 소리가 들렸다.

홈즈는 양복 주머니에 손을 넣고 고개를 푹 숙인 채 난롯가에 꼼짝하지 않고 앉아 타다 남은 불꽃을 보고 있었다. 그러더니 뭔가 결심한 사람처럼 벌떡 일어나서 침실로 들어갔다. 잠시 후에 염소수염을 기른 멋진 젊은이가 거만한 태도로 걸어 나왔고, 램프 불로 사기 파이프에 불을 붙였다.

"왓슨, 금방 돌아오겠네."

홈즈는 어둠 속으로 사라졌다. 나는 그가 찰스 오거스트스 밀버튼과 전쟁을 시작했다는 걸 알았다. 하지만 그 전쟁이 이상한 형태로 전개되리라고는 전혀 예상하지 못했다.

홈즈는 며칠 동안 그런 차림으로 나가 저녁 무렵에야 돌아오곤 했다. 나는 그가 햄스테드에 다녀온다는 건 알고 있었지만 그곳에서 무엇을 하는지 전혀 몰랐다. 폭풍우가 사납게 몰아쳐 대는 어느 날 밤이었다. 바람이 윙윙대는 소리와 창문이 덜컥거리는 소리가 요란했다. 마지막 탐험을 마치고 돌아온 홈즈는 난로 앞에 앉아 변장하기 위해 입은 옷을 벗더니 배를 잡고 특유의 낮은 목소리로 웃어 댔다.

"왓슨, 내가 결혼한다면 믿겠나?"

"물론 아니지."

"내가 약혼했다는 소리를 들으면 어떻겠나?"

"세상에! 축하……."

"밀버튼의 가정부와 말이야." 내 말이 끝나기도 전에 홈즈가 말했다.

"뭐라고?"

"정보가 필요했거든."

"그렇다고 약혼하다니, 너무한 거 아닌가?"

"어쩔 수 없었어. 이름은 에스코트이고 수입이 많은 배관공이라고 소개했지. 매일 밤 그녀와 산책하면서 얘기를 나눴어. 대부분은 지루하기 짝이 없는 얘기였지만 알고 싶은 정보는 모두 얻었지. 이제 밀버튼 집안일이라면 손바닥 들여다보듯 훤히 알아."

"하지만 그 여자는 어쩔 셈인가?"

홈즈는 어깨를 으쓱했다. "왓슨, 그건 어쩔 수 없어. 이런 상황에서는 가장 유리한 카드를 뽑아야 해. 하지만 내가 등을 보일 때를 기다려 덮치려는 악의에 찬 경쟁 상대가 있다는 것도 나쁘지는 않아. 오늘은 정말 멋진 밤이군."

"이런 날씨를 좋아하나?"

"내 계획에 딱 맞는 날씨거든. 왓슨, 오늘 밤 밀버튼의 집에 잠입할 작정이야."

홈즈는 결의에 찬 말투로 천천히 말했다. 숨이 멎을 만큼 놀란 나는 온몸에 소름이 돋았다. 그 순간 번개가 치면서 밝은 빛 아래 황량한 바깥 풍경이 세세하게 드러났다. 나는 그의 행동이 부를 결과를 모두 예측할 수 있었다. 발각되면 이제껏 쌓아 온 명성은 돌이킬 수 없는 실수와 불명예로 얼룩질 것이며, 그의 미래는 사악한 밀버튼의 손에 들어갈 것이 분명했다.

"제발, 다시 한 번 생각해." 내가 안타깝게 소리쳤다.

"왓슨, 나도 충분히 생각하고 결정했어. 내가 경솔한 행동을 하거나 위험을 자초할 사람으로 보이나? 물론 다른 방법이 있다면 이렇게 위험한 일은 하지 않을 거야. 조금 더 분명하고 객관적으로 생각해 봐. 자네도 이런 행동이 법적으로는 죄가 되지만 도덕적으로는 옳다는 걸 인정할 거야. 그의 수첩을 훔치기 위해 잠입하는 거야. 자네라면 이런 일에 찬성할 거라고 생각했어."

나는 곰곰이 생각한 후에 대답했다.

"좋아. 불법적인 일에 사용할 문서를 가져오기 위해서라면 도덕적으로 정당하다고 생각해."

"맞아. 도덕적인 이유는 그걸로 됐고, 이제 우리에게 닥칠지 모르는 위험에 대비해야 해. 어떤 여자가 절실하게 도움을 필요로 할 때 신사라면 이런 위험 따위는 중요하게 여기지 않겠지?"

"곤란한 상황에 빠질지도 몰라."

"그래서 위험하다는 거야. 하지만 편지를 찾을 방법은 이것밖에 없어. 안타깝게도 레이디 에바는 돈도 없고 주변에 믿을 만한 사람도 없어. 내일이 돈을 지불하라고 제시한 마지막 날이니 오늘 밤에 반드시 편지를 손에 넣어야 해. 밀버튼은 자기가 한 말은 지키는 사람이고, 돈을 지불하지 않으면 그녀를 파멸시킬 거야. 이제 그녀가 파멸하는 걸 지켜보거나 마지막 카드를 꺼내거나 둘 중 하나를 선택할 수밖에 없어. 이건 밀버튼과 나의 결투야. 자네도 보았듯이 첫 싸움에서는 그가 우세했지만 이번에는 내 자존심과 명성을 걸고 끝까지 싸우겠어."

"내키지 않지만 자네 말에 동의해. 언제 출발하지?"

"자네는 가지 마."

"그러면 자네도 가지 못할 거야. 이건 진심인데 이 모험에 나를 끼워 주지 않는다면 마차를 타고 곧장 경찰서로 가 자네를 신고하겠어."

"자네가 도울 일은 없어."

"그걸 어떻게 알아? 무슨 일이 생길지 어떻게 알지? 어쨌든 나는 이미 결심했어. 나에게도 자존심과 명예가 있으니까."

홈즈는 난감한 표정으로 눈썹을 찌푸렸으나 곧 얼굴을 펴고 내 등을 가볍게 두드렸다.

"좋아. 그렇게 해. 우리는 몇 년 동안 이 방을 함께 썼으니, 나란히 감옥에 갇히는 것도 재미있을 것 같군. 왓슨, 솔직히 말하지만 만약 내가 나쁜 마음을 먹는다면 아주 뛰어난 범죄자가 될 거야. 이번 일이야말로 그런 생각을 확인할 수 있는 기회가 되겠군. 이걸 봐."

홈즈는 서랍에서 말끔한 가죽 상자를 하나 꺼냈다. 상자 안에는 반짝이는 도구가 여러 개 들어 있었다.

"이건 성능이 뛰어난 최신식 잠입 도구야. 이 안에는 니켈 도금한 쇠 지렛대, 끝에 다이아몬드를 박은 유리 절단용 칼, 다용도 열쇠, 그리고 잠입에 필요한 모든 도구가 들어 있지. 손전등도 있어. 사용하기 편하게 잘 정리되어 있지. 자네, 소리 나지 않는 신발이 있나?"

"고무로 밑창을 댄 테니스화가 있어."

"잘됐군! 그럼 복면은?"

"검은 비단 천으로 만들면 돼."

"자네는 이런 일에 재능을 타고난 듯싶어. 아주 좋아. 자네가 복면을 만들어. 출발하기 전에 저녁을 먹어야겠군. 지금 9시 30분이니 11시에 마차를 타고 처치 가로 가세. 거기서 애플도어 타워까지는 걸어서 15분 거리니 자정이 되기 전에 일을 시작할 수 있을 거야. 밀버튼은 한번 잠들면 여간해서 깨어나지 않는데다 10시 30분이면 어김없이 잠자리에 든다는군. 운이 좋으면 레이디 에바의 편지를 갖고 2시까지 돌아올 수 있을 거야."

홈즈와 나는 극장에서 나와 집으로 돌아가는 사람처럼 보이기 위해 정장을 입었다. 그런 다음 옥스퍼드 가에서 핸섬 마차[12]를 타고 홈스테드로 향했다. 마차에서 내렸을 때는 날씨가 몹시 추워 바람이 뼈 속까지 스며드는 것 같아서 우리는 코트 단추를 모두 채우고 관목이 우거진 길을 따라 걸었다.

"이건 세심한 주의가 필요한 일이야. 놈은 서재에 있는 금고에 편지를 넣었어. 서재는 침실 맞은편에 있지. 뚱뚱한 사람들이 그렇듯이 밀버튼도 잠을 많이 잔다네. 애거서 말로는 하인들 사이에서 밀버튼을 깨우는 건 불가능한 일이라는 농담까지 돈다는군. 참, 애거서는 내 약혼녀 이름이야. 그는 비서를 한

---

12) 큼직한 바퀴 두 개가 달렸고, 마부는 객실 뒤 높은 곳에 앉게 되어 있는 마차.

명 두고 있는데, 낮에는 서재에서 나오지 않는대. 그래서 밤에 잠입하는 거야. 그리고 정원에 사나운 개를 풀어 놓았다는군. 어제와 그저께 밤에 애거서를 만났는데, 내가 도망갈 수 있도록 개를 묶어 놓겠다고 했네. 여기가 밀버튼의 집이야. 저 큰 정원이 그의 집 정원이지. 월계수 숲 오른쪽에 있는 문으로 들어가면 돼. 자, 이쯤에서 복면을 쓰는 게 좋겠어. 창문에 불이 전부 꺼진 게 보이지? 모든 일이 순조롭게 풀리는 듯하군."

검은 비단 복면을 쓴 모습이 마치 런던에서 제일가는 악당처럼 무시무시했다. 우리는 어둠에 싸인 건물 쪽으로 조용히 다가갔다. 한쪽 면에는 타일로 된 베란다 같은 것이 튀어나와 있고, 그 위로 여러 개의 창문과 문 두 개가 이어져 있었다.

"저 방이 밀버튼의 방이야. 이 문은 서재로 통해. 이 문으로 가는 게 제일 빠르지만 자물쇠와 걸쇠로 잠가 두었기 때문에 열려면 소리가 많이 날 거야. 이쪽으로 와. 거실로 통하는 온실이 있으니까." 홈즈가 속삭였다.

온실 문은 잠겨 있었지만 홈즈는 유리를 둥글게 잘라 내고 그 안에 손을 넣어 걸쇠를 벗겼다. 안으로 들어간 홈즈는 문을 닫았다. 이제 우리는 법적으로 중죄를 저지른 범죄자가 되었다. 온실의 따뜻하고 탁한 공기와 외래 식물들의 짙은 향 때문에 숨이 막힐 지경이었다. 어둠 속에서 홈즈는 내 손을 잡고 관목이 줄지어 있는 곳으로 재빨리 끌고 갔다. 나뭇잎이 얼굴을 스쳤다. 홈즈는 평소에 훈련을 열심히 했기 때문에 어둠 속에서도 능숙하게 움직였다. 그는 내 손을 잡은 채 한 손으로 문을 열었다. 나는 막연하게나마 우리가 큰 방에 들어섰다는 걸 알았다.

조금 전에 누가 담배를 피우다 나갔는지 방 안에는 담배 연기가 가득했다. 홈즈는 가구 사이를 더듬어 다른 문을 연 다음, 그 안으로 들어서서는 곧 문을 닫았다. 손을 뻗어 보니 벽에 외투가 여러 벌 걸려 있었다. 나는 그곳이 복도라는 걸 알았다. 복도 끝에 이르자 홈즈가 오른쪽에 있는 문을 살며시 열었다. 그 순간 방 안에서 뭔가가 튀어나왔다. 나는 기절할 듯이 놀랐지만, 그것이 고양이라는 걸 알고는 놀란 가슴을 쓸어내렸다. 방 안에는 난롯불이 남아 있었고 담배 연기가 자욱했다. 발끝으로 걸어 안으로 들어간 홈즈는 내가 따라 들어갈 때까지 기다렸다가 친친히 문을 닫았다. 이곳이 바로 밀버튼의 서재였다. 방 맞은편에는 침실로 통하는 칸막이 커튼이 쳐져 있었다.

벽난로 불빛이 서재를 환하게 비춰 주었다. 문 옆에 전기 스위치가 있었지만 아무리 안전하다 해도 불을 켤 수는 없었다. 벽난로 한쪽 옆에는 아까 밖에서 본 창문에 두꺼운 커튼이 드리워져 있었고, 다른 쪽 옆에는 베란다로 이어지는 문이 있었다. 방 한가운데에는 책상과 붉은 가죽 회전의자가 있었다. 반대편에 있는 커다란 책장 위에는 아테네 여신의 대리석 흉상이 있었다. 금고는 책꽂이와 벽 사이에 있는 모서리에 세워져 있었는데, 세로로 긴 녹색 금고였다. 금고 앞에 달린 광택 나는 청동 손잡이 위로 벽난로 불빛이 반사되고 있었다. 홈즈는 방 안을 지나가 금고를 자세히 들여다보았다. 그리고 침실 문까지 기어간 다음 문 옆에 서서 고개를 약간 숙인 채 귀를 기울였다. 침실에서는 아무 소리도 들리지 않았다. 나는 도망갈 때를 대비해 바깥으로 통하는 문을 점검해 두어야겠다고 생각했다. 하지만 놀랍게도 문은 열려 있었다. 내가 홈즈를 팔로 툭툭 치자, 그는 놀라서 고개를 돌렸다. 순간 홈즈가 몸을 움찔해서 그도 나만큼이나 놀랐다는 걸 알았다.

"이상해. 정말 이해할 수 없어. 어쨌든 조금 더 서둘러야겠어." 그가 내 귀에 입을 바짝 대고 속삭였다.

"내가 도울 일이 있을까?"

"문 옆에 서서 망을 봐. 누가 오는 소리가 들리면 안에 있는 걸쇠를 잠가. 왔던 길로 도망가면 되니까. 만일 다른 쪽 문에서 인기척이 들리거든 편지를 손에 넣었다면 바깥문으로 도망치고 그렇지 않다면 이 창문 커튼 뒤로 숨어야 해. 무슨 말인지 알지?"

나는 고개를 끄덕이고 문 옆에 자리를 잡고 섰다. 처음에 느낀 공포감은 사라졌다. 그리고 무법자 대신 법을 수호하는 사람이 되었다는 즐거움보다 몇 배 더 강렬한 흥분이 나를 사로잡으면서 가슴이 두근거렸다. 숭고한 임무와 이타적인 기사도 정신, 극악무도한 적을 상대한다는 요소가 우리의 모험에 흥미를 더해 주었다. 죄의식에서 벗어난 나는 이러한 위험들을 기쁜 마음으로 즐기고 있었다. 나는 도구 상자를 열고 까다로운 수술을 하는 외과 의사처럼 침착하고 정확하게 연장을 고르는 홈즈를 감탄스러운 눈길로 바라보았다. 금고를 여는 것은 홈즈의 특별한 취미였다. 그가 많은 여성의 명예가 달린 편지가 담겨 있는 이 녹색과 황금색 괴물을 마주했을 때 느낀 즐거움을 나 또한 이해할 수 있었다.

홈즈는 의자 위에 코트를 벗어 놓고 소매를 걷은 채 송곳 두 개와 손전등, 다용도 열쇠 여러 개를 꺼내 바닥에 늘어놓았다. 나는 위급한 상황을 대비해 문 가운데 서서 다른 쪽 문을 번갈아 보았다. 하지만 정말 누군가 나타났을 때 어떻게 해야 하는지 확실한 계획이 있는 건 아니었다. 30분 동안 홈즈는 도구를 차례로 사용해 금고 문을 여는 데 집중했다. 적절한 힘과 정확한 솜씨로 도구를 다루는 모습이 마치 숙련된 기술자 같았다. 마침내 '찰칵' 하는 소리와 함께 커다란 녹색 문이 열렸다. 금고 안은 서류 묶음으로 가득했는데, 끈으로 묶은 편지 다발마다 그 편지를 쓴 사람의 이름이 적혀 있었다. 홈즈가 그중 한 묶음을 꺼냈지만, 난롯불이 깜박거려서 제대로 읽을 수 없었다. 그는 작은 손전등을 꺼냈다. 하지만 밀버튼이 바로 옆방에 있어서 손전등을 켜는 건 너무 위험했다. 갑자기 홈즈가 멈춰서서 무언가에 열심히 귀를 기울이더니 금고 문을 닫고 외투를 집어 들었다. 그는 도구들을 주머니에 쑤셔 넣고는 따라오라고 손짓하면서 커튼 뒤로 재빨리 숨었다.

나는 홈즈를 따라 몸을 숨긴 다음에야 어떤 소리가 들린다는 걸 알아차렸다. 홈즈는 나보다 먼저 그 소리를 듣고 몸을 피한 것이다. 집 안 어딘가에서 나는 소리였다. 그때 멀리서 문이 닫히는 소리가 들렸다. 그러더니 웅얼거리는 말소리와 함께 누군가 둔탁한 발소리를 내며 빠르게 걸어오는 소리가 들렸다. 바깥 복

도에서 들리던 발소리가 문 앞에서 멈추더니, 문이 열렸다. 그리고 '찰각' 하며 전기 스위치가 올라가는 소리가 들렸다. 문이 다시 한 번 닫혔고 독한 담배 연기가 코를 찔렀다. 우리가 숨은 커튼 근처에서 들리던 발소리는 마침내 의자가 삐걱거리는 소리와 함께 멈췄다. 이윽고 열쇠 돌리는 소리가 나고 서류를 뒤적거리는 소리가 들렸다.

그때까지 밖을 내다볼 엄두도 못 내고 있던 나는 살며시 커튼을 젖히고 그 사이로 방 안을 엿보았다. 홈즈의 어깨가 나를 내리 누르는 걸로 보아 그 역시 밖을 내다보는 것 같았다. 커튼 앞 오른쪽에서 밀버튼의 넓고 둥근 어깨가 보였다. 그 순간, 우리의 생각이 완전히 틀렸다는 걸 깨달았다. 밀버튼은 잠자리에 든 것이 아니었다. 그는 우리가 밖에서 미처 발견하지 못했던 저택 별관에 있는 흡연실이나 당구실에서 담배를 피우다 들어온 모양이었다. 바로 눈앞에 이마가 벗어진 밀버튼의 커다란 회색 머리가 보였다. 그는 붉은색 가죽 의자에 깊숙이 기대앉아 다리를 쭉 뻗은 채 길쭉하고 검은 담배를 입에 물고 있었다. 검은 벨벳 깃이 달린 자줏빛 조끼 차림이었다. 그는 담배 연기를 내뿜으면서 긴 법률 문서를 들고 천천히 읽었다. 의자에 편안한 자세로 앉아 있는 걸 보니 금방 일어설 것 같지 않았.

홈즈의 손이 살며시 다가오더니 안심하라는 듯 내 손을 잡았다. 우리는 이 일을 끝낼 수 있으며 자신은 아무 걱정도 하지 않는다는 걸 알려 주려는 듯했다. 내가 서 있는 곳에서는 금고 문이 완전히 닫히지 않은 것을 알 수 있어서, 홈즈가 그걸 못 본 게 아닐까 하는 생각이 들었다. 운이 나쁘면 밀버튼이 알아차릴 수도 있었다. 나는 밀버튼이 금고 문이 열린 걸 눈치챈다면 재빨리 뛰어나가 코트로 그의 머리를 덮은 다음 움직이지 못하게 끈으로 묶어야겠다고 마음먹었다. 나머지는 홈즈가 알아서 할 일이었다. 하지만 밀버튼은 고개를 들지 않았다. 그는 흥미 없는 표정으로 손에 든 문서들을 한 장 한 장 넘겨 가면서 읽었다. 나는 그가 서류를 다 읽고 담배도 마저 피우고 나면 방으로 돌아갈 거라고 생각했다. 하지만 그가 서류를 다 읽기도 전에 전혀 예상치 못한 일이 일어났다.

그 사이에 밀버튼은 시계를 여러 번 보았다. 한번은 좀이 쑤시는지 자리에서 일어났다가 다시 앉기도 했다. 그가 이런 늦은 시간에 누구를 기다릴 거라고는 생각하지 않았다. 그런데 갑자기 베란다 바깥쪽에서 희미한 소리가 들렸다. 그러자 밀버튼은 서류를 내려놓고 자세를 고쳐 앉았다. 다시 인기척이 나는가 싶더니 조용히 문을 두드리는 소리가 들렸다. 밀버튼은 자리에서 일어나 문을 열었다.

"30분이나 늦었군." 그가 퉁명스럽게 말했다.

그제야 문이 열려 있었던 것과 밀버튼이 잠자리에 들지 않은 이유를 알 수 있었다. 여자의 옷자락이 스치는 소리가 들렸다. 그때 밀버튼이 우리가 있는 쪽으로 고개를 돌렸기 때문에 나는 서둘러 커튼을 여몄다. 하지만 두려움은 잠깐뿐이었고, 나는 다시 커튼을 열고 밖을 엿보았다. 밀버튼은 담배를 삐딱하게 문 거만한 자세로 다시 의자에 앉았다. 그 앞에는 밝은 전깃불 아래에 검은 옷을 입은 키가 크고 날씬한 여자가 서 있었다. 베일로 얼굴을 가리고 망토 깃을 목 위까지 세운 여자는 숨을 가쁘게 몰아쉬었는데, 숨을 쉴 때마다 부드러운 몸이 격한 감정으로 떨리는 듯했다.

"당신 때문에 잠잘 시간을 빼앗겼군. 하지만 그만한 보상은 해주겠지? 다른 시간에 올 수는 없었나?"

여자는 고개를 끄덕였다.

"하긴 사정이

그렇다면 할 수 없지. 백작부인이 당신을 힘들게 했다면 지금 이야말로 당한 만큼 갚아 줄 수 있는 좋은 기회야. 저런, 왜 그렇게 떨지? 마음을 좀 가라앉혀. 자, 이제 거래를 시작하지."

그는 책상 서랍에서 수첩을 꺼냈다.

"달베르 백작부인의 편지를 다섯 통 가지고 있다고 했지? 그리고 나한테 그 편지를 팔고 싶다고 했어. 좋아, 내가 그 편지를 사겠어. 값은 아주 후하게 쳐주지. 하지만 가격은 편지를 보고 나서 결정할 거야. 그럴 만한 가치가 있는 내용이라면……. 아니, 이럴 수가! 당신이…… 어?"

여자는 아무 말 없이 베일을 걷어 올리고 목까지 올라온 망토 깃을 풀었다. 밀버튼 앞에는 표정이 어둡고 이목구비가 뚜렷한 미인이 서 있었다. 콧날은 날카롭게 구부러져 있었고 눈은 짙은 눈썹 아래에서 번쩍였다. 그녀는 얇은 입술을 굳게 다문 채 차갑게 웃었다.

"그래, 나야. 네가 파멸의 구덩이로 몰아넣은 사람이지."

밀버튼은 웃음을 터뜨렸지만 목소리는 두려움으로 떨리고 있었다.

"당신은 너무 고집이 셌어. 그래서 나도 극단적인 방법을 쓸 수밖에 없었어. 나는 파리 한 마리도 죽이지 못해. 하지만 사업을 하다 보니 어쩔 수 없었어. 충분히 마련할 수 있는 돈을 요구했는데도 당신은 돈을 주려고 하지 않았지."

"그래서 내 남편에게 편지를 보냈나? 내 남편은 정말 훌륭한 귀족이었어. 나 같은 사람과는 비교도 되지 않을 만큼! 그는 내 편지를 받은 남자를 쏘고 스스로 목숨을 끊었어. 어젯밤에 내가 저 문으로 들어와 자비를 베풀어 달라고 빌었을 때 너는 내 앞에서 웃었어. 지금처럼 말이야. 입술을 떠는 걸 보니 겁이 나는 모양이군. 그래, 너는 내가 여기 오리라고는 상상도 못했을 거야. 하지만 너와 단둘이서 만날 수 있는 방법이 무엇인지 어젯밤에야 비로소 깨달았어. 찰스 밀버튼, 하고 싶은 말 있어?"

"나를 겁줄 생각은 안 하는 게 좋을걸." 그는 자리에서 벌떡 일어났다. "내가 소리를 지르면 하인들이 달려와 널 붙잡을 테니까. 하지만 오늘은 홧김에 그런 걸 테니 용서해 주지. 지금 당장 방에서 나가. 그러면 나도 아무 말 하지 않겠어."

여자는 가슴에 손을 올린 채 증오에 찬 표정으로 싸늘하게 웃었다.

"더 이상 네가 다른 사람의 인생을 망치도록 놔두지 않겠어. 이제 넌 누구에게도 고통을 주지 못할 거야. 너같이 해로운 인간은 이 세상에서 사라져야 해. 자, 내 총알을 받아! 이 비열한 놈!"

그녀는 번뜩이는 권총을 들고 2피트쯤 떨어진 거리에서 밀버튼을 향해 계속 방아쇠를 당겼다. 밀버튼은 뒷걸음질 치다가 책상 위에 쓰러져서 심하게 기침을 하며 서류들을 움켜잡았다. 그리고 비틀거리며 다시 일어났지만 다시 총을 맞고 바닥에 나동그라졌다.

"이럴 수가!" 그는 마지막 힘을 다해 소리치고 쓰러진 채 움직이지 않았다. 여자는 꼼짝하지 않고 서서 밀버튼을 바라보다가 발뒤꿈치로 그의 얼굴을 치고는 다시 한 번 들여다보았다. 그러나 밀버튼은 움직이지도 않고 아무런 소리도 내지 않았다. 밤바람이 쉬익 소리를 내며 방 안으로 밀려들어오자 여자는 정

신을 차린 듯 재빨리 방에서 빠져나갔다. 우리는 여자가 밀버튼을 살해할 때 어떠한 행동도 하지 못했다. 총알이 밀버튼의 몸을 관통한 순간 커튼 밖으로 뛰어나가려고 하자 홈즈가 내 손목을 꽉 붙잡았다. 나는 홈즈의 행동을 충분히 이해할 수 있었다. 악당을 잡는 일은 법이 할 일이지 우리가 나설 일이 아니며 우리에게는 수행해야 할 임무가 남아 있었기 때문에 냉정을 되찾아야만 했다.

여자가 밖으로 나가자마자 홈즈는 재빨리 반대편으로 가서 문을 잠갔다. 그 순간 웅성거리는 소리와 급히 달려오는 발소리가 들렸다. 총소리에 집에 있던 사람들이 잠에서 깬 것이다.

홈즈는 금고에서 서류 뭉치들을 한 아름 꺼내 벽난로 속으로 집어던졌다. 몇 번을 그렇게 하자 금고 안은 텅 비었다. 누군가 손잡이를 이리저리 돌리면서 문을 두드렸다. 홈즈는 민첩하게 주위를 둘러보았다. 밀버튼을 죽인 여자가 가져온 편지는 모두 피에 젖은 채 책상 위에 흩어져 있었다. 홈즈는 그 편지들도 난로 속으로 던져 넣었다. 그리고 바깥으로 통하는 문에서 열쇠를 뽑아 들고 내 뒤를 따라 나온 다음 밖에서 문을 잠갔다.

"이쪽이야, 왓슨. 이쪽으로 가면 정원 담을 넘을 수 있어."

그렇게 짧은 시간에 집에 있던 사람들이 모두 깨어날 수 있다는 사실이 놀라웠다. 뒤를 돌아보니 집 전체에 불이 켜져 거대한 저택이 하나의 불덩이처럼 보였다. 현관문이 열리고 사람들이 마차 길로 뛰어나오는 것이 보였다. 정원은 사람들로 가득했고 우리가 베란다 쪽에서 나오자 한 사람이 "나왔다!"라고 소리쳤고, 모두들 뒤쫓아 왔다.

홈즈는 정원을 훤히 꿰뚫고 있는 듯이 빠른 걸음으로 작은 나무들을 헤치면서 달려갔다. 나는 홈즈의 뒤를 바짝 따랐다. 선두에 선 추격자가 가까운 거리에서 숨을 헐떡이며 쫓아왔다. 홈즈는 6피트쯤 되는 정원 담을 훌쩍 뛰어넘었다. 내가 담을 넘어가려는 순간, 뒤쫓아 오던 사람이 내 발목을 붙잡았다. 나는 발로 그를 걷어차고 풀로 뒤덮인 담 꼭대기를 넘어 반대편에 있는 덤불 속으로 떨어졌다. 홈즈가 바로 나를 일으켜 세웠고, 우리는 넓은 햄스테드 평야를 지나 도망쳤다. 2마일쯤 달렸을까? 마침내 홈즈가 멈춰 서서 귀를 기울였다. 뒤쪽에서는 아무 소리도 들리지 않았다. 추적자를 따돌린 것이다.

엄청난 모험을 한 다음 날 아침 식사를 마치고 담배를 피우고 있을 때, 스코틀랜드 야드의 레스트레이드가 찾아왔다. 그는 아주 엄숙하고 진지한 표정을 지은 채 거실로 들어왔다.

"홈즈 씨, 안녕하십니까? 왓슨 씨도 안녕하시지요? 바쁘지 않다면 잠시 실례해도 되겠습니까?"

"별로 바쁘지 않습니다."

"특별한 일이 없으시면 당신에게 도움을 청하려고 왔습니다. 실은 어젯밤 햄스테드에서 엄청난 사건이 일어났습니다."

"저런! 무슨 일이었습니까?"

"살인 사건입니다. 아주 극적이고 엄청난 살인 사건이죠. 당신은 이런 일에 흥미를 갖고 있다고 들었습니다. 애플도어 타워에 오셔서 조언을 해 주실 수 있을까요? 이건 평범한 사건이 아닙니다.

밀버튼에 대해 조사했는데, 아주 몹쓸 사람이더군요. 그가 협박 수단으로 서류를 모아 둔다고 들었습니다. 하지만 살인범들이 서류를 모두 불태웠더군요. 귀중품에는 손을 대지 않은 걸 보니 지위 높은 사람들이 저지른 일 같습니다. 범인들의 유일한 목적은 비밀이 탄로 나지 않도록 막는 거였겠죠."

"범인들이라고요? 그렇다면 한 명이 아니란 말입니까?"

"네. 범인은 두 명이었어요. 현장에서 잡을 수 있었는데, 안디깝게 놓쳤답니다. 발자국을 확보했고 인상착의도 알아냈으니 이제 범인을 잡는 건 시간문제지요.

한 명은 동작이 매우 민첩했지만 다른 한 명은 정원사에게 붙잡혔다가 발버둥친 끝에 간신히 도망갔다고 합니다. 잡혔다가 도망친 사람은 중간 키에 체격이 단단했고, 턱이 네모지고 목이 굵으며 콧수염을 기르고 있었답니다. 복면을 두르고 있어서 눈은 볼 수 없었다는군요."

"그거 좀 애매하네요. 이런, 그러고 보니 왓슨과 비슷하군!"

"정말 그렇군요. 어쩌면 왓슨 씨가 범인일지도 모르겠네요." 경감이 재미있다는 표정으로 말했다.

"레스트레이드, 도와 드리지 못해서 유감스럽습니다. 저도 밀버튼을 압니다. 런던에서 제일 위험한 인물이지요. 그가 법망을 피해 저지른 범죄가 많은 걸로 아는데, 이번 사건이 개인적인 복수였다면 어느 정도는 정당성을 인정해 줄 수 있지 않을까요? 이런 말을 해도 아무 소용이 없지만, 어쨌든 제 생각은 그렇습니다. 피해자보다는 오히려 범인들에게 동정이 가는군요. 그래서 이 사건에 협조할 수 없습니다."

홈즈는 우리가 목격한 비극적인 사건에 대해서는 아무 말도 하지 않았다. 하지만 그는 오전 내내 깊은 생각에 잠긴 채 기억 속에서 뭔가를 끄집어내려고 애쓰는 사람처럼 멍한 눈빛으로 앉아 있었다.

점심시간이 되자 홈즈가 식사를 하다 말고 벌떡 일어났다.

"아! 왓슨, 이제야 생각났어! 모자를 쓰게! 자네와 함께 갈 곳이 있어!"

그는 재빨리 베이커 가로 내려간 다음 옥스퍼드 가를 따라 리젠트 광장 근처까지 걸어갔다. 오른쪽에 유명 인사와 미인들의 사진으로 쇼윈도를 장식한 상점이 하나 있었다. 홈즈의 시선이 한 장의 사진 위에 머물렀다.

사진 속에는 궁중 옷을 입고 우아한 다이아몬드 머리장식을 한 품위 있고 당당해 보이는 귀부인이 있었다. 나는 우아한 콧날과 짙은 눈썹, 굳게 다문 입술, 강해 보이는 작은 턱을 자세히 들여다보았다.

사진 밑에는 이 귀부인의 남편이었던 유서 깊은 가문의 대귀

족이자 정치가의 이름이 적혀 있었다. 그 이름을 읽은 나는 숨조차 쉴 수 없을 정도로 깜짝 놀랐다. 홈즈와 눈이 마주치자 그는 내 팔을 잡고 돌아서면서 가만히 입술에 손가락을 댔다.

---

13) 이 작품의 원고는 2절지 21페이지, 약 6800단어로 이루어졌으며, 'The Adventure of the Worst Man in London'이라는 타이틀이 붙어 있었다. 1923년 1월 30일 뉴욕 경매에서 70달러에 낙찰되었다. 스크리브너즈사의 〈셜록 홈즈 카탈로그〉에는 450달러라고 나와 있다. 이 원고는 에드거 W. 스미스가 소장하다가 그가 세상을 떠난 후 필라델피아의 칼 앤더슨에게 팔렸다.

애비 농장

1897년 1월 23일(토)

The Abbey Grange

The Abbey Grange

 1897년 겨울이 막바지에 접어들 무렵이었다. 누군가 어깨를 흔드는 바람에 잠에서 깨어 보니 홈즈였다. 몹시 추운 새벽녘이었는데 서리까지 내려 있었다. 홈즈는 한 손에 촛불을 든 채 나를 내려다보고 있었다. 상기된 그의 얼굴을 보는 순간, 나는 무언가 문제가 생겼다는 것을 알아챘다.

 "왓슨, 일어나! 사건이 생겼어. 자, 빨리 옷을 입어!" 홈즈가 큰 소리로 외쳤다.

 10분쯤 후 우리는 마차를 타고 고요한 거리에 덜커덩거리는 소음을 일으키며 채링 크로스 역으로 향했다. 희미하게 먼동이 트기 시작하자 일찍 길을 나선 노동자들이 희뿌연 런던의 안개 속으로 희미하게 사라지는 모습을 이따금 볼 수 있었다. 홈즈는 두꺼운 코트를 뒤집어쓴 채 침묵을 지켰다. 날씨가 끔찍하

게 추운 데다 우리 둘 다 아침도 먹지 못했기 때문에 나 또한 홈즈와 같은 상태로 앉아 있을 수밖에 없었다.

기차역에서 따뜻한 차를 마시고 켄트행 기차에 자리를 잡은 후에야 우리는 몸이 어느 정도 풀려 얘기를 나눌 수 있었다. 홈즈는 주머니에서 쪽지를 하나 꺼내서 큰 소리로 읽었다.

켄트 주, 마셤, 애비 농장. 오전 3시 30분
존경하는 홈즈 씨.
아주 놀랄 만한 사건이 일어난 것 같습니다. 즉시 오셔서 도와주시면 정말 감사하겠습니다. 홈즈 씨라면 이 사건을 해결할 수 있을 겁니다. 부인을 풀어 주는 것 이외에는 제가 발견한 그대로 놓아두겠습니다. 부디 서둘러 주세요. 유스터스 경을 거기 그대로 두기가 곤란합니다.

— 스탠리 홉킨스

"지금까지 홉킨스가 나에게 도움을 요청한 게 일곱 번이네. 그때마다 매번 내가 충분히 도와주었지." 홈즈가 말을 꺼냈다. "홉킨스의 사건은 모두 자네 책에 나와 있어. 왓슨, 사건을 고르는 자네의 재주는 인정해야겠어. 나도 자네 이야기를 읽으면 감동스럽더군. 그런데 자네는 모든 걸 과학적인 관점이 아닌 서술자의 관점으로만 보는 게 문제야. 그 때문에 아주 전통적이고 교훈적인 논증 과정이 빛을 잃었어. 자네는 감정적인 묘사에 치중해 가장 섬세하고 민감한 부분을 지나치고 있지. 그런 것들은 독자를 자극할 수는 있어도 교훈을 줄 수는 없어."

"그럼 자네가 써 보지 그래?" 나는 약간 빈정대며 말했다.

"음, 그래야지. 왓슨, 그럴 생각이야. 그렇지만 자네도 알다시피 지금 나는 너무 바빠. 나는 말년에 교과서를 하나 낼 생각인데, 모든 탐정 기술을 한 권으로 집대성할 거야. 오늘 우리는 살인 사건을 연구하겠군."

"그럼 자네 유스터스 경이 죽었다고 생각하나?"

"그런 것 같은데. 홉킨스의 편지를 보면 그가 상당히 흥분한 것을 알 수 있지. 홉킨스는 감정적인 사람이 아니야. 음, 폭력 사건이 일어난 듯싶군. 우리가 조사하도록 시체를 그대로 놔둔 모양이야. 단순한 자살 사건 때문에 우리를 불렀을 리 없지. 부인을 풀어 주었다는 걸 보니 사건이 일어나는 동안 그녀는 방에 묶여 있었나 봐. 바삭거리는 종이, 이니셜로 만든 무늬, 문장, 멋있는 주소. 왓슨, 우리는 상류사회로 들어가는 거야. 홉킨스는 자기 명성에 걸맞은 호화로운 생활을 하게 되겠군. 우리는 흥미진진한 아침을 맞이하겠지. 사건은 어제저녁 12시 이전에 발생했군."

"도대체 그걸 어떻게 아나?"

"사건의 진행 과정을 생각해 봐. 먼저 지방 경찰에 신고를 했을 테고, 그런 다음에 지방 경찰에서 스코틀랜드 야드에 연락했겠지. 그 후에 홉킨스가 집에서 나와 사건 현장에 갔고, 그다음에 나에게 편지를 보냈을 거야. 시간을 계산해 보면, 하룻밤이면 그 모든 일이 일어나기에 충분하단 걸 알 수 있어. 자, 이제 치즐허스트 역에 도착했으니 곧 우리의 궁금증을 해결할 수 있겠지."

마차를 타고 좁은 시골길을 2마일쯤 달려가자 넓은 정원으로 들어가는 문이 보였다. 나이 든 수위가 문을 열어 주었는데,

그의 초췌한 얼굴을 보니 무언가 큰 재앙이 닥친 게 분명했다. 웅대한 정원을 가로지르는 가로수 길에는 양옆으로 늙은 느릅나무가 줄지어 있었고, 그 끝에 이르자 옆으로 넓게 펼쳐진 낮은 집이 나타났다. 팔라디오[14] 양식의 기둥이 떠받치고 있고, 집 중앙 부분은 아주 오래된 건물로 담쟁이에 덮여 있었다. 그러나 커다란 창문으로 보아 현대식으로 개조한 듯했고, 건물의 한쪽 부분은 완전히 새로 지은 것이었다. 열린 문 사이로 홉킨스 형사의 긴장되고 상기된 얼굴이 보였다.

"와 주셔서 정말 감사합니다, 홈즈 씨. 왓슨 씨도 오셨군요. 그런데 사실은 제가 괜히 두 분을 성가시게 해 드린 듯싶습니다. 부인이 정신을 차려 사건을 정확하게 얘기하는 바람에, 우리가 할 일이 별로 없게 되었거든요. 루이섬 강도단을 기억하시죠?"

"아, 세 명의 랜들 일가 말인가?"

"맞습니다. 아버지와 두 아들이죠. 이번 사건은 그들의 소행입니다. 의심의 여지가 없습니다. 2주 전에 시드넘에서 범행을

---

14) 1508~1580. 이탈리아의 건축가. 비첸차 출생으로, 로마에서 유학한 후 고향에 돌아와 많은 궁전과 저택을 설계했다.

저지를 때 사람들 눈에 띄어 그들의 인상착의가 드러났거든요. 이렇게 금세 가까운 곳에서 또 범행을 저지르다니 정말 대담합니다. 어쨌든 그들이 틀림없습니다. 이번에 그들을 잡는 건 시간문제죠."

"그럼 유스터스 경은 사망했나?"

"그렇습니다. 머리를 부지깽이로 맞았습니다."

"마부가 유스터스 브랙큰스톨 경이라 하더군."

"맞습니다. 켄트 주에서 제일가는 부호죠. 브랙큰스톨 부인은 방에 계십니다. 그렇게 끔찍한 일을 겪다니 정말 안됐습니다. 제가 처음 발견했을 때 부인은 거의 정신을 차리지 못하더군요. 제 생각으로는 홈즈 씨가 부인을 직접 만나 사건에 대한 이야기를 듣는 게 가장 좋을 듯합니다. 그리고 함께 식당을 조사하도록 하죠."

브랙큰스톨 부인은 특별한 사람이었다. 나는 그렇게 우아한 모습과 여성스러운 자태, 아름다운 얼굴을 본 일이 거의 없다. 부인은 하얀 피부, 금발 머리, 파란 눈동자와 그에 어울리는 아름다운 얼굴의 소유자였지만, 어제 일어난 사건 때문에 표정이 매우 좋지 않고 얼굴은 초췌했다. 부인은 정신적인 고통만 겪고 있는 것이 아니었다. 부인의 한쪽 눈 위에는 검붉고 커다란 혹이 부풀어올라 있었다. 키가 크고 엄숙해 보이는 그녀의 하녀는 식초와 물로 부어오른 부분을 열심히 찜질해 주고 있었다. 부인은 지쳐서 소파에 기대고 있었으나 우리가 방으로 들어가자 빠르고 날카로운 눈으로 우리를 힐끔 쳐다보았다. 긴장한 그녀의 표정을 보니 끔찍한 일을 겪고도 정신이나 용기를 잃지 않았다는 것을 알 수 있었다. 부인은 푸른색과 은색이 섞인 헐렁한 가운을 걸치고 있었고, 반짝이로 장식된 검은 디너 드레스는 옆에 있었다.

"저는 사건에 대해 모든 걸 말했어요. 홉킨스 씨. 저 대신 얘기해 주실 수 있나요? 좋아요, 필요하다면 이분들에게 사건에 대해 얘기하죠. 벌써 식당에 가 보셨나요?" 부인은 힘없이 말했다.

"먼저 부인의 이야기를 듣는 것이 좋을 거라고 생각했습니다."

"당신들이 사건을 매듭지어 주었으면 좋겠어요. 남편이 아직 거기에 누워 있다는 생각만 하면 전 소름이 끼쳐요."

부인은 어깨를 들썩이고는 손으로 얼굴을 감쌌다. 그러는 사이 헐렁한 가운이 팔에서 미끄러져 내려왔다. 홈즈는 놀라서 소리를 쳤다.

"다른 상처가 있군요. 부인! 이게 뭔가요?"

하얗고 둥근 팔에 선명한 붉은 상처가 두 개 나 있었다. 부인은 황급히 그 상처를 가렸다.

"아무것도 아니에요. 어젯밤의 끔찍한 사건과는 관련이 없어요. 자, 이쪽에 앉으세요. 제가 알고 있는 것을 모두 말하겠어요. 저는 일 년 전에 유스터스 브랙큰스톨과 결혼했어요. 우리의 결혼 생활이 불행했다는 사실을 애써 숨길 생각은 없어요. 제가 그걸 부인한다 해도 이웃들이 얘기할 테니까요. 제 책임도 어느 정도는 있겠죠. 저는 호주 남부의 자유롭고 틀에 박히지 않은 분위기에서 자랐어요. 이렇게 격식을 차리는 영국의 상류사회는 저에게 맞지 않아요. 그렇지만 가장 큰 이유는 유스터스 경이 아주 심한 주정뱅이였기 때문이에요. 그의 술버릇은 악명이 높아요. 한 시간도 같이 있을 수 없을 정도죠. 여자가 밤낮으로 그런 남자에게 속박을 받는 게 어떤 건지 아세요? 그런 결혼이 구속력이 있다는 건 신을 모독하는 거고, 범죄이자 죄악이에요. 이런 말도 안 되는 법은 이 나라에 저주를 부를 거예요. 신은 그런 사악함을 그냥 놔두지 않을 겁니다."

부인은 갑자기 벌떡 일어섰다. 그녀의 볼은 상기되었고, 눈빛이 이마에 난 커다란 혹 아래에서 번뜩였다. 그러자 침착한 하녀는 달래듯이 억센 손으로 부인의 머리를 쿠션에 눕혔다. 분노는 격렬한 흐느낌으로 바뀌었다. 마침내 부인이 다시 이야기하기 시작했다.

"어제저녁에 있었던 일에 대해 말하지요. 아시겠지만 이 집의 하인들은 모두 신축 건물에서 잠을 잡니다. 이 중앙 건물은 여러 개의 방과 뒤에 있는 주방, 위층에 있는 침실로 이루어져 있어요. 제 하녀 테레사는 제 방 위층에서 잡니다. 다른 사람은 없어요. 소리가 나도 멀리 떨어진 다른 건물에서는 들리지 않아요. 강도들은 이 사실을 잘 알고 있었던 것 같아요. 몰랐다면 그렇게 행동하지 않았을 거예요.

유스터스 경은 10시 30분쯤에 잠자리에 들었습니다. 하인들은 이미 숙소로 갔고요. 제 하녀만 자신의 방에서 제가 부르기를 기다리고 있었습니다. 저는 11시가 넘어서까지 이 방에서 책을 읽고 있었어요. 그리고 위층으로 올라가기 전에 집 안을 점검하러 돌아다녔지요. 제가 직접 집 안을 점검하는 게 습관이에요. 설명했다시피 유스터스 경을 신뢰할 수 없으니까요. 주방, 식품 저장실, 총기실, 당구실, 응접실을 둘러보고 마지막으로 식당에 갔어요. 두꺼운 커튼이 쳐진 창문 쪽으로 다가서자 갑자기 얼굴에 바람이 불어오는 것을 느끼고 창문이 열렸다는 것을 알았죠. 커튼을 열자 어깨가 넓은 나이 든 남자의 얼굴이 튀어나왔어요. 그는 막 방으로 들어오고 있었지요. 그 창문은 긴 프랑스식으로 평소에 잔디밭을 들락거리는 문으로 이용했어요. 저는 침실 촛불을 들고 있었는데, 그 남자를 따라 들어오는 다른 두 남자가 보였어요. 저는 뒷걸음질 쳤지만 어느새 그 사람이 제 옆에 있었어요. 그는 먼저 제 손목을 잡은 뒤 목을 졸랐어요. 저는 소리를 지르려고 했지만 그가 제 눈 위를 세게 때려 바닥에 쓰러졌지요. 몇 분간 정신을 잃은 것 같아요. 깨어나 보니 벨 끈을 끊어서 저를 식탁 머리에 있는 참나무 의자에 꽉 묶어 놨더군요. 아주 단단히 묶어서 움직일 수 없었고, 입도 손수건으로 묶어 놔서 한마디도 할 수 없었어요.

그때 남편이 식당으로 들어왔어요. 뭔가 이상한 소리를 들었는지 단단히 준비를 한 듯했어요. 잠옷을 입고 손에는 그가 자주 쓰는 산사나무 막대기를 들고 있었지요. 남편은 강도들에게 달려들었어요. 그러나 나이 든 남자가 허리를 굽혀 벽난로에서 부지깽이를 집어서는 남편을 세차게 때렸어요. 남편은 신음 소리를 내며 쓰러져 다시는 움직이지 않았지요. 저는 다시 정신을 잃었어요. 그러나 이번에는 아주 잠깐 동안이었던 듯싶어요. 강도들은 찬장에서 은 식기와 와인 한 병을 꺼냈어요. 모두 손에 잔을 들고 있었지요. 제가 말하지 않았나요? 나이 든 남자는 턱수염을 길렀고 젊은 두 사람은 대머리였어요. 아버지와 아들들 같더군요. 그들은 작은 소리로 얘기를 나누었어요. 그리고 제 쪽으로 와서 단단히 묶여 있는지 확인하더군요. 그리고 나서 창문을 닫고 나갔어요. 15분쯤 지나서야 저는 입을 움직일 수 있었어요. 소리를 질러 하녀를 불렀고, 곧이어 다른 하인들을 깨워 경찰에 신고를 하러 보냈지요. 지방 경찰에서 스코틀랜드 야드에 연락을 했고요. 여기까지가 제가 아는 전부입니다. 이 괴로운 이야기를 다시 반복하는 일은 이제 없겠지요."

"질문 있습니까, 홈즈 씨?" 홉킨스가 물었다.

"브랙큰스톨 부인에게 더 이상 부담을 주고 싶지 않네." 홈즈는 하녀를 보며 말했다. "식당에 가기 전에 당신의 이야기를 듣고 싶군요."

"저는 그들이 집 안에 들어오기 전에 봤어요." 하녀가 얘기했다. "제 침실 창가에 앉아 있는데, 수위실 문 근처에 세 남자가 있었어요. 하지만 그때는 별일 아니라고 생각했어요. 한 시간 후에 주인아씨의 비명을 듣고 달려내려갔지요. 아씨가 말한 대로 아씨는 묶여 있었고, 주인은 피투성이가 된 채 바닥에 쓰려져 있었습니다. 아씨는 그곳에 묶여 남편이 처참하게 살해되는 것을 목격했으니 정신을 잃는 게 당연하죠. 아씨는 저항해 볼 생각은 하지도 못했습니다. 애들레이드의 미스 메리 프레이저이자 애비 농장의 브랙큰스톨 부인은 저항하는 법을 배운 적이 없으니까요. 충분히 얘기를 들으셨으니 아씨는 이 늙은 테레사와 함께 이제 그만 방으로 가셔야겠습니다. 아씨는 지금 휴식이 필요합니다."

수척한 하녀는 어머니처럼 부드럽게 부인을 부축해 방을 나갔다.

"저 하녀는 부인과 평생을 같이했습니다. 아기 때부터 보살펴 왔고 일 년 반 전에 호주를 떠나 함께 영국에 왔죠. 이름은 테레사 라이트인데, 요즘 같은 세상에 저런 하녀를 구하기란 힘들죠. 자, 그럼 이쪽으로 오시죠. 홈즈 씨." 홉킨스가 말했다.

홈즈의 표정에서 강렬한 호기심이 사라졌다. 의혹이 풀리자 이 사건에 대한 매력도 함께 사라진 것이다. 체포할 일이 남아 있긴 하지만 이런 평범한 악당들 때문에 그가 손을 더럽힐 이유가 있을까? 홈즈의 눈에 어린 노여움은 뛰어나고 박식한 전문의가 단지 홍역 때문에 자신을 불렀다는 것을 알게 되었을 때 보이는 감정과 비슷했다. 그러나 애비 농장 식당의 광경은 아주 기이해서 우리의 관심을 끌기에 충분했고, 사라져 가는 홈즈의 관심을 되살려 놓았다.

식당은 아주 넓고 높았으며 천장은 참나무로 조각되어 있었다. 벽에는 사슴 머리와 옛날 무기들이 걸려 있었다. 문에서 멀리 떨어진 곳에는 브랙큰스톨 부인이 이야기한 높은 프랑스 창문이 있었고, 오른쪽에 난 창문 세 개를 통해 차가운 겨울 햇빛이 가득 들어오고 있었다. 또 왼쪽에는 크고 깊은 벽난로가 있었고, 그 위에 큼직한 참나무 선반이 달려 있었다. 벽난로 옆에는 팔걸이와 밑에 가로대가 있는 무거운 참나무 의자가 있었다. 의자 사이로 엮인 빨간 끈이 양옆으로 밑의 가로대까지 단단히 묶여 있었다. 부인을 풀어 줄 때 끈이 느슨해지기는 했지만, 매듭은 여전히 남아 있었다. 그러나 우리는 벽난로 앞의 호랑이 가죽 깔개에 쓰러져 있는 끔찍한 시체에 온통 정신이 팔려, 이런 사실들은 나중에서야 알아차렸다.

죽은 사람은 키가 크고 균형이 잡힌, 마흔 살 정도로 보이는 남자였다. 등을 바닥에 대고 얼굴은 위로 향한 채, 짧은 검은 턱수염 사이로 하얀 이를 드러내고 있었다. 움켜쥔 두 주먹은 머리 위로 올리고 있었고, 그 사이에 무거운 산사나무 막대가 놓여 있었다. 얼굴은 잘생겼지만 거무스름했고, 불타는 증오로 일그러져 있어 마치 악마처럼 보였다. 멋스러운 자수가 놓인 잠옷을 입고 있고 맨발이 바지 밑으로 나와 있는 것으로 미루어 보아, 사건이 일어났을 때 자다 일어난 것이 틀림없다. 심하게 부서진 머리는 그에게 가한 타격이 얼마나 치명적이었는지 잘 보여 주었다. 옆에는 무거운 부지깽이가 있었는데, 충격 때문에 구부러져 있었다. 홈즈는 부지깽이와 시체를 면밀히 검토했다.

"나이 든 랜들은 아주 힘이 센 놈이군." 홈즈가 말했다.

"그렇습니다. 그에 대한 얘기를 들었는데, 아주 거친 놈이죠." 홉킨스가 말했다.

"자네가 그자를 잡는 데 어려움은 없겠군."

"전혀요. 계속 랜들 일당을 감시하고 있었습니다. 미국으로 도망갔다는 얘기도 있죠. 하지만 이제 그들이 여기 있다는 걸 안 이상 얼마 안 있어 잡힐 겁니다. 이미 항구마다 요원을 배치해 놨고, 저녁이 되기 전에 현상금도 붙을 테니까요. 그렇지만 부인이 그들의 인상착의를 얘기하면 정체가 탄로 날 텐데, 그걸 알면서도 왜 이런 미친 짓을 했는지 도대체 알 수 없어요."

"정확한 지적이네. 일반적인 경우라면 브랙큰스톨 부인도 죽였겠지."

"부인이 정신을 차린 것을 그들이 몰랐을 수도 있잖은가." 내가 한마디 했다.

"그럴 가능성도 충분히 있어. 부인이 기절한 것 같아서 죽이지 않았을 수도 있지. 이 불쌍한 인간에 대해 이야기 좀 해 보게, 홉킨스. 나도 그에 대한 이상한 이야기를 들은 적이 있어."

"술에 취하지 않았을 때는 괜찮은 사람이죠. 하지만 술만 마시면 완전히 악마가 되었답니다. 제정신일 때가 별로 없었다죠. 그럴 때는 악마에 씐 것 같았답니다. 별짓을 다 했으니까요. 제가 들은 바로는 한두 번 경찰에 잡힐 뻔했다더군요. 개에게 석유를 뿌려 불을 붙였다는 소문도 있습니다. 더군다나 그 개는 부인의 개였다는군요. 이 이야기도 쉬쉬합니다. 테레사 하녀에게 술병을 던져 그 문제로 불화가 있었다는군요. 우리끼리 얘기지만 그가 없으니 이 집 사람들은 훨씬 행복해지겠네요. 지금 무얼 보고 계십니까?"

홈즈는 무릎을 꿇고 아주 주의 깊게 부인을 묶었던 빨간 끈의 매듭을 관찰했다. 그리고 올이 풀린 끝 부분을 세심하게 관찰했다. 강도들이 잡아당길 때 끊어진 부분이었다.

"이 끈을 잡아당길 때 주방에 있는 벨이 크게 울렸을 텐데." 홈즈가 말했다.

"아무도 듣지 못했습니다. 주방은 집 바로 뒤에 있거든요."

"강도들이 어떻게 그 소리를 아무도 듣지 못할 거라는 사실을 알았을까? 어떻게 이렇게 무모하게 벨 끈을 잡아당겼을까?"

"맞아요. 홈즈 씨, 바로 그겁니다. 제가 계속 의문을 품은 바로 그 문제를 지적하는군요. 강도들은 이 집에 대해 아주 잘 알고 있었던 듯싶어요. 하인들이 비교적 이른 시간에 모두 잠자리에 든다는 사실과 주방에서 나는 벨 소리를 아무도 들을 수 없다는 것을 정확하게 알고 있었던 듯합니다. 그렇다면 범인들은 하인들 중 누군가와 관계를 맺고 있는 게 틀림없습니다. 그건 분명합니다. 그런데 하인 여덟 명 모두 성실한 사람들이니, 이거 참."

"동일한 조건이라면 주인에게 술병으로 맞은 하녀가 유력하다고 할 수 있지. 그렇지만 그렇게 되면 여주인을 배신하는 게 될 텐데. 자, 이건 중요하지 않은 문제야. 자네가 랜들 일당을 잡으면 공범은 쉽게 잡을 수 있을 거야. 그 부인의 이야기는 정황으로 미루어 보아 확실한 증거가 되겠군."

홈즈는 프랑스 창문으로 가 문을 열었다.

"여긴 아무런 흔적이 없어. 하지만 땅이 딱딱하게 얼었으니 강도가 들어오리라고는 생각하지 못했을 거야. 벽난로 선반에 있는 이 촛불이 켜져 있었나 보군."

"그렇습니다. 부인의 침실 촛불인데 그 빛으로 강도들이 길을 찾았죠."

"그럼 그들은 뭘 가져갔지?"

"글쎄. 대단치 않습니다. 겨우 찬장에 있던 접시 여섯 개를 가져갔습니다. 부인은 그들이 유스터스 경이 죽자 너무 당황해서 집 안을 뒤지지 못한 거라고 생각하더군요. 그렇지 않았다면 모두 가져갔을 텐데요."

"사실이군. 게다가 그들은 와인도 마셨어."

"마음을 진정시키기 위해서죠."

"그래 맞아. 찬장에 있는 이 유리잔 세 개는 만지지 않았겠지?"

"그럼요. 병도 있던 자리에 그대로 있습니다."

"어디 보자. 이런, 이런, 이게 뭐지?"

유리잔 세 개는 한데 모여 있었고, 모두 와인을 따른 흔적이 있었다. 그중 하나에는 와인 찌꺼기가 뭉쳐 있었다. 병은 유리잔 가까이 있었는데, 3분의 2쯤 차 있었고 그 옆에는 길고 심하게 얼룩진 코르크가 있었다. 병에 덮인 먼지나 병의 모양으로 보아 살인자들이 마신 포도주는 진귀한 것임을 알 수 있었다.

순간, 홈즈의 표정에 변화가 일었다. 심드렁한 기색은 사라지고 날카롭고 깊은 눈에 재빠르게 관심의 빛이 스쳐 가는 것을 보았다. 홈즈는 코르크를 집어 들고 세밀하게 검토했다.

"랜들 일당이 이걸 어떻게 뽑았을까?" 홈즈가 물었다.

홉킨스는 반쯤 열린 서랍을 가리켰다. 거기에는 테이블보와

커다란 코르크 따개가 있었다.

"부인은 강도들이 저 코르크 따개를 사용했다고 하던가?"

"아닙니다. 부인은 병을 딸 때 정신을 잃었다고 하지 않았습니까."

"그렇군. 사실, 저 코르크 따개는 사용하지 않았어. 아마도 주머니칼에 붙어 있는 코르크 따개로 이 병을 열었을 거야. 기껏해야 1인치 반 정도 될까. 코르크의 윗부분을 봐. 코르크를 뽑기 전에 세 번이나 코르크 따개를 돌린 흔적이 있어. 끝까지 관통하지 못했지. 이 긴 코르크 따개라면 코르크를 관통해 한 번에 뽑아냈겠지. 자네 범인을 잡게 되면 몸을 한번 뒤져 봐. 다용도 칼을 찾을 수 있을 걸세."

"정말 훌륭합니다!" 홉킨스가 말했다.

"그렇지만 솔직히 이 유리잔들은 나를 헷갈리게 하는군. 부인은 세 명이 마시는 걸 실제로 보았다고 하지 않나?"

"그렇습니다. 부인은 분명히 그렇게 얘기했습니다."

"그렇다면 그걸로 됐네. 더 이상 할 얘기가 없군. 하지만 유리잔 세 개는 정말 희한해. 안 그래, 홉킨스? 뭐라고? 이상할 게 없다고? 좋아, 좋아, 그냥 넘어가지. 나처럼 특별한 지식과 능력을 갖춘 사람은 쉽고 간단하게 설명할 수 있는 것도 더 복잡하게 설명하고 싶어 하는 법이니까. 물론 유리잔은 단지 우연일 걸세. 그럼 잘 지내게, 홉킨스. 내가 별로 도움을 줄 수 없을 듯해. 자네가 사건에 대해 아주 잘 파악하고 있군. 랜들 일당이 잡히거나 다른 일이 생기면 나에게 알려 주게. 곧 자네의 성공적인 해결을 축하하게 될 거라고 믿네. 자, 왓슨. 우리는 집으로 가는 게 좋겠어."

돌아오는 길에 나는 홈즈의 얼굴에서 자신이 발견한 어떤 것 때문에 무척 혼란스러워한다는 사실을 알 수 있었다. 때때로 홈즈는 애써 그 생각을 지우려 하고, 그 사건이 명백한 것처럼 얘기했지만. 그러나 그는 곧 의혹에 사로잡혔고, 찌푸린 이마와 멍한 눈은 그의 생각이 사건이 벌어진 애비 농장의 넓은 식당에 다시 가 있음을 알려 주었다. 우리가 탄 기차가 교외의 역을 서서히 빠져나가고 있을 때, 홈즈는 갑자기

나를 끌고 플랫폼으로 뛰어내렸다.

"미안해, 친구." 홈즈가 말했다.

우리는 기차 뒤 칸이 모퉁이를 돌아 사라지는 모습을 바라보았다.

"왓슨, 변덕을 부리는 것처럼 보이겠지만, 이 사건을 이대로 그냥 놔둘 순 없어. 내 직감이 확실해. 이건 아냐, 모두 틀렸어. 정말이지 잘못된 거야. 물론 부인의 이야기는 완벽하고 하녀의 말도 증거가 충분하고 정황도 아주 정확해. 그걸 반박할 수 있는 건 무엇이겠나? 와인 잔 세 개, 이거면 충분해. 아무 생각 없이 모든 걸 믿지만 않았다면, '드 노보' 사건을 조사할 때처럼 주의 깊게 모든 걸 검토했더라면, 미리 짜인 얘기에 마음을 빼앗기지 않았다면, 내가 조금 더 결정적인 증거를 찾을 수 있지 않았겠나? 물론 그랬을 거야. 왓슨, 여기 의자에 앉아. 치즐허스트로 가는 기차가 도착할 때까지 자네에게 증거에 대해 말해주겠네.

우선 하녀나 부인이 한 말이 반드시 사실이라는 생각부터 자네 마음에서 지워. 부인의 매력 때문에 판단력이 흐려져서는 안 돼. 냉정하게 생각해 보면 부인의 이야기에는 의심되는 점이 분명히 있어. 이 강도들은 2주 전에 시드넘에서 크게 한탕했지. 그들의 이야기와 모습이 신문에 났고, 강도가 나타났다는 거짓말을 꾸미려는 사람들에게 쉽게 그들이 떠올랐을 거야. 사실 한탕 한 강도들은 포획물에 심취해 조용하고 평화로워지는 법이거든. 다른 위험한 일을 벌이지 않아. 또 강도들이 그렇게 이른 시각에 범행을 시도했다는 게 이상해. 강도들이 부인이 소리를 지르지 못하게 하려고 부인을 때렸다는 것도 이상하고. 그렇게 하면 오히려 더 소리를 지를 테니까. 그들 세 명이 남자 하나를 제압하기에 충분한데도 살인을 했다는 것도 이상하고, 다른 물건이 많은데도 물건 몇 개만 가지고 갔다는 것도 이상해. 그런 놈들이 와인을 반만 마시고 갔다는 건 더욱 이상해. 이런 모든 것에 대해 자네는 어떻게 생각하나, 왓슨?"

"전체적으로 보면 확실히 이상하군. 하지만 따로따로 보면 그럴 수도 있지 않나? 내 생각에 가장 이상한 건 부인이 의자에 묶여 있었다는 거야."

"음, 그 부분에 대해서는 나도 확신할 수가 없어. 왓슨, 강도들이 도망치는 것을 부인이 즉시 알리지 못하게 하기 위해서는 부인을 죽이거나 그런 식으로 묶어 놔야만 했을 테니까. 어쨌든 이 정도면 부인의 이야기가 사실이 아닐 수 있다는 점은 인정하겠지? 자, 더 중요한 건, 와인 잔에 대한 거야."

"와인 잔이 어때서?"

"자네 와인 잔의 상태를 기억할 수 있어?"

"응, 아주 분명하게 기억해."

"세 사람이 와인을 마셨다고 했지. 자네는 그게 사실 같나?"

"그럴 법하잖은가. 유리잔마다 와인이 담겨 있었어."

"맞아. 하지만 오직 유리잔 하나에만 찌꺼기가 가라앉아 있었어. 그 사실에 주목했어야 해. 그 점에 대해서 어떻게 생각해?"

"마지막에 따른 잔에 찌꺼기가 들어갈 확률이 가장 높지."

"천만에. 병에는 와인이 가득 차 있었고, 잔 두 개는 깨끗하고, 세 번째 잔만 찌꺼기가 가득 들어 있다는 건 상식적으로 이해가 안 가는 일이야. 여기에 대해서는 두 가지 설명이 가능해. 딱 두 가지뿐이야. 우선 두 번째 잔을 채운 후 병이 심하게 흔들려 세 번째 잔에 찌꺼기가 들어갔다고 설명할 수 있어. 이건 별로 가능성이 없지. 이건 분명 아니야. 분명히 내 생각이 맞을 거야."

"자네 생각은 뭔데?"

"사용한 잔은 두 개뿐이야. 세 사람이 있었던 것처럼 꾸미려고 두 잔에 있던 찌꺼기를 세 번째 잔에 쏟아부은 거지. 그렇게 해서 찌꺼기는 모두 마지막 잔에 모여 있게 된 거야. 그런 것 같지 않나? 맞아. 그건 확실해. 자, 이 작은 현상에 대해 내가 제대로 설명한 거라면 이 사건은 평범한 사건에서 아주 놀랄 만한 것으로 바뀌게 돼. 부인과 그녀의 하녀가 우리에게 거짓말을 했고, 진짜 범인을 감추려는 아주 확실한 이유가 있고, 우리는 그들의 도움 없이 스스로 사건을 해결해야 한다는 걸 의미하기 때문이지. 이게 우리의 임무야, 왓슨, 저기 시드넘행 기차가 오는군."

애비 농장 식구들은 우리가 다시 방문하자 매우 놀란 듯했다. 그러나 홈즈는 홉킨스 형사가 경찰서에 보고를 하러 간 것을 알고는, 식당을 차지하고 안에서 문을 잠근 뒤 두 시간 동안 정밀하고 열성적으로 조사에 몰두했다. 그의 뛰어난 추론의 체계를 세우는 데 기초가 되는 조사였다. 나는 선생님의 설명을 흥미롭게 듣는 학생처럼 구석에 앉아 주목할 만한 그 모든 조사를 눈여겨보았다. 홈즈는 창문, 커튼, 카펫, 의자, 끈을 차례로 정밀하게 검사하고 충분히 생각했다. 시체는 이미 치워졌으나 다른 것은 모두 아침에 우리가 본 그대로 있었다. 맨 마지막에 놀랍게도 홈즈가 육중한 벽난로 선반에 기어올라갔다. 그의 머리 위로 철사에 아직 붙어 있는 빨간 끈이 몇 인치 매달려 있었다. 홈즈는 오랫동안 끈을 올려다보다가 벽에 걸린 나무 선반에 무릎을 기대고 끈을 잡으려고 했다. 끈의 끝 부분에서 몇 인치 떨어진 곳까지 손이 닿았지만, 홈즈가 관심을 가지는 것은 끈이나 선반 자체가 아닌 듯싶었다. 마침내 홈즈는 만족했는지 탄성을 지르며 뛰어내렸다.

"다 됐어, 왓슨. 사건을 해결했어. 우리가 경험한 것 중에서 가장 놀랄 만한 사건이야. 그런데 맙소사, 왜 그렇게 머리가 안 돌아갔는지 몰라. 하마터면 일생일대의 큰 실수를 저지를 뻔했잖아! 몇 가지 미심쩍은 것이 있긴 하지만 이젠 추리가 거의 완성됐어."

"범인들은 알아냈나?"

"왓슨, 범인은 한 명이야. 단 한 명. 하지만 대단한 사람이야. 사자처럼 강해. 부지깽이가 휠 정도니까. 키는 6피트 3인치이고 다람쥐처럼 재빠르고 손재주가 있으며 이런 교묘한 이야기를 꾸며 낸 걸 보니 머리 회전이 아주 빨라. 그래, 왓슨, 우리는 아주 뛰어난 사람의 작품을 만났는걸. 저 벨 끈에 확실한 단서가 있어."

"어디에 단서가 있는데?"

"자, 자네가 벨 끈을 잡아당긴다면 어디가 끊어질까? 분명히 철사와 연결된 부분이겠지. 그런데 이 끈은 왜 끝에서 3인치쯤 아래에서 끊어졌을까?"

"그 부분의 올이 풀렸기 때문이 아닐까?"

"바로 그거야. 우리가 볼 수 있는 것처럼 이 끝은 올이 풀렸어. 칼로 이렇게 해 놓다니 정말 영리한 놈이야. 하지만 다른 쪽 끝은 올이 풀리지 않았어. 여기서는 보이지 않지만 벽난로 선반에 올라가서 보면 올이 하나도 풀리지 않은 채 깨끗이 잘린 걸 알 수 있을 거야. 어떻게 된 건지 알겠지? 그는 끈이 필요했어. 다른 사람들이 벨 소리를 들을까 봐 끈을 잡아당기지는 않았어. 그럼 어떻게 했을까? 벽난로 선반에 올라갔지. 그래도 닿지 않자 선반에 무릎을 대고 칼로 끈을 끊은 거야. 선반에 쌓인 먼지에도 자국이 있어. 내 키로는 3인치쯤 모자라더군. 그가 적어도 나보다 3인치 정도 크다는 것을 알 수 있지. 참나무 의자에 있는 얼룩을 좀 봐! 이게 뭐지?"

"피야."

"그래, 이건 분명히 피야. 이것만으로도 부인의 이야기가 거짓이라는 걸 알 수 있어. 범죄가 일어났을 때 부인이 의자에 앉아 있었다면 어떻게 여기에 피가 묻었겠나? 당연히 그럴 수 없지. 부인은 남편이 죽은 후에 의자에 앉은 거야. 분명히 부인의 검은 드레스에도 엉덩이 부분에 같은 자국이 있을 거야. 아직 우리가 완전히 패배한 것은 아니야. 오히려 승리할 거야. 시작은 실패이나 승리로 끝나리라. 이제 하녀와 잠깐 이야기를 해야겠어. 필요한 정보를 얻기 위해서는 잠시 조심해야 해."

테레사는 흥미로운 사람이었다. 이 완고한 호주 하녀는 말수가 적고 의심이 많으며 무뚝뚝했다. 홈즈가 한동안 친절한 태

도로 테레사의 이야기에 귀를 기울이자 태도가 좀 누그러져 상냥해졌다. 테레사는 자신의 전 주인에 대한 증오를 서슴없이 드러냈다.

"그렇습니다. 주인이 저에게 술병을 던졌죠. 주인이 아씨의 이름을 부르는 소리를 듣고 제가 그에게 감히 오빠나 되는 것처럼 소리치지 말라고 말했죠. 그랬더니 주인이 술병을 던지더군요. 우리 착한 아씨가 혼자 있었다면 그는 열두 번도 더 던졌을 겁니다. 주인은 계속 아씨를 학대했어요. 아씨는 자존심이 강한 분이라 불평도 하지 않았죠. 주인이 한 짓을 저에게도 말하지 않아요. 오늘 아침 홈즈 씨가 보신 팔의 상처에 대해서도 저에게 전혀 얘기하지 않았어요. 하지만 모자 핀에 찔린 상처라는 걸 잘 압니다. 비열한 악마 같으니! 하느님, 이미 죽은 사람이니 이렇게 얘기하는 것을 용서하세요. 이 세상에 악마가 있다면 바로 그예요. 우리가 처음 주인을 만났을 때는 우리에게 아주 잘해 줬죠. 겨우 18개월 전인데 마치 18년 전인 것처럼 느껴지네요. 아씨가 런던에 막 도착해서였어요. 네, 아씨는 이번이 첫 여행입니다. 전에는 한 번도 집을 떠난 적이 없어요. 주인은 명예와 돈과 거짓말로 아씨를 사로잡았어요. 아씨에게 잘못이 있다면 여자로서 이미 다 보상했습니다. 언제 남편을 만났냐고요? 글쎄요. 우리가 6월에 도착했는데, 주인을 만난 것은 7월이었어요. 작년 1월에 결혼했지요. 네, 아씨는 지금 아래층 방에 계세요. 홈즈 씨를 만날 겁니다. 하지만 너무 많은 것을 묻지는 마세요. 인간으로서는 견디기 힘든 일들을 겪었으니까요."

부인은 같은 소파에 기대어 앉아 있었다. 하지만 전보다 표정이 밝아 보였다. 하녀와 함께 우리는 들어갔고 테레사는 부인의 이마에 난 상처를 다시 찜질했다.

"저를 다시 추궁하려고 오신 건 아니겠죠?" 부인이 말했다.

"아닙니다. 부인에게 불편을 드리고 싶은 생각은 없습니다. 부인은 많은 어려움을 견뎌 내신 분이니, 저는 그저 부인의 편의를 봐 드리고자 하는 겁니다. 저를 친구처럼 믿고 대해 주신다면 도움을 드릴 수 있을 겁니다." 홈즈가 부드러운 목소리로 말했다.

"저에게 뭘 원하시죠?"

"진실을 말하세요."

"홈즈 씨!"

"부인, 그래 봤자 아무 소용 없습니다. 제 명성에 대해 어느 정도 들으셨을 텐데요. 부인의 이야기가 완전히 거짓이라는 걸 저는 확신합니다."

얼굴이 창백해진 하녀와 부인은 놀란 눈으로 홈즈를 바라보았다.

"이런 무례한 사람 같으니! 아씨가 거짓말이라도 했단 말입니까?" 테레사가 소리쳤다.

홈즈는 의자에서 일어났다.

"저에게 할 말이 없습니까?"

"당신한테 모든 걸 다 얘기했어요."

"한번만 더 생각해 보세요, 부인. 솔직한 게 더 낫지 않을까요?"

그 순간 부인의 아름다운 얼굴에 망설이는 기색이 스쳐 지나갔다. 그러나 곧 굳은 표정으로 돌아갔다.

"제가 아는 모든 것을 말했어요."

홈즈는 모자를 들고 어깨를 으쓱했다.

"그럼 실례했습니다."

그는 다른 말은 하지 않고 방을 나와 정원에 있는 연못으로 걸어갔다. 연못은 얼어 있었지만, 무리에서 떨어진 백조를 위한 구멍이 하나 나 있었다. 홈즈는 그것을 보고 수위실 문으로

갔다. 홉킨스 형사에게 짧은 글을 휘갈겨 써서 수위실 경비에게 건네주었다.

"맞을 수도 있고 틀릴 수도 있어. 하지만 우리가 여기로 돌아온 걸 설명하기 위해서는 뭔가를 해야 해. 아직은 홉킨스에게 모든 걸 얘기하지 않을 거야. 다음 조사할 곳은 애들레이드 사우샘프턴 노선의 선박 회사 사무실이 되겠군. 내 기억이 맞는다면 팰맬 가 끝에 있어. 호주 남부와 잉글랜드를 연결하는 두 번째 노선이지. 하지만 우리는 그 전에 더 큰 비밀을 알아내게 될걸."

홈즈의 명함을 관리인에게 내밀자, 그는 우리에게 필요한 모든 정보를 친절하게 알려 주었다.

1895년 6월, 이 회사의 선박 중 영국에 도착한 배는 '지브롤터의 바위' 라는, 가장 크고 좋은 배 하나뿐이었다. 승객 명단을 조회해 보니 애들레이드의 미스 프레이저와 그녀의 하녀가 있었다. 지금 그 배는 수에즈 운하 어디쯤에서 호주로 향하고 있을 것이다. 배의 선원들은 일등 항해사 잭 크로커를 빼고는 1895년과 같았다. 그는 선장이 되어 '베이스 록' 이라는 새로운 배를 맡고 있었다. 그 배는 사우샘프턴에서 이틀 후에 출항한다고 했다. 그는 시드넘에 살고 있으나 우리가 만나기를 원한다면 곧 불러오겠다고 했다. 홈즈는 크로커 선장을 만날 생각이 없었다. 단지 그의 경력과 성격에 대해 자세히 알려 달라고 했다.

크로커 선장의 경력은 대단했다. 그를 따라갈 만한 선원은 아무도 없었다. 직무에는 성실했고, 다혈질에 흥분을 잘하지만 믿을 수 있고 정직하며 마음씨가 따뜻한 편이었다고 했다. 그걸로 홈즈는 필요한 정보를 모두 얻었다. 홈즈는 애들레이드 사우샘프턴 회사를 떠나 스코틀랜드 야드로 향했다. 그러나 안에 들어가지 않고 마차에 앉아 이마를 찡그린 채 깊은 생각에 잠겼다. 마침내 채링크로스 전신국으로 마차를 몰아 전보를 보내고 난 후, 우리는 또다시 베이커 가로 향했다.

"아니야. 왓슨, 나는 못하겠어." 방에 들어오면서 홈즈가 말했다. "영장이 발부되면 크로커 선장을 구할 수 없어. 일하다 보면 한두 번쯤 범인이 저지른 범죄보다 내가 범인을 찾아내는 게 더 큰 해악을 끼친다는 생각이 들 때가 있지. 이번에 조심성을 배운 것으로 됐네. 내 양심에 반하는 일을 하느니 차라리 영국 법을 어기겠네. 우리 행동하기 전에 좀 더 알아보세."

저녁이 되기 전에 홉킨스 형사가 찾아왔다. 일이 잘 안 풀리는 것 같았다.

"홈즈 씨, 당신은 아무래도 마법사 같군요. 정말 당신은 사람이 가질 수 없는 능력을 갖춘 사람처럼 생각될 때가 종종 있어요. 이번엔 도둑맞은 은 식기가 연못 바닥에 있다는 걸 도대체 어떻게 알았습니까?"

"알았던 건 아니야."

"하지만 저에게 연못을 조사해 보라고 말했잖아요."

"그럼 찾았나?"

"그럼요. 찾았습니다."

"자네에게 도움이 되었다니 기쁘군."

"전혀 도움이 안 됩니다. 당신은 사건을 더 어렵게 만들었어요. 세상에 어떤 강도들이 자신이 훔친 은 식기를 가장 가까운 연못에 버립니까?"

"그건 확실히 이상한 행동이지. 난 은 식기를 원하지 않는 사람이 가져간 것은 아닌가 생각하는데. 단지 속임수를 쓰기 위해 가져갔다고 말일세. 그러면 당연히 그걸 버려야겠지."

"왜 그런 생각을 했죠?"

"글쎄, 그게 가능하다고 생각해. 프랑스 창문을 나오면 연못이 있고 그들 바로 눈앞에 작은 얼음 구멍이 있어. 숨기기에 그보다 더 좋은 장소가 있겠나?"

"아, 숨긴다고요. 그게 한결 낫군요! 맞아요, 맞아. 이제야 알겠어요! 이른 시간이라 길에 사람들이 있잖아요. 은 식기를 갖고 있는 걸 들킬까 봐 연못에 빠뜨린 거군요. 적당한 시기에 다시 찾을 생각으로요. 훌륭해요, 홈즈 씨. 속임수라는 생각보다는 이게 더 낫군요." 홉킨스가 소리쳤다.

"그렇군. 훌륭한 이론이네. 내 생각이 좀 터무니없긴 해. 하지만 은 식기가 결국 발견되었다는 걸 인정해야 해."

"그럼요. 이게 모두 당신이 한 일인걸요. 그런데 저에게 나쁜 일이 생겼습니다."

"나쁜 일이라니?"

"그래요, 홈즈 씨. 랜들 일당이 오늘 아침 뉴욕에서 체포되었습니다."

"이런, 홉킨스! 이건 어제저녁 그들이 켄트 주에서 살인을 저질렀다는 자네의 생각에 정면으로 반격을 가하는 일이군."

"치명적이죠, 홈즈 씨. 아주 치명적입니다. 하지만 랜들 말고 다른 강도들도 있고 경찰들이 아직 모르는 새로운 강도들도 있을 수 있잖아요."

"그건 그래. 충분히 가능하지. 왜, 가려고?"

"네. 사건의 진상을 규명하기까지는 한시도 쉴 틈이 없습니다. 당신은 아무런 힌트도 주지 않을 건가요?"

"이미 하나 주었네."

"어떤 것 말씀이죠?"

"속임수라는 생각이 든다는 거네."

"왜죠, 홈즈 씨? 왜요?"

"음, 그게 문제야. 그건 자네에게 맡기겠네. 뭔가 알아낼 수 있을 거야. 잠깐 저녁이라도 먹고 가겠나? 그래, 그럼 잘 가게. 일의 진행 사항을 알려 주게."

저녁을 먹고 식탁을 치우자 홈즈는 다시 그 사건에 대한 이야기를 꺼냈다. 홈즈는 파이프에 불을 붙이고 활활 타오르는 난로의 불빛에 슬리퍼를 신은 발을 쪼이고 있었다. 그러다 갑자기 시계를 보았다.

"누가 올 거야, 왓슨."

"언제?"

"바로 지금. 조금만 기다리면 돼. 내가 조금 전에 홉킨스에게 너무 심하게 굴었다고 생각하나?"

"난 자네 판단을 믿어."

"왓슨, 아주 현명한 대답이군. 내가 알면 사적이지만, 홉킨스가 알면 공적이라는 사실을 잊지 미. 나는 내 마음대로 판단할 권리가 있지만 그에게는 없어. 홉킨스는 모든 걸 다 보고해야 하지. 그렇지 않으면 임무에 위배되는 거고. 사건이 불명확한 경우에 홉킨스를 고통스러운 처지에 놓이게 하지 않으려고 내 마음이 결정될 때까지 정보를 알리지 않는 거야."

"그럼 언제 자네 마음이 결정되나?"

"그 시각이 다가와. 지금부터 자네는 대단한 드라마의 마지막 장면을 보게 될 거야."

그때 계단을 오르는 발소리가 들리더니 방문이 열렸다. 방에 들어선 사람은 체격이 우람하고, 키가 크고 금색 턱수염을 길렀으며 눈이 파랗고 피부가 열대의 태양에 그을려 까무잡잡한 젊은 남자였다. 체격이 컸으나 가벼운 걸음걸이로 봐서 힘이 셀 뿐 아니라 민첩한 듯했다. 그는 안으로 들어온 뒤 문을 닫았

다. 그리고 주먹을 꽉 쥐고 숨을 내쉬며 격한 감정을 겨우 억누르며 서 있었다.

"앉으시죠, 크로커 선장. 내 전보를 받으셨죠?"

크로커 선장은 안락의자에 털썩 앉은 후 우리를 의심이 가득한 눈빛으로 바라보았다.

"전보를 받고 당신이 말한 시간에 왔소. 당신이 사무실에 들렀다는 얘기를 들었소. 당신에게서 도망갈 방법이 없다는 것을 압니다. 이야기 좀 들어 봅시다. 나한테 무슨 짓을 하려는 거요? 나를 체포하려고? 어서 말해 보시오! 거기 앉아서 쥐 앞에 선 고양이처럼 굴지 말고."

"왓슨, 저분에게 시가를 한 대 드리게." 홈즈가 말하고는 선장을 바라보았다. "한 대 피우시죠, 크로커 선장. 너무 흥분하지 마세요. 내가 당신을 보통 범죄자로 생각했다면 여기서 당신과 시가를 피며 마주 앉아 있지 않을 거라는 사실은 당신도 잘 알 겁니다. 나에게 솔직히 말한다면 우리가 도움을 줄 수 있을 겁니다. 만약 나를 속일 작정이라면 당신을 가만두지 않을 겁니다."

"내게 바라는 게 뭡니까?"

"어젯밤에 애비 농장에서 일어난 모든 일에 대해 솔직히 얘기하시오. 하나도 빼거나 덧붙이지 말고 있는 그대로 말이오.

난 이미 많은 걸 알고 있소. 그러니까 조금이라도 거짓말을 한다면 창문에서 이 경찰 호루라기를 불 겁니다. 그러면 사건은 내 손에서 영원히 떠나게 됩니다."

그 선원은 잠시 생각을 하더니 그을린 커다란 손으로 다리를 쳤다.

"당신을 믿겠소." 크로커 선장이 소리쳤다. "당신은 약속을 지킬 좋은 사람처럼 보이는군요. 모두 이야기하겠소. 그렇지만 한 가지 먼저 말해 둘 게 있습니다. 나는 하나도 후회되는 것도 없고 두려운 것도 없소. 여러 번이라도 그렇게 할 수 있고 내가 한 일을 자랑스럽게 여깁니다.

짐승 같은 놈, 그의 목숨이 열 개라 해도 나는 모두 없앨 겁니다! 메리에게 작은 기쁨을 주기 위해서라면 목숨도 버릴 수 있소. 하지만 메리가 곤란해진다고 생각하면 견딜 수 없습니다. 그렇지만 내가 어떻게 참을 수 있겠소? 모든 걸 말하지요. 그리고 남자 대 남자로서 묻겠습니다. 내가 어떻게 해야 했겠습니까?

조금 거슬러 올라가야겠습니다. 당신은 모든 걸 알고 있는 것 같으니 내가 '지브롤터의 바위'의 일등 항해사로 있을 때 승객인 메리와 만났다는 것도 알겠군요.

메리를 처음 본 순간부터 그녀를 사랑했습니다. 항해가 계속

될수록 그녀를 더욱더 사랑하게 되었고, 어두운 밤에 무릎을 꿇고 메리의 아름다운 발이 거닐었던 갑판에 수도 없이 키스를 했습니다.

메리는 나에게 전혀 마음이 없었습니다. 아는 사람 정도로 대할 뿐이었습니다. 나는 불만이 없었습니다. 나는 메리를 사랑하고 그녀는 나를 좋은 친구로 생각했으니까요. 우리가 헤어질 때 메리는 자유로운 여자였습니다. 그러나 나는 다시는 자유로운 남자가 될 수 없었죠.

다음 항해에서 돌아와 메리가 결혼했다는 소식을 들었습니다. 그녀가 좋아하는 사람과 결혼했겠죠. 메리만큼 명예와 부가 잘 어울리는 사람이 있겠습니까?

그녀는 정말 아름답고 우아했습니다. 나는 전혀 슬퍼하지 않았습니다. 난 그렇게 이기적인 놈이 아니니까요. 메리에게 행운이 찾아온 걸 기뻐하며 돈 한 푼 없는 선원과 결혼하지 않은 걸 다행이라고 여겼죠. 나는 그 정도로 메리 프레이저를 사랑했습니다.

나는 그녀를 다시 만나리라고 생각해 본 적이 없습니다. 그런데 지난 항해 때 나는 승진했고, 새 배가 아직 완성되지 않아 시드넘에서 두 달 동안 가족들과 지냈죠. 하루는 시골길을 가다가 메리의 늙은 하녀 테레사를 만났습니다. 테레사는 메리와 남편에 대한 이야기를 해 주었습니다. 그 이야기를 듣고 정말 미치는 줄 알았습니다. 메리의 신발을 핥을 자격도 없는 그 주정뱅이 놈이 감히 메리를 때리다니!

다시 테레사를 만났고, 메리도 만났습니다. 그 후로는 메리는 나를 만나지 않았습니다. 그런데 어제, 일주일 안에 출항하리라는 사실을 알게 된 나는 떠나기 전에 메리를 한 번 더 만나기로 결심했습니다. 테레사는 나만큼이나 메리를 사랑하고, 그 악당을 증오했으므로 항상 나를 도와주었죠. 테레사는 집으로 들어가는 방법을 알려 주었습니다. 메리는 아래층 방에서 책을 읽곤 했습니다. 지난밤에 나는 그곳으로 가서 창문을 두드렸습니다. 처음에 메리는 문을 열지 않았습니다.

하지만 메리도 나를 사랑하는 마음이 있었기에 그 추운 밤에 나를 밖에 그냥 내버려 두지는 못했습니다. 나에게 앞의 큰 창문으로 돌아오라고 속삭이더군요. 나는 그 창문을 통해 식당으로 들어갔지요. 메리는 모든 걸 이야기했습니다. 나는 피가 끓어올랐죠. 내가 사랑하는 여인을 학대하는 그 짐승을 저주했습니다.

창문 옆에서 메리와 함께 서 있는데, 갑자기 그가 미친 듯이 뛰어들어와 입에 담을 수 없는 상스러운 말을 하며 손에 든 막대기로 메리의 얼굴을 내리쳤습니다. 나는 재빨리 부지깽이를 집어 들고는 그와 싸웠습니다. 보십시오, 여기 팔에 그가 먼저 때린 자국이 있습니다.

그다음엔 내 차례였죠. 썩은 호박을 찌르듯 그를 찔렀습니다. 내가 그를 불쌍하게 생각했겠습니까? 전혀 아닙니다! 내가 죽느냐 그가 죽느냐, 아니 더 나아가 그가 죽느냐 메리가 죽느냐 하는 문제였습니다. 내가 그 미친놈의 손에 메리를 그냥 놔둘 수 있겠습니까? 이렇게 해서 그를 죽였습니다. 내가 잘못했나요? 그렇다면 당신들이 내 입장이었다면 어떻게 했겠습니까?

그에게 맞은 메리는 소리를 질렀고, 그 소리를 들은 테레사가 아래로 내려왔습니다. 내가 찬장에 있는 와인을 따 메리의 입술에 약간 적셔 주었습니다. 메리는 충격으로 거의 정신을 잃었습니다. 나도 와인을 조금 마셨습니다.

테레사는 아주 침착하게 나와 함께 이야기를 꾸몄죠. 우리는 강도들의 소행처럼 보이도록 만들었어요. 테레사는 계속 우리가 꾸민 이야기를 메리에게 되풀이해 말했고, 그동안 나는 벨 끈을 잘랐습니다. 메리를 의자에 묶은 후 자연스럽게 보이도록 끈 끝의 올을 풀었지요. 강도가 끈을 자르러 거기까지 올라갔다면 이상하게 여길 테니까요. 그리고 도난당한 것처럼 보이기 위해 은 식기를 몇 개 싸 들고 내가 떠난 후 15분이 지난 다음에 사람들을 부르라고 얘기하고는 떠났습니다.

그러고 나서 식기를 연못에 던진 다음 시드넘으로 갔습니다. 정말 잘한 일이라고 느꼈습니다. 이게 전부입니다, 홈즈 씨. 내 목숨을 걸고 맹세합니다."

홈즈는 잠시 아무 말 없이 담배를 피웠다. 그리고 뚜벅뚜벅 걸어가 크로커 선장의 손을 잡았다.

"내가 생각한 그대로군요. 모든 게 사실이라는 것을 압니다. 내가 추리한 그대로니까요. 곡예사나 선원이 아니면 벽난로 선반에 올라가 벨 끈을 가져올 수 없었을 테고, 의자에 묶인 끈은 선원들의 방식으로 매듭지었더군요.

그 부인은 오직 딱 한 번 선원들과 만난 적이 있고, 부인이 두둔하려는 걸로 보아 범인은 부인과 관련된 사람이며 부인이 그를 사랑한다는 걸 알 수 있었습니다. 내가 제대로 된 실마리만 찾는다면 당신을 붙잡는 일 따위는 그리 어려운 일이 아닙니다."

"경찰이 우리의 속임수를 전혀 알아채지 못할 거라고 생각했습니다."

"경찰은 모릅니다. 앞으로도 모를 겁니다. 나를 믿으세요, 크로커 선장. 누구나 느꼈을 극심한 분노에서 당신이 행동했다는 것을 내가 인정한다고 해도 이건 아주 심각한 사건입니다. 정당방위라고 주장해도 당신의 행동이 합법적이라는 판결을 받을지 확실치 않습니다. 어쨌든 이건 영국의 배심원들이 결정할 문제입니다. 그렇지만 나는 당신이 정말 안쓰럽습니다. 24시간 안에 여기에서 사라진다면 당신은 무사할 겁니다."

"그럼 모든 사실은 밝혀지는 것입니까?"

"물론 사건은 밝혀집니다."

크로커 선장은 화가 나서 얼굴이 붉어졌다.

"그걸 지금 말이라고 하는 겁니까? 메리가 공범으로 잡혀간다는 정도는 나도 압니다. 도망간 사이에 메리 혼자 처벌을 받게 놔둘 거라고 생각합니까? 천만에요. 어떤 무거운 형벌이라도 받겠소. 대신 제발 불쌍한 메리만은 재판을 받지 않게 도와주십시오."

홈즈는 다시 한 번 크로커 선장의 손을 잡았다.

"당신을 시험해 본 것입니다. 당신은 항상 정답을 말하는군요. 나는 홉킨스에게 훌륭한 힌드를 주었지만 그가 그걸 이용하지 못한다면 나도 더 이상 어쩔 수 없죠.

자, 적법한 절차를 따릅시다. 크로커 선장 당신은 피고인입니다. 왓슨, 자네는 영국 배심원이네. 자네만큼 적당한 사람도 없을 거야. 나는 판사입니다. 자, 배심원 여러분, 모든 증언을 들었습니다. 이 피고인은 유죄입니까 무죄입니까?"

"무죄입니다, 재판장님. 민중의 소리는 신의 소리입니다. 당신은 무죄입니다. 크로커 선장. 또 다른 피해자가 발견되지 않는 한 당신은 자유의 몸입니다. 일 년 후에 부인에게로 돌아와 행복한 미래를 만들어 가십시오. 그래야만 우리의 판단이 헛되지 않을 테니까요." 내가 말했다.

---

15) '애비 농장'의 원고는 폴리오판(서적 중 가장 큰 판형. 가로 17인치, 세로 22인치) 26매에 쓰였으며, 1923년 2월 13일 뉴욕에서 경매에 나와 105달러에 낙찰되었다. 한때 필라델피아의 제임스 몽고메리가 소장했지만, 현재는 뉴욕 주 코닝의 롤린 V. 하들리 주니어가 소장하고 있다.

위스테리아 로지

1890년 3월 24일(월)~3월 29일(토)

Wisteria Lodge

1. 존 스콧 에클스의 기괴한 체험

 1892년 3월 말, 바람이 강하게 부는 날이었다는 것은 내 수첩을 보면 알 수 있다. 점심을 먹고 있는데 홈즈에게 전보가 한 장 왔고, 그는 그 자리에서 답장을 써서 보냈다. 아무 말도 하지 않았지만 사건 의뢰 전보가 분명했다. 전보를 받은 후 홈즈가 벽난로 앞에 서서 생각에 잠긴 얼굴로 파이프 담배를 피우면서 이따금 그 전보를 들여다봤기 때문이다.

 갑자기 홈즈가 나를 향해 얼굴을 돌렸다. 장난기 어린 두 눈이 빛났다.

 "왓슨, 자네는 훌륭한 문학자라고 생각하는데……. 그로테스크란 단어를 어떻게 정의하겠나?" 그가 말했다.

"괴이하고 이상하다?" 내가 대답했다.

그러자 홈즈는 고개를 저었다.

"아니, 분명 그 이상의 뜻이 있어. 기이하다는 말에는 비극적이고 무시무시한 뜻이 내포되어 있어. 자네가 지금까지 기록해 온 사건 수첩의 내용을 한번 떠올려 보게. 기이한 일이 결국 범죄로 이어진 경우가 얼마나 많았는지 알아? '붉은 머리 연맹' 사건을 생각해 봐. 겉으로는 그저 기이한 일처럼 보이지만 결국은 은행 금화 도난 사건으로 막을 내렸어. '다섯 개의 오렌지 씨' 사건도 한번 생각해 봐. 그 배후에는 살인 음모가 도사리고 있었지? 기이하다는 말은 절대 방심할 수 없게 만들어." 홈즈가 설명했다.

"전보에 그렇게 쓰여 있나?" 내가 물었다.

홈즈는 전보를 소리 내어 읽었다.

도저히 믿기 어려운 그로테스크한 경험. 상담하고 싶음. 스콧 에클스, 채링크로스 우체국[16].

"남자야 여자야?" 내가 물었다.

"아, 당연히 남자지. 여자가 이렇게 반신료까지 첨부해 전보를 보낼 리 없어. 직접 찾아오면 모를까."

"그 남자를 만날 건가?"

"왓슨, 캐러더스 대령을 잡아넣은 후로 그동안 내가 얼마나 지루했는지 잘 알지? 내 정신은 그동안 조각조각 부서졌어. 생활은 진부하고, 신문에도 사건다운 사건 기사가 실리지 않는 데다가 가끔 일어나는 범죄는 시시하기 짝이 없었지. 그러니 왓슨, 내가 새로운 사건에 얼마나 착수하고 싶겠나? 비록 결론이 시시하더라도 말이야. 내가 착각한 게 아니라면 이 전보는 분명히 사건 의뢰 전보야."

그때 느릿느릿 계단을 올라오는 발소리가 들렸다. 그리고 얼마 후 몸이 다부지고 키가 큰 남자가 방 안으로 들어왔다. 회색 구레나룻을 기른 점잖아 보이는 신사였다. 그동안 밟아 온 인생역정이 큰 체구와 당당한 태도에서 여실히 드러났다. 다리에 맨 각반부터 금테 안경에 이르기까지 보수적이고 착실한 영국 국교 신자이자 성실한 시민이며, 단 한 번도 바른길에서 벗어난 적이 없어 보이는 영국 신사라는 점을 한눈에 알 수 있었다. 그러나 이런 차분한 신사다움이 어떤 이유로 흐트러진 듯, 머

---

16) 24시간 업무를 보는 채링크로스 우체국은 런던에서도 가장 오래된 우체국 중 하나다. 홈즈와 왓슨 시대에는 몰리 호텔 1층에 있었고, 출입구는 스트랜드가 남쪽에 있다.

리가 마구 헝클어져 있었고 두 뺨이 붉게 상기되어 있었다. 이러한 상황으로 미루어 보아 매우 혼란스러워하고 있는 것이 분명했다. 그는 단도직입적으로 본론을 말했다.

"아주 불쾌하고 이상한 일을 당했습니다, 홈즈 씨. 이런 일을 당한 건 처음입니다. 너무나 어이가 없고 기가 막힙니다. 도대체 어찌 된 일인지 영문을 좀 알아야겠습니다." 그는 화가 나서

씩씩거렸다.

"우선 여기 앉으세요, 스콧 에클스 씨." 의뢰인을 진정시키려는 듯 홈즈가 자리를 권했다. "우선 저를 만나러 온 이유를 말해 주시겠습니까?"

"아, 예, 그러니까 말이죠, 경찰이 개입할 문제는 아닌 듯합니다. 하지만 홈즈 씨도 제 이야기를 들으시면 분명 뭔가 이상한 점이 있다고 생각할 겁니다. 전 사설탐정 따위는 전혀 신뢰하지 않지만 선생의 높은 명성을 듣고서 이렇게……."

"그랬군요. 한 가지 더 묻겠습니다. 왜 당장 오지 않고 이제야 온 겁니까?"

"무슨 말이지요?"

홈즈가 그의 시계를 보았다.

"지금이 2시 15분인데 에클스 씨 전보는 1시쯤 보낸 것이더군요. 에클스 씨의 옷차림이나 머리를 보면 잠에서 깬 순간부터 지금까지 내내 서두른 기색이 엿보이니 이상하다는 말입니다."

에클스는 당황하며 헝클어진 머리를 쓸어 넘기고 수염이 까칠하게 자란 턱을 쓰다듬었다.

"맞습니다, 홈즈 씨. 옷에 신경 쓸 겨를이 전혀 없었어요. 그 집에서 빠져나올 수 있는 것만 해도 너무 다행스러웠거든요.

하지만 홈즈 씨를 만나러 여기 오기 전에 여기저기 물어보고 다녔습니다. 부동산 중개인을 찾아갔더니, 가르시아란 사람은 집세를 모두 낸 상태이고 위스테리아 로지에는 아무 문제가 없다고 하더군요."

"에클스 씨, 잠깐." 홈즈가 소리 내 웃으며 말했다. "꼭 제 친구 왓슨 같군요. 이 친구는 이야기를 끝에서 시작하는 나쁜 습관이 있죠. 천천히 정리한 다음에 순서대로 말하세요. 무슨 일로 머리도 빗지 못하고 허둥지둥 나왔는지 말입니다. 구두끈도 제대로 못 매고 앞단추는 엇갈려 잠근 것을 보니 급히 도움이 필요했던 듯싶네요."

에클스는 당황한 얼굴로 옷매무새를 다시 한 번 살펴보았다.

"제 꼴이 엉망이라는 건 잘 알고 있습니다, 홈즈 씨. 하지만 이런 일이 생기리라곤 정말 생각도 하지 못했습니다. 홈즈 씨도 저처럼 그렇게 이상한 일을 경험했다면 제가 왜 이런 꼴로 여기까지 찾아왔는지 충분히 이해가 갈 겁니다."

그러나 에클스의 이야기는 시작도 되기 전에 끝났다. 바깥에서 소란스러운 소리가 난 뒤, 허드슨 부인이 방문을 열었고, 이어서 건장한 경관 두 명이 들어왔기 때문이다. 두 명 중 한 사람은 스코틀랜드 야드의 그렉슨 경감[17]이었다. 그는 기운차고 용맹스러운 사람으로, 나름대로 능력 있는 경찰이었다. 그는 홈즈와 악수하고 옆에 있는 사람을 서리 경찰서의 베인즈 경감이라고 소개했다.

"홈즈 씨, 이번 사건은 우리가 담당하고 있습니다. 여기까지 오게 된 것은 바로 저 사람 때문입니다." 경감의 불도그 같은 눈이 우리의 손님 에클스를 향했다. "리의 포팸 저택에 사는 존 스콧 에클스 씨 맞지요?"

"네."

"오전 내내 당신을 추적했습니다."

"틀림없이 전보를 보고 여기까지 쫓아왔겠군요." 홈즈가 말했다.

"맞습니다. 홈즈 씨. 채링크로스 우체국에서 단서를 발견하고 여기까지 온 겁니다."

"하지만 왜 나를 뒤쫓은 겁니까? 왜 그랬죠?"

"스콧 에클스 씨, 당신의 진술이 필요합니다. 에셔 근방에 있는 위스테리아 로지에서 이젯밤 알로이시오 가르시아 씨가 죽었습니다."

---

17) '위스테리아 로지'가 후기의 사건이 아니고, 상당히 초기의 사건이라는 것을 나타내고 있다. 후기 사건에는 그렉슨이 등장하지 않는다.

에클스는 경감을 뚫어져라 보며 계속 앉아 있었다. 얼굴에는 놀란 기색이 뚜렷이 떠올랐다. 당황한 듯 얼굴빛이 붉으락푸르락했다.

"죽었다고요? 그 사람이 죽었다고 했습니까?"

"예, 죽었습니다."

"아니 어떻게? 사고입니까?"

"살인입니다."

"하느님 맙소사! 이렇게 끔찍할 수가! 설마, 설마 저를 의심하는 건 아니겠지요?"

"죽은 사람의 주머니에서 당신이 보낸 편지가 발견되었습니다. 어젯밤에 가르시아의 집을 방문할 계획이라고 쓰여 있더군요."

"네, 그랬지요."

"아, 그렇다면 그 집을 방문한 게 맞네요. 그렇지요?"

경감은 사건 조사용 수첩을 꺼냈다.

"잠깐, 그렉슨 경감." 홈즈가 말했다. "단순히 어떤 일이 있었는지 들으려는 것 아닌가요?"

"하지만 스콧 에클스 씨에게 지금 하는 말이 본인에게 불리하게 작용할 수도 있음을 알려 주는 것이 제 의무이기도 합니다."

"두 분이 들어왔을 때 에클스 씨가 그 얘기를 하려던 참이었습니다. 왓슨, 에클스 씨에게 소다수를 탄 브랜디를 드리게. 에클스 씨, 방금 오신 이 두 분은 개의치 말고 처음 제게 말하려던 상황을 그대로 설명하세요."

브랜디를 한 모금 삼키자 에클스의 화색이 돌아왔다. 그는 경감의 수첩에 의심의 눈길을 슬쩍 보낸 뒤 자신이 겪은 이상한 일을 털어놓았다.

"전 독신입니다. 사람을 잘 사귀는 성격이라 친구들도 많은 편이지요. 그중에는 켄싱턴의 앨브말 맨션에 사는 멜빌이란 친구도 있는데 옛날에 양조장을 경영했지요. 이 친구 소개로 몇 주 전에 가르시아라는 젊은이를 만났습니다. 가르시아는 스페인 혈통의 젊은이로 스페인 대사관과 관계가 있다고 하더군요. 영어도 완벽하고 성격도 쾌활한 데다가 이목구비도 뚜렷해 꽤 호감이 가는 젊은이였습니다.

저는 가르시아와 아주 빨리 친해졌습니다. 이유는 모르지만 저한테 호감을 느꼈던 것 같습니다. 가르시아는 만난 지 이틀 만에 리에 있는 저희 집에 놀러 왔습니다. 그리고 얼마 후에는 에셔와 옥숏 사이에 있는 자기 집 위스테리아 로지에 와서 며칠 묵다 가라고 초대하더군요. 그래서 약속한 날인 어제저녁에 에셔로 갔지요.

그 전에 가르시아는 자기 식구들에 대해서 자세히 얘기한 적이 있습니다. 스페인 사람을 하인으로 두었는데, 아주 충직하다고 하더군요. 그 하인도 영어를 할 줄 알아서 집안 살림을 맡고 있다고 했습니다. 그리고 요리 솜씨가 좋은 스페인계 요리사도 한 명 있는데, 여행을 하다가 우연히 만났다고 했습니다. 가르시아가 자기 집처럼 가족 구성원이 독특한 경우는 서리 지방에서 찾아보기 힘들 거라고 했던 말이 생각나는군요. 저도 그럴 거라고 맞장구를 쳤으니까요. 하지만 생각했던 것보다 훨씬 더 특이하더군요.

에서 남부로 2마일쯤 마차를 타고 갔습니다. 위스테리아 로지는 꽤 큰 저택이었는데, 도로에서 상당히 떨어져 있었고, 높은 상록수 관목들로 둘러싸인 진입로가 별장까지 구불구불 이어져 있었습니다. 오래되고 낡은 데다가 수리하지 않아 금방이라도 무너져 내릴 것 같았죠. 잡초가 무성하게 자란 길 앞에서 마차가 섰습니다. 대문도 비바람에 얼룩이 져서 매우 지저분했습니다. 저는 그때 잘 알지도 못하고 성급하게 방문을 결정한 걸 약간 후회했습니다. 하지만 가르시아는 직접 문을 열어 주면서 너무나 따뜻하게 맞이해 주었지요. 무뚝뚝한 표정을 한 가무잡잡한 남자 하인이 가방을 들어 주면서 저를 침실로 안내하더군요. 분위기는 매우 침울했어요. 저녁 식탁에 앉은 사람은 저와 가르시아 두 명뿐이었지요. 그는 분위기를 돋우려고 노력했지만 생각은 다른 곳에 가 있는 듯했어요. 말이 두서가 없고 어찌나 장황하던지 도대체 무슨 얘기를 하는 건지 모르겠더군요. 게다가 손가락으로 끊임없이 테이블을 두드리고, 계속 손톱을 물어뜯는 등 굉장히 초조해 보였어요. 저녁 식사도 훌륭한 편이 아니었고 무뚝뚝하고 침울한 하인까지 있어 분위기 전환에 전혀 도움이 되지 않았지요. 정말이지 핑계를 대서라도 그 자리를 뜨고 싶었습니다.

아, 한 가지 생각나는 게 있습니다. 경감이 조사하고 있는 살인 사건과 관련이 있을지도 모르겠습니다. 물론 당시에는 전혀 생각도 못했지요. 저녁 식사가 끝날 무렵 하인이 편지를 들고 왔어요. 그런데 그 편지를 읽은 가르시아는 몹시 당황한 듯 태도가 이상해지더군요. 아예 대화를 이끌어 나가려는 마음이 없는 듯 줄담배를 피우더니 자기만의 생각에 빠졌지요. 편지 내용에 대해서는 한마디도 언급하지 않았어요. 저는 11시쯤 되어서야 잠자리에 들었습니다. 불안한 마음이 조금 가라앉았지요. 그런데 얼마 후에 가르시아가 방문을 열고 저보고 혹시 벨을 울렸느냐고 물었습니다. 전 아니라고 대답했지요. 그러자 밤늦은 시간에 방해해서 미안하다면서 사과하더군요. 새벽 1시라면서요. 그리고 나는 다시 깊이 잠들었고, 다음 날 아침에 일어났습니다.

그런데 정말 놀라운 일은 그때부터 일어났습니다. 잠이 깬 것은 날이 밝은 후였습니다. 시계를 보니 거의 9시가 다 되었더군요. 8시에 깨워 달라고 특별히 부탁을 해 놓았는데도 하인은 나를 깨우지 않았습니다. 나는 그 성의 없는 태도에 매우 불쾌했습니다. 그래서 재빨리 일어나 하인을 부르려고 벨을 울렸지요. 그런데 아무 응답이 없었습니다. 몇 번 벨을 울렸는데 여전히 아무 소식이 없는 겁니다. 그래서 벨이 고장 났다는 결론을 내리고 옷을 대충 입은 후 뜨거운 물을 준비해 달라고 말하려고 아래층으로 내려갔습니다. 그런데 정말 기가 막히게도 집에는 아무도 없었습니다. 복도에서 소리쳐 불러 보았지만 대답하는 사람은 아무도 없었습니다. 나는 이 방 저 방 급히 둘러보았지만 아무도 없었습니다. 어젯밤 가르시아가 자기 침실이라고 보여 준 방으로 가서 노크를 했지만, 역시 응답이 없었습니다. 나는 손잡이를 돌려 방문을 열고 안으로 들어갔습니다. 방 안은 텅 비어 있었고 침대는 깨끗이 정돈되어 있었습니다. 가르시아도 사라지고 없었던 겁니다. 스페인 주인, 스페인 하인, 스페인계 요리사까지 하룻밤 사이에 감쪽같이 자취를 감춘 겁니다! 여기까지가 위스테리아 로지에서 내가 당한 일입니다."

황당하기 그지없는 에클스의 이야기를 듣는 도중 홈즈는 손바닥을 비비면서 가끔 만족스럽다는 듯 쿡쿡 웃었다.

"그것 참 특이한 경험을 했군요. 정말 특이한데요. 그래서 다음에는 어떻게 했나요?"

"전 너무나 화가 났습니다. 처음에는 어이없는 장난에 걸려

들었다고 생각했지요. 짐을 챙겨 문을 쾅 닫고는 위스테리아 로지를 떠났습니다. 그리고 그 마을에서 제일 큰 앨런 형제 부동산을 찾아갔습니다. 나는 어쩌면 그들이 몰래 야반도주를 했을지도 모른다고 생각했습니다. 지금이 3월 말이니 3개월 치 집세를 내야 할 때가 되었거든요. 하지만 부동산 중개인은 내 추측이 틀렸다면서 가르시아 씨가 집세를 이미 선불로 지불했다고 말하더군요. 그래서 나는 집으로 돌아와 스페인 대사관에 문의했습니다. 그러자 그런 사람은 모른다고 대답하더군요. 그래서 이번에는 가르시아를 처음 소개한 내 친구 멜빌을 찾아갔습니다. 하지만 그 친구도 가르시아를 잘 모르기는 마찬가지였어요. 마침내 홈즈 씨가 까다로운 사건을 해결해 주신다는 말을 듣고 전보를 쳤고, 그에 대한 답장을 받아 이렇게 찾아온 겁니다. 그런데 아까 경감이 한 말로 미루어 보아 비극적인 일이 발생한 듯싶군요. 지금까지 내가 한 말은 모두 틀림없는 진실이고, 설명한 것 외에는 아무것도 모릅니다. 그 사람에 대해 전 정말 아무것도 몰라요. 내가 할 수 있는 건, 가능한 한 최선을 다해 경찰을 돕겠다는 약속을 드리는 것뿐입니다."

"잘 알겠습니다, 스콧 에클스 씨. 우리가 지금까지 알아낸 사실과 에클스 씨가 설명한 내용이 거의 일치하는군요. 예를 들어 저녁 식사 때 편지가 전달되었다고 했는데, 그 편지가 어디 있는지 아십니까?" 그렉슨 경감이 온화하게 말했다.

"네, 압니다. 가르시아가 편지를 말아서 벽난로 속으로 던졌거든요."

"베인즈 경감, 그걸 보여 드리게."

서리 경찰서의 베인즈 경감은 건장한 체구에 얼굴이 붉고 혈색이 좋은 남자였다. 찡그린 짙은 눈썹 아래 총명하게 빛나는 두 눈동자가 아니었으면 자칫 무례하게 보일 인상이었다. 여유 있는 미소를 지으며 베인즈는 주머니에서 접힌 노란 종이를 꺼냈다.

위 스 테 리 아 로 지

"벽난로 받침쇠 위에서 발견한 것입니다. 너무 깊숙이 던지는 바람에 불길에 타지 않고 남아 있던 겁니다. 제가 벽난로 구석에서 찾아냈지요."

홈즈는 그의 자화자찬에 빙긋이 미소 지었다.

"종이 한 조각까지 찾아낼 정도이니 온 집 안을 구석구석 꼼꼼히 살펴보신 게 틀림없군요."

"네, 홈즈 씨. 치밀함은 제 수사 방침입니다. 한번 읽어 볼까요, 그렉슨 경감?"

스코틀랜드 야드의 그렉슨 경감이 고개를 끄덕였다.

"무늬 없는 크림색 보통 종이에 쓴 편지입니다. 날이 짧은 가위로 두 군데가 잘려 나갔습니다. 세 번 접은 다음 보라색 봉랍으로 떨어지지 않도록 마주 붙였는데 급하게 칠한 듯합니다. 뭔가 납작하고 둥근 물건으로 봉인을 눌렀고요. 주소는 위스테리아 로지의 가르시아 앞으로 되어 있습니다. 내용은 다음과 같습니다.

우리의 색은 초록색과 흰색. 초록은 열렸고 흰색은 닫혔다. 중앙 계단, 첫째 복도, 오른쪽 일곱 번째, 초록색 모직 천. 성공을 바람. D.

여자 글씨입니다. 끝이 뾰족한 펜으로 쓴 것인데 겉봉 주소는 다른 펜을 사용했거나 다른 사람이 썼을 수도 있습니다. 보시다시피 두껍고 글씨도 큽니다."

"신기한 편지군요." 홈즈가 편지를 살펴보며 말했다. "그처럼 치밀하게 검토하신 점에 경의를 표합니다, 베인즈 경감. 몇 가지 사소한 점만 덧붙이면 될 것 같습니다. 우선 봉인에 자국을 남긴 둥근 모양의 물체는 평범한 셔츠 소매 단추입니다. 보면 알겠지만 다른 모양일 리가 없습니다. 그리고 가위는 끝이 구부러진 손톱 손질용 가위입니다. 잘려 나간 부분이 짧은 데다가 각각 똑같이 약간 휜 것을 보면 알 수 있지요."

베인즈 경감은 웃음을 터뜨렸다.

"알아낼 것은 다 알아냈다고 생각했는데 아직도 더 쥐어짤 게 남아 있었네요." 형사가 말을 이었다. "어떤 음모가 진행 중이며 그 배후에는 항상 그렇듯이 여자가 있다는 점 외에는 아무것도 모르겠습니다."

이야기가 오가는 동안 에클스는 불안해하며 가만히 있지 못했다.

"그 편지를 발견했다니 다행입니다. 이로써 내 말이 사실이란 점을 확인하셨겠지요. 다시 한 번 말씀드리지만 가르시아와 하인들에게 무슨 일이 일어났는지 나는 전혀 모른다는 점을 알아주셨으면 합니다."

"내용은 간단합니다. 가르시아 씨는 오늘 아침 옥슛의 공유지에서 시체로 발견되었어요. 집에서 1마일쯤 떨어진 곳이지요. 모래주머니나 그와 비슷한 둔기로 뒤통수가 부서질 정도로 아주 심하게 맞은 것으로 보입니다. 인적이 드문 외진 장소로 1마일 이내에는 집 한 채 없습니다. 뒤통수를 한 차례 맞고 쓰러진 것으로 보이는데, 분노에 차서 공격을 멈추지 않은 듯 살인자는 피해자의 숨이 끊어진 뒤에도 계속 때린 것 같습니다. 그러나 단서가 될 만한 발자국이나 다른 흔적은 없었습니다." 그렉슨 경감이 말했다.

"없어진 물건은요?"

"없어요. 강도를 당한 것이 아닙니다. 몸을 뒤진 흔적도 없었습니다."

"너무나 끔찍한 일이군요. 정말 끔찍한 일입니다." 에클스가 정말 낭패라는 듯이 말했다. "게다가 나한테도 아주 불리하군요. 한밤중에 집을 나갔다가 그런 봉변을 당했다니 정말 슬프지만 나는 그 일과 아무 상관이 없습니다. 그런데 도대체 내가 어쩌다가 이 일에 휘말리게 되었는지 모르겠네요."

"아주 간단합니다. 에클스 씨. 피해자 주머니에서 당신이 보낸 편지가 발견되었거든요. 사건 당일 에클스 씨가 피해자를 방문하겠다는 내용이었고요. 그 편지 겉봉에 피해자의 신원을 알려 주는 이름과 주소가 있었지요. 우리는 오늘 아침 9시가 지나 위스테리아 로지에 도착했고, 집에는 아무도 없었습니다. 그래서 런던의 그렉슨 경감에게 전보를 쳐서 당신을 찾아 달라고 했고, 그동안 나는 위스테리아 로지를 조사한 겁니다. 그리고 런던으로 와서 그렉슨 경감을 만나 합류한 거지요." 베인즈 경감이 대답했다.

이 말에 그렉슨 경감이 일어나며 대답했다.

"자, 이제는 이 사건을 조금 더 공식적으로 살펴봐야 할 듯하군요. 에클스 씨, 경찰서까지 같이 가야겠습니다. 진술서를 작성해야 하거든요."

"알겠습니다. 곧 일어서지요. 하지만 홈즈 씨, 이번 일을 조사해 주셨으면 합니다. 비용이나 수고를 아끼지 마십시오. 꼭 진실을 밝혀 주시기 바랍니다."

홈즈는 베인즈 경감을 보며 말했다. "이번 사건에 참여해도 괜찮습니까, 베인즈 경감?"

"그럼요, 함께 수사를 하게 되어 오히려 영광입니다."

"신속하고 정확하게 수사를 한 것 같습니다. 그런데 피해자가 사망한 시각을 정확히 알 수 있을까요?"

"새벽 1시 이후에 비가 내렸는데, 시체의 상태로 봐서 피해자가 죽은 시각은 새벽 1시 이전으로 추정됩니다."

"하지만 그건 말이 안 됩니다. 베인즈 경감. 가르시아가 한 말이 똑똑히 기억나는걸요. 가르시아가 제 침실에 온 것이 새벽 1시입니다. 맹세해도 좋습니다." 에클스가 반박했다.

"아뇨. 베인즈 경감의 말이 맞을 겁니다. 말이 됩니다." 홈즈가 웃으며 말했다.

"무슨 근거라도 있습니까?" 그렉슨 경감이 물었다.

"특이하고 흥미 있는 면이 있긴 하지만 이 사건은 겉으로는 별로 복잡해 보이지 않습니다. 하지만 확실하게 결론짓기 전에 더 알아야 할 사실이 있습니다. 제 의견은 나중에 말하지요. 베인즈 경감, 위스테리아 로지 조사 과정에서 편지 말고 다른 특별한 물건은 없었나요?"

경감은 범상치 않은 눈길로 홈즈를 바라보았다.

"있었습니다. 한두 가지 주목할 점이 있었습니다. 경찰서에서 제가 마무리 지은 뒤, 그것들에 대해 홈즈 씨의 견해를 들려주시겠습니까?" 경감이 대답했다.

"그러고말고요." 벨을 울리면서 홈즈가 대답했다. "여기 계신 신사 분들을 밖으로 모셔다 드리세요, 허드슨 부인. 그리고 보이에게 시켜 이 전보를 보내 주세요. 반신료 5실링도 가지고 가세요."

우리는 세 사람이 나간 뒤에도 한동안 아무 말 없이 앉아 있었다. 홈즈는 눈썹을 찡그리고 담배를 피우며 머리를 앞으로 숙인 채 뭔가에 열중하고 있었다.

"왓슨, 어떻게 생각해?" 홈즈가 갑자기 나를 돌아보면서 물었다.

"스콧 에클스가 경험한 수수께끼 같은 일에 대해서는 아무것도 모르겠어."

"그렇다면 살인 사건은?"

"글쎄, 하인들도 모두 사라진 점을 감안한다면 하인들이 그 살인 사건에 어느 정도 연루되어 있는 것이 분명해. 뭔가 들통 날까 봐 도망간 거겠지."

"그 말도 어느 정도 일리는 있군. 하지만 생각해 봐. 뭔가 이상하지 않나? 만약 하인들이 주인을 죽이려는 음모를 꾸몄다면 굳이 손님을 부른 날 죽일 필요가 있을까? 손님이 없어 혼자 있는 날도 얼마든지 있었을 텐데."

"그렇다면 왜 도망갔을까?"

"바로 그 점이야. 왜 도망갔을까? 아주 중요한 사실이 여기 숨어 있어. 또 하나 중요한 사실은 우리의 의뢰인 스콧 에클스가 경험한 일이지. 왓슨, 에클스의 경험과 하인들의 잠적까지 모두 한 번에 설명할 수 있는 논리를 세울 수 있을까? 만약 이상한 내용이 적혀 있는 편지까지 설명할 수 있는 가설을 세운다면 일단은 수수께끼의 해답 역할을 톡톡히 해내리라 기대해도 좋을 거야. 그리고 앞으로 발견되는 새로운 사실들이 그 가설에 모두 들어맞는다면 그건 더 이상 가설이 아니라 사건 해결의 열쇠가 되겠지."

"자네가 세운 가설은 뭐야?"

홈즈는 눈을 반쯤 내리깔면서 의자에 등을 기댔다.

"왓슨, 분명 못된 장난일 리가 없다는 사실은 자네도 인정하겠지. 베인즈 경감이 밝혔듯이 이후에 심각한 살인 사건이 발생했으니까. 에클스를 위스테리아 로지로 초대한 것도 배후에 있는 어떤 음모와 분명 관련이 있을 거야."

"무슨 관련이 있지?"

"하나씩 연결해 볼까. 우선 가르시아는 스페인 청년이고 스콧 에클스는 자네도 봤다시피 점잖은 영국 신사야. 그런데 두 사람이 갑자기 친해진다는 게 이상하지 않나? 게다가 두 사람이 친해진 것은 가르시아가 먼저 접근했기 때문이지. 처음 만난 바로 다음 날 런던에 있는 에클스의 집을 방문할 정도로 적극적이었어. 또 계속 친분을 쌓으려고 노력한 끝에 결국 위스테리아 로지로 에클스를 초대했지. 가르시아가 에클스에게서 원한 것은 무엇이었을까? 에클스에게서 얻어 낼 수 있는 것이 과연 무엇이었을까? 에클스가 특별한 매력을 지닌 사람도 아니지 않나? 그렇다고 똑똑한 사람도 아니야. 슬기롭고 민첩한 라틴계 스페인 젊은이와 친하게 어울릴 만한 인물이 아니야. 그렇다면 가르시아가 많은 사람 중 자기 목적에 가장 부합하는 사람으로 에클스를 선택한 이유는 무엇일까? 에클스에게 어떤 월등한 능력이 있었을까? 에클스는 분명 그런 능력이 있어. 근엄하고 보수적인 영국 신사로, 누구나 충분히 믿을 만한 사람이지. 증인으로 세웠을 때 영국인들이 보기에 신뢰할 수 있는 인물이야. 에클스가 한 얘기가 결코 평범하지 않은 특이한 내용이었는데도 베인즈 경감이나 그렉슨 경감이 에클스에게 의문을 품거나 거짓말이라고 의심하는 기색이 보였어?"

"에클스가 어떤 일의 증인이란 뜻인가?"

"내 생각으로는 아무 일도 없었다는 사실을 증언해 줄 사람으로 에클스를 끌어들인 듯싶어. 하지만 일이 완전히 다른 방향으로 진행되었지."

"그랬군. 에클스가 어떤 알리바이를 증명해 주는 역할을 했을 거란 말이지?"

"정확해, 왓슨. 그가 어떤 알리바이를 증명했겠지. 위스테리아 로지의 스페인 사람들은 어떤 음모를 꾸미고 있었을 거야. 아마 1시 이전에 그 음모를 실행할 계획이었겠지. 에클스를 잠자리에 일찍 들게 만드는 일이야 시곗바늘만 앞으로 돌려 놓으면 간단히 해결되는 일 아니겠나? 사실은 밤 12시도 안 된 시각이었지만 간단한 핑계를 대서 에클스의 방으로 간 다음 12시가 넘었다고 말하면 되니까. 가르시아가 어떤 일을 했는지 모르지만, 자신이 계획했던 시간까지만 실행하고 집으로 돌아왔다면 혹시 나중에 누가 시간을 따져 물어도 에클스라는 확실한 증인이 있으니 가르시아의 알리바이가 성립되었을 거야. 에클스는 법정에서 가르시아가 밤 내내 집에 있었다고 증언했겠지. 에클스가 최악의 상황에 대비한 보증수표 역할을 톡톡히 했을 거야."

"아, 그래. 이제 이해가 가는군. 그런데 하인들이 사라진 건 어떻게 설명하지?"

"글쎄, 그 점에 대해서는 아직 모든 상황이 밝혀진 게 아니라서 정확히 설명할 수 없어. 하지만 해결하지 못할 정도로 어려운 문제는 없어. 게다가 왓슨, 이러쿵저러쿵 설명해 봐야 자네 생각만 더 혼란스럽게 만들 게 뻔해."

"그 편지는?"

"내용을 생각해 봐. '우리의 색은 초록과 흰색.' 경마와 비슷한 말투군. '초록은 열렸고 흰색은 닫혔다.' 이건 분명 어떤 암호야. '중앙 계단, 첫째 복도, 오른쪽 일곱 번째, 초록색 모직 천.' 이건 어떤 장소를 지정한 것이지. 어쩌면 밑에 질투에 불타는 남편이 있었는지도 몰라. 아주 위험한 모험이었나 봐. 그렇지 않고서야 여자가 굳이 '성공을 바람'이라고 쓰지는 않았겠지. 분명히 'D'는 이번 일의 안내자 역할을 맡은 사람일 거야."

"그 안내인은 스페인 사람이겠지. 'D'는 돌로레스를 의미하는 것 아닌가? 돌로레스라는 여자 이름은 스페인에서는 흔하지 않나?"

"훌륭한 추리야. 왓슨, 아주 좋은 지적이네. 하지만 그것만으로는 설명되지 않아. 만약 스페인 사람이 쓴 편지라면 스페인어를 썼겠지. 가르시아는 스페인 사람이 아닌가. 영어를 사용한 걸 보면 이 편지를 쓴 사람은 분명 영국인이야. 유능한 베인즈 경감이 새로운 소식을 갖고 올 때까지 일단은 궁금증을 참고 기다릴 수밖에 없어. 그동안 우리는 이번 사건이 견딜 수 없는 지루함과 따분함에서 우리를 구출해 준 것에 대해 감사나 하고 있을까."

그러나 서리 경찰서의 베인즈 경감이 돌아오기 전에 홈즈가 보낸 전보에 대한 답신이 배달되었다. 전보를 읽고 수첩에 넣으려던 홈즈는 궁금해하는 내 모습을 보고 웃으면서 전보를 건네주었다.

"일이 아주 재미있어지는군." 홈즈가 말했다.

홈즈가 준 전보에는 이름과 주소가 있었다.

해링바이 경-딩글 저택

조지 폴리옷 경-옥슛 저택

치안판사 하인스-퍼디 저택

제임스 베이커 윌리엄스-포턴 올드 홀 저택

헨더슨-하이 게이블 저택

조슈어 스톤 교수-니더 월슬링 저택

"수사할 범위가 이렇게 좁혀졌어. 베인즈 경감처럼 꼼꼼한 사람이라면 벌써 이와 비슷한 방법을 썼을 거야." 홈즈가 설명했다.

"난 전혀 이해가 가지 않는데."

"생각해 봐, 왓슨. 이미 결론 내렸듯이 저녁 식사 때 가르시아가 받은 것은 은밀한 밀회를 위해 약속 장소를 정하는 편지였어. 편지 내용을 떠올려 보겠나? 중앙 계단을 올라가서 복도에서 일곱 번째 문이라고 적혀 있었지? 이를 통해 아주 큰 집이라는 것을 알 수 있어. 옥숏에서 몇 마일밖에 안 된다는 사실도 알 수 있지. 내 생각대로라면, 가르시아가 그 집 쪽으로 걸어가고 있었고, 자신의 알리바이 성립을 위해 일을 끝낸 뒤 1시까지는 위스테리아 로지로 돌아올 예정이었을 거야. 그래서 난 옥숏 근처에는 대저택이 많지 않다는 것을 파악하고, 스콧 에클스가 말한 부동산 중개인에게 대저택이 얼마나 되는지 알아봐 달라는 전보를 보냈어. 그리고 그에 대한 대답으로 방금 이 전보를 받은 거야. 우리가 찾는 저택은 분명 이 전보에 있는 것 중 하나겠지. 이 전보에 엉킨 실타래를 푸는 길이 있어."

우리가 베인즈 경감과 함께 서리의 아름다운 에셔 마을에 도착한 것은 6시가 다 되어서였다.

홈즈와 나는 하룻밤을 보내기 위해 여관에 짐을 풀었다. 그리고 베인즈 경감과 함께 위스테리아 로지로 향했다. 3월의 저녁은 쌀쌀했다. 날은 이미 어두워졌으며, 바람이 강하게 불었고 가랑비까지 내렸다. 아무렇게나 자란 잡초가 우거진 길과 잘 어울리는 음산한 날씨는 우리가 좇고 있는 비극적인 사건을 암시하는 듯했다.

2. 산 페드로의 호랑이

추위에 떨면서 우울한 기분으로 2마일을 걸어가자 우뚝 선 나무 대문이 나타났다. 문은 열려 있었고 밤나무가 우거진 어두운 길이 이어져 있었다. 구불거리고 그늘진 진입로를 걸어가자 낮은 집 한 채가 눈에 들어왔다. 집은 칠흑처럼 검었고 뒤로는 회색 하늘이 펼쳐져 있었다. 현관 왼쪽에 있는 창문으로 희미한 불빛이 새어 나왔다.

"경관 한 명을 배치해 두었습니다." 베인즈 경감이 설명했다. "창문을 노크해 보지요." 그는 잔디밭을 지나 창 밑으로 가 창문을 똑똑 두드렸다. 유리창은 뿌옇게 더러워져 있었다. 똑똑거리는 소리를 듣고 벽난로 옆 의자에 앉아 있던 남자가 벌떡 일어났다. 그 순간 갑자기 방 안에서 날카로운 비명 소리가 들려왔다. 몇 초 후, 하얗게 질린 얼굴의 경관 한 명이 숨을 가쁘게 몰아쉬면서 문을 열고 뛰쳐나왔다. 양초를 든 손은 부들부들 떨리고 있었다.

"무슨 일인가, 월터스?" 베인즈 경감이 물었다.

월터스 경관은 손수건으로 이마를 닦으면서 안도의 한숨을 길게 내쉬었다.

"이렇게 오셔서 얼마나 기쁜지 모르겠습니다. 경감님, 정말 너무나 긴 저녁이었습니다. 저는 지금 제정신이 아닙니다."

"제정신이 아니라니? 그렇게 잔뜩 겁에 질려 자신이 지금 무슨 말을 하고 있는지 아나?"

"하지만 경감님, 아무도 없는 조용한 집 안에 혼자 있는 데다가 주방에 뭔가 이상한 게 있었습니다. 경감님이 창문을 두드리는 바람에 전 그게 또 온 줄 알았지 뭡니까."

"또 왔다니? 뭐가?"

"악마 말입니다. 경감님, 그건 악마가 틀림없어요. 그게 창문에 나타났어요."

"창문에 뭐가, 언제 나타났지?"

"불과 두 시간 전입니다. 해가 기울 때쯤이었어요. 의자에 앉아 책을 읽다가 문득 창문을 보았습니다. 그랬더니 창문 밖에서 웬 얼굴 하나가 날 쳐다보고 있지 뭡니까. 얼마나 놀랐는지 꿈에 다시 볼까 두렵습니다. 세상에 어떻게 그런 얼굴이 다 있는지!"

"쯧쯧, 월터스 경관. 지금 하는 말이 경찰로서 할 말인가?"

"저도 압니다. 알고말고요. 하지만 정말 깜짝 놀랐습니다. 거짓말이 아닙니다. 검은색도 흰색도 아닌, 생전 처음 보는 색이었습니다. 꼭 진흙 더미에 우유를 엎지른 것 같은 이상한 무늬였지요. 그리고 크기도 경감님 얼굴의 두 배쯤 되었습니다. 게

다가 등잔처럼 큰 눈이 저를 노려보았고, 굶주린 야수 같은 하얀 송곳니가 번뜩였습니다. 손가락 하나 까딱할 수 없었고 숨도 못 쉴 지경이었지요. 정말 오금이 저릴 만큼 무서웠습니다. 그게 재빨리 사라지고 나서야 겨우 몸을 움직일 수 있었으니까요. 밖으로 달려 나가 숲 사이를 살펴봤지만 다행히 아무도 없었습니다."

"월터스, 자네가 성실한 경찰이란 걸 알고 있기에 망정이지,

안 그랬으면 어처구니없는 말 때문에 자네는 점수가 깎였을 거야. 그리고 설사 악마였더라도 경찰답게 손을 써서 잡을 일이지 자취를 감췄다고 다행스럽게 생각해서야 되겠나? 피곤해서 꿈결에 뭘 잘못 본 거야."

"그러면 일이 간단하게 풀리겠지만, 베인즈 경감. 제 생각은 글쎄올시다……." 소형 포켓 랜턴을 켜면서 홈즈가 말했다. "역시 구두 자국이 꽤 많이 나 있군요. 발자국처럼 몸집이 크다면 대단한 거인이 분명합니다." 창문 밑 잔디 화단을 잠시 조사한 뒤 홈즈가 설명했다.

"어떻게 된 거야?" 내가 말했다.

"숲을 빠져나가 도로 쪽으로 도망간 것 같아."

"음." 무언가를 생각하는 심각한 표정으로 베인즈 경감이 말했다. "그게 누구든, 뭘 찾고 있었든, 지금은 사라지고 없고, 지금 우리는 당장 해야 할 일이 있습니다. 홈즈 씨, 괜찮다면 집을 보여 드리지요."

방은 아주 많았지만 특별히 조사할 만한 물건은 없었다. 가르시아는 짐을 거의 가지고 오지 않은 게 분명했다. 가구며 자잘한 가재도구 역시 집을 빌리면서 함께 빌린 것이었다. 하이홀본의 마르크스 회사 상표가 붙은 옷이 꽤 많아서 마르크스 회사에 전보로 가르시아에 대해 물어보았지만 옷값을 모두 지불한 고객이라는 것 외에는 어떤 정보도 알아낼 수 없었다. 잡동사니, 파이프 몇 개, 그리고 소설이 몇 권 있었는데, 그중 두 권은 스페인 책이었고 구식 핀파이어[18] 리볼버와 기타 하나가 가르시아 개인 소지품의 전부였다.

"아무것도 없습니다." 손에 촛불을 들고 이 방 저 방을 쉬지 않고 돌아다니던 베인즈 경감이 한마디 했다. "홈즈 씨, 이제 주방으로 가 볼까요?"

집 뒤편에 있는 주방은 어둡고 천장이 높았다. 한쪽 구석에는 짚으로 만든 깔개가 있었는데, 요리사가 침대로 사용한 것이 분명했다. 식탁 위에는 반쯤 먹다 남긴 음식 접시가 지저분하게 널려 있었다. 어젯밤에 한 저녁 식사의 흔적인 듯했다.

"보시지요. 이것에 대해 어떻게 생각하십니까?" 베인즈 경감이 말했다.

베인즈 경감이 촛불을 높이 들면서 찬장 뒤편에 놓인 이상한 물체를 비추었다. 그 물체는 원래 무엇이었는지 알아보기 어려울 정도로 심하게 말라 비틀어져 있었다. 검은 가죽으로 만든 난쟁이 형상 같기도 했고, 언뜻 보기에는 흑인 갓난애의 미라

---

[18] 내부 화약이 터지면 그 힘으로 총알이 발사되는 방식.

같았다. 하지만 자세히 보니, 쪼글쪼글한 늙은 원숭이 같기도 했다. 그 물체가 사람인지 동물인지 전혀 짐작이 되지 않았다. 가운데에는 흰 조개껍질로 만든 끈 두 줄이 둘러져 있었다.

"그것 참 흥미롭군요. 정말 흥미롭군요!" 홈즈가 그 기분 나

쁜 물건을 자세히 관찰하며 내뱉은 말이었다. "다른 것은 없습니까?"

베인즈 경감은 말없이 싱크대로 다가가더니 촛불을 비추었다. 그런데 그곳에 큰 새 한 마리가 조각조각 뜯어진 채 죽어 있었다. 흰 깃털이 여기저기 흩어져 있었다. 홈즈가 잘려 나간 새의 목 밑으로 축 늘어진 목살을 가리켰다.

"흰 수탉이군요. 아주 흥미로워요. 정말 신기한 사건이에요." 홈즈가 말했다.

바로 그다음에 베인즈 경감이 보여 준 물건이 가장 섬뜩했다. 경감은 싱크대 밑에서 양동이를 꺼냈는데, 거기에는 붉은 피가 가득 담겨 있었다. 그리고 베인즈 경감은 식탁에 있던 접시를 보여 주었다. 불에 타 숯으로 변한 작은 뼛조각이 접시에 수북이 쌓여 있었다.

"뭔가를 죽인 후 불에 태웠습니다. 오늘 아침에 의사를 불러 확인해 본 결과 태운 것은 사람이 아니라는 결과가 나왔습니다."

홈즈가 웃으면서 손바닥을 비볐다.

"축하드립니다, 경감. 사건을 아주 치밀하고 조직적으로 잘 처리하는군요. 이런 말이 실례가 될지 모르지만 경감이라는 직책에 머물기에는 능력이 아깝습니다."

베인즈 경감의 작은 눈이 기쁨으로 빛났다.

"맞습니다, 홈즈 씨. 우리야 시골구석에 처박혀 있는 셈이지요. 그러나 이런 사건을 맡게 되면 기회를 잡은 것이라 할 수 있습니다. 저는 이번에 온 좋은 기회를 붙잡았으면 합니다. 홈즈 씨는 이것이 어떤 동물의 뼈라고 생각합니까?"

"양이 아닐까요? 새끼 양 같습니다."

"그리고 흰 수탉도 있고요."

"아주 재미있는 사건이에요, 베인즈 경감. 아주 재미있어요. 정말 보기 드문 독특한 사건입니다."

"예, 그렇습니다. 정말 이상한 사람들이 살던 집입니다. 이상한 방식으로 살기도 했고요. 아시다시피 그중 한 명인 가르시아는 죽었지요. 하인들이 뒤를 밟아서 죽인 걸까요? 만약 그랬다면 경찰에 체포될 겁니다. 항구마다 검문하고 있으니까요. 하지만 홈즈 씨, 제 생각은 다릅니다."

"생각 중인 가설이라도 있나요?"

"예. 하지만 스스로 해결할 생각입니다. 홈즈 씨, 제 능력을 발휘하기 위해서 그래야 할 필요가 있습니다. 홈즈 씨야 이미 유명한 분이지만 전 그렇지 않으니까요. 나중에 홈즈 씨의 도움 없이 제 힘으로 이번 사건을 해결했다고 자랑스럽게 말할 수 있다면 더할 나위 없이 기쁠 듯싶습니다."

홈즈는 기분이 좋은 듯이 소리 내 웃으면서 말했다. "좋습니다, 좋아요. 베인즈 경감. 경감은 경감대로 저는 저대로, 각자의 방식대로 일하지요. 혹시 도움이 필요하면 언제든지 말하세요. 이 집에서 더 이상 살펴볼 만한 것은 없는 것 같으니, 전 다른 곳으로 가는 게 좋겠군요. 그럼 안녕히 계십시오. 행운을 빌겠습니다."

다른 사람은 눈치채지 못했겠지만, 홈즈의 표정에 아주 미묘한 변화가 있었다. 홈즈가 어떤 낌새를 느낀 것이 분명했다. 주의 깊게 살피지 않으면 평소처럼 무표정하다고 생각했겠지만, 홈즈의 활달한 태도와 반짝이는 눈에서 왠지 모를 흥분과 기대감을 감지할 수 있었다. 앞으로 홈즈만의 흥미진진한 게임이 진행될 것임이 분명했다.

그러나 아무 말도 하지 않는 홈즈처럼 나 역시 아무 질문도 하지 않았다. 사건을 해결하는 순간에 조금이나마 도움을 줄 수 있다면 그것으로 충분했기 때문이다. 나의 불필요한 참견으로 홈즈의 집중력을 방해하면 안 된다. 그리고 때가 되면 다 알게 될 테니 서두를 필요도 없었다.

그런 이유 때문에 조용히 기다렸지만 실망스럽게도 참을성 있게 기다린 보람이 없었다. 하루하루 시간은 흘러가는데, 홈즈는 어떤 행동도 하지 않았다. 어느 날 아침, 홈즈는 마을로 나가는가 싶더니 다시 돌아와서는 대영박물관에 갔다 왔다고 말했다. 홈즈는 그 일 외에는 그동안 사귄 마을 사람들과 동네에 도는 소문에 대해 잡담을 나누거나 오랜 시간 산책을 나가는 것으로 시간을 보냈다.

"왓슨, 시골에서 보내는 일주일은 매우 귀중해. 산울타리에 솟아나는 초록색 새싹을 보는 일도 즐겁고 개암나무에 꽃차례

330

를 보는 것도 기분 좋지. 작은 삽 하나와 채집함, 식물학 입문서를 들고 나가 봐. 아주 유익할 거야." 홈즈는 이런 식으로 여기저기 하루 종일 쏘다니는 듯했지만 저녁때 들고 돌아오는 것이라고는 빈약한 화초 몇 뿌리가 전부였다.

산책 나갔다가 베인즈 경감과 마주치는 일도 가끔 있었다. 그의 퉁퉁하고 붉은 얼굴에는 웃음이 가득했고 홈즈를 보며 인사할 때면 작은 두 눈이 반짝거렸다. 베인즈 경감은 사건에 대해 거의 말하지 않았지만, 경감의 사건 수사가 만족스럽게 진행되고 있다는 것을 알 수 있었다. 그러나 사건이 발생한 지 닷새 후 조간신문을 펼쳤을 때 큰 활자로 다음과 같은 기사가 실린 것을 보고 약간 놀란 것이 사실이다.

옥슛 살인 사건 해결
용의자 체포

내가 기사 제목을 읽자 홈즈가 벌에 쏘인 듯 의자에서 벌떡 일어났다.

"설마! 베인즈 경감이 범인을 체포했다는 말은 아니겠지?" 홈즈가 큰 소리로 외쳤다.

"체포한 것 같아." 나는 기사를 소리 내어 읽었다.

어제 밤 옥숏 살인 사건의 용의자가 체포되었다는 소식이 전해지자 에셔 지역 주민들은 흥분을 감추지 못했다. 이미 보도된 것처럼 옥숏 공유지에서 발견된 위스테리아 로지의 가르시아 씨 시체에는 심한 폭행을 당한 흔적이 있었다. 또 사건 당일 밤 가르시아의 하인과 요리사가 도주한 것으로 보아 이들 역시 범죄와 관계있는 것으로 추측된다. 위스테리아 로지에 숨겨진 귀중품이 범행 동기일 것으로 추정되나 관련 증거는 밝혀지지 않은 상태다. 이번 사건을 담당한 베인즈 경감은 두 하인이 멀리 도망가지는 못했을 것으로 보고 미리 준비한 은신처에 숨어 있으리라 확신해 도주한 범인들의 은신처를 찾는 데 수사의 초점을 맞추었다. 용의자 중 한 명인 요리사의 얼굴을 본 목격자들의 증언에 의하면 황갈색 피부에 흉측하게 생긴 거인이라고 한다. 그는 범행이 일어난 다음 날 밤, 대담하게도 위스테리아 로지에 나타났으며 이 모습을 월터스 경관이 목격했다. 베인즈 경감은 요리사가 다시 로지를 찾은 데는 이유가 있을 것으로 추측하고, 다시 나타나리라 예상해 위스테리아 로지를 비상경계하고 경관들을 잠복시켰다. 결국 범인은 어젯밤 이 덫에 걸려 격투 끝에 붙잡혔는데, 그 과정에서 다우닝 순경이 범인에게 물려 중상을 입었다. 용의자 체포로 사건 수사에 큰 진전이 있을 것으로 예상된다.

"지금 당장 베인즈 경감을 만나야겠어. 출발하기 전에 만나

야 해." 홈즈가 모자를 집어 들면서 급히 말했다.

우리는 서둘러 달려갔고, 예상한 대로 막 떠나려던 경감을 만날 수 있었다.

"혹시 신문을 봤습니까, 홈즈 씨?" 경감이 신문을 내밀면서 물었다.

"네, 베인즈 경감, 신문을 봤습니다. 이런 말을 한다고 기분 나쁘게 생각하지 말기 바랍니다. 약간 주의를 했으면 합니다."

"주의라고요, 홈즈 씨?"

"저도 이번 사건을 주의 깊게 조사하고 있습니다만, 현재 경감의 수사 방향이 옳은지 약간 의심스럽습니다. 100퍼센트 확신하지 않는다면 그만두는 것이 좋을 듯합니다."

"친절한 말이군요. 홈즈 씨."

"경감을 생각해서 하는 말입니다."

베인즈 경감이 조그만 눈을 약간 찌푸렸다.

"각자의 방법대로 수사하기로 하지 않았습니까, 홈즈 씨? 전 제 방법대로 하고 있습니다."

"아, 좋습니다. 나쁘게 생각하지 마세요." 홈즈가 대답했다.

"아뇨, 그럴 리가요. 절 생각해서 한 말인 줄 잘 알고 있습니다. 하지만 각자의 방법이 있으니까요. 홈즈 씨에게는 홈즈 씨의 방법이 있고 저에게도 제 방법이 있는 거죠."

"그럼 이쯤에서 그만두지요."

"이쪽의 정보는 언제든지 제공하지요. 이번에 잡은 놈은 완전히 야만인입니다. 황소처럼 힘이 세고 사납기가 말로 할 수 없을 정도입니다. 다우닝 순경의 엄지를 물어뜯는 바람에 하마

터면 큰일 날 뻔했습니다. 그저 으르렁대기만 할 뿐 영어는 한 마디도 못해서 알아낸 사실은 아무 것도 없습니다."

"그 요리사가 주인 가르시아를 죽였다는 증거는 있나요?"

"그렇게 말하진 않았습니다. 홈즈 씨, 그런 말을 한 적은 없습니다. 그저 사건을 수사 중일 뿐입니다. 홈즈 씨는 홈즈 씨대로, 전 저대로 조사하지요. 그러기로 합의하지 않았습니까?"

자리를 털고 일어나면서 홈즈가 어깨를 으쓱하며 중얼거렸다. "무슨 생각을 하는지 모르겠군. 어째 위태로워 보이는걸. 흠, 하지만 경감 말대로 각각 자기 방법대로 해야겠지. 앞으로 어찌 될지는 두고 보면 되고. 하지만 베인즈 경감의 태도는 전혀 이해할 수 없어."

여관으로 돌아 온 뒤 홈즈가 말했다.

"의자에 앉아, 왓슨. 상황이 어떻게 돌아가는지 자네에게도 알려 줘야겠군. 어쩌면 오늘 밤 자네 도움이 필요할 것 같아. 지금까지 내가 조사한 내용을 말하지. 내용은 간단하지만 체포 과정은 상당히 복잡할 듯해. 내가 수사한 방향에는 아직 채워 넣어야 할 빈 공간이 남아 있거든.

그 편지로 돌아가 볼까? 살해당한 날 밤 가르시아가 받은 편지 말이야. 가르시아의 하인들이 이번 사건의 범인이라는 베인즈 경감의 생각은 일단 젖혀 둬야 할 것 같아. 이번 사건에 알리바이를 제공할 증인으로 삼기 위해 스콧 에클스를 끌어들인 것은 하인들이 아닌 가르시아의 생각이었으니까. 따라서 이번 범죄 계획을 꾸민 사람은 가르시아가 틀림없어. 그날 밤 살해당했지만 가르시아는 그날 어떤 계획을 꾸미고 있었던 것이 분명해. 알리바이가 필요한 사람은 어떤 범죄를 계획하고 있는 사람이라고 봐도 틀린 말이 아니야. 그렇다면 누가 가르시아를 죽였을까? 분명 그 범죄의 대상자였겠지. 지금까지의 추리는 무리 없이 맞아떨어진다고 볼 수 있어.

그럼 이제 가르시아의 하인들이 사라진 이유가 무엇인지 알아봐야겠지? 이들 역시 우리가 아직 모르는 그 범죄 계획의 공범자였을 거야. 가르시아가 제시간에 돌아왔다면 믿음직한 영국인의 증인도 있겠다, 경찰의 의심을 받을 만한 증거를 없앨 수 있었겠지. 하지만 위험한 계획이었기 때문에 만약 가르시아가 정해진 시간까지 돌아오지 않는다면 그건 가르시아가 이미 이 세상에 없다는 증거로 봐도 무방했겠지. 따라서 가르시아가 돌아오지 않을 때는 하인 두 사람이 경찰의 추적을 피할 수 있도록 미리 준비해 놓은 은신처로 도망가기로 약속했을 거야. 그리고 다음 기회를 노리려고 했겠지. 이 정도면 충분히 설명이 되지 않나? 안 그런가?"

홈즈의 설명으로 마구 엉켜 있던 실타래가 풀리는 듯했다.

항상 그렇지만 홈즈가 설명하기 전까지는 왜 사건이 그림 맞추기 퍼즐 조각처럼 보이는지 의아했다.

"하지만 요리사는 왜 돌아왔지?"

"정신없이 도망가느라 귀중한 물건을 미처 챙기지 못한 것이겠지. 그 때문에 일부러 돌아 온 듯싶어."

"음, 다음에 생각해야 하는 사실은 뭐지?"

"다음 단계는 저녁 식사 때 가르시아가 받은 편지야. 누군가에게 편지를 받았다는 것은 반대쪽에 공범이 있다는 뜻이지. 그렇다면 그 반대쪽은 과연 어디일까? 난 이미 자네에게 대저택일 수밖에 없다는 얘기를 했어. 그리고 이 마을에 있는 대저택의 숫자는 한정되어 있어. 이 마을에 와서 처음 며칠간은 식물 채집을 하면서 돌아다니다가 만난 마을 주민들과 친해졌지. 마을 사람들에게서 대저택에 사는 사람들에 대한 이야기를 자세히 들었어. 그중 내 주목을 끈 집은 단 하나였어. 15세기 형식으로 지은 하이 게이블 저택인데, 옥슛에서 1마일쯤 떨어져 있고 살인 사건 현장에서는 반 마일도 안 되는 거리에 있어. 다른 대저택에 사는 사람들은 평범하고 존경할 만했고, 위험천만한 모험과는 동떨어진 삶을 사는 사람들인 듯했지. 하지만 하이 게이블 저택의 주인 핸더슨은 특이한 모험의 주인공이 될 만큼 특별한 사람이더군. 끈질기게 노력한 결과 핸더슨과 그

식구들에 대해서 알아낼 수 있었어.

 그런데 왓슨, 하이 게이블 저택에는 정말 특이한 사람들이 살고 있더군. 그중에서도 주인 핸더슨이 가장 유별나지. 그럴 듯한 핑계를 대서 그 사람 얼굴을 볼 기회를 만들었는데, 골똘히 생각에 잠긴 듯한 어둡고 깊은 두 눈이 마치 내가 왜 찾아왔는지 다 안다고 말하는 듯했어. 50대의 건강하고 활동적인 남자로, 희끗희끗한 머리에 짙고 검은 눈썹이 특징이야. 걸음걸이는 사슴처럼 민첩했고, 전체적인 분위기는 황제 같은 느낌이 들었어. 강력하고 강인한 인물이었지. 핸더슨의 누런 얼굴 뒤에는 불처럼 뜨거운 성정이 숨어 있었어. 외국인이거나 오랫동안 열대지방에서 살다 온 것이 틀림없어. 얼굴빛이 누렇고 생기가 없었거든. 하지만 분명 가죽 채찍처럼 아주 독하고 거친 사람이야. 친구이자 비서 루카스도 틀림없는 외국인이야. 볕에 잘 그을린 것처럼 피부가 초콜릿 브라운색이더군. 말투는 상냥했지만 어쩐지 가시가 돋아 있었고, 마치 교활한 고양이 같았어. 왓슨, 설명했다시피 하나는 위스테리아 로지, 또 하나는 하이 게이블 저택에 각각 외국인이 살고 있다는 사실에 주목할 필요가 있어. 내가 세운 추리 사이의 빈틈이 좁혀지고 있는 게 보이나?

 핸더슨과 비서 루카스가 하이 게이블 저택의 중심인물이지.

둘은 아주 각별한 사이로 한시도 떨어지지 않는 듯 보였네. 하지만 더 중요한 인물이 한 명 있어. 핸더슨은 열한 살짜리와 열세 살짜리 딸 두 명이 있는데, 마흔 살쯤 되는 버넷이라는 영국 여자 가정교사가 아이들을 돌보고 있어. 그리고 남자 하인 한 명이 더 있지. 이들이 하이 게이블 저택에 살고 있는 사람들이고 같이 여행을 다니는 진짜 가족들이야. 나머지는 모두 하인들이지. 핸더슨은 여행을 많이 다니는 사람으로 항상 집을 비우는 편이라더군. 영국에 돌아온 것은 몇 주 전으로, 일 년쯤 집을 떠났다가 하이 게이블로 돌아온 참이었네. 한마디 덧붙이면 그는 엄청난 부자가 틀림없어. 설사 어떤 변덕을 부려도 얼마든지 자기 기분 내키는 대로 뭐든 할 수 있으니까. 나머지는 영국 시골 지주들 집이 보통 그렇듯이 할 일 없이 남아도는 집사, 하인, 하녀들이 전부였네.

대부분은 마을 사람들 입을 통해 들은 말이고, 내가 직접 관찰해서 알아낸 사실도 있지. 불만을 품은 하인만큼 쉽게 정보를 얻을 만한 상대는 없지. 다행히 그런 사람을 찾아냈어. 운이 좋기도 했지만 찾지 않는 사람에게 그런 행운이 올리는 없지 않겠나. 베인즈 경감이 말했듯이 각자의 방법이 있어. 내 방법은 그런 가까운 주변 인물을 찾는 거야. 존 워너는 하이 게이블 저택의 정원사였는데, 주인 핸더슨이 홧김에 쫓아낸 사람이야.

변덕스러운 주인 때문에 쫓겨났으니 당연히 좋은 감정을 품고 있을 리 없지. 그리고 아직 일하고 있는 하인들도 여전히 핸더슨을 무서워하고 싫어하기는 마찬가지라 그들을 통해서 이런 정보를 얻기란 그다지 어렵지 않았어.

정말 이상한 사람들이야, 왓슨! 그들이 어떤 사람들인지 구태여 이해하는 척하고 싶지도 않지만, 어쨌든 정말 이상한 사람들이지 않나? 하이 게이블 저택은 양쪽으로 나누어져 있는데, 한쪽에 하인들이 살고 가족들은 다른 쪽에 살고 있어. 식사를 준비하는 핸더슨의 남자 하인 외에는 하인들과 가족들 간의 교류는 전혀 없어. 건물 사이에 있는 문 하나를 통해서만 왔다 갔다 할 수 있지. 가정교사 미스 버넷과 아이들은 정원에 나가는 시간을 빼면 거의 외출하지 않아. 핸더슨은 절대로 혼자서는 밖에 나가는 법이 없어. 비서인 루카스가 그림자처럼 항상 붙어 다니지. 하인들 사이에서는 핸더슨이 뭔가를 상당히 두려워하고 있다는 소문이 돌고 있다네. 정원사 워너 말로는 그가 돈을 받고 악마에게 영혼을 팔았다면서 '악마가 찾아와서 영혼을 달라고 할까 봐 그러는 겁니다'라고 하더군. 어쨌든 핸더슨과 그 식구들이 어디서 왔는지, 뭘 하는 사람인지 정체를 아는 하인은 아무도 없었어. 핸더슨은 폭력을 마구 휘두른다더군. 두 번이나 개 채찍을 휘둘러 사람을 다치게 했지만 돈으로 보상해서 간신히 재판을 피한 적도 있다네.

자, 이제 새로운 정보를 가지고 상황을 다시 종합해 보세, 왓슨. 가르시아가 받은 편지는 하이 게이블 저택에서 보낸 것이 분명해. 그리고 그 편지의 내용은 이미 계획 중이던 어떤 일을 실행하라는 것이었지. 그 편지는 누가 썼을까? 하이 게이블에 살고 있는 누군가이며 여자겠지. 편지의 필체가 여자 것이었던 걸 기억하나? 그렇다면 단 한 명, 바로 가정교사 미스 버넷이라고 추측할 수 있지. 추리의 방향이 한 곳으로 집중되고 있지? 어쨌든 이렇게 가정을 하고 앞으로 어떤 결과가 나올지 지켜보는 게 좋을 거야. 미스 버넷의 나이와 성격을 감안해 볼 때, 맨 처음 생각했던 것처럼 애정 문제를 둘러싼 사건은 절대로 아닌 것이 분명해.

만약 편지를 쓴 사람이 미스 버넷이라면 분명 가르시아와 친구이거나 공범일 거야. 그렇다면 가르시아가 죽었다는 사실을 알았을 때 미스 버넷은 어떻게 했을까? 가르시아가 나쁜 음모를 꾸미다가 죽었다면 미스 버넷은 입을 꼭 다물고 절대 열지 않았을 거야. 하지만 마음속으로는 가르시아를 죽인 사람들에 대해 원한과 증오를 품고 그들에게 복수할 기회를 노리고 있겠지. 이 점을 통해 미스 버넷을 이용할 수 있지 않을까? 처음에는 그렇게 생각했어. 그런데 불길한 소식이 들려왔지. 미스 버넷이 그 살인이 일어난 날 이후로 완전히 자취를 감추고 만 거야. 살아 있을까? 어쩌면 자기가 불러낸 가르시아와 마찬가지로 미스 버넷도 역시 그날 밤 최후를 맞은 것은 아닐까? 아니면 어딘가에 붙잡혀 있을까? 바로 이 점이 우리가 확인해 봐야 할 사항이지.

상황이 무척 어렵다는 것을 파악했을 거야, 왓슨. 이제까지 추리한 사건의 실상을 남들에게 이해시킬 만한 근거가 전혀 없어. 판사는 허무맹랑한 소리라고 여길 거야. 여자가 사라진 이유를 뭐라 설명할 건가? 하이 게이블 저택의 주인도 몇 달이고 집을 비우기 일쑤인걸. 지금 미스 버넷은 목숨이 위험할지도 몰라. 내가 지금 할 수 있는 일은 사람을 시켜 그 집을 감시하게 하는 것뿐이야. 정원사 워너를 시켜 저택 대문 근처에서 망을 보게 했어. 상황이 이대로 흘러가게 둘 수는 없지. 법이 할 수 없는 일이라면 우리가 위험을 무릅쓰고서라도 해야 하지 않겠나."

"어떻게 하자는 건가?"

"미스 버넷의 방이 어디인지 알아. 건물 지붕으로 가면 미스 버넷의 방에 들어갈 수 있어. 왓슨, 내가 하고 싶은 말은, 자네와 내가 오늘 밤 그 저택에 잠입해 수수께끼를 풀어 보자는 거야."

그다지 흔쾌히 수락할 만한 제안은 아니었다는 점을 고백한다. 살인 사건과 관계된 오래된 저택에, 그것도 이상한 사람들이 살고 있고, 위험이 닥칠지 모르는 상태에서 가택침입죄에 해당하는 짓을 서슴없이 승낙하기는 쉽지 않은 일이었다. 그러나 홈즈의 냉철한 추리에는 몸을 사릴 수 없게 만드는 무언가가 있다. 결국 할 수 있는 일은 하나였다. 나는 말없이 홈즈의 손을 잡았다. 주사위는 던져진 것이다.

그러나 우리의 모험은 내가 짐작한 만큼 스릴 넘치지는 않았다. 오후 5시쯤, 3월의 저녁 어스름이 깔릴 즈음 누군가가 헐레벌떡 방으로 뛰어들어왔다.

"갔어요, 홈즈 씨. 그들이 떠났어요. 방금 기차를 타고 갔습니다. 가정교사도 데리고 가려고 했지만 제가 마차에 태워 데리고 왔습니다. 지금 밖에 있어요."

"잘했어요, 워너 씨!" 홈즈가 벌떡 일어나며 소리쳤다. "왓슨, 사건이 신속하게 마무리될 것 같아."

마차 안에는 정신을 잃은 미스 버넷이 있었다. 수척하고 창백한 얼굴로 보아 그동안 얼마나 심한 꼴을 당했는지 알 수 있었다. 힘없이 고개를 숙이고 있었는데 얼굴을 들어 올리자 회색 눈동자의 동공이 검게 풀려 있었다. 아편에 마취된 것이 분명했다.

"시키신 대로 문가에서 집을 감시하고 있었지요." 우리의 비밀 요원인 해고된 정원사가 말했다. "마차 한 대가 나오기에 그걸 따라 역까지 따라갔습니다. 미스 버넷은 마치 잠든 사람처럼 힘없이 걷고 있었는데, 기차에 태우려고 하자 정신이 들었는지 저항하기 시작했어요. 그들이 억지로 기차 칸에 태우기는 했지만 미스 버넷은 실랑이를 벌인 끝에 기차에서 내렸지요. 그래서 제가 재빨리 미스 버넷을 도와 마차에 태우고 이리로 달려온 겁니다. 미스 버넷을 데리고 도망갈 때 기차에서 저를 노려보던 얼굴을 잊을 수 없습니다. 절대 잊지 못할 겁니다. 만약 그가 절 쫓아왔다면 제 목숨은 이미 달아나고 없었을 겁니다. 험상궂고 누런 얼굴을 한 시커먼 눈의 악마입니다. 그놈은 악마예요."

우리는 미스 버넷을 2층으로 데리고 갔다. 소파에 눕히고 진한 커피를 두 잔 마시게 하자 약 기운에 몽롱했던 정신이 돌아오는 듯했다. 홈즈는 베인즈 경감을 불렀다. 여관에 도착한 경감은 정황을 설명하기 시작했다.

"아하 이런, 홈즈 씨, 제가 찾던 증거를 먼저 찾았군요." 경감이 홈즈에게 악수를 청하면서 즐겁다는 듯 한마디 건넸다. "저도 처음부터 홈즈 씨와 같은 방향으로 수사를 했습니다."

"뭐라고요! 경감도 핸더슨을 쫓고 있었단 말입니까?"

"예, 홈즈 씨. 하이 게이블 저택의 숲에 엎드려 계신 걸 봤습니다. 전 나무 가지 위에 숨어 있었거든요. 하하, 아래에 계신 모습이 잘 보이더군요. 결국 누가 먼저 증거를 잡느냐 하는 건 시간문제였죠."

"그럼 흑인 요리사는 왜 체포한 거요?"

베인즈 경감이 껄껄 웃었다.

"핸더슨은 자신이 범인이라고 의심받고 있기 때문에 선불리 행동했다간 위험해진다는 사실을 알고 꼼짝하지 않으리라고 확신했습니다. 참, 원래 이름은 핸더슨이 아니지요. 어쨌든 그래서 일부러 엉뚱한 사람을 체포해 경찰이 다른 사람을 용의자로 지목하고 있다고 생각하도록 만든 겁니다. 그래서 그들이 도주한다면 미스 버넷을 증인으로 확보할 수 있으리라고 생각했지요."

홈즈는 감탄하면서 경감의 어깨를 두드렸다.

"분명 뛰어난 형사가 될 겁니다. 능력도 있고 직감도 뛰어나군요." 홈즈가 칭찬했다.

베인즈 경감은 기뻐하면서 얼굴을 붉혔다.

"이번 주 내내 역 근처에 사복형사를 배치해 두고 있었습니다. 하이 게이블 사람들이 어디를 가더라도 항상 감시하기 위해서였죠. 하지만 아까 미스 버넷이 도망가는 것을 보고는 어찌해야 할지 곤란해졌죠. 하지만 홈즈 씨가 보낸 정원사 워너가 미스 버넷을 데리고 가서 결국 잘 마무리할 수 있었습니다. 미스 버넷의 증언이 없이는 그들을 체포할 수 없으니 잘된 일이지요. 일단 지금으로서는 미스 버넷의 진술을 빨리 받을수록 그들을 빨리 체포할 수 있습니다."

"지금 한시가 다르게 회복하고 있는 중일세." 홈즈가 미스 버넷을 흘끗 쳐다보며 말했다. "그런데 핸더슨이 누구인지 말해 주겠습니까, 베인즈 경감?"

"핸더슨은……." 경감이 설명하기 시작했다. "돈 무릴로입니다. 한때 산 페드로의 호랑이라는 별명으로도 불렸지요."

산 페드로의 호랑이! 그 이름을 듣는 순간 모든 사실이 단번에 드러났다. 잔인하고 가차 없는 난폭한 독재 정치로 악명을 떨친 남자였다. 10년인가 12년 동안 국민들을 탄압하면서 무자비한 공포정치를 펼쳐 중남미에서 모르는 사람이 없을 정도였다. 집권 말기에 국민들이 전국적으로 들고일어나려는 계획을 짰으나 잔인할 뿐만 아니라 교활하기까지 한 이 남자는 측근의 도움으로 해외로 모든 재산을 빼돌린 다음 분노한 국민들이 몰려오기 직전 국외로 도망갔다. 다음 날 성난 폭도들이 궁전으로 들이닥쳤지만, 그곳에는 아무도 없었다. 그는 두 딸과 심복, 그리고 엄청난 재산과 함께 이미 국내를 안전히 빠져나간 뒤였다. 그리고 그 후 그는 세상에서 자취를 감추었다. 유럽 지역의 신문에서 간간이 산 페드로의 호랑이를 언급할 뿐이었다.

"네, 맞습니다. 산 페드로의 호랑이, 바로 돈 무릴로가 핸더슨의 진짜 정체입니다." 베인즈 경감이 말을 이었다. "조사해 보면 산 페드로의 국기가 초록과 흰색이란 사실도 알게 될 겁니다. 편지에 있는 대로이지요. 핸더슨의 행적을 거슬러 올라가 보니 1886년 한 해에만 파리, 로마, 마드리드, 바르셀로나를 거쳐 갔더군요. 국민들은 복수를 하기 위해 계속 핸더슨의 뒤를 쫓았지만, 최근에서야 겨우 그를 따라잡을 수 있었던 것 같습니다."

"일 년 전에 무릴로를 찾았어요." 어느새 정신을 차리고 일어나 앉아 우리의 대화를 듣던 미스 버넷이 말했다. "사실 이미 한 차례 그를 죽이려고 한 적이 있었지만, 사악한 힘이 그를 보호하는지 실패했어요. 그리고 가르시아가 한 번 더 시도했지만 역시 실패했지요. 그 극악무도한 놈은 이번에도 도망갔어요. 하지만 우리는 끝없이 도전할 거예요. 정의가 실현될 날이 올 때까지요. 해가 서쪽에서 뜨는 한이 있더라도 정의는 반드시 실현될 겁니다. 우리의 손으로 그렇게 만들 거예요." 미스 버넷은 가냘픈 주먹을 꼭 쥐면서 말했다. 깊은 증오로 미스 버넷의 창백한 얼굴이 한층 더 하얗게 변했다.

"하지만 미스 버넷, 당신은 어떻게 이 문제에 관여하게 되었지요? 당신 같은 영국 귀부인이 이런 살인 사건에 개입한 이유가 뭡니까?" 홈즈가 물었다.

"제가 여기에 참여한 것은 정의를 구현할 방법이 이것밖에 없기 때문이에요. 몇 년 전에 산 페드로에서 흘린 피에 대해,

이 남자가 빼돌린 배에 가득 찬 보물에 대해 영국 법률은 무엇을 했습니까? 당신에게는 다른 별에서 일어난 범죄와 마찬가지겠죠. 하지만 우리는 알고 있어요. 고통과 슬픔을 겪으면서 진실을 몸으로 직접 체험했으니까요. 지옥에도 후안 무릴로 같은 악마는 없을 거고, 그에게 희생당한 사람들이 복수를 외치는 동안은 우리에게 마음의 평화는 없습니다."

"잘 알겠습니다." 홈즈가 대답했다. "말한 대로 무릴로가 극악무도하고 잔인하기 이를 데 없는 악당이란 점은 알고 있습니다만, 미스 버넷은 어떤 경위로 이 일에 참여하게 된 겁니까?"

"모두 말씀드리지요. 무릴로의 유일한 통치 정책은 살인이었어요. 무슨 구실이든 붙여 장차 그에게 불리한 경쟁 상대가 될 만한 조짐이 보이는 인물은 누구라도 암살했습니다. 제 남편은 빅터 듀란도로 런던 주재 산 페드로 영사였어요. 전 런던에서 그를 만나 결혼했지요. 남편처럼 훌륭한 인격의 소유자는 찾아볼 수 없을 거예요. 하지만 남편의 뛰어난 능력을 알게 된 무릴로는 핑계를 대서 남편을 소환한 다음 총살시켰어요. 자신의 운명을 알았는지 남편은 따라가겠다는 저를 말렸어요. 재산은 모두 몰수당했고 제게 남은 것이라곤 비통한 슬픔으로 찢어지는 가슴뿐이었어요.

그 후, 폭군은 실각했습니다. 당신이 아까 말한 대로 그는 도망갔어요. 하지만 무릴로에게 고통을 겪고 살해당한 이들의 가족이나 친지들이 무릴로가 무사히 생명을 건져 편안히 살도록 그대로 두고 볼 수는 없는 일이었어요. 사람들은 힘을 모아 목적을 이룰 때까지는 절대 해산할 수 없는 비밀 조직을 결성했어요. 우리는 모습을 바꾼 핸더슨이 실각한 폭군이라는 증거를 찾았는데, 그의 집에 들어가 다른 사람에게 그의 동정을 알려주는 것이 저의 임무였어요. 가정교사라는 직업이 아니었으면 불가능했을 거예요. 설마 매일 식사 시간마다 얼굴을 마주 대하는 가정교사의 남편을 죽인 사람이 바로 자신이라는 사실을 무릴로는 꿈에도 몰랐을 겁니다. 전 항상 웃는 얼굴로 대했고, 가정교사 일에도 충실했어요. 파리에서 암살을 시도했지만 실패했습니다. 우리는 암살자들을 따돌리기 위해 유럽 여기저기에 잠깐씩 머무르며 돌아다니다가 마침내 무릴로가 처음 영국에 왔을 때 사 둔 집에 왔습니다.

하지만 이곳에서도 정의의 사자가 기다리고 있었어요. 그가 틀림없이 여기에 돌아온다는 것을 알고, 산 페드로의 고관의 아들 가르시아가 신분은 낮지만 신뢰할 수 있는 두 친구와 함께 기다리고 있었지요. 세 사람은 모두 무릴로에 대한 원한이 깊었어요. 그런데 낮에 무릴로를 공격하는 것은 불가능했어요. 비서 루카스 없이는 결코 외출하는 법이 없었으니까요. 루카스의 본명은 로페즈예요. 밤이 되면 무릴로는 혼자 잠자리에 들었기 때문에 그 시간이 복수할 수 있는 좋은 기회였어요. 어느 날 밤 저는 미리 계획한 대로 가르시아에게 최종 정보를 전달하기로 했어요. 무릴로는 항상 조심했기 때문에 밤마다 침실을 바꿔 가며 잤거든요. 저는 문이 열렸는지 확인하고 도로가 보이는 창가에서 초록과 흰색 불빛으로 오늘 밤 공격해도 될지, 아니면 계획을 다음으로 미루는 것이 좋을지 신호를 보내기로 했지요.

하지만 상황은 우리에게 불리하게 돌아갔어요. 어찌 된 일인지 모르지만 루카스, 그러니까 로페즈가 절 의심하기 시작한 거죠. 내가 가르시아에게 보낼 편지를 쓰고 있을 때, 로페즈가 뒤에서 살금살금 다가와 저를 붙잡았어요. 로페즈와 무릴로는 절 방으로 끌고 가서는 제가 스파이라는 사실을 알아냈어요. 그리고 그 자리에서 제 목에 칼을 들이대고는 죽이려고 했지만, 그렇게 되면 일이 복잡해져 도망치기가 어렵다는 사실을 알고 고심한 끝에 일단 가르시아부터 제거하기로 결정했던 겁니다.

그들은 제 팔을 비틀고 협박한 끝에 제가 입을 열게 만들었어요. 결국 그들의 고문을 못 이겨 그만 가르시아의 집 주소를 말했어요. 제 팔이 부러지는 한이 있어도 가르시아의 죽음을

막을 수만 있었다면! 로페즈는 제가 쓴 편지를 보고는 소매 단추로 봉인한 다음 하인 호세를 시켜 가르시아에게 편지를 보냈어요. 가르시아를 어떻게 죽였는지 저는 모릅니다만, 한 가지 확실한 건 무릴로가 가르시아를 죽였다는 사실이에요. 로페즈는 집에서 저를 감시하고 있었으니까요. 덤불 사이에 숨어 있다가 가르시아가 오솔길을 지나갈 때 뒤에서 습격했겠지요. 처음에는 가르시아가 집 안으로 들어올 때까지 기다렸다가 도둑으로 몰아 죽이려고 계획했지만, 그렇게 되면 나중에 경찰 조사 과정에서 자신들의 정체가 드러나 알려지면 또 다른 암살자를 불러들일지도 모른다고 생각했어요. 가르시아가 죽으면 그의 처참한 최후에 다른 암살자들이 겁을 먹고 포기하리라고 예상했던 거지요.

그들이 한 짓을 내가 모르고 있었다면 모든 일은 그놈들이 계획한 대로 순조롭게 진행되었을 거예요. 전 방에 갇혔고, 말로 표현할 수 없을 만큼 심한 협박과 고문을 당했어요. 어깨에 난 칼자국과 팔다리의 멍이 그 증거입니다. 창문을 통해 도움을 요청하려고 한 다음부터는 제 입까지 틀어막았어요. 그렇게 끔찍한 고통의 날이 닷새나 이어졌지요. 음식과 물은 겨우 목숨을 유지할 수 있을 만큼만 주었고요. 오늘 오후에는 식사다운 식사가 나왔는데, 음식을 먹고 나자 정신이 몽롱해졌어요. 그 순간 약에 취했다는 것을 깨달았지요. 정신을 거의 잃은 상태에서 마차에 태워졌고, 역시 비몽사몽간에 기차 칸에 실리려는 순간 기차가 출발했고, 그 순간 그들이 잠시 절 놓아두었다는 사실을 깨달았어요. 기차 밖으로 뛰쳐나가려는 저를 그들이 저지했지만, 여기 계신 이분의 도움으로 간신히 도망칠 수 있었지요. 이분이 아니었다면 절대 도망칠 수 없었을 거예요. 이제야 겨우 그들의 마수에서 벗어나게 된 것이지요."

미스 버넷의 놀라운 이야기를 들은 우리는 아무 말도 하지 못한 채 묵묵히 앉아 있었다. 침묵을 깬 것은 홈즈였다.

"아직 해결할 문제가 남아 있군요. 경찰의 역할은 끝났지만 법정에서 풀어야 할 일은 이제 시작입니다." 홈즈가 고개를 저으며 말했다.

"그래. 요령 좋은 변호사라면 정당방위라고 주장할 수도 있겠는걸. 배후에 드러나지 않은 범죄 사건이 수백 개는 될 테지만 경찰이 내세울 수 있는 사건은 이번 가르시아 살인 사건뿐이니까 말이야." 내가 말했다.

"글쎄요. 법을 만만하게 보면 안 됩니다. 자기 목숨이 위험에 처했다고 해서 다른 사람을 몰래 꾀어내 살해하는 것과 정당방위는 엄연히 다른 문제입니다. 하이 게이블 저택의 외국인들이 이번 길포드의 순회재판에 선다면 그런 얼토당토않은 주장은 절대 성립되지 않을 겁니다." 베인즈 경감이 쾌활하게 말했다.

그러나 산 페드로의 호랑이가 그에 걸맞은 최후를 맞기까지는 시간이 약간 걸렸다. 교활하고 대담한 두 사람은 에드몬튼 가의 한 집에 숨어 있다가 커즌 광장 뒷문을 통해 빠져나가 추적자들을 따돌렸다. 그 이후 영국에서 그들의 모습을 본 사람은 아무도 없었다. 그리고 6개월 후 마드리드의 에스쿠리알 호텔에서 몬탈바 후작과 비서 룰리가 살해당한 사건이 발생했다. 혁명당원의 소행으로 추측되었으나, 범인은 끝내 잡히지 않았다. 베이커 가의 홈즈를 찾아온 베인즈 경감이 신문에 실린 피해자들의 사진을 보여 주었다. 한 사람은 피부가 갈색인 루카스, 즉 로페즈였고, 다른 한 사람은 눈이 깊고 검은 데다 눈썹이 짙은 핸더슨, 바로 무릴로가 분명했다. 마침내 그들에게 정의의 심판이 내려진 것이다.

"복잡한 사건이었어, 왓슨." 홈즈가 파이프를 물며 말을 이었다. "단순하게 요약하기가 어렵겠지, 왓슨? 일단 두 대륙이 얽혀 있고 정체 모를 외국인 두 패에, 스콧 에클스라는 믿음직스러운 영국 신사까지 관련되어 있었으니 말이야. 에클스를 끌어들인 것으로 보아 가르시아는 치밀하고 조직적인 두뇌와 발달된 자기 보호 본능을 갖춘 사람이었어. 아, 그리고 또 하나, 베인즈 경감이 협력해 준 덕분에 모든 가능성이 마치 정글처럼 얽혀 있던 사건의 핵심을 놓치지 않고 복잡한 미로를 헤쳐 나갈 수 있었네. 이해되지 않는 부분이 있나?"

"그 요리사가 돌아온 까닭은 뭐지?"

"주방에서 발견된 괴상한 물체 때문이지. 그 거인 요리사는 산 페드로의 원주민으로, 일종의 미신적인 수호신을 믿고 있었을 거야. 동료 하인과 함께 미리 정해 둔 은신처로 도망갈 때, 서두르느라 그대로 두고 떠났던 거야. 하지만 머릿속에서 도저히 떨칠 수 없었던 게지. 그래서 그 물건을 찾으러 밤에 다시 숨어 들어갔다가 월터스 경관에게 들켰고, 사흘 뒤 베인스 경감이 쳐 놓은 덫에 걸려들었던 거지. 빈틈없는 베인즈 경감이 내 앞에서는 별일 아닌 것처럼 월터스 경관에게 핀잔을 주었지만, 사실은 심각성을 깨닫고 그물을 쳐 놓고 있었던 거야. 다른 궁금한 점 있나, 왓슨?"

"토막 난 닭과 피가 담겨 있던 양동이 그리고 불에 탄 뼈 조각들은 도대체 뭔가? 그 주방에 있던 괴상한 수수께끼의 정체는 뭐였지?"

홈즈는 웃으면서 수첩을 펴더니 그중 한 페이지를 읽어 내려갔다.

"대영박물관에 갔다고 말했던 것 기억나나? 거기서 오전 내내 이것저것 조사했지. 에커스만의 《부두교와 흑인 종교》[19]에 대한 자료 중 일부를 적어 왔네.

부두교의 열렬한 추종자는 중요한 일을 앞두었을 때 반드시 어떤 의식을 행한다. 극단적인 경우에는 식인 행위로 이어져 인간을 제물로 삼기도 한다. 그러나 일반적으로 흰 수탉이나 흑염소를 제물로 사용하는데, 수탉은 산 채로 찢어 죽이고 염소는 목을 자른 후 불에 태운다.

"원주민 요리사는 자기 민족의 전통 의식을 철저히 믿고 따랐던 것이지. 기이하지?" 홈즈가 천천히 수첩을 덮으면서 덧붙였다. "하지만 내가 전에 말했듯이, 기이한 것과 끔찍한 범죄 사건은 종이 한 장 차이일 뿐이야."

---

19) 어느 연구가가 대영 박물관에서 이 책을 찾았지만 이런 책은 없었다고 한다. 홈즈가 왓슨에게 거짓말을 한 것일까?
20) '위스테리아 로지'는 단행본으로 나왔을 때 옴니버스 판의 타이틀이다. 1908년 8월 15일 〈콜리어즈 매거진〉에 발표되었을 때는 'J. 스콧 에클스의 기괴한 체험'이었다. 영국에서 〈스트랜드〉 1908년 9월 호에 발표된 전편이 '존 스콧 에클스의 기괴한 체험'이고 10월 호에 발표된 후편이 '산 페드로의 호랑이'였다.

마자린 보석

1903년 여름의 어느 날

The Mazarin Stone

The Mazarin Stone

왓슨 의사는 베이커 가에 있는 이 어수선한 2층 방을 다시 찾길 참 잘했다고 생각했다. 이 방은 왓슨과 홈즈가 이제까지 수많은 모험을 겪기 전에 출발점이 된 추억이 어린 장소였다. 주위를 둘러보니 벽에는 여러 종류의 과학 도표가 붙어 있었다. 산에 얼룩진 약품 탁자와 구석에 비스듬히 세워진 바이올린 케이스, 파이프와 담배를 담아 두는 통이 보였다. 왓슨은 생기 있고 싱그러운 표정을 짓는 빌리[21]를 바라보았다. 홈즈를 돕는 빌리는 나이는 어리지만 재치가 넘치는 총명한 아이로,

---

21) 여기에 나오는 빌리는 1888년 작 '공포의 계곡'에 나오는 빌리와 같은 인물이 아니다.

홈즈의 외로움을 덜어 주는 고마운 소년이다.

"빌리, 모든 게 그대로야. 너도 변한 게 없구나. 홈즈도 예전 그대로였으면 좋겠는데."

빌리는 닫힌 침실 문을 걱정스럽게 쳐다봤다.

"지금은 주무시고 계실 거예요."

화창한 여름날 저녁 7시에 잠을 자다니. 왓슨은 홈즈의 생활이 어떤지 잘 알기에 별로 놀라지 않았다.

"새로운 사건이 생겼구나."

"네. 조금 전까지도 매우 바빴어요. 그런데 요즘 홈즈 씨의 건강이 말이 아니에요. 점점 안색이 창백해지고 말라 가는 것 같아요. 그런 데다 아무것도 안 드신다니까요. 허드슨 부인이 '홈즈 씨, 저녁 식사는 언제 하시겠어요?'라고 물어보면, '7시 30분이오, 아니 모레요'라고 대답하거든요. 홈즈 씨가 사건에 몰두하면 어떤지 왓슨 선생님이 더 잘 아시죠?"

"물론이지."

"홈즈 씨는 어떤 사람을 미행하고 있어요. 어제는 일거리를 찾는 일꾼 차림으로 외출하셨고, 오늘은 중년 부인의 모습으로 나가셨지요. 저도 몰라볼 정도로 변장이 감쪽같았어요. 이제야 알 것 같네요." 빌리는 싱긋 웃으며 구석에 세워 놓은 후줄근한 파라솔을 가리켰다. "저 파라솔은 부인 차림을 하고 나설 때 썼던 거죠."

"빌리, 도대체 무슨 사건이지?"

빌리는 국가 기밀을 논의하는 사람처럼 목소리를 낮췄다.

"선생님한테만 말씀드릴게요. 다른 데로 새어 나가서는 안 돼요. 왕관의 다이아몬드와 관련된 사건이에요."

"그 10만 파운드짜리 다이아몬드 도난 사건?"

"그래요. 그 다이아몬드를 찾는 사건이죠. 저 소파에 총리와 내무장관이 앉아 계셨어요. 홈즈 씨가 두 분을 정중하게 모셨지요. 홈즈 씨는 두 분을 진정시키며 최선을 다하겠다고 약속했어요. 그리고 캔틀미어 경이 그 자리에 계셨고요."

"아!"

"선생님도 제 말이 무슨 뜻인지 아실 거예요. 말하자면 캔틀미어 경은 꽉 막힌 사람이에요. 그래도 총리는 말이 통할 분이더군요. 공손하고 친절할 것 같은 내무장관에게도 사실 유감은 없지만 귀족 특유의 거만함이 역겨워요. 홈즈 씨도 저와 같은 생각이죠. 캔틀미어 경은 홈즈 씨를 믿지 못하고 이번 사건을 맡기는 것도 반대했어요. 그분 혼자서는 사건을 제대로 해결하지 못할 텐데 말이에요."

"홈즈도 그 사실을 알고 있니?"

"홈즈 씨는 알아야 할 일은 놓치는 법이 없잖아요."

"캔틀미어 경이 사건을 해결해야 할 텐데. 아마 경은 당황해서 어쩔 줄 모를 거야. 그런데 창문 맞은편에 있는 저 커튼은 뭐지?"

"홈즈 씨가 사흘 전에 달았어요. 커튼 뒤에 어떤 물건을 놔두었죠."

빌리가 앞으로 나아가 내닫이창이 달린, 골방을 가린 커튼을 젖혔다. 그 순간, 왓슨은 깜짝 놀라 소리쳤다. 거기에는 가운을 걸친 홈즈를 쏙 빼닮은 마네킹이 고개를 숙이고 얼굴을 4분의 3쯤 창으로 돌린 채 놓여 있었다. 그 마네킹은 안락의자에 파묻혀 책을 읽는 자세를 하고 있었다. 빌리가 마네킹의 머리를 떼어 내 들어 올렸다.

"진짜 사람처럼 보이려고 머리를 여러 각도로 바꿔 놓고 있어요. 창을 가리는 블라인드를 내릴 때만 마네킹을 손보죠. 블라인드를 올리면 길에서 마네킹이 보일 거예요."

"전에도 비슷한 것을 사용한 적이 있었어."

"그것은 제가 없을 때였죠."

빌리는 창의 커튼을 열고 거리를 내다보았다.

"맞은편에서 우리를 지켜보는 사람들이 있군요. 창가에서 보니 한 사람이 보이네요. 한번 보세요."

침실 문이 열려 왓슨이 그쪽으로 가 보니, 키 크고 야윈 홈즈가 나타났다. 얼굴은 창백하고 일그러졌지만 걸음걸이와 행동은 전과 마찬가지로 활기찼다. 홈즈는 한걸음에 성큼 창가로 다가가 블라인드를 한 번 더 젖혔다.

"빌리, 됐어. 목숨이 위험해. 네가 없다면 나는 아무 일도 할 수 없을 거야. 어, 왓슨, 우리의 추억이 어린 이 방에서 자네를 다시 보니 반갑군. 결정적인 순간에 아주 잘 왔어." 홈즈가 말했다.

"그래. 그런 순간에 온 것 같군."

"빌리, 나가도 좋아. 왓슨, 저 아이 때문에 걱정이야. 저 아이를 이런 위험한 일에 끌어들인 게 옳은 일 같지 않아."

"홈즈, 위험이라니 어떤 위험인가?"

"갑자기 죽는 것. 오늘 저녁에 사건이 일어날 거야."

"무슨 일이 일어날 것 같은가?"

"살인."

"홈즈, 그리 유쾌한 농담은 아니군."

"농담할 생각이라면, 아무리 농담이 서툰 나라도 더 그럴듯하게 했을 거야. 그러나 잠시 마음 편하게 있을 수는 있지. 알코올은 어때? 탄산수 제조기도 시가도 예전 그 장소에 놓아두었어. 안락의자에 앉은 자네 모습을 다시 한 번 보고 싶군. 내가 파이프와 담배에 빠졌다고 비웃지 않았으면 좋겠어. 그게 요즘 내 식사야."

"왜 식사를 하지 않지?"

"우리 탐정들은 단식을 하면 추리 능력이 향상돼. 왓슨, 의사인 자네도 알다시피 소화시키는 데는 혈액이 필요하고, 그만큼 뇌가 사용할 혈액이 줄어들지. 나는 머리를 쓰는 사람이고 다른 부분은 액세서리일 뿐이야. 나한테는 머리가 가장 중요하지."

"이번 사건이 그렇게 위험한가?"

"그래. 일이 잘못될지 모르니 자네가 살인자의 이름과 주소를 알아 두었으면 좋겠어. 자, 이름과 주소를 잘 듣고 경찰에 알려 줘. 이름은 실비어스. 니그레토 실비어스 백작이야. 적어 둬. 적어 두란 말일세. 주소는 북서구 무어사이드 가든 136. 알았지?"

이 말을 들은 왓슨은 걱정스러워 얼굴을 실룩거렸다. 홈즈에게 닥친 위험이 얼마나 심각하며 그가 사태를 과장하는 게 아니라 오히려 축소해서 말하고 있다는 사실을 왓슨은 깨달았다. 행동하길 좋아하는 왓슨이 마침내 기회를 잡은 것이다.

"나도 그 사건에 참여해두 좋을까? 하루나 이틀은 할 일이 없어."

"자네의 도덕관념은 여전하군, 왓슨. 이번에는 거짓말까지 하는군. 끊임없이 전화가 오는 바쁜 의사라는 사실을 내가 모를 줄 알았나?"

"이틀 정도는 시간이 있어. 그런데 실비어스 백작을 체포하지그래?"

"물론 가능하지. 실비어스도 체포될까 봐 겁내고 있어."

"그런데 왜 체포하지 않지?"

"다이아몬드의 소재를 모르니까."

"아, 그렇군. 빌리가 도난당한 왕관의 보석에 대해 말했어."

"그래. 그 커다란 황금빛 마자린[22] 보석이야. 지금 그물을 쳐놓고 그 안에 들어온 물고기를 지켜보고 있지. 그러나 정작 보석은 내 손에 없으니 물고기를 잡는 게 무슨 소용이 있겠나. 악인을 감옥에 보내는 게 세상을 살기 좋게 만드는 일이지만 지금 내 목표는 아니야. 내가 원하는 건 보석이야."

"실비어스 백작이 자네가 친 그물에 걸린 물고기란 말이지?"

"그래. 백작은 보통 물고기가 아니라 상어야. 아무나 물어뜯지. 또 한 사람은 권투 선수 샘 머튼이야. 샘은 악질은 아닌데, 실비어스의 손에 놀아나고 있어. 샘은 상어라기보다 몸집이 크고 고집이 센 얼간이지. 샘은 지금 내가 친 그물에서 퍼덕거리는 중이야."

---

22) 이 보석의 이름은 줄 마자린 추기경에서 유래한 것으로, 그는 1642년부터 1661년에 사망할 때까지 프랑스의 재상으로 어린 루이 14세를 보좌했다.

"실비어스 백작은 어디에 있나?"

"아침마다 아주 가까이에서 그를 지켜본다네. 자네도 나이 든 부인으로 변장한 내 모습을 본 적 있지? 며칠 동안 관찰하니 그가 범인이라는 확신이 서더군. 한번은 실비어스가 내 파라솔을 집어 준 일도 있었어. 그는 '실례지만, 마담' 하고 말을 건넸지. 이탈리아 억양이 절반쯤 섞였더군. 그 친구는 기분이 좋으면 남쪽의 세련된 매너를 보이다가도 그렇지 않을 땐 악마의 화신처럼 행동해. 살다 보니 참 별난 일도 많아."

"비극적인 결말이 되겠군."

"아마 그럴 거야. 그의 뒤를 밟아 미노리즈 가에 있는 스트라우벤지의 공장까지 따라가 봤어. 스트라우벤지는 공기총을 만드는 솜씨가 뛰어나지. 지금쯤 그가 만든 공기총이 건너편 창문에서 나를 겨냥하고 있을 거야. 빌리가 보여 준 마네킹 말이야. 자네도 알지? 어쩌면 마네킹 머리에 총알구멍이 날지도 몰라. 빌리, 무슨 일이야?"

빌리가 카드를 놓은 쟁반을 가지고 들어와 있었다. 홈즈는 눈썹을 추켜올리고 흥미로운 미소를 지으면서 빌리를 바라보았다.

"드디어 실비어스 백작이 나타났군. 이런 일이 일어날 것이라고는 예상하지 못했는데. 왓슨, 범인의 신경을 건드리라는 말을 아나? 맹수 사냥꾼의 소문은 들었겠지? 그가 나타난 건 내가 바싹 뒤따르는 걸 알아차렸다는 증거야. 만약 나를 잡으면 실비어스는 멋진 신기록을 추가하는 셈이지."

"경찰을 부르는 게 어때?"

"그럴 계획이지만 지금은 아니야. 창밖을 잘 살펴봐. 거리를 서성이는 사람이 보이나?"

왓슨은 창가에서 조심스럽게 밖을 내다봤다.

"문 가까이에 험상궂은 친구가 서 있어."

"분명히 샘 머튼일 거야. 충실하지만 머리가 좀 모자란 친구지. 빌리, 그 신사는 어디에 있나?"

"대기실에서 기다리고 있습니다."

"벨을 울리면 위로 올려 보내."

"알겠습니다."

"내가 방에 없어도 평소와 똑같이 실비어스를 안내해."

"네."

문이 닫히자 왓슨은 홈즈 쪽으로 고개를 돌렸다.

"이봐, 홈즈. 이러면 안 돼. 상대는 세상에 아무 미련 없는 자포자기한 인간이야. 자넬 죽이러 왔는지도 몰라."

"놀랄 일도 아닌데 뭘 그래."

"내가 같이 있어야 해."

"자네는 방해만 될 뿐이야."

"실비어스에게 말인가?"

"아냐, 왓슨. 나한테 방해가 돼."

"도저히 자네를 놔두고 갈 수 없어."

"왓슨, 자네는 빨리 여기를 떠나는 게 좋아. 지금까지 자네는 사리에 맞게 사건을 해결해 왔잖은가. 자네는 끝까지 그렇게 할 사람이야. 실비어스도 나름대로 목적을 갖고 날 찾아온 거야. 실제로는 내 문제를 해결해 주러 나타난 셈이지."

홈즈는 수첩을 꺼내 몇 줄 휘갈겨 썼다.

"마차를 타고 스코틀랜드 야드로 가서 범죄수사과의 요갈에게 전해 줘. 경찰을 데리고 여기로 오라고. 그럼 실비어스를 체포할 수 있을 거야."

"그렇게 하지."

"자네가 돌아오기 전까지 보석의 소재를 알 수 있을 거야." 홈즈는 벨을 울렸다. "자네는 침실을 통해 밖으로 나가야 해. 출구가 또 하나 있다는 것이 아주 쓸모가 있군. 나는 실비어스가 처음에는 나를 보지 않길 바라거든. 나중에 알겠지만 내가 좋은 방법을 생각했어."

잠시 후에 빌리가 실비어스 백작을 데려왔을 때 방은 텅 비어 있었다. 실비어스 백작은 사격의 명수, 스포츠맨, 사교가로 체격이 크고 가무잡잡한 피부에 잔인한 인상이었다. 얄팍한 입술을 가리려고 콧수염을 길렀는데, 코는 독수리의 부리처럼 길고 휘어 있었다. 옷차림은 단정했지만 넥타이, 핀, 반지 등 액세서리가 요란했다. 문이 닫혔을 때 백작은 덫을 찾는 사람처럼 강렬하고 조심스러운 눈초리로 주위를 둘러봤다. 그러다 창가 안락의자에 가운을 입고 말없이 앉아 있는 사람의 머리와 옷깃을 발견하곤 재빨리 다가섰다. 처음에는 재미있다는 표정을 짓다가 뭔가 끔찍한 생각을 했는지 시커멓고 무시무시하게 생긴 눈을 번들거렸다.

백작은 주변에 사람이 없나 다시 살핀 후, 굵은 지팡이를 반쯤 들어 올리고 살금살금 조용히 앉아 있는 사람에게 다가갔다. 이어 점프해서 일격을 가하려고 몸을 잔뜩 웅크릴 때 침실 문이 열리며 싸늘하고 빈정대는 목소리가 흘러나왔다.

"백작, 그걸 부수면 안 됩니다."

그러자 백작은 깜짝 놀라 얼굴에 경련을 일으키며 엉거주춤 물러섰다. 그러다가 납을 넣은 지팡이를 다시 절반 정도 치켜든 채 여차하면 마네킹 대신 홈즈를 칠 자세를 취했다. 그러나 차분하게 그를 지켜보는 홈즈의 조롱 어린 회색 눈을 마주 대하곤 손을 내렸다.

"잘 만들었지요?" 홈즈가 마네킹 쪽으로 다가서며 말했다.

"태버니어라는 프랑스인 모형 기술자가 만든 것이오. 당신 친구 스트라우벤지가 공기총을 잘 만들 듯이 태버니어는 밀랍 작업 솜씨가 뛰어납니다."

"공기총이라니, 무슨 소리요?"

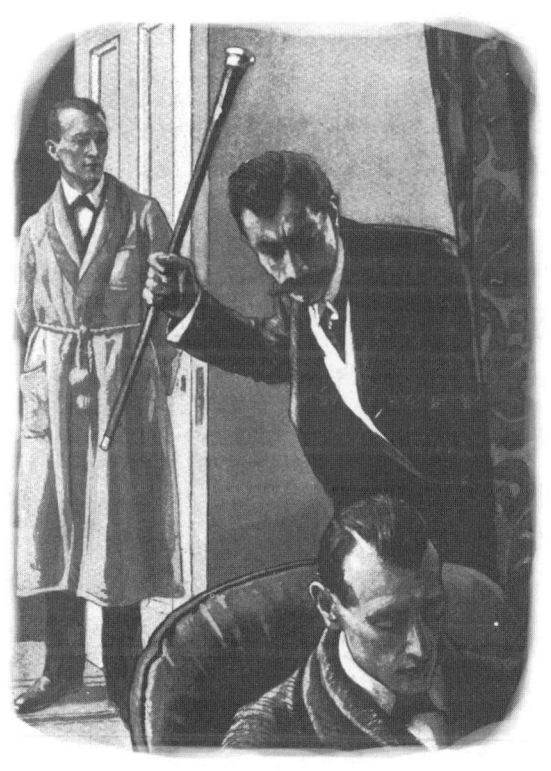

"모자와 지팡이는 테이블에 놓아두는 게 어떻소? 고맙소. 권총도 꺼내 놓으면 좋겠는데요. 자, 앉아도 좋소. 마침 잘 왔소. 당신을 만나 꼭 할 이야기가 있소."

백작은 진하고 험악하게 생긴 눈썹을 추켜올리며 홈즈를 매섭게 쳐다봤다.

"홈즈, 나도 할 이야기가 있어 왔소. 아까는 당신을 죽이려고 했지만."

홈즈는 테이블 가장 자리에서 다리를 흔들었다.

"백작, 당신이 무얼 생각하는지 알 것 같소. 왜 나에게 관심을 갖는 거요?"

"당신이 내 화를 돋우기 때문이지. 내가 가는 곳마다 사람을 풀어놨더군."

"사람을 풀다니, 안 그랬소."

"말도 안 되는 소리 하지 마시오. 난 그냥 내 뒤를 밟게 그대로 놔뒀지. 두 사람이 내 뒤를 따라오더군."

"백작, 별거 아닌 줄 알지만 나한테 말할 때 경칭을 써 주시오. 당신도 알겠지만 나는 직업상 범죄인 초상화집에 실린 거물들과 친하게 지내는 편이오. 다른 범죄자들처럼 날 깍듯하게 대해 주시오."

"그럼, 홈즈 씨라고 합시다."

"그랬어야지! 당신은 내가 사람을 붙였을 거라고 착각한 듯하군."

실비어스 백작은 빈정대며 웃었다. "당신만 관찰력이 뛰어난 게 아니오. 어제는 늙은 스포츠 애호가가, 오늘은 늙은 여자가 내 뒤를 따라다닌 걸 아시오? 두 사람이 하루 종일 나를 감시하더군."

"정말 그렇게 생각하시오? 그렇다면 내 솜씨가 뛰어난 걸 인정하는 셈이오. 다우슨 남작이 교수형당하기 전날 밤에 나에 대해서, 법이 얻은 것만큼 연극계는 손해를 보았다고 말했지. 내 분장에 대해 이토록 칭찬을 해 주다니 말이오."

"그 두 사람이 바로 당신이었소?"

홈즈는 어깨를 으쓱했다. "저 구석을 보시오. 미노리즈 가에서 당신이 나에게 친절하게 집어 준 파라솔이 있잖소."

"내가 알았더라면 그렇게 할 리가 없……."

"이 집을 둘러보면 내가 변장하고 당신 뒤를 밟았다는 걸 알 거요. 우리는 서로 아쉬워할 기회가 많았는데 말이오. 당신은 그런 일이 있는지조차 몰랐소. 여기서 우린 다시 만난 거요!"

백작의 여러 갈래로 갈라진 눈썹이 더 축 늘어졌다.

"당신 이야기는 사태만 악화시킬 뿐이오. 문제는 당신 부하가 아니라 참견하기 좋아하는 당신이오. 당신이 날 몰아붙인

걸 인정하오? 대체 왜 그러는 거요?"

"백작, 진정해요. 당신은 알제리에서 사자 사냥을 많이 했지요?"

"그렇소."

"왜 사냥을 했소?"

"왜라니? 사냥은 스포츠고, 흥분되고 스릴 있는 일이오."

"그렇겠군. 알제리의 페스트를 없애려고 그런 것 아니오?"

"그렇기도 하오!"

"내 이유도 아주 간단합니다."

이 말을 들은 백작은 벌떡 일어나 자신도 모르게 바지 뒷주머니에 손을 갖다 댔다.

"앉아요. 앉으란 말이오! 내겐 현실적인 이유가 있소. 난 황금빛 다이아몬드를 원하오!"

그러자 백작은 불길한 미소를 지으며 의자에 몸을 기댔다.

"이걸 어쩌나!" 백작이 말했다.

"내가 당신을 쫓는 것도 그것 때문이라는 것을 알 게요. 오늘 밤 여기에 온 것도 내가 얼마나 아는지 알아보기 위해, 또 나를 꼭 없애야 할지 판단하기 위해서일 거요. 당신 생각대로라면 난 없어져야 하오. 당신이 알려 줄 한 가지 사실만 빼고 나는 모든 걸 알고 있소."

"오, 그렇소! 그럼 뭘 모른다는 거요?"

"왕관의 다이아몬드의 소재요."

백작은 홈즈를 날카롭게 노려보았다.

"그걸 알고 싶은 거군. 순순히 다이아몬드가 어디에 있다고 말할 것 같소?"

"물론이오. 반드시 말하게 될 거요."

"이런!"

"백작, 허풍 떨지 마시오."

이때 홈즈의 눈은 광채가 났고, 날카로운 강철 눈금처럼 가늘어졌다.

"백작, 당신은 속을 알 수 없는 두꺼운 판유리요. 내가 당신의 속마음을 살펴보지."

"그렇게 해 보시오. 그럼 다이아몬드가 어디에 있는지 알겠군!"

그러자 홈즈는 재미있는 듯 손뼉을 치면서 비웃듯이 손가락질했다.

"그렇게 말하는 걸 보니 아는 게 있군. 안다는 사실을 고백한 거요."

"나는 아무것도 인정하지 않았소."

"백작, 잘 생각하면 서로가 좋을 텐데 뭘 그러시오. 그렇지 않으면 다칠 거요."

백작은 천장을 올려다봤다.

"허풍 떨지 마시오."

그러자 홈즈는 마지막 수를 고심하는 체스의 달인처럼 잠시 실비어스를 지켜보았다. 그런 다음 테이블 서랍을 열고 작은 수첩을 꺼냈다.

"이 수첩에 무엇이 적혀 있는지 아시오?"

"모르겠소."

"바로 당신 이야기요!"

"내 이야기라니!"

"그렇소. 당신에 대한 모든 것이 적혀 있소. 당신이 저지른 끔찍하고 파렴치한 범행 말이오."

"젠장." 백작의 눈이 새빨개졌다.

"백작, 여기 모든 게 낱낱이 적혀 있소. 당신에게 블라이머의 부동산을 유산으로 남긴 해롤드 여사가 어떻게 죽었는지 진짜 이유가 여기에 적혀 있지. 당신이 노름으로 순식간에 말아먹은 부동산 말이오."

"헛소리하지 마시오!"

"미스 미니 워렌더에 관한 모든 게 여기에 나와 있소."

"쯧! 그래 봐야 아무 소용도 없소!"

"백작, 그뿐만이 아니오. 1892년 2월 13일, 리비에라행 특급 열차 강도 사건도 기록되어 있지. 같은 해 크레이디 리오네 은행이 지급하는 조건으로 작성된 위조 수표도 보이는군."

"다 엉터리요."

"이 모든 건 다 사실이요. 백작, 당신도 카드를 치는 사람이니 잘 알 거요. 상대가 패를 모두 가지고 있을 때 손을 털기가 훨씬 쉽다는 걸 말이오."

"이런 사실이 보석과 무슨 상관이 있단 말이오?"

"진정하시오, 백작. 단도직입적으로 본론을 말하겠소. 내 얘기가 재미없겠지만 잘 들어요. 나는 당신에게 불리한 증거를 수집해 놓았소. 특히 왕관의 다이아몬드 사건에서 당신과 당신의 프로 복서의 범행은 결정적이었소."

"이런!"

"당신을 화이트홀로 데려다 준 마부도, 태우고 돌아온 마부도 알아 누었소. 사건 현장 근치에서 당신을 본 수위도 알아 놓았고. 다이아몬드를 쪼개길 거부한 아이키 샌더즈도 증인으로 확보해 놓았지. 그가 이미 다 털어놓았소. 모든 게 들통 났단 말이오."

이 말을 들은 백작의 이마에서 혈관이 툭 불거져 나왔다. 그는 감정을 억제하느라 시커먼 털투성이 손을 꽉 움켜쥐고 뭔가 말하려고 했지만, 끝내 아무 말도 하지 못했다.

"카드를 치는 내 손을 보시오. 테이블 위에 카드를 다 올려놓았는데 다이아몬드 킹만 빠졌소. 보석의 소재만 모른단 말이오." 홈즈가 말했다.

"앞으로도 모를 거요."

"백작, 잘 생각해서 현재 상황을 파악하시오. 당신은 20년 동안 감옥살이를 하게 될 거요. 샘 머튼도 같은 신세가 되겠지. 다이아몬드를 움켜쥐고 있어 봐야 무슨 소용이 있겠소? 아무 소용이 없소. 당신이 다이아몬드를 나에게 넘긴다면 중죄를 면하게 해 주겠소. 내가 원하는 건 당신과 샘이 아니라 보석이오. 보석을 넘기는 게 신상에 좋소. 앞으로 얌전하게 행동하기만 하면 자유롭게 살 수 있을 거요. 이번 한 번만 위기를 면하면 다시는 도망칠 일이 없을 거요. 내가 원하는 건 당신이 아니라 다이아몬드요."

"거절한다면?"

"당신은 분명히 보석을 내놓을 거요."

잠시 후 빌리가 벨 소리를 듣고 나타났다.

"백작, 당신 친구 샘도 여기로 데려오는 게 좋겠소. 샘의 의견도 들어 봐야 하니까 말이오. 빌리, 밖에 나가면 체격이 크고 험악하게 생긴 신사가 현관 앞에 서 있을 거야. 그에게 올라오라고 해."

"만약 안 올라오면 어떡하죠?"

"무례하게 굴지 마. 샘에게 실비어스 백작이 만나자고 말하면 올라올 거야."

빌리가 사라지자 백작이 말했다.

"뭘 하려는 거요?"

"조금 전까지 내 친구 왓슨이 여기에 있었소. 왓슨에게 상어 한 마리와 얼뜨기 하나가 내 그물에 걸려들었다고 말해 두었소. 이제 그물을 끌어 올려 잡을 때가 된 것 같소."

그러자 백작은 의자에서 일어나 손을 허리 뒤로 가져갔다. 그러자 홈즈도 주머니에서 권총을 꺼내 살짝 앞으로 내밀었다.

"홈즈, 당신은 침대에서 편안히 눈을 감지 못할 인간이야."

"나도 종종 그렇게 생각하오. 그게 그렇게 중요한가? 어쨌든 당신이 빠져나갈 길은 하나뿐이야. 이런 생각을 하면 정말 끔찍한 기분이셨지. 왜 지금 누리는 자유를 만끽하지 않는 거요?"

백작의 검고 위협적인 눈에 갑자기 야수 같은 빛이 감돌았다. 홈즈도 긴장하면서 만약의 사태에 대비하자 체격이 커진 것처럼 보였다.

"방아쇠를 당기려 해 봐야 아무 소용 없소." 홈즈가 조용히 말했다. "잘 알다시피 내가 허점을 보여도 당신은 방아쇠를 당길 수 없는 상황이오. 권총을 사용하는 건 비열하고 시끄럽잖소. 백작, 차라리 공기총을 사용하는 게 낫소. 아! 믿음직한 당신 친구의 발소리가 들리는군. 머튼 씨, 좋은 날이오. 거리에서는 풀이 죽었던데, 맞소?"

훌륭한 권투 선수이며 몸이 다부진 샘은 길쭉한 얼굴에 고집이 세 보였다. 샘은 당황한 표정으로 홈즈를 보며 문가에 엉거주춤 서 있었다. 홈즈의 말에는 뼈가 있지만 그토록 정중한 대접은 처음이어서 샘은 어떻게 처신해야 할지 몰라 당황했다. 그래서 샘은 자신보다 머리가 좋은 백작에게 도움을 청하기 위해 고개를 돌렸다.

"백작, 어떻게 된 겁니까? 저 녀석이 원하는 게 뭐지요? 무슨 일입니까?" 샘은 착 가라앉고 쉰 목소리를 냈다.

백작은 어깨를 으쓱했다. 정작 대답을 한 사람은 홈즈였다.

"머튼 씨, 간단히 말하자면 모든 게 밝혀졌소."

샘은 여전히 백작의 대답을 재촉했다. "왜 저 녀석이 까부는 거야? 난 기분이 안 좋아."

"물론 기분이 안 좋겠지. 밤이 가까워지면 당신 기분이 더 엉망이 될 거라고 장담하오. 이봐요, 실비어스 백작. 난 시간이 없소. 이제 침실로 갈 테니 내가 없는 동안 마음 편히 있으시

382

오. 내가 없을 때 샘에게 상황이 어떻게 돌아가는지 설명해요. 그동안 나는 바이올린으로 호프만의 '곤돌라의 뱃노래'를 연주할 작정이오. 5분 후에 당신의 대답을 듣기 위해 여기로 돌아오겠소. 당신은 두 가지 중 선택할 수 있소. 감옥에 가든지 보석을 넘기든지 둘 중 하나지." 홈즈가 말했다.

홈즈는 구석에 있는 바이올린을 들고 물러났다. 조금 있다가 사람의 마음을 잡아끄는, 길게 늘어지고 구슬픈 선율[23]이 문이 닫힌 침실에서 희미하게 흘러나왔다.

"어떻게 된 겁니까? 홈즈가 보석 이야기를 알아낸 거요?" 머튼은 백작에게 걱정스럽게 물어보았다.

"너무 많이 알고 있어. 모두 다 알고 있는지도 몰라."

"이런!"

샘의 흙빛 얼굴이 하얗게 변했다.

"아이키 샌더스가 우리 일을 털어놓았어."

"그랬단 말입니까? 그놈 때문에 교수형을 당한다면 그전에 내가 놈을 해치우고 말겠어요."

---

[23] 프랑스의 작곡가 오펜바흐의 '호프만 이야기' 중 뱃노래를 설명하는 말로 '구슬픈'이라는 단어만큼 어울리지 않는 것은 없다고 벤저민 그로스베인이 《셜록 홈즈-음악가》에서 쓰고 있다.

"그건 도움이 되지 않아. 지금 당장 뭘 해야 할지 결정해야 한단 말이야."

"잠깐." 샘은 의심스러운 표정으로 침실 문을 쳐다보며 말했다. "저 녀석이 우리가 뭘 하는지 지켜볼지 모르잖소. 우리 이야기를 듣지 않겠소?"

"음악을 연주하면서 어떻게 듣는단 말이야?"

"하긴 그렇군요. 하지만 저 커튼 뒤에 누가 숨어 있는 것 같습니다. 이 방에 커튼이 왜 이렇게 많아."

샘은 주위를 둘러보다가 창가에 있는 인형을 발견하곤 눈을 부릅뜬 채 말을 멈췄다.

"쯧! 저건 인형이야." 백작이 말했다.

"가짜라고요? 홈즈인 줄 알았네! 인형을 사람과 똑같이 만든다는 마담 타소[24]도 이렇게 실감 나게 만들 수는 없을걸. 마치 홈즈가 가운을 입고 앉아 있는 것 같군. 백작, 저 놈의 커튼 때문에 착각했습니다."

"저놈의 커튼이 골치야! 시간 낭비하지 말자고. 시간이 별로 없어. 보석 때문에 홈즈가 생각할 시간을 준 거야."

"저 염병할 녀석은 그러고도 남을 놈이오!"

"하지만 우리가 훔친 물건의 소재를 밝힌다면 우리를 놔줄 거야."

"무슨 소리요! 보석을 포기하잔 말입니까? 10만 파운드짜리를?"

"둘 중 하나를 선택해야 해."

머튼은 짧게 친 머리를 긁적거렸다.

"어차피 홈즈는 혼자입니다. 여기로 끌어들여 해치우면 두려울 일이 없잖습니까?"

백작은 고개를 저었다.

"홈즈는 무장한 데다 유사시에 대비해 충분한 준비를 해 놓았어. 우리가 홈즈를 쏴 죽이면 이 방에서 도망칠 수 없어. 경찰이 홈즈가 확보한 증거를 찾아낼 가능성도 높아. 이봐! 저게 무슨 소리야?"

창문 쪽에서 소리가 났다. 둘은 벌떡 일어나 주위를 살폈지만 조용했다. 의자에 누군가 앉는 듯한 소리를 제외하곤 방은 매우 조용했다.

"길에서 난 소리였어요. 두목, 두목은 머리가 좋잖습니까. 빠져나갈 방법을 짜내 봐요. 흠씬 두들겨 패는 게 내 전문이고,

---

24) 유명한 밀랍 인형 박물관은 베이커 가에서 매릴본 로드로 옮겨 갔다. 이 건물은 화재로 불탔고, 술집 '버펄로 헤드'와 왼쪽에 있는 옛집들은 제1차 세계대전 직전에 철거되었으며, 메트로폴리탄 철도 베이커 가 역이 세워졌다.

머리 쓰는 건 두목이 할 일이잖아요." 머튼이 말했다.

"사기 치는 데는 내가 홈즈보다 한 수 위야. 보석은 여기 내 비밀 주머니에 있어. 보석을 따로 놔둘 기회가 없었어. 보석은 오늘 밤 영국에서 사라질 거야. 네 조각으로 쪼개져 일요일이 되기 전에 암스테르담에 가 있겠지. 홈즈는 밴 세다가 누군지 몰라." 백작이 말했다.

"밴 세다는 다음 주에 출발한다고 생각하고 있어요."

"그랬지. 그러나 이제는 서둘러 배를 타고 가야 할 것 같아. 우리 중 한 명이 보석을 갖고 빠져나가 라임 가[25]에 가서 그에게 이야기해야 해."

"이중 바닥도 아직 설치하지 못했을 텐데."

"그래. 감춰 가지고 나갈 수 없으니 운에 맡길 수밖에. 시간이 없어." 그때 다시 무슨 소리가 들리는 듯했다. 스포츠맨의 직감으로 위기를 감지한 백작은 멈춰 서서 주위를 둘러보았다.

"그렇군. 조금 전의 소리는 길에서 난 것이었군. 홈즈를 속이

---

25) 석탄 제조업자의 이름에서 유래됨. 가까운 콜맨 가, 시콜 레인의 이름도 석탄 제조업자 이름에서 유래되었다. 라임 가는 리든홀 가 남쪽에 있고, 18세기 말까지는 시티의 부유한 상인의 주택이 있었다. 현재는 보험 회사 로이드의 본사가 있다.

는 건 식은 죽 먹기야. 그가 보석을 챙기면 우릴 놔주겠지. 일단 보석을 넘긴다고 약속하자고. 보석의 소재를 거짓으로 말하는 거야. 홈즈가 속았다고 느꼈을 때는 보석은 이미 네덜란드에 가 있을 테니까. 우리도 이 나라를 이미 빠져나갔을 거고."

"기발한 생각입니다!" 샘은 히죽거리며 소리쳤다.

"너는 빨리 가서 그 네덜란드 사람에게 움직이라고 해. 나는 이 풋내기 홈즈한테 거짓말을 할 테니까. 보석은 리버풀에 있다고 말이야. 저 칭얼대는 음악은 정말 못 참겠어. 아주 신경을 박박 긁는군. 홈즈가 리버풀에 보석이 없다는 걸 알았을 땐 보석은 네 개로 나누어져 있을 거야. 우리도 배를 타고 이 나라를 빠져나갈 테고 말이야. 열쇠 구멍으로 홈즈를 살피는 일은 그만두고 어서 이리 와. 보석은 여기에 있어."

"그럼, 보석을 계속 가지고 다녔습니까?"

"여기보다 더 안전한 장소가 어디 있어? 우리가 화이트홀에서 보석을 훔쳤듯이 남들도 내 하수집에서 보석을 훔칠 수 있어."

"보석 좀 봅시다."

실비어스 백작은 샘을 빤히 쳐다보며 앞으로 내민 그의 더러운 손을 무시했다.

"내가 빼앗을까 봐 그러는 겁니까? 이봐요, 두목. 당신이 이러는 데는 이제 신물이 나요."

"샘, 내가 그럴 리 있겠나. 우리는 싸울 여유가 없어. 보려면 창가로 와. 보석을 쥐고 불빛에 한번 비쳐 봐. 자 여기 있어."

"고마워요!"

그때 홈즈가 마네킹이 앉았던 의자에서 벌떡 일어나 펄쩍 뛰더니 단번에 보석을 낚아챘다. 홈즈는 한 손에 보석을 들고 다른 손에 든 권총을 백작의 머리에 갖다 댔다. 그러자 두 악당은 깜짝 놀라 주춤 물러섰다. 그들이 정신을 차리기 전에 홈즈는 벨을 눌렀다.

"여러분, 함부로 행동하지 않는 게 좋을 거요. 여러분은 이제 빠져나갈 수 없소. 경찰이 아래에서 대기하고 있소."

백작은 화가 나거나 무섭기보다는 당황해서 제정신이 아니었다.

"저놈이 어떻게?" 백작은 헐떡이며 내뱉었다.

"당연히 놀랐을 거요. 침실에 다른 문이 있고, 거기서 저 커튼 뒤로 나올 수 있는 것을 몰랐을 테니. 저 인형을 움직일 때 소리가 났을 거라고 생각했지. 하지만 운이 좋았소. 내 앞에서는 털어놓지 않은 이야기를 들을 수 있는 절호의 기회를 주었으니 말이오."

백작은 두 손 다 들었다는 시늉을 했다.

"우리도 최선을 다했어. 당신은 악마야."

"그럴지도 모르겠소." 홈즈는 미소를 지으며 대답했다.

얼간이 샘도 점차 사태를 파악했다. 계단을 밟고 올라오는

묵직한 발소리가 들려오자 샘은 침묵을 깨고 말했다.

"결국 잡힌 거로군! 저 바이올린 소리는 어떻게 된 거야? 아직도 소리가 들리니."

"쯧쯧! 바로 그거야. 다시 연주해 볼까. 축음기는 정말 대단한 발명품이군."[26] 홈즈가 대답했다.

이윽고 경찰이 들이닥쳐 두 사람에게 수갑을 채우고 대기 중인 차에 태웠다. 잠시 후 정색을 하고 명함 접시를 가지고 들어온 빌리 덕에 분위기가 바뀌었다.

"캔틀미어 경이 오셨습니다."

"빌리, 경을 안내해. 캔틀미어 경은 이 사건에 가장 관심이 많은 유명 인사야. 능력도 있고 충실한 사람이지만 구식이지. 경의 꼬장꼬장한 성질을 바꾸어 보면 어떻겠나? 장난을 쳐 보는 게 어때? 경은 우리가 사건을 해결한 줄 모를 거야." 홈즈가 말했다.

문이 열리자 날카로운 인상의 얼굴과 홀쭉한 몸매에 진지한 표정을 한 남자가 들어왔다. 그 남자는 둥그런 어깨, 힘없는 걸

---

26) 앤서니 바우처는 이때 사용한 레코드가 12인치 싱글 레코드라고 추리하고, '뱃노래'의 무반주 바이올린 연주라는 점에서, 이렇게 편곡한 레코드를 발매한 회사가 없으므로 홈즈가 직접 만든 레코드일 것이라고 했다.

음걸이와 전혀 어울리지 않게 윤기가 나고 새까만 수염을 길렀다. 홈즈는 공손하게 앞으로 나가 냉담한 손에 악수했다.

"캔틀미어 경, 안녕하세요? 싸늘한 날씨지만 방 안은 따뜻합니다. 코트를 받아 드릴까요?"

"고맙지만 괜찮소. 그대로 입고 있겠소."

홈즈는 옷소매에 신경질적으로 손을 갖다 댔다.

"벗으시죠! 내 친구 왓슨 의사가 기온 변화가 얼마나 위험한지 알려 드릴 겁니다."

캔틀미어 경은 조바심이 생긴 듯 몸을 흔들었다.

"나는 괜찮소. 오래 머무를 필요가 없을 것 같으니. 당신이 자청해서 맡은 일이 어떻게 진행되나 살펴보러 온 거요."

"어렵습니다. 아주 힘들어요."

"그럴 거라고 생각했소."

늙은 귀족의 말과 태도에는 누구라도 분명히 느낄 수 있을 만큼 노골적인 비아냥거림이 배어 있었다.

"홈즈 씨, 사람은 자신의 한계를 알아야 하오. 한계를 알면 자기만족과 같은 약점을 고칠 수 있을 게요."

"그렇습니다. 뭘 해야 좋을지 모르겠습니다."

"당연하오."

"경이 이번 문제를 도와주시겠습니까?"

"이제 와서 내 충고를 원하다니 너무 늦은 감이 있구려. 당신은 그동안 자신이 최고라고 착각해 왔소. 하지만 기꺼이 당신을 돕겠소."

"캔틀미어 경. 어떤 사람이 도둑에 해당되는지 구성 요건을 정해야 하겠습니다."

"당신이 사람을 붙잡았을 때 말이오?"

"바로 그렇습니다. 문제는 보석을 소지한 사람을 기소하느냐의 여부입니다."

"너무 성급하지 않소?"

"미리 준비하는 게 좋습니다. 경은 보석을 갖고 있는 것이 절도범이라는 결정적 증거라고 보십니까?"

"보석을 갖고 있는 상태를 말하는 거로군."

"경은 보석을 가진 사람을 현행범으로 체포하시겠습니까?"

"당연하지."

홈즈는 좀처럼 웃는 법이 없지만 왓슨이 기억하기로는 이번에는 확실히 웃었던 것 같다.

"그렇다면 어쩔 수 없이 경을 체포한다는 말을 해야겠습니다."

이 말을 들은 캔틀미어 경은 화가 나 두 볼이 새파랗게 질린 채 실룩거렸다.

"너무 까부는군. 홈즈 씨, 50년 동안의 공직 생활 중 이런 일을 겪은 건 처음이오. 난 중요한 문제 때문에 당신과 시시껄렁한 농담을 할 시간이 없소. 솔직히 나는 당신의 능력을 믿지 않았고 경찰에 사건을 맡기는 게 훨씬 낫다고 생각했소. 당신의 이런 행동을 보니 내 생각이 맞는 것 같소. 좋은 저녁 보내시오. 그럼 안녕히 계시오."

그러자 홈즈는 재빨리 몸을 움직여 캔틀미어 경이 나가지 못하게 문을 막았다.

"잠깐. 마자린 보석을 갖고 사라지는 게 잠깐 갖고 있는 것보다 죄질이 더 나쁩니다." 홈즈가 말했다.

"홈즈 씨, 이 무슨 무례한 짓이오! 나가야겠소."

"경의 오버코트 오른쪽 주머니에 손을 넣어 보세요."

"무슨 말을 하는 거요?"

"제가 말한 대로 해 보십시오."

잠시 후 캔틀미어 경은 부들부들 떨며 커다란 황금빛 보석을 손바닥에 올려놓은 채 넋이 나가 말까지 더듬으며 그 자리에 얼어붙었다.

"이게 무슨! 대체 이게 무슨 짓이오! 홈즈 씨, 어떻게 된 거요?"

"캔틀미어 경, 정말 유감입니다." 홈즈가 소리쳤다. "내 친구 왓슨이 나중에 경에게 제가 짓궂은 장난을 치는 못된 버릇이 있다고 말씀드릴 겁니다. 어쩔 수 없는 제 장난기가 발동했습니다. 너무 지나쳤어요. 아까 대화를 시작할 때 제가 몰래 경의 주머니에 보석을 넣어 두었습니다."

캔틀미어 경은 보석에서 눈을 떼고 앞에서 미소 짓고 있는 홈즈를 노려보았다.

"홈즈 씨, 아주 당황했소. 이건 진짜 마자린 보석이군요. 정말 큰 신세를 졌소. 그러나 선생의 유머는 너무 지나쳤고 시기도 안 좋았소. 다만 내가 당신의 능력에 대해 오판했음을 인정하오. 그런데 어떻게……."

"사건 처리가 다 끝난 게 아닙니다. 절반 정도 끝난 셈입니다. 자세한 내막은 나중에 말씀드리겠습니다. 돌아가셔서 각료분들 앞에서 사건을 잘 매듭지었다고 말씀하시면 경의 화가 풀리실 겁니다. 빌리, 경을 문밖까지 안내해 드려. 그리고 허드슨 부인에게 최대한 빨리 저녁 식사 2인분을 가져다 달라고 해."

---

27) 이 작품만큼 셜로키언 사이에서 논란의 대상이 된 작품도 없다. 이 작품을 쓴 사람으로 왓슨의 부인, 홈즈의 먼 친척으로 켄싱턴에 있는 왓슨의 병원을 산베너, G 레스트레이드, 빌리, 코난 도일이 거론되었다.

소어 다리

1900년 10월 4일(목)~10월 5일(금)

The Problem of Thor Bridge

The Problem of Thor Bridge

　채링크로스에 있는 콕스 은행의 금고 어딘가에 여행으로 닳고 허름하며 해진 양철 상자가 있다. 그리고 뚜껑에는 '전 인도군 소속 닥터 존 H. 왓슨'이라고 내 이름이 쓰여 있다. 그 상자에는 서류가 가득 들어 있는데, 대부분이 홈즈가 여러 번 조사한 기이한 사건에 대한 기록이다.

　그중에는 전혀 해결되지 않은 아주 흥미로운 사건도 꽤 있다. 하지만 그런 사건들에 대해서는 명확하게 설명할 수 없으므로 기록하지 않겠다. 학생들은 해답 없는 문제에 흥미를 갖겠지만 일반 독자들은 짜증이 날 것이다. 이렇게 해결되지 않은 사건 중에는 제임스 필리모어 사건이 있다. 그는 우산을 가지러 집으로 돌아가서는 흔적도 없이 영영 사라져 버렸다. 어느 봄날 작은 안개 속으로 들어간 뒤 배와 선원의 소리가 완전히 사라지고 그 모습도 다시는 볼 수 없게 되었다는 작은 범선 '앨리시아' 사건도 매우 흥미롭다.

세 번째로는 유명한 저널리스트이자 연설가 이사도라 페르사노의 사건을 들 수 있다. 그는 알몸으로 발견되었는데, 앞에 놓인 성냥갑을 뚫어지게 바라보고 있었다. 성냥갑에는 과학적으로 알려진 바가 없다는 이상한 벌레가 담겨 있었다. 이처럼 이해할 수 없는 사건들 이외에도 신문지상에 발표되면 상류사회에 큰 충격을 줄 명문가의 사적인 비밀과 관련된 사건들도 있다. 물론 비밀이 탄로 나는 일은 없을 것이다. 홈즈가 이런 일에 신경을 쓸 시간이 생긴다면 이 기록들을 없앨 것이기 때문이다. 이런 일 외에도 상당히 흥미로운 사건들이 남아 있다. 내가 그 사건들을 모두 책으로 내지 않은 건 세상에서 가장 존경하는 홈즈를 위해서다. 사람들이 내 글을 너무 많이 읽어 싫증이 나면 홈즈의 명성에도 영향을 미칠 수 있으니 말이다. 내가 직접 관여한 사건들은 목격자로서 생생하게 얘기할 수 있지만, 내가 참여하지 않았거나 아주 작은 역할을 한 사건들에 대해서는 제삼자로서 얘기할 수 있을 뿐이다. 다음 이야기는 내가 직접 경험한 일이다.

바람이 강하게 부는 10월의 아침이었다. 나는 옷을 입으면서 뒤뜰에 홀로 서 있는 플라타너스에서 낙엽이 떨어지는 것을 보았다. 위대한 예술가들이 대개 그러하듯이 홈즈는 환경에 쉽게 영향을 받았다. 그래서 나는 홈즈가 침울해하고 있을 거라고 생각하며 아침을 먹으러 아래층으로 내려왔다. 그러나 예상과 달리 홈즈는 아침을 거의 다 먹은 뒤였고 유난히 즐겁고 명랑해 보였다. 홈즈는 사건이 생기면 늘 활기를 되찾았다.

"홈즈, 사건이라도 생겼어?" 내가 말했다.

"왓슨, 자네가 내 비밀을 알아내다니, 추리력은 확실히 전염성이 있어. 맞아. 사건이 하나 생겼어. 한 달 동안 시시한 일들 뿐이었는데 드디어 다시 일을 시작하게 되었지."

"어떤 사건인데?"

"아쉽지만 지금은 할 얘기가 별로 없어. 일단 우리의 새 요리사가 삶은 이 팍팍한 달걀 두 개를 먹어. 그리고 사건 얘기를 하지. 내가 어제 현관에서 본 〈패밀리 헤럴드〉지에 실린 기사 때문에 달걀이 이 모양이 된 것 같아. 달걀을 삶는 것처럼 사소한 일에도 주의가 필요하지. 저 잡지에 실린 연애 사건에 정신이 팔려서 달걀을 불에 올려놓고 까맣게 잊어서는 안 돼."

15분 후 식탁을 치웠고, 우리는 마주 앉았다. 홈즈는 주머니에서 편지를 꺼냈다.

"금광 왕 닐 깁슨을 알아?"

"미국 상원의원?"

"서부 어느 주에서 상원의원을 지낸 적이 있지. 하지만 세계 최고의 금광 부호로 더 잘 알려져 있어."

"얘기는 들었어. 영국에서 산 적이 있지? 이름을 들은 적이 있어."

"맞아, 5년 전에 햄프셔의 부동산을 많이 매입했어. 닐 깁슨 부인의 비극적인 사건도 이미 들었겠지?"

"물론. 이제야 기억나. 그래서 닐 깁슨이란 이름이 낯설지 않았군. 하지만 사건의 자세한 내막은 몰라."

홈즈는 의자에 놓인 종이를 가리켰다.

"내가 그 사건을 맡게 될 줄은 몰랐어. 그랬다면 기사를 따로 모아 놨을 거야. 아주 충격적인 사건이지만 범인이 쉽게 밝혀졌지. 피고는 착한 사람이라고 평판이 나 있지만 증거가 아주 명백하다더군. 검시재판의 배심단도 경찰 재판소의 심리도 그렇게 판결했어. 지금은 윈체스터에 있는 순회재판에 회부되었어. 쓸데없는 일일 수도 있지. 왓슨, 나는 사실을 알아낼 뿐이야. 그걸 변경할 수는 없어. 아주 새롭고 예상치 못한 사실이 밝혀진다면 모를까, 내 의뢰인이 뭘 기대하는지 모르겠어."

"자네 의뢰인이라니?"

"아, 얘기하지 않았군. 거슬러 올라가면서 이야기하는 자네

를 닮아 가나 봐. 이걸 먼저 읽어 봐."

홈즈가 나에게 건넨 편지에는 굵고 훌륭한 필체로 다음과 같이 쓰여 있었다.

홈즈 씨에게

이 세상에서 가장 훌륭한 여인이 파멸해 가는 것을 이대로 그냥 보고만 있을 수는 없소. 그녀를 구할 수 있다면 뭐든 하겠소. 설명할 수는 없지만 던바 양이 무죄라는 것을 나는 확실히 알고 있소. 이 사건에 대해 들었을 거요. 누군들 모르겠소? 어딜 가나 이 이야기뿐이오. 그런데 던바 양을 옹호하는 사람이 한 명도 없다니! 이렇게 불공평할 수 있소? 나는 미칠 것 같소. 던바 양은 파리 한 마리도 죽이지 못하는 사람이오. 어쨌든 내일 11시에 찾아가겠소. 당신이 이 난관을 극복할 수 있게 도와주시오. 내가 아는 사실이 사건을 해결하는 데 도움이 될 수 있을지 모르겠소. 그러나 당신이 던바 양을 구해 주기만 한다면 내가 아는 모든 사실과 재산, 그리고 명예를 모두 당신에게 드리겠소. 당신이 정말 뛰어난 사람이라면 이 사건도 해결해 주시오.

클레리지스 호텔, 10월 3일
- J. 닐 깁슨

"이제 자네도 알겠지." 셜록 홈즈는 담뱃재를 털고는 다시 파이프에 담배를 채우면서 말했다. "내가 기다리는 사람이 닐 깁슨 씨야. 자네가 이 서류를 모두 읽기에는 시간이 별로 없군. 이 사건에 대해 알고 싶다면 아주 간단히 얘기하지. 닐 깁슨 씨는 세계에서 제일가는 경제계 거물이야. 그리고 내가 들은 바에 의하면, 폭력적이고 무서운 성격을 지녔다는군. 이 사건의 피해자인 그의 부인에 대해서는 아는 게 별로 없어. 나이가 들면서 아름다움이 시들었다는 것과 더욱 불행하게도 아주 매력적인 여자 가정교사가 두 아이들의 교육을 맡았다는 것이 전부야. 세 사람이 관련되어 있고 무대는 역사적인 영국의 대농장 중앙에 있는 크고 오래된 영주 저택이지.

다음은 사건에 대한 얘기야. 늦은 저녁에 집에서 반 마일쯤 떨어진 곳에서 부인이 발견되었어. 디너 드레스를 입고 어깨에 숄을 걸친 채 머리에 총알을 맞은 흔적이 있었어. 부인 주위에 총은 없었고 살인 사건이라 할 만한 단서도 없었지. 왓슨, 부인 주위에 총이 없었다는 것을 기억해. 범죄는 밤늦게 일어났고 11시쯤에 사냥터 관리인이 시체를 발견했어. 그 즉시 경관과 의사가 검사를 하고 시체를 집으로 옮겼지. 너무 간단히 얘기했나? 충분히 이해가 되었나?"

"모든 게 아주 명확해. 그런데 왜 여자 가정교사를 의심하지?"

"음, 우선 아주 직접적인 증거 때문이야. 총알 하나가 발사된 권총이 그녀의 옷장 바닥에서 발견되었거든. 시체에 있는 총알의 직경과도 일치했지."

홈즈는 초점 없는 눈으로 천천히 말을 되풀이했다.

"그녀……의 ……옷장 ……바닥……에서." 그리고 홈즈는 입을 다물었다.

나는 그가 깊은 생각에 잠겼다는 사실을 알았기 때문에 섣불리 끼어들 수 없었다. 홈즈는 갑자기 깜짝 놀라더니 다시 말을 이었다.

"그래, 왓슨. 총을 발견했어. 정말 치명적이지? 배심원 두 명은 그렇게 판단했어. 또 피해자가 손에 쪽지를 쥐고 있었는데 그 쪽지는 던바 양이 쓴 것이었어. 바로 그 장소에서 만나자는 내용이었지. 어때? 깁슨 의원은 매력적인 사람이지. 그의 부인이 죽는다면 깁슨 씨에게 이미 깊은 관심을 받고 있는 던바 양 말고 누가 부인이 되겠나? 사랑, 재산, 권력, 모든 것이 한 중년 여자의 목숨에 달려 있지. 추하군, 왓슨, 정말 추해!"

"정말 그렇군, 홈즈."

"던바 양은 알리바이도 증명할 수 없었어. 오히려 그 시간에 사건 현장인 소어 다리 근처에 갔다는 사실을 인정했지. 부인할 수 없었을 거야. 그곳을 지나가던 이웃들이 던바 양을 목격했으니까."

"정말 결정적이군."

"왓슨, 게다가 소어 다리는 갈대가 가득한 길고 깊은 저수지의 가장 좁은 부분 위에 걸려 있어. 다리는 아주 좁고 옆에는 기둥 난간이 있지. 소어 호수라고 불리는 곳이야. 그 다리 입구에 부인의 시체가 누워 있었어. 이게 사건의 주된 내용이야. 이런, 내가 틀린 게 아니라면 우리 의뢰인이 왔군. 약속 시간보다 상당히 일찍 왔는걸."

빌리가 문을 열었지만 그가 알린 이름은 우리가 기다리는 사람의 이름이 아니었다. 말로 베이츠는 홈즈도, 나도 처음 듣는 이름이었다. 그는 마른 체구에 신경질적으로 보였으며 놀란 눈으로 당황하며 몸을 떨었다. 의사인 내가 보기에 베이츠는 극단적인 신경쇠약이었다.

"흥분한 것 같군요, 베이츠 씨. 앉으시죠. 제가 11시에 약속이 있어 당신과 얘기할 수 있는 시간이 별로 없습니다." 홈즈가 말했다.

"알고 있습니다." 베이츠는 숨이 가쁜 사람처럼 짧게 말을 내뱉으면서 헐떡거렸다. "깁슨 씨가 오고 있습니다. 깁슨 씨는 저의 주인이고 저는 그의 부동산 관리인입니다. 홈즈 씨, 그는 악당입니다. 아주 악독한 사람입니다."

"말이 너무 심하군요. 베이츠 씨."

"시간이 별로 없으니 단도직입적으로 얘기하겠습니다. 저는 여기서 깁슨 씨를 만나면 절대로 안 됩니다. 깁슨 씨가 도착할 시간이 다 되었군요. 그러나 저는 더 일찍 올 수 없었습니다. 깁슨 씨의 비서 퍼거슨이 오늘 아침에서야 깁슨 씨가 당신과 약속했다는 사실을 알려 주었습니다."

"당신은 깁슨 씨의 관리인입니까?"

"깁슨 씨에게 통보했습니다. 2주 후에 이 더러운 일을 그만둘 것입니다. 그는 정말 냉혹한 인간입니다. 자선사업은 자신의 부정을 감추기 위한 수단입니다. 그의 부인이 가장 큰 희생양입니다. 깁슨 씨는 부인에게 잔인하게 대했습니다. 그렇습니다. 아주 짐승 같았죠! 부인이 어떻게 죽었는지 저는 모릅니다. 하지만 깁슨 씨가 부인의 인생을 불행하게 만든 건 사실입니다. 부인은 브라질 태생으로 열대지방 사람입니다. 아시죠?"

"몰랐습니다."

"더운 지방에서 태어났고 성격도 열정적이었습니다. 태양과 정열의 화신이었죠. 정열적으로 깁슨 씨를 사랑했습니다. 그러나 부인이 나이가 들면서 점점 아름다움이 사라지자 부인에 대한 깁슨 씨의 사랑은 식었습니다. 한때는 무척 아름다웠다고 합니다. 우리 모두 부인을 좋아했고 가엾게 여겨서 깁슨 씨가 부인을 대하는 태도를 증오했습니다. 그는 말솜씨가 좋은 교활한 사람입니다. 이게 제가 말씀드리고 싶은 전부입니다. 그의 말을 곧이곧대로 믿지 마세요. 진실이 아닙니다. 저는 이제 가겠습니다. 안 됩니다. 저를 붙잡지 마세요! 깁슨 씨가 올 시간이 다 되었습니다."

베이츠는 놀란 눈으로 시계를 보더니 문으로 뛰어나갔다.

"그래, 그래!" 잠시 후 홈즈가 말했다. "깁슨 씨는 아주 충성스러운 하인을 둔 것 같군. 하지만 경고는 참고할 만해. 이제 깁슨 씨가 나타나기만 기다리면 되겠지."

11시 정각이 되자 무겁게 계단을 오르는 소리가 들리고, 그 유명한 백만장자가 방으로 들어섰다. 깁슨 씨를 보자 베이츠의 두려움이나 혐오, 그리고 수많은 사업 경쟁자들이 그에게 퍼부은 저주의 말이 이해가 갔다. 내가 조각가이고 사업에 성공한 대담하고 뻔뻔스러운 사람을 작품으로 만들 계획이라면 닐 깁슨을 모델로 선택할 것이다. 그는 키가 크고 말랐으며 뼈마디가 굵었는데, 매우 탐욕스러워 보였다. 외모는 검소한 생활을 추구한 링컨 대통령과 조금 비슷하게 생겼다. 그의 얼굴은 화강암으로 조각한 것처럼 딱딱하고 울퉁불퉁했으며 차가워 보였다. 그리고 깊은 주름과 수많은 흉터가 있었다. 짙은 눈썹 아래의 차가운 회색 눈은 우리를 번갈아 가며 매섭게 훑어보았다. 홈즈가 내 이름을 말하자 깁슨은 형식적으로 고개를 끄덕인 후 주인 같은 태도로 의자를 홈즈 쪽으로 가져가 앙상한 그의 무릎이 홈즈에게 닿을 만큼 가까이 앉았다.

"여기서 말하겠소, 홈즈 씨. 이 사건에서 돈은 중요하지 않소. 진실을 밝히는 데 도움이 된다면 당신이 돈을 불태워도 좋소. 던바 양은 아무 죄가 없소. 그녀가 무죄임을 밝혀야 하오. 그건 모두 당신에게 달려 있소. 얼마면 되겠소?" 깁슨이 말했다.

"의뢰 비용은 일정 기준[28]에 따릅니다. 돈을 받지 않을 때 말고는 요금은 달라지지 않습니다." 홈즈가 차갑게 말했다.

"좋소. 돈에 관심이 없다면 명예를 생각해 보시오. 당신이 이 사건을 해결한다면 영국과 미국의 언론이 당신에 대해 대서특필할 거요. 그러면 당신은 두 대륙에서 화제가 될 테지요."

---

28) 일정 기준이란 어디에 기준을 둔 것일까? 찾은 재산의 금액에 따른 것일까? '해군 조약'과 '고대 영국의 왕관' 사건 이외에 재산에 관계된 사건은 그다지 없다. 그러면 수사에 걸린 시간일까? 그렇다면 보스콤 계곡까지 열차로 가는 데 걸린 네 시간 반과 스톡 모란에서 밤을 새운 네 시간 반은 같다고 보아야 할 것인가? 이 기준에 대해 분명한 것은 그것이 결코 일정한 기준이 없다는 것뿐이다.

"고맙습니다, 깁슨 씨. 하지만 요란하게 신문에 나고 싶은 생각은 전혀 없습니다. 오히려 저는 익명으로 일하는 것을 더 좋아하며 제가 관심이 있는 것은 사건 자체입니다. 이런 얘기를 하는 건 시간 낭비일 뿐입니다. 어서 사건에 대한 이야기를 하시지요."

"주요 사실은 신문 기사를 보면 모두 알 수 있을 것이오. 당신에게 도움이 될 만한 게 더 있는지 모르겠소. 그러나 당신이 더 명확히 알고 싶은 것이 있다면 말해 주겠소."

"네, 딱 하나 있습니다."

"뭐요?"

"깁슨 씨와 던바 양은 정확히 어떤 관계였습니까?"

깁슨은 깜짝 놀라 의자에서 일어났다. 그렇지만 곧 당당함과 침착함을 되찾았다.

"일을 맡았으니 당신이 그런 질문을 할 권리가 있다고 생각하오, 홈즈 씨."

"그렇다고 생각합니다." 홈즈가 대답했다.

"던바 양이 아이들과 함께 있을 때 이외에는 나는 그녀와 얘기를 하거나 만난 적이 없소. 단지 주인과 젊은 가정교사의 관계일 뿐이오."

홈즈가 의자에서 일어났다.

"저도 바쁜 사람입니다. 깁슨 씨. 쓸데없는 이야기에 허비할 시간이 없습니다. 그럼, 안녕히 가십시오."

깁슨도 일어났다. 키가 큰 깁슨이 홈즈 앞을 가로막았다. 짙은 눈썹 아래에는 분노로 찬 눈이 번뜩였고 창백했던 볼이 붉어졌다.

"홈즈 씨, 도대체 그게 무슨 뜻이오? 내 사건을 포기하는 거요?"

"글쎄요, 깁슨 씨. 적어도 당신을 거부하는 겁니다. 내 질문은 간단했다고 생각하는데요."

"아주 간단했소. 하지만 숨은 뜻이 뭐요? 가격을 올려 달라는 거요? 아니면 사건을 맡기가 두려운 거요? 아니면 뭐요? 나는 간단하게 대답할 권리가 있소."

"네, 아마도 그러시겠죠. 하나 더 말하겠습니다. 거짓 정보로 사건을 어렵게 만들지 않아도 이 사건은 이미 아주 복잡합니다."

"내가 거짓말을 했다는 의미군."

"글쎄요. 저는 최대한 완곡하게 표현하려고 했는데 깁슨 씨가 거짓말이라는 단어를 고집하신다면 저도 굳이 부인하지는 않겠습니다."

순간 깁슨의 얼굴이 아주 험악해지더니 커다랗고 마디가 굵은 주먹을 치켜들었다. 놀란 나는 벌떡 일어섰다. 하지만 홈즈는 무심하게 웃으며 파이프를 집기 위해 손을 뻗었다.

"소란 피우지 마세요, 깁슨 씨. 아침을 먹은 후에는 사소한

말다툼도 거북한 법입니다. 아침 공기를 마시며 산책하면서 조용히 생각하는 게 당신에게 도움이 될 듯싶군요."

깁슨은 애써 자신의 분노를 억제했다. 불같이 화를 내던 그가 순식간에 냉담하고 무심해진 것을 보니 그저 존경스러울 뿐이었다.

"좋소, 당신이 선택한 거요. 일을 처리하는 자신만의 방식이 있겠지. 당신에게 강제로 사건을 조사하게 할 수는 없소. 하지만 오늘 아침 당신은 큰 실수를 한 거요. 나는 당신보다 더 강한 사람들도 무릎을 꿇게 만들었소. 여태 나를 방해한 사람치고 잘된 사람이 없소."

"많은 사람들이 그렇게 얘기하더군요. 하지만 전 다릅니다. 그럼 안녕히 가세요, 깁슨 씨. 당신은 아직 배울 게 많은 것 같군요." 홈즈가 웃으며 말했다.

깁슨은 요란스럽게 밖으로 나갔지만, 홈즈는 침착하게 아무 말 없이 멍하게 천장을 보며 담배를 피웠다.

"어떻게 생각해, 왓슨?" 마침내 그가 물었다.

"글쎄, 깁슨 씨는 자신에게 방해되는 것을 확실히 없앨 만한 사람 같군. 베이츠가 말하기를 그의 부인은 장애물이고 혐오의 대상이라고 했지 않나."

"정확해. 내 생각도 그래."

"그런데 가정교사와는 어떤 관계였으며, 자네는 그걸 어떻게 알았지?"

"속임수야, 왓슨, 속임수! 깁슨의 편지는 열정적이었고 사무적이지 않은 말투였어. 그건 말수가 적은 그의 태도나 모습과는 상반돼. 피해자보다는 기소된 여자에게 깊은 감정이 있는 게 분명해. 진실을 알기 위해서는 이 세 사람의 관계를 정확히 알아야 해. 내가 그에게 정면 공격하는 걸 봤지? 그가 얼마나 침착하게 받아 내던가. 나는 아주 확실한 척하면서 허세를 부렸지만 사실은 추측일 뿐이었어."

"깁슨이 다시 올까?"

"그는 분명히 돌아와. 사건을 그대로 둘 수는 없을 거야. 아! 벨 소리 아닌가? 그렇지, 그의 발소리가 들리는군. 네, 깁슨 씨, 지금 막 왓슨 의사에게 당신이 좀 늦는다고 얘기하던 참이었습니다."

깁슨의 태도는 나갈 때보다 부드러워졌다. 그렇지만 자존심이 상한 듯 눈빛은 아직 분노에 차 있었다. 그러나 목적을 이루기 위해서라면 모든 걸 얘기하겠다고 생각하는 듯했다.

"홈즈 씨, 그 일에 대해 생각해 보았소. 내가 당신의 말을 오해한 것 같소. 어떤 사실이든 당신은 따져 볼 자격이 있어요.

그 이상도 가능하다고 생각하오. 그러나 맹세컨대 정말 던바 양과 나는 이 사건과 아무런 관계가 없소."

"판단은 제가 합니다. 그렇지 않습니까?"

"그렇소. 당신은 진단을 내리기 전에 모든 증상을 말해 보라고 요구하는 의사 같군."

"맞습니다. 표현 그대로입니다. 사건의 진실을 숨기려는 사람은 의사에게 증상을 숨기려는 환자와 같습니다."

"그럴 수도 있겠지. 하지만 한 여성과 어떤 관계냐는 단도직입적인 질문을 받았을 때 정말로 진지한 감정을 가지고 있다면 어떤 남자든 약간은 겁을 낼 것이오. 어떤 남자든 마음 한구석에 다른 사람들에게는 밝히고 싶지 않은 개인적인 비밀을 간직하고 있다고 생각하오. 그런데 당신이 갑자기 그걸 건드렸소. 하지만 던바 양을 구하기 위해서라면 당신을 용서하겠소. 자, 자물쇠는 풀리고 보관함은 열렸소. 이제 당신이 원하는 무엇이든 물어볼 수 있소. 당신이 원하는 게 뭐요?"

"진실입니다."

깁슨은 생각을 정리하는 듯 잠시 말이 없었다. 사납고 주름진 얼굴이 점점 슬픈 표정으로 변했다.

"아주 짧게 말하겠소, 홈즈 씨." 마침내 그가 입을 열었다. "말하기도 어렵고 고통스러운 일들이 좀 있소. 필요 이상으로 깊게 얘기하지 않겠소. 브라질에서 금광을 발굴할 때 아내를 만났소. 아내인 마리아 핀토는 마나오스 정부 관리의 딸이었고, 매우 아름다웠소. 그 시절에 나는 젊고 열정적이었소. 하지만 지금도 냉정하게 되돌아보면 마리아는 보기 드문 미인이었고, 아주 감성이 풍부했소. 내가 아는 미국 여자들과는 달리 열정적이고 성실하며 극단적이었지. 짧게 말하면 나는 그녀를 사랑했고 그녀와 결혼했소. 몇 년간 지속된 사랑이 식고 나서야 우리에겐 공통점이 없다는 것을 알았지요. 나의 사랑은 식었소. 그녀 역시 그랬다면 모든 일이 더 쉬웠을 거요. 하지만 어떻게 해도 그녀의 사랑은 변하지 않았소. 마리아의 사랑이 식거나 증오로 바뀐다면 우리 둘 모두에게 좋을 거라고 생각해서 나는 그녀에게 가혹하게 대했소. 다른 사람들의 말처럼 잔인하기까지 했지. 하지만 마리아는 전혀 변하지 않았소. 마리아는 20년 전에 아마존 강가에서 나를 사랑했던 것처럼 이 영국의 숲에서도 나를 사랑했소. 내가 어떤 짓을 해도 마리아는 변함없이 충실했소.

그 무렵 그레이스 던바가 나타났소. 그녀는 우리가 낸 광고를 보고 연락했고, 두 아이의 가정교사가 되었소. 아마 신문에 난 던바 양의 사진을 보았을 거요. 그녀는 매우 아름다운 여성이오. 나는 다른 사람들보다 더 교양 있는 척 행동하지 않겠소.

같은 집에서 살고 매일 그녀와 만나면서 그녀에게 열정을 느꼈소. 나를 비난하는 거요, 홈즈 씨?"

"열정을 느꼈다는 점에 대해서는 당신을 비난하지 않습니다. 그러나 이 젊은 여성은 당신의 보호를 받고 있었다고 할 수 있습니다. 그러니 당신이 그 감정을 표현했다면 잘못된 거라고 생각합니다."

"글쎄, 그럴 수도 있지." 깁슨은 인정했지만, 곧 그 비난에 화가 난 듯 말했다. "나는 더 괜찮은 사람처럼 보이기 위해 거짓으로 꾸미지 않소. 평생 내가 원하는 거라면 뭐든지 얻을 수 있는 사람이었소. 던바 양의 사랑을 얻는 것보다 더 갈망한 것이 없소. 나는 그녀에게 그렇게 말했소."

"아, 정말 그렇게 말했습니까?"

홈즈는 깜짝 놀라며 얼굴을 심하게 찡그렸다.

"할 수만 있다면 던바 양과 결혼하겠지만, 그건 불가능한 일이라고 말했소. 돈은 중요하지 않고 그녀를 행복하고 편안하게 해 줄 수 있는 것이라면 무엇이든 하겠다고 했소."

"인심이 아주 후하군요." 홈즈가 비웃었다.

"이보시오, 홈즈 씨. 나는 사건을 해결하려고 당신을 찾아온 것이지, 도덕적인 문제로 온 게 아니오. 당신의 비난 따위는 필요 없소."

"내가 당신의 사건에 관여하는 건 오직 던바 양을 위해서입니다. 던바 양이 저지른 범죄가 당신이 한 일보다 더 나쁜 건지 모르겠습니다. 당신은 자신의 보호를 받는 연약한 여자를 타락시키려고 했어요. 돈을 쏟아붓는다고 해서 세상이 당신의 죄를 용서해 주지는 않는다는 사실을 당신같이 돈 많은 사람들은 알아야 합니다." 홈즈가 단호하게 말했다.

놀랍게도 깁슨은 비난을 침착하게 받아들였다.

"나도 그렇게 생각하오. 그녀가 내 생각대로 따르지 않은 것을 신에게 감사하오. 던바 양은 아무것도 받지 않고 즉시 집을 떠나려 했소."

"그런데 왜 떠나지 않았습니까?"

"우선은 부양해야 할 가족 때문이었소. 가정교사 일을 포기하고 가족들을 저버린다는 게 그녀로서는 쉽지 않은 일이었소. 내가 다시는 귀찮게 하지 않을 거라고 맹세하자 던바 양은 그냥 남아 있기로 했소. 그 후 나는 약속대로 다시는 그녀를 괴롭히지 않았소. 하지만 그녀가 떠나지 않은 또 다른 이유가 있었소. 던바 양은 자신이 나에게 가장 큰 영향을 미칠 수 있는 사람이라는 사실 알았기 때문에 그걸 좋은 일에 이용하고 싶어 했소."

"어떻게 말입니까?"

"던바 양은 내 사업에 대해 조금 알고 있었소. 홈즈 씨, 내 사업은 보통 사람들은 상상할 수도 없을 만큼 거대하오. 나는 무언가를 창조할 수도 있고 파괴할 수도 있소. 하지만 대부분이 파괴지. 개인만이 아니오. 단체, 도시, 심지어 국가도 그렇소. 사업이란 치열한 싸움이어서 약자는 밀려나게 되어 있소. 나는 승산이 있는 일만 했소. 나는 고통스러워한 적도 없고 다른 사람들의 고통에도 전혀 신경 쓰지 않았소. 하지만 던바 양은 다르게 생각했소. 그녀가 옳았소. 그녀는 생계가 막막하고 어려운 사람들이 수도 없이 많은데, 한 사람이 필요 이상으로 부를 축적해서는 안 된다고 생각했소. 나는 던바 양의 생각대로 가치 있는 일에 돈을 쓰리라 다짐했소. 던바 양은 내가 그녀의 말을 따르자 자신이 내 행동에 영향을 줌으로써 세상에 봉사하고 있다고 생각했소. 그래서 던바 양은 계속 머물러 있었고, 끝내 이번 사건이 일어난 것이오."

"사건에 대해 더 자세히 이야기해 주실 수 있습니까?"

깁슨은 잠시 말을 멈추더니 머리를 손으로 감싸고 깊은 생각에 빠졌다.

"사건은 그녀에게 아주 불리하오. 나는 부정할 수 없소. 겉만 봐서는 알 수 없지만 배후에 남자가 있을 수도 있소. 처음에는 나도 너무 당황하고 놀라 던바 양이 자신의 성격을 속인 것이 아닌가 하고 의심할 뻔했소. 홈즈 씨, 도움이 될 것 같으니 내 생각을 말하겠소. 내 아내는 질투가 아주 강해요. 외모에 대한 질투뿐 아니라 감정에 대한 질투도 대단했소. 아내도 알고 있었겠지만 외모에 대해서는 질투할 게 없었소. 그런데 던바 양이 내 마음과 행동에 영향을 미치고 있다는 것을 알게 되었소. 아내로서는 해 본 적이 없는 일이었지. 좋은 일을 하기 위한 것이었지만 그렇다고 사실이 달라지는 건 아니었소. 아내는 증오심으로 미쳐 갔소. 그녀의 피 속에는 항상 아마존의 열기가 흐르고 있었소. 아내가 던바 양을 죽이려고 했을 수도 있소. 아니면 던바 양에게 총으로 위협하며 떠나라고 겁을 주었을 수도 있소. 그래서 난투극이 벌어지고 총이 발사되었는데, 그걸 들고 있던 아내가 총에 맞았을 수도 있소."

"저도 그런 가능성에 대해 이미 생각해 봤습니다. 사실, 살인이 아니었음을 주장할 수 있는 유일한 설명이죠. 하지만 던바 양은 그 사실을 완전히 부인했습니다." 홈즈가 말했다.

"하지만 그게 결정적이지는 아니지 않소? 그런 끔찍한 상황에 처한 여자가 당황해 권총을 그대로 든 채 황급히 집으로 돌아왔을 수도 있는 일이잖소. 엉겁결에 권총을 옷장에 던져 놓았고, 총이 발견되자 설명을 해도 믿지 않을까 봐 전부 부인하며 거짓말을 하려고 했을 수도 있소. 이러한 가정에 반박할 만한 증거가 있소?"

"던바 양 자신입니다."

"그렇군."

홈즈는 그의 시계를 보았다. "오늘 아침에 필요한 허가를 받아 저녁까지 윈체스터에 도착할 수 있을 것 같군요. 던바 양을 만나 봐야 제가 이 사건에 도움을 줄 수 있을지 알 수 있습니다. 결론이 깁슨 씨가 원하는 것과 같을지는 약속드릴 수 없습니다."

허가 절차가 지연되는 바람에 그날 우리는 윈체스터에 가지 못했다. 대신 깁슨이 소유한 햄프셔의 소어 저택으로 갔다. 깁슨은 우리와 같이 가지 않고 처음 그 사건을 조사한 코벤트리 경사를 소개해 주었다. 코벤트리 경사는 키가 크고 마른 체격에 얼굴이 창백했다. 비밀스럽고 수상한 태도로 보아 뭔가 중요한 사실을 알고 있으나 섣불리 입 밖에 내지 못하는 듯했다. 코벤트리 경사는 아주 중대한 사항을 이야기하는 듯이 목소리를 갑자기 낮추곤 했는데, 들어 보면 대개 평범한 내용이었다. 그러나 우리는 곧 그가 예의 바르고 정직하다는 사실을 알았다. 그는 이 사건은 자신의 능력 밖의 일이며 도움을 기꺼이 환영한다고 말할 만큼 솔직했다.

"어쨌든 저는 스코틀랜드 야드보다는 당신을 택하겠어요, 홈즈 씨. 스코틀랜드 야드가 이 사건을 맡으면 사건이 해결되더라도 지방 경찰이 신용을 잃거나 비난을 받을 수도 있거든요. 당신은 정직하게 행동한다고 들었습니다." 코벤트리 경사가 말했다.

"사건 전면에 나서지 않아도 좋습니다." 홈즈의 말에 풀이 죽은 경사는 크게 안도하는 것 같았다. "내가 사건을 해결하더라도 내 이름을 알릴 필요는 없으니까요."

"홈즈 씨, 당신은 정말 멋진 분이군요. 왓슨 선생도 믿을 수 있는 분이라는 것을 압니다. 그럼, 홈즈 씨, 그 장소로 가시죠. 그런데 여쭤 보고 싶은 게 하나 있습니다. 당신 말고는 아무에게도 말하지 않았습니다." 경사는 말하기가 두려운 듯 주위를 둘러보았다. "깁슨 씨가 범인이라고 생각하지 않나요?"

"그 점에 대해서 생각하고 있소."

"아직 던바 양을 못 만나셨죠? 그녀는 여러모로 아주 훌륭하고 괜찮은 여성입니다. 깁슨 씨가 부인을 없애고 싶어 한 것도 당연합니다. 미국 사람들은 우리 영국 사람들보다 총을 더 많이 지니고 있나 봅니다. 홈즈 씨도 아시겠지만 그 총은 깁슨 씨 것이었어요."

"확실한가요?"

"물론이죠. 깁슨 씨가 갖고 있는 한 쌍의 총 중 하나입니다."

"한 쌍의 총이라니오? 그럼 다른 하나는 어디 있나요?"

"글쎄요, 깁슨 씨가 갖고 있는 총의 종류가 워낙 많습니다. 그 총과 똑같은 총을 찾을 수 없었어요. 하지만 상자는 두 개를 보관하도록 되어 있었습니다."

"한 쌍이라면 당연히 짝을 찾을 수 있을 텐데요?"

"글쎄요. 총을 조사해 보고 싶으시다면 집에 있는 총을 모두 보여 드리겠습니다."

"그건 나중에 보고, 우선 같이 가서 사건 현장을 둘러봤으면 좋겠군요."

우리는 코벤트리 경사의 오두막에 있는 작은 앞방에서 대화를 나누었다. 그곳은 지구대로 사용되고 있었다. 시들어 가는 누런 풀들이 가득한 황량한 벌판을 지나 반 마일쯤 걸어가자 소어 저택으로 들어가는 옆문에 도착했다. 꿩 보호 지역을 지나자 개간지가 나타났고, 언덕 꼭대기에 옆으로 넓게 퍼진 나무 골조의 저택이 보였다. 튜더 왕조와 조지 왕조의 스타일이 어우러진 집이었다. 우리 옆에는 갈대가 많은 긴 저수지가 있었다. 중앙의 좁은 부분에서 주된 물살이 돌다리를 통과해 양쪽에 있는 작은 연못으로 흘러들어 갔다. 경사는 이 다리 입구에서 멈추더니 바닥을 가리켰다.

"저기가 깁슨 부인의 시체가 있던 곳입니다. 제가 돌로 표시해 놓았습니다."

"시신을 옮기기 전에 이곳에 도착했다고 했지요?"

"네, 그들이 저를 즉시 불렀습니다."

"누가 불렀나요?"

"깁슨 씨가 직접 불렀습니다. 그는 보고를 받자마자 다른 사람들과 함께 집에서 급하게 뛰어나왔습니다. 경찰이 오기 전에 아무 것도 옮기지 않았다고 깁슨 씨가 말했습니다."

"잘했소. 신문 기사를 보니 권총은 가까운 거리에서 발사된 거라더군요."

"그렇습니다. 홈즈 씨, 아주 가까운 거리입니다."

"오른쪽 관자놀이 가까이?"

"바로 밑입니다."

"시체는 어떻게 누워 있었나요?"

"등을 바닥에 대고 있었습니다. 저항한 흔적은 없었습니다. 상처도 없었고 총도 없었습니다. 왼쪽 손으로는 던바 양이 쓴 짧은 쪽지를 꽉 쥐고 있었습니다."

"꽉 쥐고 있었다고 했나요?"

"그렇습니다. 손가락을 펼 수가 없었습니다."

"그거 아주 중요한 사실이군요. 부인이 사망한 후에 거짓 단

서로 사건을 은폐하기 위해 누군가 그곳에 쪽지를 가져다 놓은 건 아니라는 얘기야. 이런! 기억나는군. 그 쪽지 내용은 아주 짧았지. '소어 다리에서 9시에 뵙겠습니다. G. 던바.' 그런 내용 아니었소?"

"맞습니다."

"던바 양이 자신이 썼다는 사실을 인정했나요?"

"그렇습니다."

"던바 양은 뭐라고 설명하던가요?"

"던바 양의 답변서는 순회재판소에 보관되어 있습니다. 그녀는 아무 말도 안 했을 겁니다."

"이거 아주 흥미롭군요. 쪽지가 뭔가 석연치 않아. 안 그런가요?"

"그렇습니다. 건방진 말일 수도 있지만 이 사건을 통틀어 진짜 유일하게 의문이 가는 부분입니다." 경사가 말했다.

홈즈는 머리를 끄덕였다.

"편지가 진짜이고 실제로 쓰인 것이라고 해도 분명히 이전에 받았어요. 말하자면 한두 시간 전에 말이오. 그런데 왜 깁슨 부인은 왼손에 그대로 움켜쥐고 있었을까요? 왜 그렇게 소중하게 지니고 있어야만 했을까요? 던바 양과 만날 때 쪽지를 가지고 있을 필요는 없었소. 이상하지 않소?"

"그렇습니다. 홈즈 씨의 설명대로 이상하군요."

"잠시 조용히 앉아서 잘 생각해 봐야겠군." 홈즈는 다리의 돌난간에 앉았다. 회색 눈을 굴리며 의심스러운 눈초리로 사방을 살펴보았다. 그러다 갑자기 벌떡 일어나더니 반대쪽 난간으로 달려가 주머니에서 돋보기를 꺼내 난간을 조사했다.

"이거 이상하군."

"그렇습니다. 난간에 흠이 있는 걸 보았습니다. 지나가는 사람들의 짓이라고 생각합니다."

다리는 회색이었으나 이 부분만은 6펜스 은화 크기로 하얗게 변해 있었다. 가까이에서 살펴보면 날카로운 타격으로 표면에 흠집이 생겼다는 것을 알 수 있었다.

"어떤 힘이 가해져서 저렇게 된 게 분명해." 홈즈가 생각에 잠겨 말했다. 그러고 나서 지팡이로 난간을 몇 차례 때렸으나, 흔적이 남지 않았다. "그래, 아주 강한 힘으로 때렸어. 게다가 의문스러운 위치요. 난간의 아랫부분에 흠이 있는 걸 보니 위가 아니라 아래쪽에서 충격을 가했군요."

"하지만 시체에서 적어도 15피트는 되는데요."

"그래요, 시체에서 15피트 떨어져 있소. 사건과 관련이 없을 수도 있소. 하지만 주목할 만한 문제요. 여기서는 더 이상 얻을 만한 게 없는 것 같군요. 발자국은 없었다고 했지요?"

"바닥은 딱딱합니다. 아무런 흔적도 없었어요."

"그럼 이제 집에 가서 말했던 그 무기들을 검토해야겠소. 그런 다음에 윈체스터로 출발할 거요. 사건을 더 깊이 조사하기 전에 던바 양을 만나고 싶군요."

깁슨 씨는 아직 마을에서 돌아오지 않았고, 집에는 아침에 우리를 방문한 신경과민증 환자 베이츠가 있었다. 베이츠는 불길한 기색으로 다양한 종류와 크기의 수많은 총기를 보여 주었다. 험한 삶을 산 깁슨이 수집한 것들이었다.

"깁슨 씨와 그의 사업에 대해 아는 사람들이라면 누구나 아는 것처럼 깁슨 씨는 적이 많습니다. 깁슨 씨는 침대 옆 서랍에 장전된 총을 넣고 잡니다. 과격한 사람입니다. 우리 모두 그를 두려할 때가 많습니다. 돌아가신 불쌍한 부인도 자주 놀라곤 했습니다."

"깁슨 씨가 부인에게 직접 폭행하는 장면을 목격한 적이 있습니까?"

"아닙니다. 그렇다고 말할 수는 없습니다. 하지만 하인들 앞인데도 아주 심한 말로 냉정하게 비꼬며 모욕을 주곤 했습니다."

"우리의 백만장자는 개인적인 삶이 밝지는 않았던 것 같군." 역으로 가면서 홈즈가 말했다. "왓슨, 아주 많은 사실을 알게 되었어. 새로운 사실도 있지. 하지만 아직 결론을 내리기에는 이른 것 같아. 베이츠 씨는 주인을 아주 혐오하지만 그의 말을 들어 보니 사건이 일어났을 때 깁슨 씨가 자신의 서재에 있었다는 것은 분명해. 저녁 식사는 8시 30분에 끝났고 그때까지 모든 것은 정상이었어. 밤늦게 사건이 알려졌다는 건 사실이야. 사건은 쪽지에 쓰여 있는 시간에 발생했어. 깁슨 씨가 5시에 마을에서 돌아온 이후에 밖에 나갔다는 증거는 전혀 없지. 반대로 던바 양은 깁슨 부인과 그 다리에서 만나기로 약속했다는 사실을 인정했어. 그녀의 변호사가 방어하기 위해 그렇게 말하라고 했겠지. 이 사실 이외에 던바 양은 아무 얘기도 하지 않았을 거야. 던바 양에게 물어볼 중요한 질문이 몇 개 있어, 그녀를 만나 봐야 정리가 좀 될 듯하군. 솔직히 한 가지 사실이 아니었다면 나도 던바 양이 범인이라고 생각했을 거야."

"그게 뭔데, 홈즈?"

"던바 양의 옷장에서 권총이 발견되었다는 것."

"맙소사, 홈즈! 내 생각으로는 그 사실이 무엇보다 가장 확실한 증거 같은데." 내가 소리쳤다.

"그렇지 않아, 왓슨. 나는 처음 기사를 대충 읽을 때도 그 점이 아주 이상하다고 생각했어. 사건을 더 깊이 조사해 보니 그 점이 희망을 걸 수 있는 유일한 근거야. 모든 일에는 일관성이 있어야 해. 일관성이 부족하면 속임수가 있나 의심해야지."

"무슨 말을 하는지 모르겠어."

"왓슨, 한번 가정해 봐. 자네는 냉정하고 계획적인 여자인데, 적을 제거하려고 해. 계획을 짰어. 편지를 썼지. 상대가 왔어. 자네는 총을 갖고 있어. 범죄를 저질렀어. 능숙하고 완전한 범죄였지. 그렇게 솜씨 좋게 범죄를 저지른 후 영원히 무기를 숨기기에 안성맞춤인 갈대밭에 총을 던지는 것을 잊어버릴 것 같겠나? 그리고 소중히 무기를 집으로 가져와 가장 먼저 조사받게 될 장소인 자신의 옷장에 넣어 두겠나? 왓슨, 자네라면 그렇게 하겠나? 나는 그런 바보 같은 일을 하리라고 상상할 수 없어."

"그 순간 흥분해서……."

"아니. 아니야, 왓슨. 불가능해. 범죄를 냉정하게 계획할 때는 그걸 은폐하는 방법에 대해서도 미리 생각해 두기 마련이야. 그러므로 지금 우리는 심각한 혼란에 빠져 있어."

"하지만 설명할 길은 많아."

"그래, 우리가 그것을 설명할 거야. 생각을 바꿔 보면 아주 확정적인 바로 그 사실이 진실을 위한 단서가 되지. 예를 들면 이 권총이 있어. 던바 양은 이 권총을 전혀 모른다고 했지. 우리 이론대로라면 던바 양의 말은 진실이야. 그렇다면 누군가 권총을 그녀의 옷장에 놓아둔 거야. 누가 거기에 권총을 가져다 놓았을까? 그녀에게 죄를 뒤집어씌우려는 사람이겠지. 그 사람이 진짜 범인이 아닐까? 이게 나의 추론 과정이야."

수속이 끝나지 않아서 우리는 윈체스터에서 밤을 보내야 했다. 다음 날 아침 한창 주가가 오르고 있는 피고 측 변호사 조이스 커밍스 씨와 함께 던바 양의 방에서 그녀를 면담했다. 지금까지 들은 바로 아름다운 여성을 만나리라 예상하고 있었지만, 던바 양을 본 순간 받은 강렬한 인상은 잊을 수 없다. 건방진 백만장자라도 그녀 앞에서는 무력해질 만했다. 강하고 윤곽이 뚜렷하며 섬세한 그녀의 얼굴을 보면 비록 충동적으로 범죄를 저질렀다고 해도, 타고난 고귀한 성품 때문에 항상 누군가를 선한 쪽으로 이끌었을 거라고 생각할 것이다. 던바 양은 갈색 머리에 키가 컸으며 우아하고 위풍당당한 풍채였으나 그녀의 갈색 눈동자에는 올가미에 걸려 빠져나오지 못하는 짐승의 애처롭고 무력한 표정이 어려 있었다. 그러나 유명한 내 친구가 도움을 주기 위해 찾아왔다는 것을 알자 창백한 볼이 약간 붉어졌고 우리를 쳐다보는 눈에는 희망의 빛이 어렴풋이 나타났다.

"깁슨 씨가 당신에게 우리 사이에 있었던 일을 얘기했겠죠?" 던바 양은 낮고 떨리는 목소리로 물었다.

"그렇습니다." 홈즈가 대답했다. "굳이 그 이야기를 되풀이할 필요는 없습니다. 당신을 보니 당신이 깁슨 씨에게 영향을 미쳤으며 깁슨 씨와 당신의 관계가 결백하다는 그의 말을 이해할 수 있군요. 그런데 왜 법정에서 모든 상황을 밝히지 않았습니까?"

"살인죄가 인정되리라고는 생각지 못했어요. 기다리면 고통스러운 가정생활을 자세히 밝히지 않고도 모든 일이 명확히 밝혀지리라고 생각했어요. 그런데 밝혀지기는커녕 점점 더 심각해지고 있다는 것을 알았습니다."

"맙소사." 홈즈가 진심으로 소리쳤다. "현실을 냉정하게 보기 바랍니다. 현재 모든 정황이 우리에게 불리하다는 건 여기 계신 커밍스 변호사도 잘 알 겁니다. 그리고 분명하게 사실을 밝힐 수만 있다면 가능한 모든 일을 해야 합니다. 당신이 지금 큰 위험에 처해 있다는 걸 숨긴다는 건 아주 비열한 짓입니다. 최대한 저를 도와주세요. 그리고 진실을 밝힙시다."

"아무것도 숨기지 않겠어요."

"그렇다면 깁슨 부인과 당신의 관계를 솔직히 말하세요."

"깁슨 부인은 저를 증오했어요. 부인은 저를 끔찍이 미워했지요. 부인은 뭐든 대충 넘어가는 성격이 아니었어요. 남편을 사랑하는 만큼 저를 미워했어요. 우리의 관계를 오해한 것이 분명해요. 부인에 대해 나쁜 말을 할 생각은 없지만, 그 사람의 애정은 너무나 육체적인 것이어서 깁슨 씨가 저에게 가지는 정신적이라고 할까, 영적인 유대를 전혀 이해하지 못했어요. 혹은 그 집에 있는 이유, 그를 감화해 그 힘을 좋은 데 사용하려는 마음을 전혀 모를 겁니다. 지금 생각해 보면 제가 틀린 것 같아요. 어떤 이유로도 제가 불행의 원인이 되는 곳에 남아 있었다는 사실을 정당화할 수 없어요. 그러나 제가 그 집을 떠났더라도 불행은 멈추지 않았을 겁니다."

"던바 양, 그날 밤에 있었던 일에 대해 정확히 말해 주세요."

"홈즈 씨, 제가 아는 한 진실을 말하지요. 하지만 저는 아무것도 증명할 수 없는 처지입니다. 가장 중요한 문제는 어떻게 된 일인지 알 수 없고 설명도 할 수 없어요."

"당신이 사실을 밝힌다면 아마 다른 사람들이 해결할 것입니다."

"그럼 그날 저녁 제가 소어 다리에 갔던 일에 대해 말씀드리지요. 그날 아침에 깁슨 부인에게서 쪽지를 받았어요. 공부방

책상에 놓여 있었는데 부인이 직접 놓고 간 것 같았죠. 거기엔 저녁 식사 후에 긴히 할 말이 있으니 만나자고 적혀 있었고, 우리의 약속을 아무에게도 알리고 싶지 않으니 답장을 정원에 있는 해시계에 남겨 달라고 적혀 있었어요. 비밀을 지켜야 할 이유는 없다고 생각했지만 약속을 받아들여 부인이 시키는 대로 했어요. 부인은 자신의 쪽지를 없애 달라고 했어요. 그래서 저는 공부방에 있는 벽난로에 던져 넣었지요. 부인은 자신을 거칠게 다루는 남편을 무서워했고, 저는 그 일로 여러 번 깁슨 씨를 책망했어요. 그래서 우리가 만나는 것을 남편에게 알리기 싫어 그렇게 행동했다고만 생각했어요."

"하지만 깁슨 부인은 당신의 답장을 아주 소중히 간직하고 있었어요."

"네. 저도 부인이 죽었을 때 손에 제 답장을 꼭 쥐고 있었다는 소리를 듣고 놀랐어요."

"그다음은 어떻게 되었습니까?"

"저는 약속한 시간에 그곳으로 갔어요. 다리에 도착하니 깁슨 부인이 저를 기다리고 있었지요. 그때까지 저는 부인이 저를 어느 정도 증오하는지 전혀 몰랐어요. 정말 부인은 미친 사람 같았어요. 평소에는 멀쩡한 척하는 약간 미친 사람이라고 생각해요. 그렇게 저를 증오하면서 어떻게 매일같이 저를 태연히 만날 수 있었겠어요? 부인이 한 말을 차마 입에 담을 수 없어요. 부인은 맹렬한 분노를 모두 끔찍한 말로 퍼부었어요. 저는 대답조차 하지 않았어요. 아니, 할 수 없었지요. 부인을 보는 것조차 끔찍했어요. 손으로 귀를 가리고 달렸지요. 제가 그곳을 떠난 뒤에도 부인은 다리 입구에서 저를 향해 저주를 퍼부으며 그대로 서 있었어요."

"나중에 깁슨 부인은 어디에서 발견되었습니까?"

"부인이 서 있던 자리 근처입니다."

"그럼, 당신이 떠난 후 곧 부인이 죽었다고 생각되는데 당신은 총소리를 들었나요?"

"아무 소리도 못 들었어요. 홈즈 씨, 사실 저는 끔찍한 일을 당해 너무 흥분하고 두려워서 제 방으로 달려왔어요. 그래서 무슨 일이 있어났는지 몰랐어요."

"당신의 방으로 돌아왔다고 했는데 다음 날 아침까지 방을 나간 적이 있습니까?"

"네, 부인이 죽었다는 사실을 알았을 때 다른 사람들과 함께 뛰어나갔어요."

"깁슨 씨를 보았습니까?"

"네, 깁슨 씨가 그 다리에서 방금 돌아온 때였어요. 깁슨 씨는 의사와 경찰을 불렀지요."

"깁슨 씨는 많이 당황하던가요?"

"깁슨 씨는 강하고 자제력이 있는 사람이에요. 그가 감정을 드러내리라고 생각지 않았어요. 하지만 그를 잘 알고 있는 저로서는 그가 크게 충격을 받았다는 것을 알았어요."

"다음은 아주 중요한 부분입니다. 당신의 방에서 발견된 총을 본 적이 있습니까?"

"아니요. 맹세합니다."

"언제 발견되었습니까?"

"다음 날 아침 경찰들이 수색할 때요."

"당신의 옷 사이에서?"

"네, 제 옷장의 드레스 아래에서요."

"총이 언제부터 그곳에 있었는지 알 수 있습니까?"

"그 전날 아침에는 옷장에 없었어요."

"그걸 어떻게 알지요?"

"옷장을 정리했거든요."

"그게 결정적입니다. 그럼 누군가 당신의 방에 들어와 당신에게 죄를 덮어씌우기 위해 그곳에 총을 가져다 놓았군요."

"그런 것 같아요."

"그렇다면 언제일까요?"

"식사 때이거나 제가 아이들과 공부방에 함께 있을 때일 거예요."

"당신이 쪽지를 받았다는 그 방입니까?"

"네, 그 후 아침 내내 그곳에 있었어요."

"고맙습니다. 던바 양. 이외에 조사하는 데 도움이 될 만한 게 또 있습니까?"

"더 이상은 없어요."

"시체가 있던 맞은편 다리 난간에 충격을 가한 흔적이 있어요. 분명히 최근에 생긴 겁니다. 그 이유가 뭐라고 생각합니까?"

"그냥 단순한 우연일 겁니다."

"던바 양, 이상하군요. 아주 이상해요. 사건이 일어난 바로 그 시간에 바로 그 장소에 흠이 생겼을까요?"

"하지만 무엇이 그렇게 했겠어요? 아주 강력한 충격만 그런 흠집을 낼 수 있어요."

홈즈는 대답하지 않았다. 그의 창백한 얼굴이 갑자기 긴장된 표정으로 바뀌었다. 추리를 하는 게 분명했다. 그가 너무 열중해서 변호사와 피고인 그리고 나는 아무 말도 하지 못하고 그를 보며 앉아 있었다. 갑자기 홈즈가 의자에서 벌떡 일어났다.

"왓슨, 가세!" 홈즈가 소리쳤다.

"무슨 일인가요, 홈즈 씨?"

"걱정하지 마세요, 던바 양. 커밍스 씨, 곧 연락 하겠습니다. 영국을 깜짝 놀라게 할 소식을 알려 주지요. 던바 양, 내일쯤이면 알게 될 겁니다. 그동안 나를 믿으세요. 구름이 걷히고 진실의 빛이 서서히 모습을 드러내고 있습니다."

윈체스터에서 소어 다리까지는 그다지 먼 거리가 아니었다. 그러나 무슨 일인지 빨리 알고 싶은 나로서는 길게 느껴졌다. 홈즈가 흥분해서 가만히 앉아 있지 못하고 객차 안을 걸어 다니거나 길고 예민한 손가락으로 옆에 있는 쿠션을 두드리는 걸 보니 그도 끝없이 길다고 느끼는 듯했다. 그러나 목적지가 가까워지자 홈즈는 갑자기 맞은편으로 옮겨 앉았다. 일등칸에는 우리 둘뿐이었다. 홈즈는 손을 내 무릎에 하나씩 올리고 묘하게 장난스러운 눈빛으로 내 눈을 보았다. 장난기가 발동한 듯한 표정이었다.

"왓슨, 자네는 우리가 조사를 할 때 총을 갖고 가지?"

한번 문제에 마음을 빼앗기면 자신의 안전은 신경 쓰지 않는 그를 위해 준비한 총이었다. 그 총이 유용하게 쓰인 적이 꽤 있었다. 나는 그 사실을 그에게 말했다.

"맞아, 난 그런 일에 대해서는 별로 생각하지 않아. 그런데 지금 총 가지고 있어?"

나는 바지 뒷주머니에서 작고 간편하지만 아주 쓸모 있는 총[29]을 꺼냈다. 홈즈는 안전장치를 풀고 탄약을 흔들어 뺀 다음 주의 깊게 살펴보았다.

"무거워. 아주 무거워."

"그래. 꽤 튼튼하지."

홈즈는 잠시 총을 유심히 보았다.

"왓슨, 자네 총이 우리가 조사하는 이 사건과 아주 밀접한 관계가 있을 거라고 믿어."

"홈즈, 농담해?"

"아니, 왓슨. 난 아주 심각해. 실험을 하나 할 거야. 실험이 성공하면 모든 게 분명해져. 그 실험은 이 작은 무기가 하는 일에 달려 있어. 총알을 하나 뺄 거야. 자 나머지 다섯 개를 다시 넣고 안전장치를 채웠어. 이런! 더 무거워져서 훨씬 실감 나게 재현할 수 있겠는걸."

나는 홈즈가 무슨 생각을 하는지, 또 무슨 말을 하는지 감을 잡을 수 없었다. 하지만 햄프셔의 작은 역에 도착할 때까지 생

---

29) 이는 현재 일반적으로 사용되지 않는, 공이쇠가 없는 웨블리 320이다. 보통 32리볼버는 약실이 다섯 개인데, 이것은 여섯 개다. 친숙한 엄지 레버가 없고, 엽총 타입의 안전장치가 있다.

각에 잠겨 앉아 있었다. 우리는 흔들거리는 이륜마차를 타고 15분 후에 우리의 믿음직스러운 친구인 코벤트리 경사의 집에 도착했다.

"단서라고요, 홈즈 씨? 그게 뭡니까?"

"왓슨의 총에 모든 것이 달려 있어요. 여기 있지요. 코벤트리 경사, 끈 10야드가 필요합니다."

경사는 마을 가게에서 단단하게 꼰 실 한 타래를 샀다.

"이거면 모든 게 다 준비됐군." 홈즈가 말했다.

"이제 우리 여행의 마지막 무대가 될 곳으로 출발할까요?"

해가 저물면서 기복이 있는 햄프셔의 벌판이 아름다운 가을 풍경으로 바뀌었다. 코벤트리 경사는 비판적이고 의심스러운 눈초리로 우리 옆에서 비틀거리며 걸었다. 내 동료가 제정신인지 의심하는 것 같았다. 범죄 현장에 가까워지자 홈즈는 보통 때와 같이 침착한 척했지만 사실은 아주 불안해하고 있다는 것을 알 수 있었다.

"자······." 내 생각에 대답하듯이 홈즈가 말했다.

"왓슨, 자네는 내가 전에 실패하는 것을 본 적이 있지? 추리에 재능이 있지만 때로는 잘못 생각하기도 해. 처음 윈체스터의 그 방에 갔을 때는 확실한 듯했어. 하지만 지금 우리의 직감이 틀린 것이고, 다르게 설명할 수도 있지 않나 하는 부정적인 생각이 들어. 하지만…… 하지만……. 자, 왓슨 시도해 보는 수밖에 없겠지?"

홈즈는 걸으면서 끈의 한쪽 끝을 총 손잡이에 묶었다. 사건 현장에 도착한 뒤 홈즈는 아주 조심스럽게 경사의 말을 참조해 시체가 누워 있던 정확한 장소를 표시했다. 그리고 잡초를 헤치며 커다란 돌을 찾아왔다. 그 돌을 끈의 다른 쪽 끝에 묶은 후, 돌을 다리의 난간 위로 넘겨 수면 가까이 내려뜨렸다. 그리고 다리 난간에서 조금 떨어진 운명의 장소에 서서 손에 내 총을 들고 반대편에 있는 무거운 돌에 연결된 끈을 팽팽하게 당겼다.

"자, 가네!"

그 말과 함께 홈즈는 총을 머리 위로 들었다가 바로 놓아 버렸다. 그 순간 돌의 무게 때문에 총은 휙 사라졌고, 난간에 날카로운 소리를 내며 부딪쳤다가 옆으로 사라져 물속에 빠졌다. 총이 사라지자 홈즈는 난간 옆에 무릎을 꿇고 그가 원하던 것을 얻었다는 듯 즐겁게 소리쳤다.

"더 정확한 설명이 있겠나? 왓슨, 자네 총이 문제를 해결했어." 홈즈가 소리치면서 다리 난간 아래 가장자리에 있는 첫 번째 흠집과 크기와 모양이 같은 두 번째 흠집을 가리켰다.

"오늘 밤은 여관에서 보내야겠어요. 갈고랑쇠를 가져오면

내 친구의 총을 쉽게 찾을 수 있을 겁니다. 그리고 돌이 달린 끈과 총을 하나 더 발견할 수 있을 겁니다. 원한을 품은 부인이 던바 양의 범죄로 가장하고 무고한 피해자에게 살인죄를 뒤집어씌우기 위해 사용한 것입니다. 깁슨 씨에게 아침에 뵙겠다고 전하세요. 그때쯤이면 던바 양의 혐의를 풀 수 있을 겁니다."
홈즈는 일어서서는 놀란 경사를 보면서 말했다.

 그날 저녁 늦게 마을 여관에서 우리는 함께 담배를 피우며 앉아 있었다. 홈즈는 사건의 전말에 대해 간단하게 정리해 주었다.

 "왓슨, 소어 다리 사건을 자네 이야기로 쓰면 자네의 명성에 누가 될까 봐 걱정이네. 내가 생각이 모자랐어. 사실을 바탕으로 추리하는 능력이 부족했지. 그게 내 추리의 기본인데 말이야. 다리 난간에 난 흠집은 진정한 결론을 제시하기에 충분한 단서였어. 조금 더 일찍 그걸 알아차리지 못한 내 자신이 부끄러워.

 이 사건은 불쌍한 깁슨 부인이 아주 치밀하게 짠 계획 아래 일어났네. 그래서 그녀의 계획을 알아내기가 그리 쉽지 않았어. 이 사건은 그릇된 사랑이 불러온 아주 끔찍한 비극이지. 던바 양과 깁슨 씨의 관계가 아무리 정신적인 것이라 해도 깁슨 부인은 용서할 수 없었던 것 같아. 부인은 남편이 자신의 맹목적인 사랑이 식기를 바라고, 거칠게 대하고 불친절하게 말한 게 모두 무고한 던바 양 때문이라고 생각했을 거야. 첫째 목적은 자살하려는 것이었고, 둘째는 던바 양을 갑작스러운 죽음보다 훨씬 나쁜 운명에 빠뜨리려고 그런 방식으로 자살하기로 결심했지.

그 각 단계를 아주 명확하게 알 수 있어. 아주 치밀했지. 현명하게도 던바 양에게 편지를 쓰게 만들어 던바 양이 범행 장소를 선택한 것처럼 보이게 했어. 편지가 발견되어야 한다는 조바심에 깁슨 부인은 다소 지나치게 행동했지. 끝까지 손에 편지를 쥐고 있었던 거야. 이것만으로도 내가 조금 더 일찍 의심했어야 했지.

그러고 남편의 총 가운데서 하나를 골랐어. 자네도 보았듯이 집에는 무기 전시실이 있어. 그리고 하나는 자신이 쓰기 위해 갖고 있었지. 비슷한 총을 그날 아침 총알 하나를 빼 던바 양의 옷장에 숨겼어. 숲에서 다른 사람들의 눈에 띄지 않고 쉽게 일을 끝냈을 거야. 그리고 다리로 가서 총을 제거하기 위한 교묘한 방법을 연구했지. 던바 양이 나타나자 마지막 힘을 다해 증오의 말을 퍼붓고는 그녀가 멀리 사라지자 끔찍한 계획을 실행했어. 이제야 모든 실마리가 풀리는군. 신문에서는 왜 처음부터 호수의 물밑을 훑지 않았냐고 물을 수도 있어. 하지만 일이 밝혀진 뒤에는 말하기 쉽지. 어쨌든 찾는 것이 정확히 무엇이고 어디에 있는지 모르는 상태에서 갈대 가득한 넓은 호수 밑을 훑는 것은 쉬운 일이 아니야. 왓슨, 우리가 뛰어난 여성과 대단한 사람을 도왔어. 앞으로 그들이 힘을 합친다면—그럴 것 같지는 않지만—깁슨 씨가 이 비극적인 사건을 통해 많은 걸 배웠다는 사실을 사람들도 알게 될 거야."

---

30) 이 작품의 원고는 애드리언 M. 코난 도일이 소장하고 있다.

수수께끼의 하숙인

1896년 10월 어느 날

The Veiled Lodger

The Veiled Lodger

　셜록 홈즈가 23년 동안 활발하게 탐정 활동을 해 온 것과 내가 그를 도와 17년 동안 사건 내용을 기록해 온 사실을 감안해 보면, 홈즈의 사건 자료가 얼마나 많을지 쉽게 짐작할 수 있을 것이다. 그러나 항상 문제는 사건을 찾기가 어렵다는 점이 아니라, 무슨 사건을 선택하느냐 하는 점이었다. 홈즈의 방에는 연감이 서가를 빼곡히 채우고 있었고, 여기저기 놓인 상자에도 사건 관련 서류가 꽉 차 있었다. 이는 범죄 사건뿐만 아니라 빅토리아 시대 후기의 사회적·정치적 스캔들을 망라한 완벽한 정보 공급원이라고 할 수 있다. 그리고 후자와 관련해 나에게 자기 가족의 명예나 유명한 조상의 명성에 해가 되지 않게 해 달라고 애타게 애원하는 편지를 보내는 사람들에게는 일단 걱정하지 말라고 말하고 싶다. 탐정 홈즈를 돋보이게 한 직업적인 명성과 명망은 비망록에 실릴 사건의 선택과 기록에도 유감 없이 발휘되어 한 치도 빈틈이 없었기 때문이다. 그런데 최근 이 사건 관련 서류를 훔쳐 내려는 사건이 발생했다. 나는 서류를 없애려고 한 자들에게 엄중히 경고했다. 홈즈는 누가 이런 짓을 저질렀는지 잘 알고 있으며, 만약 한 번만 더 이런 무모한 짓을 한다면 정치인 관련 비리를 신문에 폭로하겠다고 말이다. 누군가는 지금 내가 하는 말이 무슨 뜻인지 이해할 것이다.

독자 여러분은 사건마다 홈즈가 언제나 뛰어난 관찰력과 본능적 직감을 발휘했으리라 지레짐작하지 않는 편이 좋다. 나는 사건 비망록을 통해 홈즈의 월등한 능력을 제대로 묘사하려고 애쓰긴 했지만, 때로는 홈즈도 사건 해결이라는 열매를 얻기 위해 많은 노력을 기울였다. 반대로 사건이 아주 쉽게 해결되기도 했다. 그러나 안타깝게도 사건이 발생한 당시에는 홈즈에게 사건을 의뢰하지 않아 몇 년이 지나서야 수수께끼가 풀린 일도 종종 있었다. 지금 쓰려는 사건도 그와 같은 경우다. 이름이나 장소는 약간 바꾸었지만 내용은 모두 사실이다.

1896년 초의 어느 날 오전이었다. 홈즈가 급히 와 달라는 전보를 보냈다. 베이커 가의 방문을 열자 홈즈가 담배 연기가 자욱한 방 한가운데 앉아 나이 지긋한 부인과 마주 보며 이야기를 나누고 있었다. 시골집 안주인처럼 아주 뚱뚱한 여자였다.

"이분은 남부 브릭스턴에서 오신 메릴로 부인." 홈즈가 손짓하며 소개했다. "메릴로 부인은 담배 연기가 괜찮다고 하니 자네도 평소대로 고약한 담배를 피우고 싶다면 그렇게 해. 부인은 아주 흥미진진한 이야기를 하고 있었어. 앞으로 어떻게 일이 진행될지 모르지만 자네가 있는 게 좋을 듯해서 불렀어."

"내가 할 수 있는 일이라면 뭐든……."

"메릴로 부인, 론더 부인을 만나러 갈 때 이 친구를 데리고 가도 되겠지요? 부인이 미리 론더 부인에게 말해 두셨으면 좋겠습니다." 홈즈가 말했다.

"그럼요, 그러고말고요. 홈즈 씨를 너무나 만나고 싶어 해요. 론더 부인에게는 큰 도움이 될지 모르지요." 메릴로 부인이 대답했다.

"그럼 내일 오후 일찍 찾아뵙지요. 출발하기 전에 말씀하신 내용을 다시 한 번 확인하겠습니다. 여기 있는 왓슨도 상황 파악에 도움이 될 테니까요. 7년 동안 론더 부인에게 방을 빌려주었는데, 론더 부인의 얼굴을 본 것은 단 한 번뿐이라고 하셨죠?"

"차라리 안 보는 게 좋았을 뻔했어요!" 메릴로 부인이 소리쳤다.

"흉한 얼굴이었나요?"

"홈즈 씨, 그건 얼굴이라고 할 수도 없어요. 그런 얼굴은 생전 처음 봤어요. 우유 배달부가 2층 창문에서 밖을 내다보던 론더 부인의 얼굴을 흘깃 올려다보고는 우유 통을 엎지르는 바람에 앞마당이 우유 천지가 된 적도 있었답니다. 어쨌든 아주 흉측하게 생긴 얼굴이었어요. 저도 어쩌다 그 여자 얼굴을 한번 봤는데, 제가 보고 있다는 걸 눈치채고는 재빨리 베일로 얼굴을 가리더군요. 그러면서 '메릴로 부인, 제가 이 베일을 한 번도 벗지 않는 이유를 이제 아시겠지요? 하고 말하더군요."

"론더 부인의 과거에 대해서 알고 있습니까?"

"전혀 몰라요."

"처음 하숙을 구하러 왔을 때 신원보증 서류 같은 걸 갖고 오지 않았나요?"

"아니요, 그런 건 가지고 오지 않았어요. 대신 현금으로 뭉칫돈을 내놓았답니다. 석 달 치 집세를 선불로 내면서도 임대계약서에 대해서는 한마디도 언급하지 않았어요."

"부인의 집을 선택한 이유를 밝히던가요?"

"저희 집은 길에서 멀리 떨어져 있어 다른 집들보다 조용하고 한적해요. 아마 제가 혼자 살고, 다른 식구들도 없다는 점이 가장 맘에 들었던 모양이에요. 론더 부인이 원하는 것은 완전

하게 사생활이 보장되는 집이었고, 그래서 선뜻 집세를 지불했던 것이지요."

"우연히 한 번 본 것 말고는 지금까지 한 번도 론더 부인의 얼굴을 못 보았다고 했는데, 참 특이하네요. 정말 특이해요. 단지 론더 부인의 사연이 궁금해서 제게 사건을 의뢰하는 겁니까?"

"그런 게 아니에요, 홈즈 씨. 전 집세만 받으면 다른 건 상관하지 않아요. 그리고 지금까지는 아주 만족스러웠어요. 론더 부인보다 더 조용한 하숙인도 없을 겁니다. 별문제도 없었고요."

"그럼 저를 찾아온 이유가 뭡니까?"

"론더 부인의 건강이 염려되어서요. 홈즈 씨, 론더 부인이 점점 쇠약해지는 것 같아요. 큰 걱정거리가 있는 게 분명해요. '살인자!'라고 소리를 지를 때도 있어요. 한번은 '이 잔인한 짐승! 괴물!' 하고 소리 지르는 걸 들은 적도 있어요. 한밤중이었는데 온 집 안에 다 울릴 만큼 큰 소리였어요. 너무나 놀라서 온몸이 떨릴 지경이었지요. 그래서 다음 날 아침 론더 부인을 만나러 가서 말을 꺼냈습니다. '론더 부인, 괴로운 일이 있으면 마을 신부님을 찾아가 보세요. 아니면 경찰에 맡기시든지. 도움을 받을 수 있을 거예요.' 그러자 '무슨 일이 있어도 경찰은 싫어요!' 하고 대답하더군요. '그리고 신부님이 과거를 바꿔 주실 수는 없잖아요. 단지 제가 죽기 전에 누군가에게 진실을 털어놓을 수 있었으면 좋겠어요. 그러면 마음이 한결 편할 것 같아요.' 이렇게 말하기에 제가 '글쎄요, 정상적인 방법이 정 싫으면 탐정을 고용할 수도 있지요' 라고 권유했지요. 그렇게 말해서 죄송해요, 홈즈 씨. 어쨌든 론더 부인은 이 말에 귀가 솔깃한 모양이었어요. '맞아요, 그 사람이 있었군요. 그 탐정을 고용하면 되겠네요. 왜 그 생각을 미처 못했는지 모르겠어요. 그 사람을 이리로 데려오세요, 메릴로 부인. 만약 오지 않겠다고 하면 론더 맹수 서커스의 론더 부인이라고 말해 보세요. 그리고 압바스 파르바라고 말하세요' 라고 하더군요. 여기 종이에 압바스 파르바란 이름을 적어 왔어요. 론더 부인은 자기가 제대로 봤다면 홈즈 씨가 자신을 만나러 올 거라고 하더군요."

"네, 그럴 것 같군요. 좋습니다. 메릴로 부인, 잠깐 왓슨과 점심때까지 얘길 해야겠습니다. 브릭스턴에 있는 부인 집에서 3시 전에 뵙지요." 홈즈가 대답했다.

메릴로 부인은 뒤뚱거리며 방을 나갔다. 뒤뚱거린다는 말 외에는 달리 표현할 단어가 없는 걸음걸이였다. 부인이 나가자 셜록 홈즈는 낡은 서류와 책들이 쌓여 있는 구석으로 달려가 앉았다.

한동안 이 책, 저 책의 책장을 넘기는 소리가 나더니 원하는 것을 찾았는지 홈즈가 나지막하게 탄성을 내뱉었다. 홈즈는 만족스러운 얼굴로 바닥에 앉은 채 마치 명상하는 부처처럼 생각에 잠겼다. 주위에는 온통 책들이 널려 있었고, 홈즈의 무릎 위에도 책장이 펼쳐진 책 한 권이 놓여 있었다.

　"사실 그때 당시에 사건에 신경이 쓰였어, 왓슨, 이것 봐. 개인적으로 그 사건을 알아보려고 수첩에 메모도 해 놓았어. 하지만 결국 사건은 해결되지 않았어. 틀림없이 당시 검시관이 뭔가 잘못 판단했다고 생각했지. 압바스 파르바란 이름을 기억해?"

　"아니, 전혀."

　"그러면 설명이 조금 필요하겠군. 하지만 나 역시 그 사건의 경위를 추상적으로 짐작할 뿐이어서 내가 내린 결론은 개인적인 느낌일 뿐이야. 게다가 당시 경찰이나 사건 당

사자가 내게 직접 사건을 의뢰한 것이 아니라서 조사하지 않았거든. 여기 있는 메모들을 한번 읽어 보겠나?"

"그냥 말로 하면 하면 안 돼?"

"그러지. 얘기하다 보면 금세 기억날 거야. 론더는 당대 최고의 서커스맨으로 새인저와 웜웰 서커스단의 강력한 라이벌이었는데 론더가 술을 마시기 시작하면서 서커스도 점점 내리막길을 걸었고, 결국 서커스단은 큰 비극으로 막을 내렸어. 그 당시 론더 서커스단은 버크셔의 작은 마을 압바스 파르바에서 하룻밤을 묵었지. 그 끔찍한 사건은 바로 여기서 일어났어. 서커스단은 윔블던으로 가는 도중에 압바스 파르바에서 하룻밤 야영할 작정이었어. 그 마을에서는 서커스 공연은 예정에 없었어. 워낙 작은 마을이라서 서커스 공연을 해도 수지가 맞지 않았으니까.

본론으로 들어가기 전에 할 이야기가 있네. 론더 서커스단의 공연 중에는 북아프리카 사자를 데리고 하는 인기가 많은 맹수 공연이 하나 있었는데, 그 맹수는 '사하라 킹'이라는 이름이 붙은 사자였지. 론더 부부가 사자 우리에 들어가는 묘기를 보여 주는 쇼였어. 여기 그 사자 쇼를 찍은 사진이 있어. 보면 알겠지만 론더는 덩치가 크고 우락부락했고, 부인은 반대로 마른 편이었지. 사건 당시 사자가 매우 흥분한 상태였지만, 맹수들은 보통 사나운 것이 당연하다고 여겨 아무도 그 사실은 신경 쓰지 않았을 거야.

밤에 사자 먹이를 주는 일은 보통 론더가 하거나 아니면 론더 부인이 했지. 한 명이 주거나 부부가 같이 먹이를 줄 때도 있었지만, 어떤 경우에도 두 사람 외에 다른 사람이 그 일을 대신하지 못하게 했어. 왜냐하면 론더 부부가 사자에게 계속 먹이를 주었기 때문에, 이에 익숙해진 사자가 그들 부부는 절대 해치지 않을 거라고 생각했기 때문이지. 7년 전 사건이 발생했던 그날 밤도 론더 부부는 함께 먹이를 주러 갔어. 그리고 비참한 일이 일어났지. 그런데 불행히도 자세한 경위를 밝혀내지는 못했어.

야영 중이던 자정 무렵에 서커스단 사람들이 모두 잠을 깼어. 사자의 사나운 울음소리와 찢어지는 듯한 여자의 비명 소리가 들렸기 때문이지. 서커스단원들이 모두 랜턴을 들고 텐트 밖으로 달려나왔어. 그리고 처참한 현장을 목격했어. 론더는 머리가 으스러진 채 땅에 쓰러져 있었고, 머리 뒤에 깊이 할퀸 사자 발톱 자국이 있었지. 우리 문은 열려 있었고, 10야드쯤 떨어진 곳에서 론더 부인을 발견했어. 끔찍하게도 사자가 부인을 움켜쥐고 앉아 사납게 으르렁대고 있었지. 얼굴이 심하게 뜯겨나가 모두 부인이 숨을 거두었다고 생각했어. 잠시 후 곡예사 레오나르도와 광대 그릭즈가 막대기로 사자를 쫓아 우리에 몰아넣고 문을 잠갔지. 도대체 어떻게 우리 문이 열렸는지가 수수께끼였어. 론더 부부가 사자 우리 안으로 들어가려고 했는데, 문이 열리자 사자가 뛰쳐나와 이들 부부를 덮쳤다고 짐작할 뿐이었지. 비참한 사건이었지만 달리 이상한 점은 없었어. 들것에 누워 실려 가던 론더 부인이 고통 속에 정신이 혼미한 상태에서 '겁쟁이, 비겁자'라고 계속 비명을 질렀다는 점 외에는. 론더 부인이 당시 상황을 설명할 수 있을 정도로 회복된 것은 그로부터 6개월 뒤였어. 하지만 이미 실수에 의한 참사라는 결론을 내리고 수사는 종결된 후였지."

"그 사건에 대해 달리 설명할 길이 있나?" 내가 물었다.

"뭐, 없을 수도 있지. 실수에 의한 참사라는 결론이 옳을지도 몰라. 하지만 버크셔 경찰서의 에드먼드 형사는 한두 가지 맘에 걸리는 점이 있다고 생각했지. 에드먼드는 꽤 똑똑해. 그는 나중에 알라하바드로 갔는데 그곳에서 나를 만났어. 그래서 내가 그 사건 이야기를 듣게 된 거야. 에드먼드 형사가 파이프 담배를 두 대 정도 피우면서 그 사건에 대해 이야기했어."

"그 빼빼 마른 금발 머리?"

"맞아, 그 사람이야. 이제 기억이 나나 보군."

"사건의 어디가 껄끄럽다고 했어?"

"사실 껄끄럽긴 나도 마찬가지였어. 사건을 재구성하다 보니 어딘지 모르게 앞뒤가 맞지 않은 곳이 있었어. 사자의 눈으로 그때 상황을 한번 재연해 볼까? 우리 문이 열리고 자유로워진 사자는 앞으로 돌진해 론더를 덮쳤어. 론더는 달아나려고 했지. 사자가 할퀸 발톱 자국이 머리 뒤통수에 나 있었던 점으로 알 수 있지. 사자는 론더를 덮쳐 쓰러뜨렸어. 그런 뒤에도 도망가지 않고 우리 곁에 있던 론더 부인 쪽으로 방향을 틀어 그녀를 공격해 덮친 다음 얼굴을 물어뜯었어. 그렇다면 한번 생각해 봐. 론더 부인이 비명을 질렀다는 건 누군가에게 살려 달라고 소리쳤다는 뜻일 수도 있어. 그런데 이미 죽은 남편이 어떻게 도와줄 수 있지? 뭔가 이상하지 않나?"

"그렇군."

"이상한 점은 또 있어. 곰곰이 사건을 생각하다가 떠오른 건데, 당시 사자가 포효하는 소리와 론더 부인의 비명 소리 외에도 공포에 질린 남자의 고함 소리가 들렸다는 증언이 있었어."

"그야 당연히 남편 론더의 비명이었겠지."

"글쎄, 머리가 완전히 으깨진 상태에서 신음 소리를 낼 수 있을까? 론더 부인의 비명 소리와 함께 남자의 비명 소리를 들었다는 증인이 두 명이나 있어."

"야영하던 서커스단원들이 그걸 보고 놀라 소리를 지른 건 아닐까? 그렇게 생각하면 간단할 것 같은데."

"그렇게도 생각할 수 있겠군."

홈즈의 대꾸에 나는 설명을 계속했다.

"두 사람은 사자 우리에서 떨어진 곳에 같이 있었는데, 사자가 우리에서 풀려 나와 남편을 먼저 공격하자 부인은 우리 안으로 도망가려고 했겠지. 달리 도망갈 곳이 없었을 테니까. 그때 부인이 우리 안으로 도망가려던 찰나 사자에게 공격을 당한 거야. 그녀는 사자와 맞서 싸우지 않은 남편의 비겁한 태도에 분노했겠지. 두 명이 같이 싸웠다면 사자에게 겁을 주어 쫓았을 수도 있었을 테니까. 그래서 남편에게 '겁쟁이, 비겁자' 하고 악을 쓴 게 아닐까?"

"다이아몬드처럼 훌륭한 추리야, 왓슨. 흠집이 하나 있는 다이아몬드지만."

"그 흠집이 뭐야, 홈즈?"

"두 사람 모두 우리에서 멀리 떨어져 있었다면, 문이 어떻게 열렸을까? 이상하지 않나?"

"론더 부부를 미워하는 누군가가 두 사람 모르게 우리 문을 열었을까?"

"그렇다면 왜 사자가 난폭하게 공격했을까? 맹수이긴 하지만 먹이를 주는 론더 부부에게 익숙했을 텐데. 심지어 사자 우리 안으로 들어가는 공연을 할 정도였어."

"누군가 사자의 공격성을 부추기는 짓을 했겠지."

홈즈는 깊이 생각에 잠긴 얼굴로 한동안 침묵을 지켰다.

"흠, 자네의 이론을 뒷받침해 줄 이야기를 하지. 론더는 주위에 적이 많았어. 에드먼드 형사가 말하길 서커스단원 사이에서도 악명이 높았다더군. 성격도 난폭하고 자기 앞에서 얼쩡대는 사람을 때리거나 욕설을 퍼붓기 일쑤였대. 난 메릴로 부인이 얘기한 것처럼 한밤중에 론더 부인이 괴물, 짐승이라고 소리친 이유가 죽은 남편에 대한 나쁜 기억 탓이라고 생각해. 그러나 사실을 모두 알기 전까지 이렇게 짐작만 한다고 해결될 일은 아무것도 없겠지. 찬장에 차가운 꿩고기와 몽라셰[31] 한 병이 있어. 출발하기 전에 식사를 하고 힘을 내야겠는걸."

우리가 탄 마차가 브릭스턴의 소박한 하숙집에 도착하자 뚱뚱한 메릴로 부인이 이미 나와서 문을 열어 놓고 기다리고 있었다. 메릴로 부인은 행여 론더 부인처럼 좋은 하숙인을 잃을까 너무 걱정한 나머지 우리에게 제발 론더 부인이 나가는 일

---

31) 프랑스 부르고뉴 지역의 코트 드 본에 있는 몽라셰 마을에서 생산되는 와인.

은 생기지 않게 해 달라고 거듭 당부했다. 우리는 걱정하는 메릴로 부인을 안심시키고는 급경사인 데다 카펫이 대충 깔린 계단을 올라가 의문투성이 하숙인이 사는 방 문 앞에 이르렀다.

좁고 곰팡내가 나며 환기가 잘되지 않는 방이었다. 예상했던 대로 론더 부인은 거의 바깥출입을 하지 않는 듯했다. 맹수를 우리에 가두어 두던 여인에서 조롱에 갇힌 새의 신세가 된 듯했다. 그녀는 그늘진 방구석에 있는 부서진 의자에 앉아 있었다. 7년이란 오랜 세월 동안 꼼짝도 하지 않은 탓에 몸매가 변하긴 했지만 아직도 한때 아름다웠던 자태를 충분히 짐작케 했다. 론더 부인은 윗입술만 살짝 보일 정도로 두꺼운 검은 베일로 얼굴을 가리고 있었다. 검은 베일 아래로 드러난 단정한 입술이 아름다웠고, 역시 둥근 턱 선에서도 섬세함이 엿보였다. 한때 정말 미인이었으리라. 목소리 또한 차분해서 듣는 사람의 귀를 즐겁게 했다.

"제 이름은 알고 계시겠지요, 홈즈 씨. 오시리라 생각했습니다."

"예, 그렇습니다. 부인. 그런데 제가 부인 사건에 흥미를 갖고 있다는 걸 어떻게 아셨는지는 모르겠군요."

"몸이 회복되고 난 뒤 에드먼드 형사가 날 찾아와 이것저것 물어보다가 홈즈 씨 이야기를 했어요. 그분에게는 거짓말해서 미안하지만, 당시 상황에서 진실을 밝힌다는 건 현명하지 않은 짓이었죠."

"보통은 진실을 말하는 것이 현명한 처사이긴 합니다만, 왜 에드먼드 형사에게 거짓말을 했나요?"

"누군가의 목숨이 달려 있었기 때문이에요. 전혀 쓸모없는 남자란 걸 알지만 내 양심 때문에 그 사람을 망치고 싶진 않았어요. 우리는 가까운 사이였어요. 정말 가까운 사이였지요."

"그런데 지금은 그 장애물이 사라졌나요?"

"네, 홈즈 씨. 그 사람은 죽었어요."

"왜 그때 경찰에 사실대로 밝히지 않았나요?"

"처지를 고려해야 할 사람이 한 명 더 있었어요. 바로 저 자신이었어요. 전 경찰 조사로 밝혀질 추문과 사람들의 따가운 시선을 견디지 못할 것 같았어요. 오래 살지는 않았지만 방해 없이 조용히 죽길 원했지요. 하지만 죽기 전에 모든 사실을 털어놓을 만한 믿을 수 있는 사람을 찾았으면 했어요. 제가 떠나고 난 후에 사람들이 사실을 이해할 수 있도록 말이에요."

"과찬의 말씀입니다, 부인. 만약 부인이 하실 이야기가 반드시 경찰에게 전달되어야 할 만한 것이라고 판단되면 책임감 있는 탐정으로서 제 임무를 다할 겁니다."

"홈즈 씨의 수사 방법이나 인격에 대해 잘 알고 있어요. 몇 년 동안 홈즈 씨가 해결한 사건에 대한 기사를 읽었으니까요. 운명이 나를 저버린 후로 독서는 유일한 기쁨이 되었지요. 하지만 바깥세상 이야기는 별로 듣고 싶지 않아요. 홈즈 씨가 제 이야기를 들으려고 오신 만큼 어떤 일이 있어도 전 이 기회를 꼭 잡아야겠어요. 이젠 마음 편하게 말할 수 있을 듯해요."

"기꺼이 들어 드리지요."

론더 부인은 자리에서 일어나 책상 서랍에서 사진을 한 장 꺼냈다. 사진 속의 남자는 체조 선수처럼 균형 잡힌 아름다운 체격의 소유자였다. 잘 발달된 가슴에 팔짱을 낀 자세가 자신감이 넘쳐 보였다. 짙은 콧수염 밑에는 시원스러운 미소가 흘렀다. 그는 많은 전투에서 승리를 거둔 당당한 장군의 모습이었다.

"그 사람은 레오나르도예요." 론더 부인이 설명했다.

"레오나르도라면 그 서커스단에 있던 사람이군요? 사건 현장으로 달려왔던."

"맞아요, 그 사람이에요. 그리고 이 사진에 있는 사람은 제 남편이고요."

다른 사진 속 남자는 인상이 고약했다. 거칠고 사나운 수퇘지 같다고 할까? 짐승처럼 잔인한 면모가 엿보이는 인상이었다. 야비한 입가에는 분노가 어려 있었고, 작고 교활한 두 눈은 악의로 가득 차 심술궂기 짝이 없었다. 두텁고 살찐 아래턱은 그가 욕심 많고 잔인한 악당임을 여실히 보여 주었다.

"이 사진 두 장을 보면 훨씬 이해가 잘될 거예요. 전 소녀 시절부터 가난한 서커스단원이었어요. 열 살이 되기도 전인 아주 어릴 때부터 후프 통과하기 같은 묘기를 배웠지요. 어느덧 더 이상 소녀가 아니라 여자라고 할 만큼 나이가 차자 론더가 저를 사랑하게 되었어요. 그의 짐승 같은 욕정도 사랑이라고 할 수 있다면요. 악마의 손에 놀아난 것인지 저는 어느 순간 그의 아내가 되어 있더군요. 그날부터 지옥이나 다름없는 생활을 했어요. 그는 끊임없이 절 고문하고 괴롭히는 악마였답니다. 서커스단원 중에 론더가 어떤 행패를 부렸는지 모르는 사람은 아무도 없었어요. 내가 반항이라도 하면 절 묶어 놓고 채찍질을 했지요. 서커스단원 모두 절 불쌍하게 여겼고, 남편을 역겨워했지만, 뭘 어떻게 할 수 있었겠어요? 모두 남편을 무서워했어요. 게다가 술을 마시기만 하면 사람을 죽일 듯 더욱 날뛰는 바람에 모두 꼼짝도 하지 못했지요. 행패는 날이 갈수록 심해져서 거의 짐승에 가까울 정도였지만, 그는 어쨌든 서커스단의 주인이고, 급여를 주는 사람이었어요. 남편은 결코 남을 배려하는 사람이 아니었지요. 결국 주위에 있던 좋은 사람들이 하나둘 떠나기 시작했고 서커스 공연은 점점 내리막길을 걸어요. 서커스를 계속할 수 있었던 것은 그나마 저와 레오나르도가 남아 있었기 때문이었어요. 그리고 어릿광대 지미 그릭즈도 있었고요. 불쌍한 광대 그릭즈, 관객에게 웃음을 줄 만한 상황이 아니었지만 항상 최선을 다했지요.

그렇게 어렵고 비참한 상황에서 레오나르도가 내 생활 속으로 조금씩 다가왔어요. 사진을 보셔서 알겠지만, 외모가 무척 매력적이었지요. 사실은 패기 있게 잘생긴 겉모습과 달리 그만한 용기가 없는 사람이란 걸 지금은 알고 있지만, 남편과 비교해 보면 레오나르도는 그리스 신화에 나오는 훌륭한 신처럼 보였어요. 절 동정하고 도와주던 마음이 점점 깊어지더니 마침내 사랑으로 변했지요. 우리 둘은 아주 깊고 열정적인 사랑을 나누었어요. 항상 꿈에서 그려 온 사랑이었지만 현실로 이뤄지리라고는 감히 상상도 하지 못했던 일이었어요.

남편은 절 의심했지만 전 남편이 사나운 만큼 겁도 많은 사람이고 레오나르도라면 잔인한 남편도 섣불리 대하지는 못하리라 생각했어요. 남편은 그 어느 때보다 더욱더 저를 가혹하게 학대하는 것으로 앙갚음을 했지요. 어느 날 밤 매를 맞는 제 비명 소리가 레오나르도가 잠든 마차까지 들렸는지 절 만나러 왔더군요. 사건이 일어나기 며칠 전이었어요. 그리고 그날 밤 우리는 더 이상 피하지 말자고 결심했어요. 론더는 살 가치가 없는 사람이었어요. 우리는 그를 죽일 계획을 짰어요.

　레오나르도는 절대로 멍청하지 않았어요. 오히려 꾀가 많았죠. 모든 계획은 레오나르도 머리에서 나왔지만 전 그를 탓하고 싶지 않아요. 저 역시 레오나르도와 함께라면 어디든지 갈 준비가 되어 있었으니까요. 레오나르도에 비해 전 그런 계획을 짤 만큼 머리가 좋지는 않았어요. 우리는 방망이를 준비했어요. 레오나르도가 만들었지요. 그리고 납자루 끝에 긴 쇠못을 다섯 개 박았어요. 사자가 발톱으로 할퀸 것처럼 보이기 위해서였어요. 남편이 죽은 것은 사자 때문이 아니라 바로 그 흉기 때문이었어요. 우리는 론더를 죽인 후 사자가 한 짓이라는 증거를 남기려고 우리 문을 열어 사자를 풀어 주기로 했지요.

　칠흑같이 어두운 밤 남편과 나는 사자 우리로 내려갔어요. 늘 하던 대로 사자 먹이를 주기 위해서요. 나와 남편이 통에 담긴 날고기를 들고 사자 우리 쪽으로 내려가는 길목에 레오나르도가 마차 뒤에 숨어 기다리고 있었어요. 우리로 가려면 반드시 그 마차를 지나가야 했지요. 그러나 레오나르도가 남편을 미처 때리기 전에 나와 남편은 그 길목을 지나쳐 갔어요. 레오나르도의 행동이 느렸던 거지요. 하지만 그는 우리 뒤를 몰래 살금살금 뒤따라와 남편의 머리를 방망이로 힘껏 내리쳤어요. 머리가 부스러지는 소리가 들렸어요. 제 심장은 기쁨으로 두근거렸고요. 전 재빨리 우리로 달려가 맹수가 갇혀 있는 문의 빗장을 올렸어요.

끔찍한 일이 일어난 건 바로 그 순간이었어요. 맹수가 인간의 피 냄새에 얼마나 빨리 반응하고 흥분하는지 알고 계실 거예요. 순간 사자는 죽은 사람의 피 냄새를 본능적으로 알아차렸어요. 우리의 빗장을 올리자마자 사자는 저를 덮쳤어요. 레오나르도가 절 구해 줬을 수도 있었지요. 재빨리 달려와 방망이로 위협했다면 사자가 겁을 먹고 도망쳤을 수도 있었을 거예요. 하지만 그는 겁에 질려 비명을 지르더니 몸을 돌려 도망가더군요. 그리고 사자의 하얀 송곳니가 제 눈앞에 닥쳐왔지요.

사자가 뿜어내는 더운 입김과 냄새에 정신이 아뜩해지더군요. 거의 고통을 느끼지도 못할 정도였어요. 전 손바닥으로 얼굴을 가리면서 사자를 막아 보려고 했어요. 피로 범벅된 사자의 송곳니를 피하려고 애쓰면서 도와 달라고 비명을 질렀지요. 그리고 얼마 뒤 사람들이 달려오는 소리를 들었어요. 레오나르도와 그릭즈, 그리고 다른 남자들이 사자의 입에서 저를 빼낸 일도 어렴풋이 기억나요. 그 후엔 정신을 잃었지요. 몇 달 동안 입원해 치료를 받다가 드디어 몸이 회복되어 거울 앞에 섰을 때 제 모습을 보고 그 사자를 저주했어요. 뜯겨 나간 아름다움이 안타까워서가 아니었어요. 사자는 차라리 제 생명을 앗아

갔어야 했어요. 현실이 저주스럽게 느껴졌어요.

남은 소망은 단 하나였어요. 그리고 소망을 이룰 돈도 있었지요. 홈즈 씨, 전 제 얼굴을 누구에게도 보이지 않은 채 살고 싶었어요. 절 아는 사람이 찾지 못할 장소에 숨어 살겠다고 결정했지요. 제가 할 수 있는 일이란 그게 전부였어요. 그래서 저는 상처 입은 맹수가 죽을 장소를 찾는 것처럼 이곳까지 와서 살아온 거예요. 유지니아 론더의 삶, 내 삶의 마지막을 장식하려고요."

그녀의 이야기가 끝난 후에도 우리는 한동안 아무 말도 하지 못한 채 묵묵히 앉아 있었다.

홈즈가 팔을 내밀어 그녀의 손을 잡고 토닥거렸다. 깊은 동정심과 안쓰러움이 배어 있는 손길은 홈즈에게서 흔히 볼 수 없는 모습이었다.

"정말 안됐습니다. 정말 안타깝군요. 운명의 장난이 이렇게 얄궂을 수 있다니. 하늘이 보고 있다면 분명히 부인에게 상을 내릴 겁니다. 한데 레오나르도는 어떻게 되었나요?"

"다시는 소식을 듣지도, 얼굴을 보지도 못했어요. 그 사람을 원망하는 것이 잘못인지도 모르겠어요. 사자가 짓밟고 간, 흉측한 괴물 같은 저를 사랑하느니 차라리 재주넘는 원숭이를 사랑하는 편이 나았을 테니까요. 하지만 여자의 사랑은 쉽게 변하지 않나 봐요. 그는 저를 사자 앞에 내버려 둔 채 도망갔고, 제가 도움을 필요로 했을 때도 저버렸지만, 차마 교수형에 처하도록 만들고 싶진 않았어요. 제가 어떻게 될지는 전혀 신경 쓰지 않았어요. 어차피 더 심한 일을 당하진 않을 테니까요. 하지만 저는 당시 레오나르도의 운명을 좌우할 수 있었지요."

"그는 세상을 떠났습니까?"

"지난달 마게이트 지방 근처 해변에서 익사했다는 신문 기사를 보고 그가 죽었다는 걸 알았어요."

"대못 다섯 개 달린 방망이는 어떻게 했나요? 정말 기발한 아이디어였는데요."

"모르겠어요. 야영지 근처에 석회암을 캐는 갱이 있었는데, 그 깊은 구덩이 속에 던졌을 거예요. 아마 그 안 깊은 곳에 있겠지요."

"알겠습니다. 이제야 사건의 내막을 다 알겠군요. 사건은 모두 끝났습니다."

"네, 끝났어요. 정말 모든 사건이 끝난 거예요." 론더 부인이 대답했다.

우리는 집을 나서기 위해 자리에서 일어났다. 그러나 그녀의 말투가 어딘지 모르게 홈즈의 발길음을 붙잡았다. 홈즈는 재빨리 그녀를 돌아봤다.

"생명은 당신 마음대로 할 수 있는 것이 아닙니다. 부인. 그만두세요."

"제가 살아간들 무슨 소용이 있나요?"

"왜 그런 말을 합니까? 그 긴 세월 고통을 참은 것만으로도

조급하고 참을성 없는 요즘 세상에 훌륭한 본보기가 됩니다."

론더 부인은 홈즈의 말에 아무런 대꾸 없이 조용히 얼굴에 쓴 베일을 걷어 올린 다음 잘 보이도록 햇빛이 드는 쪽으로 한 걸음 뒤로 물러섰다.

"이런 꼴도 참으실 수 있을지 모르겠군요." 그녀가 말했다.

그녀의 모습은 처참했다. 어떤 말로도 표현할 수 없을 만큼 비참했다. 거기에는 얼굴이라 할 만한 것은 모두 사라지고 하나도 남아 있지 않았다. 단지 슬프게 빛나는 아름다운 갈색 눈동자만 그 끔찍한 폐허 속에서 우리를 응시하고 있었다. 그 모습은 기괴함을 더할 뿐이었다. 홈즈는 동정과 연민 그리고 만류의 뜻이 담긴 손짓을 했다. 그리고 우리는 방을 나왔다.

이틀 후, 홈즈를 만나러 갔을 때 그는 의기양양한 태도로 벽난로 위 선반에서 작은 파란색 약병을 손가락으로 가리켰다. 병에는 붉은색 독약 표시가 붙어 있었다. 뚜껑을 열자 달착지근한 아몬드 냄새가 풍겨 나왔다.
"청산가리?" 내가 물었다.
"맞아. 우편으로 왔더군. '저를 유혹하던 것을 보냅니다. 홈즈 씨의 충고를 따르겠습니다' 라고 쓰인 편지도 함께 말이야. 이걸 보낸 용감한 여성이 누군지 알 것 같지 않나?"